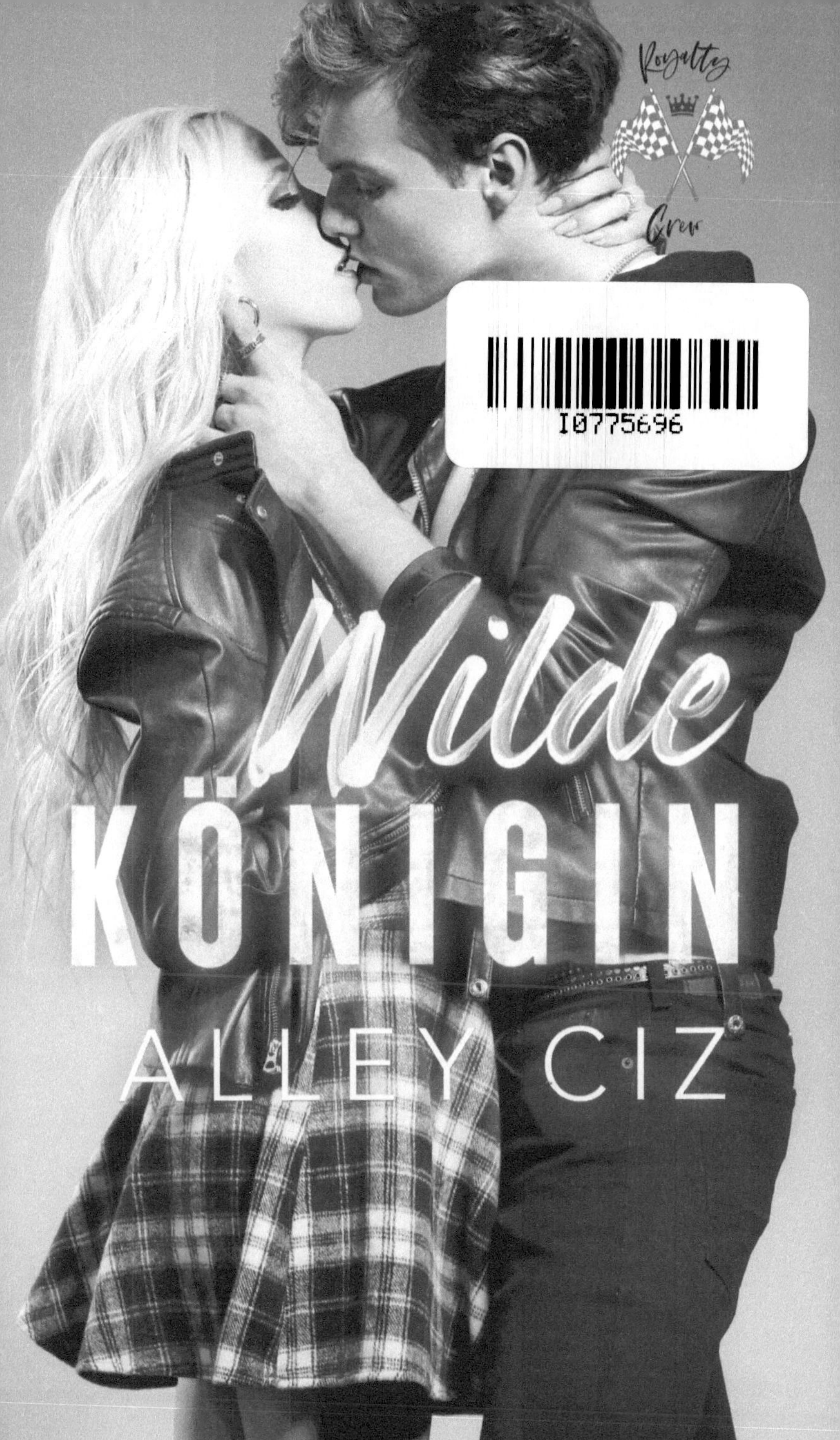
Royalty
Crew
Wilde
KÖNIGIN
ALLEY CIZ
I0775696

SAVAGE QUEEN – WILDE KÖNIGIN

BÜCHER VON ALLEY CIZ

<u>The Royalty Crew (A #UofJ Spin-Off)</u>
Savage Queen – Wilde Königin (Savvy and Jasper)
Ruthless Noble - Skrupellos (Savvy and Jasper)

<u>Stay Connected With Alley</u>

Amazon

FB Reader Group

Website

BLURB

Ich wuchs als Königin unter Männern auf.

Stolz.
Stark.
Königlich.

Ich tue alles für die, die ich liebe, auch wenn ich dadurch die Vertreibung aus meinem Königreich riskiere.

Ich muss mich vielleicht damit abfinden, in den goldenen Hallen meiner neuen Schule Samantha St. James zu sein, aber *tief in mir drin* werde ich immer **Savvy King** bleiben.

Doch nun erwarten Jasper Noble und seine fröhliche Bande von Vollidioten, dass ich klein beigebe.

Wie lustig.

Sie halten sich für harte Männer.
Für wahre Götter.
Dabei weiß ich, dass sie nichts weiter sind als gewöhnliche Mobber.

Trotz der Drohungen von allen Seiten werden meine Gegner bald erfahren – **dass ich mich falschen Königen nicht beuge.**

*WILDE KÖNIGIN ist der erste Band von zweien aus der Royalty-Crew-Reihe. Es ist ein Spin-Off der #UofJ-Serie und ein College-Sport-Roman aus der Kategorie „Der Feind in meinem Bett", voll sexueller Anziehung, einem klassischen Alpha als Helden und einer mehr als gleichwertigen Boss-B-Heldin. Beide Bücher sind jetzt verfügbar. *

Alley Ciz

Copyright © 2020 House of Crazy Publishing, LLC

Cover-Design: Kate Farlow at Y'all That Graphic

Übersetzung durch H.K. Schlüter

Lektorat durch Red Ink Edits: Nadine und Liza Schumacher

❀ Erstellt mit Vellum

PLAYLIST

- "Trust Fund Baby"- Why Don't We
- "Up & Down"- Dana Dentata
- "Hot girl bummer"- blackbear
- "Human"- Rag'n'Bone Man
- "Juicy"- Notorious BIG
- "Youngblood"- 5 Seconds of Summer
- "Why Don't You Love Me"- Hot Chelle Rae Feat Demi Lovato
- "Easier"- 5 Seconds of Summer
- "Woman Like Me"- Little Mix Feat Nicki Minaj
- "Freak"- Little Mix
- "I'll Be Missing You"- Diddy, Faith Evans, 112
- "Not Your Barbie Girl"- Ava Max
- "Queen"- Loren Gray
- "F.F.F." Bebe Rexha Feat G-Eazy
- "Say My Name"- Destiny's Child
- "Distraction"- Kehlani
- "Break Up With Your Girlfriend"- Ariana Grande
- "Pray For You"- Jaron And The Long Road To Love
- "Teenagers"- My Chemical Romance
- "Royals"- Lorde
- "She Hates Me"- Puddle Of Mud
- "Shameless"- Sofia Karlberg
- "Hate (I Really Don't Like You)- Plain White T's
- "Do re mi"- blackbear

- "Play With Fire"- Sam Tinnesz Feat Yacht Money
- "How To Start A War"- Simon Curtis
- "Games"- Demi Lovato
- "Suffer"- Charlie Puth
- "Sorry Not Sorry"- Demi Lovato
- "Hallucinate"- Dua Lipa
- "Bad guy"- Billie Eilish Feat Justin Bieber
- "…Baby One More Time"- Britney Spears
- "Latch"- Disclosure and Sam Smith
- "I'm Not The Only One"- Sam Smith
- "Mama Who Bore Me"- Lea Michele
- "I Won't Give Up"- Christina Grimmie
- "Faking It"- Calvin Harris Feat Kehlani & Lil Yachty)
- "Keep On"- Kehlani
- "All About The Benjamins"- Diddy, Lil' Kim, The LOX, The Notorious BIG
- "Breakin' Dishes"- Rihanna
- "Unlove You"- Star Cast
- "I Don't Care"- Fall Out Boy
- "Watch Me Burn"- Michele Morrone
- "Ten Duel Commandments"- Hamilton Cast
- "Mama's house"-push baby
- "Treat You Better"- Shawn Mendes
- "The Kill"- Thirty Seconds To Mars
- "Savage Remix"- Megan Thee Stallion Feat Beyonce
- "Miss Me More"- Kelsea Ballerina
- "The Fighter"- Keith Urban Feat Carrie Underwood
- "Fall In Line"- Christina Aguilera Feat Demi Lovato
- "River"- Bishop Briggs
- "Dive"- Guitar Tribute Players
- "Monster"- Michael Jackson Fest 50 Cent
- "Castle"- Halsey
- "Give 'em Hell"- Everybody Loves an Outlaw
- "I See Red"- Everybody Loves an Outlaw
- "Crazy In Love"- Beyonce
- "High Heels"- JoJo
- "Come Little Children"- Myuu
- "Piece by Piece"- Kelly Clarkson
- "You should see me in a crown"- Billie Eilish
- "Bury a friend"- Billie Eilish

- "Porn Star Dancing"- My Darkest Days, Zakk Wylde
- "Crown"- Camila Cabello and Grey
- "Fuckboi"- Gianni & kyle
- "A Decade Under The Influence"- Taking Back Sunday
- "Into You"- Ariana Grande
- "You Don't Own Me"- SAYGRACE Feat G-Eazy
- "Danger Zone"- Kenny Loggins
- "Princessess Don't Cry"- CARYS
- "Gorilla"- Bruno Mars"
- "New Girl"- FINNEAS
- "Creep"- Kelly Clarkson
- "Jealous Remix"- Nick Jonas Feat Tinashe
- "Amen"- Halestorm
- "Woman"- Kesha Fest The Dap-Kings Horns
- "Best Friend"- Saweetie Feat Doja Cat

FIND PLAYLIST on Spotify.

KAPITEL 1

Savvy

Mein Abschlussjahr.

Ich hatte es mir so schön ausgemalt. Partys, Bälle und alle möglichen sonstigen Ausschweifungen.

Oh Gott! Ich hatte mich *so* darauf gefreut, meine Teenager-Träume ausleben zu können.

Ja …

Und jetzt …

Ist alles anders.

Während unser Fahrer das schmiedeeiserne Tor der Blackwell Academy passiert und sich die Schmetterlinge in meinem Bauch in feuerspeiende Drachen verwandeln, löst sich jeder Gedanke daran auf, wie ich mir bislang meinen ersten Tag des letzten Schuljahrs vorgestellt habe. Ich sollte nicht hier sein. Das hier bin nicht ich.

Der Luxuswagen, die Uniform, die teuerste Privatschule an der Ostküste – alles falsch.

Das ist nicht meine Schule. Nein, meine ist auf der anderen Seite der Stadt. Warum zum Teufel muss ich mein letztes High-school-Jahr an diesem verklemmten Spießer-Institut verbringen und nicht an der Blackwell Public? Wenn ich nur daran denke, könnte ich ausflippen wie der Hulk.

Ich habe Freunde an der Blackwell Public.

Ein Team.

Ein Vermächtnis.

Ich war die „schlaue King".

Hier? Habe ich nichts und bin ich nichts.

Wenn ich ehrlich bin, könnte es hier sogar ein bisschen gefährlich für mich werden. Allerdings glaube ich, dass dieser Gedanke eher auf die Paranoia meines Bruders zurückzuführen ist als auf die Realität.

Es ist schon klar. Auf der Blackwell Public rief allein schon mein Name Respekt hervor. Außerdem gibt es dort ein System, das diejenigen, die es nötig haben, daran erinnert, dass man automatisch im Abseits landet, wenn man sich grundlos wie ein Arschloch verhält.

Hier auf der Academy? Wer zum Teufel weiß das schon. Soweit ich weiß, könnte ich in einer Art *„Herr der Fliegen"* landen. Das könnte heiter werden.

„Miss?" Die Stimme von Daniel, dem Fahrer meines Stiefvaters, lässt mich aufschrecken. Ich war so in Gedanken versunken gewesen, dass ich nicht gehört habe, wie er meine Tür geöffnet hat.

Das wird ein *langer* Tag werden, das spüre ich jetzt schon.

„Bist du bereit, Samantha?", fragt Mitchell St. James, mein neuer Stiefvater.

Ich knirsche mit den Zähnen. Warum *sie* darauf besteht, dass man mich mit meinem vollen Namen anspricht, ist mir ein *Rätsel*.

„Ja. Ich komme." Ich hänge mir die schwarze Nappaleder-Tasche über die Schulter – eine weitere Forderung von *ihr* – und steige aus, wobei ich mit der Hand den mädchenhaften Faltenrock glätte, der mir gerade bis zur Mitte der Oberschenkel reicht.

Igitt. Solch eine Scheiß-Uniform. Ernsthaft? Soll ich etwa für ein Britney-Spears-Musikvideo vorsprechen?

Ich muss allerdings zugeben, dass nicht alles daran schlecht ist. Die Leute, die diesen Laden betreiben, haben ihrem Anspruch entsprechend durchweg hochwertige Materialien für die Schulklamotten ausgesucht. Die weiße Bluse ist aus Seide, und mein grauer Blazer aus traumhaft weichem Kaschmir. Es ist auch unglaublich, wie viele Kombinationsmöglichkeiten die Schuluniform hier zulässt.

Ich gehe hinten um den Bentley herum, der so silbern glänzt, dass ich mein Spiegelbild darin sehen kann, und stelle mich neben den Grund meiner inneren Aufruhr.

Okay, ich dramatisiere vielleicht ein bisschen, weil ich immer noch sauer auf diese neue Entwicklung bin, aber wer will schon im *Abschlussjahr* seine Schule wechseln müssen? *Zeigt mit beiden Daumen* Nicht dieses Mädchen.

Es wäre alles viel einfacher, wenn ich Mitchell St. James hassen würde, aber das tue ich leider nicht. Und …

Er ist in Wahrheit auch nicht der *wahre* Grund für diese tiefgreifende Veränderung. Nein. Diese Ehre gebührt eindeutig *ihr* – Natalie King. Für eine Frau, die sich die meiste Zeit meines Lebens einen Dreck um mich geschert hat, kotzt mich ihre Forderung – oder eher Drohung – dass ich mich ihr unterordnen und mit ihr zusammenleben soll, einfach nur an.

Was ich noch nicht herausgefunden habe (und ja, das frustriert mich zu Tode), ist, woher der plötzliche Drang kommt, die Mutter des Jahres zu werden? Ich kann mich ehrlich gesagt nicht daran erinnern, dass ich sie überhaupt jemals als echte Elternfigur betrachtet habe. Als er noch lebte, war es Dad, dann die Familie von Falco und nach dessen Tod mein älterer Bruder Carter.

Es ist wirklich faszinierend zu sehen, wie Natalie sich in der Gegenwart von Mitchell in ein „normales" menschliches Wesen verwandelt, anstelle der falschen Schlampe, als die wir sie bisher immer erlebt haben.

Auch ihre Versuche, sich neu zu erfinden, sind fast schon bewundernswert. Es ist ganz einfach: Wenn sie so tut, als wäre *sie* diejenige gewesen, die dafür gesorgt hat, dass ich immer meine Medikamente bekam, die sich um mich gekümmert hat, wenn ich krank war, und die mir beigebracht hat, wie ich auf mich selbst aufpassen kann, dann ist es *genau* das – sie tut nur so als ob. Aber so sehr sie sich auch anstrengt, sie wird nie die Rolle ausfüllen, die Carter und andere innehatten.

Ich bin jetzt siebzehn Jahre alt, nur ein paar Monate vor der Volljährigkeit und vor der Möglichkeit – zumindest vom Gesetz her – meine eigenen Entscheidungen zu treffen. Warum also? *Warum* hat Natalie King, die jetzt St. James heißt, darauf bestanden, dass ich mich füge und so tue, als wäre ich eine vorbildliche Tochter, und warum setzt sie mich dauernd unter Druck? *Sie* ist es, auf die ich eigentlich wütend bin. Das einzig Gute, was diese Frau je für mich getan hat, war, mich auf die Welt zu bringen und nicht abtreiben zu lassen.

„*Das wird* immer *dein Zuhause sein, ob du hier wohnst oder nicht.*" Das Versprechen meines Bruders hallt in meiner Erinnerung wider. Es ist eine Stimme, die ich immer wieder höre, seit Natalie uns in das Haus geholt hat, in dem keiner von uns zu Hause ist, um eine Bombe hochgehen zu lassen, die dem Nahen Osten zur Ehre gereicht hätte.

„Ich habe geheiratet." Sie fuchtelte mit den Fingern ihrer linken Hand vor uns herum, wobei der riesige Stein am vierten Finger uns fast blendet.

Zu sagen, dass sie Carter und mich damit überrascht hat, wäre die Untertreibung des Jahrhunderts. Wir waren zwar nie die typische Familie, die sich zum Abendessen zusammensetzt und den Tag bespricht, zumindest nicht mit ihr, aber wir wussten nicht einmal, dass sie mit jemandem *ausgeht*, geschweige denn, dass dieser jemand es ernst meint und ihr einen Ring ansteckt.

„Wen hast du dazu gebracht, dich zu heiraten, Natalie?" Ich muss grinsen angesichts der Art, wie sie sich darüber aufregt, dass Carter ihren Vornamen benutzt. Ich kann es ihm nicht verübeln. Ich selbst nenne sie „Mom", aber das ist durchweg nur sarkastisch gemeint.

Da sie in eine der Gründerfamilien in Blackwell eingeheiratet hatte, war Natalie an einen gewissen Status gewöhnt. Das Gras hatte noch keine Gelegenheit gehabt, über Dads Grab zu wachsen, als sie sich vor all den Jahren schon auf die Suche nach Ehemann Nummer zwei machte.

Ich neige meinen Kopf, um meinen neuen Stiefvater aus den Augenwinkeln betrachten zu können. Das muss ich ihr lassen – sie hat *Jahre* gebraucht, um Ehemann Nummer zwei an Land zu ziehen, aber mit Mitchell St. James hat sie einen Volltreffer gelandet. In seinem maßgeschneiderten Anzug, der locker einen fünfstelligen Betrag gekostet haben muss, strahlt der Hotelier Luxus und Macht aus. *Gossip Girl* ist meine Lieblingsserie, die ich immer wieder mit meiner besten Freundin Tessa anschaue, und er hat dieselbe starke Ausstrahlung wie Bart Bass.

„Samantha" – Natalie hat sich immer schon geweigert, meinen Spitznamen Savvy zu nutzen – „du wirst mit zu den St. James ziehen und ich werde dich auf die Blackwell Academy ummelden."

Ich hatte versucht, mich dagegen zu wehren, aber es war sinnlos. Innerhalb von zwei Wochen war ich von der Wohnung meines Bruders in die Penthouse-Residenz der St. James umgezogen und als Studentin an Mitchells Alma Mater registriert.

„Komm mit", sagt Mitchell, und wieder tue ich, was man mir sagt.

Der Campus der Akademie wirkt wie aus einem Film entsprungen. Die Steintreppe am Eingang muss hundert Fuß breit sein, und das dreistöckige graue Steingebäude dahinter ist mindestens ebenso beeindruckend. Die Tür, durch die ich Mitchell folge, ist groß genug, um mit einem LKW hindurchzufahren.

Herrje, übertreiben wir da nicht ein wenig?

Meine dunkelvioletten Chucks – eine Anspielung auf meine Blackwell-Public-Wurzeln – quietschen auf dem weißen Boden, der *natürlich* aus Marmor ist. Ja, ich weiß, dass ich mich wie eine Zicke anhöre, aber zu meiner Verteidigung: *Alles* an diesem Ort *trieft* vor Geld. Hier riecht es nicht nach dem künstlichen Zitrusaroma des Bodenreinigers, sondern nur nach frischer Luft, die mir das Gefühl gibt, noch draußen zu sein. Sogar die Metallspinde auf dem Flur sehen eher wie High-End-Geräte aus als wie simple Schränke, in denen die Schüler ihre Sachen aufbewahren können.

Außerdem … sind wir spät dran.

Der Unterricht hat schon vor dreißig Minuten begonnen und kein einziger Mensch ist auf den Fluren zu sehen, als ich Mitchell zum Büro von Oberstudienrat Woodbridge folge. *Natürlich* haben sie einen Studienrat. Gott bewahre, dass sie einfach nur einen Direktor wie die Blackwell Public hätten.

Ich schnaube und aus dem Augenwinkel kann ich sehen, wie Mitchells Gesicht sich bei dem Geräusch verzieht.

Scheiße, ich bin so sauer darüber, dass ich hier sein muss.

Wir betreten einen Raum, der – wenig überraschend, wenn man bedenkt, was wir bisher gesehen haben – wunderschön eingerichtet ist. Es gibt zwei schwarze Ledersofas, die einander gegenüberstehen, und einen großen Schreibtisch vor einer Fensterwand mit Blick auf das hochmoderne Fußballstadion und die Hockey-Arena. So sieht es aus, wenn der Durchschnittsbürger seine Seele verkaufen müsste, um sich die Studiengebühren hier leisten zu können – obwohl ich schmunzeln muss, wenn ich daran denke, wie die beiden Stadien aussahen, als ich das letzte Mal hier war. Wenn du wissen willst, wie viel Klopapier man braucht, um ein Fußballstadion zu verkleiden, oder welche Farbe man am besten für das Kunsteis verwendet, dann bin ich die richtige Ansprechpartnerin.

Eigentlich …

Ich frage mich, wie der Streich unserer Schule zu Beginn des

Schuljahrs angekommen ist. Ich werde wohl achtgeben müssen, wenn ich auf die Toilette muss.

„Ah, Mitchell." Studienrat Woodbridge erhebt sich und geht um seinen Schreibtisch herum.

„Jonathan."

Sie schütteln sich die Hände, und da sie sich mit Vornamen anreden, kann ich nur vermuten, dass der Leiter meiner neuen Schule mit meinem Stiefvater Golf spielt. *Na toll!*

„Samantha." Sie wenden mir ihre Aufmerksamkeit zu. „Es ist mir eine Freude, dich kennenzulernen. Wir fühlen uns geehrt, dass du nun zu unserer Schülerschaft gehörst."

Geehrt? Das ist ein bisschen übertrieben, oder nicht?

„Ähm ...danke."

„Jonathan", mischt Mitchell sich ein, vermutlich, um die seltsame Stimmung zu entkrampfen. Er reißt mich zwar aus allem heraus, was mir vertraut war, aber im Gegensatz zu Natalie ist er empathisch genug, um mich zu verstehen. „Wie wäre es, wenn wir meine Tochter" – nur Tochter; mir ist aufgefallen, dass er nie „Stief-" sagt, wenn er von mir spricht – „sich erst einmal einleben lassen, bevor du mit deinen Verkaufsgesprächen beginnst."

„Du hast recht, du hast recht." Studienrat Woodbridge klopft ihm auf die Schulter, wie es sich für einen guten Jungen gehört. „Ich habe dafür gesorgt, dass eine unserer besten Schülerinnen dich herumführt und dir die Grundlagen der Academy beibringt, wenn du willst." Er hebt das Handgelenk und überprüft auf seiner goldenen Rolex die Uhrzeit. „Sie sollte jeden Moment hier sein."

Wieder durchfährt mich eine Welle von *„Ich sollte nicht hier sein"*. Ich will „die Grundlagen" nicht kennenlernen. Blackwell Public ist mein Revier, mein Reich, über das ich herrsche. Ich möchte im Unterricht sitzen und Tessa meine Notizen geben. Stattdessen sitze ich nun hier an einem Ort fest, an dem ich das Gefühl habe, dass man mir eher mit *„reißt ihr den Kopf ab"* begegnen dürfte als mit *„Oh Scheiße, Savvy kommt"*, wie ich es angesichts meines Status als Königin an meiner alten Schule gewohnt war.

Trotz all der Geschichten, die ich über die großen Streiche der Vergangenheit gehört habe, habe ich nie ganz verstanden, wie diese an *Romeo-und-Julia* erinnernde Fehde ursprünglich einmal begonnen hat. Bisher bin ich davon ausgegangen, dass eine

Schule, die es sich leisten kann, einige der besten Athleten aus dem ganzen Land zu rekrutieren, beleidigt war, weil die öffentliche Schule mehr ehemalige Schüler in die NFL gebracht hat.

Nachdem mir gesagt wurde, dass ich hierher versetzt werden würde, eine Schule, an der sich einige der klügsten und am besten vernetzten jungen Köpfe der Ostküste tummeln, war mir klar, dass ich so schnell wie möglich alle Fakten zusammentragen musste, um einen richtigen Angriffsplan auf die Beine stellen zu können.

Mein Bruder und seine Freunde haben mir den Spitznamen „Savage" – kurz Savvy – gegeben, weil ich ein richtiges Miststück sein kann, aber ich weiß auch, wie man den Charme eines *„netten Mädchens von nebenan"* einsetzt, wenn es nötig ist. Ich bin zwar kein Kind der oberen ein Prozent wie meine neuen Schulkameraden, aber ich *bin* das Kind einer Blackwell-Gründerfamilie, und das weiß ich durchaus zu nutzen.

Ich will dich nicht mit zu vielen Details langweilen, aber hier ist Blackwells Geschichte im Schnelldurchlauf.

Die Stadt wurde 1866 von fünf Familien gegründet: den Falcos, den Princes, den Castles, den Salvatores und meiner Familie, den Kings. Gemeinsam arbeiteten sie daran, eine der ältesten Gemeinden des Bundesstaates zu erschaffen. Noch heute ist sie ein wichtiger Vorort von New York City.

Blackwell ist im Kern eine Stadt, die noch heute tief in der Geschichte der Gründerfamilien verwurzelt ist. Das ist der Grund, warum letztere auch Generationen später noch so hoch angesehen sind. Ein weiterer Grund ist, dass sich die Ur-Ur-Großväter der Kings, Princes und Castles einst zusammengetan haben, um Royal Enterprises zu gründen, ein Technologie- und Industrieforschungsunternehmen, das Hunderte von Einheimischen beschäftigt und gleichzeitig soziale Projekte der Gemeinde finanziell unterstützt.

Vom Bürgermeister, meinem „Onkel Chuck", habe ich auch erfahren, dass die meisten Einwohner der Stadt auf die Blackwell Academy herabsehen, weil sie sich nicht in der Gemeinde, in der sie sich befindet, engagiert. Kein einziges der wenigen Stipendien, die die Schule für die Einwohner von Jersey vergibt, ist jemals an jemanden aus Blackwell gegangen.

Klopf, klopf.

„Ah, da ist sie ja schon." Der Schulleiter streckt einen Arm aus, als wäre er der Moderator einer Gameshow, der gleich den Hauptpreis überreichen wird. „Samantha St. James, ich möchte dir Arabella Vanderwaal vorstellen. Sie ist die Präsidentin der Schülervertretung und die *perfekte* Person, dir hier alles zu zeigen."

Wir beäugen uns gegenseitig misstrauisch. Sie ist genau das, was ich erwartet habe, wenn ich an meine bisherigen Erfahrungen mit der Schülerschaft der Academy denke; eine sogenannte Prep School Barbie. Sie sieht gut aus, wenn nicht sogar hinreißend, mit langem, kastanienbraunem, gewelltem Haar, auf das eine Shampoowerbung neidisch wäre. Sie trägt die gleiche Schuluniform wie ich, aber im Gegensatz zu mir hat sie ihre Bluse in den Rock gesteckt, während ich meine darüber hängen lasse. Ihre Krawatte ist korrekt gebunden, während mein Knoten zwischen den Brüsten hängt. Außerdem trägt sie ein tolles Paar Mary-Jane-Stilettos – dieselben, zu denen Natalie mich auch hatte überreden wollen.

Und ja, bevor du fragst, ich habe meinen heutigen Look meiner Freundin Serena van der Woodsen (Blake Livelys Figur in *Gossip Girl*) abgeschaut. Was soll ich sagen? Ich *werde* mich anpassen, aber nur bis zu einem gewissen Punkt. *Tut mir sooooo leid, Natalie.*

An der Art und Weise, wie Arabellas hochglänzende Lippen sich verziehen, erkenne ich, dass auch ihr mein Erscheinungsbild missfällt. Schade für sie – mir ist das scheißegal.

KAPITEL 2

Savvy

Fast drei Stunden lang nimmt mich Arabella mit auf eine Tour, die sich angesichts der Größe des Campus eher wie eine Weltreise als eine Schulbesichtigung anfühlt. *Heilige Scheiße.*

Blackwell Public ist eine der schöneren öffentlichen High-schools des Bundesstaats. Die tiefe Bindung der Gründerfamilien der Stadt und die großzügigen Zuwendungen von Royal Enter-prises haben dafür gesorgt, dass die Gebäude im Laufe der Jahre modernisiert und erweitert worden waren. Hinzu kommen starke Football- und Baseball-Programme, die es den Sportförde-rern ermöglichen, Geld einzubringen, und davon profitiert die ganze Schule.

Aber die Academy? *Verdammt.*

Was hat das noch mit dem echten Leben zu tun?

Ich habe zwar noch keinen meiner Kurse besucht, aber ich werde *Tage* brauchen, um mich zu orientieren, wo sie alle stattfin-den, auch wenn Arabella mir jedes Klassenzimmer gezeigt hat. Es gibt zu viele Gänge, zu viele Gebäude, um den Überblick zu behalten.

Schulleiter Woodbridge hat Arabella vielleicht wegen ihres umfassenden Wissens über den Campus als meine Betreuerin ausgewählt, aber ich habe festgestellt, dass sie sich noch besser mit all den Dingen auskennt, die man nicht in einem Lehrbuch finden kann.

Die Glocke läutet, eine weitere Unterrichtsstunde geht zu

Ende – eine weitere, die ich verpasst habe – und Arabella macht auf dem Absatz kehrt.

„Das ist die Glocke zur Mittagspause. Wir haben vierzig Minuten Zeit. Du kannst den Campus verlassen, wenn du willst, aber jeder, der etwas auf sich hält, isst in der Cafeteria, denn die Schule beschäftigt Sterneköche", erklärt Arabella. „Allerdings musst du aufpassen, wo du dich hinsetzt. Und zu deiner Information …"

Ich weiß nicht, was mich mehr nervt: Die Aussage selbst oder *wie* sie spricht. Diese Frau ist das wandelnde, sprechende Klischee jeder Queen B in einem Teenagerdrama. Mir juckt es in den Fingern, ihr eine zu verpassen und zu sagen: *Hör auf, dich so aufzuführen.*

„Die meisten Hockey- und Fußballspieler sind schon vergeben, also mach dir keine Hoffnungen."

Eines muss ich ihr lassen – sie spielt ihre Rolle perfekt. Angefangen bei der Haltung ihres Kopfes bis hin zum verführerischen Schwung ihrer Hüften hat sie eine beeindruckende Ausstrahlung. Wenn sie nicht die ganze Zeit über passiv-aggressive Bemerkungen gemacht hätte, um mir ihren Platz an der Spitze der Schul-Hierarchie klarzumachen, könnte ich das vielleicht sogar respektieren, aber so geht das nicht.

Außerdem bin ich ein „Dragon" durch und durch. Ich muss zwar hier zur Schule gehen, aber wenn das Spiel beginnt, werde ich Blackwell Public anfeuern.

Wie aufs Stichwort stolpern zwei Mädchen – eine Blondine, eine Rothaarige, beides nicht natürlich – zu ihr. Vermutlich handelt es sich dabei um ihre Lakaien.

Als Miss Blonde mich mit der Schulter aus dem Weg rempelt, kann ich nicht mehr anders und rolle genervt mit den Augen. Dem Blick nach zu urteilen, mit dem sie mich von oben bis unten mustert, scheint sie wenig beeindruckt zu sein. Und ihr Gesichtsausdruck wird noch finsterer, als ich hinter vorgehaltener Hand lache und mich nicht gerade subtil mit meinem Mittelfinger an der Seite meines Kiefers kratze.

Scheiße, ich vermisse Tessa und die Royals *wirklich*.

So ein Quatsch würde bei Blackwell Public nie durchgehen. Ich schwöre, einer der Hauptgründe, warum Carter seine Crew gegründet hat, war, den „kleinen Mann" vor den Schultyrannen und gemeinen Mädchen dieser Welt zu schützen. Mit dem Nachnamen King und den Leuten, die ihm treu ergeben sind, hat mein Bruder ein System aufgebaut, das nicht nur die Pause von fünf Jahren zwischen zwei Kings in der Schülerschaft überlebt hat, sondern bis heute Bestand hat.

Jetzt, wo ich offiziell ignoriert werde, hole ich mein Handy aus der Tasche und checke die vielen SMS, die auf mich warten. Eine Handvoll sind von meinem Bruder und den anderen Royals, aber der größte Teil kommt von Tessa. Ich ignoriere den Rest und öffne zuerst die Nachrichten meiner besten Freundin.

> LITTLE MISS EXTRA: Das ist echt Mist. *Kack-Emoji* Du solltest hier sitzen.

> LITTLE MISS EXTRA: *Bild von einer leeren Schulbank*

> LITTLE MISS EXTRA: Ich vermisse dich *Trauer-Emoji*

> LITTLE MISS EXTRA: *TikTok-Video von Tessa, wie sie zu „I'll Be Missing You" von Diddy, Faith Evans und 112 Lippenbewegungen macht*.

> LITTLE MISS EXTRA: Glaubst du, ich bekäme Ärger, wenn ich den Spind meines neuen Spindnachbarn mit einer Rolle Polizeiabsperrband von meinem Pops versehe? #Fragefüreinenfreund

> LITTLE MISS EXTRA: Gibt es ein Pflaster, das einem hilft, wenn einem die beste Freundin fehlt? Du weißt schon, wie so ein Nikotinpflaster? Im Ernst, Alte, ich leide unter Savvy-Entzugserscheinungen. *GIF von Stewie, der in seiner Wiege hin und her schaukelt*

Ich lache laut los und ernte einen weiteren bösen Blick des Trios vor mir. Scheißegal. Sollen sie sich doch das Maul über mich zerreißen, weil ich mich über meine beste Freundin amüsiere. Tessa kann manchmal sehr extravagant sein (daher auch ihr Spitzname), aber das ist nur einer der vielen Gründe, warum ich sie so gernhabe.

Ich mache schnell ein Foto von Arabella und ihrer Truppe und schicke es an Tessa.

> ICH: Glaub mir, ich vermisse dich noch mehr. Ich habe den ganzen Vormittag damit verbracht, von Miss Oberbitch persönlich alles über diese angeberische Schule zu erfahren. Und ich weiß nicht, ob du das wusstest, aber *Flüster* jeder, der etwas auf sich hält, bleibt zum Mittagessen auf dem Campus *Augenroll-Emoji*

> ICH: Ohh *Stopzeichen-Emoji* *Kein Zeichen-Emoji* und sowohl das Fußball- als auch das Hockeyteam sind „tabu".

> LITTLE MISS EXTRA: Ja, als ob du dich für ein unterdurchschnittliches Footballteam entscheiden würdest, wenn du scharf auf einen Sportler wärst. *Augenroll-Emoji* Bitte … wie wäre es, wenn du sie fragst, wann einer ihrer Absolventen das letzte Mal den Super Bowl gewonnen hat? Keine Angst … ich kann warten.

Sekunden später kommt bereits ´die nächste Nachricht.

> LITTLE MISS EXTRA: Ach? Denen fällt nichts ein? Dachte ich mir schon. Aber hier ist unseres. *GIF von Eric Dennings, der einen Touchdown feiert*

Angesichts all der BP-Absolventen, die es in die NFL geschafft haben, ist es keine Überraschung, dass sie sich für ein GIF von Eric entschieden hat. Er mag zwar nicht ihr leiblicher Bruder sein, aber wenn man bedenkt, wie nahe sich die Familien Taylor und Dennings standen, könnte er es durchaus sein.

Nachdem wir eine gefühlte Ewigkeit marschiert sind, kommen wir am Ende eines weiteren langen Ganges an einer geschnitzten, fast drei Meter hohen, offenen Eichentür an. Ich schwöre, dass sich alles hier nach Hollywood anfühlt. Gerade jetzt fühle ich mich nach Hogwarts versetzt.

Ich mache ein weiteres Foto, diesmal mit der Nachricht, dass wir so schnell wie möglich in unser Lieblingscafé Espresso Patronum gehen müssen. Der Gedanke alleine reicht aus, um Tessa aufzumuntern, wie man am GIF eines tanzenden Snape sehen kann.

Ablenkung ist das A und O bei Tess. Als zukünftige Abschiedsrednerin *unserer* Abschlussklasse auf der BP ist sie manchmal so darauf fixiert, dass man sie ablenken muss. Mit dem Versprechen von fantastischem Kaffee, einer eklektischen, meist *Harry-Potter-bezogenen* Einrichtung und der Chance, einen Blick auf die Arbeit einer ihrer Lieblingsautorinnen zu werfen, habe ich gleich einen Hattrick gelandet.

Ich bleibe abrupt stehen, als ich die Schwelle der Cafeteria überschreite.

Heilige Scheiße! Wir sind nicht mehr in Kansas, Toto. Ich pfeife, als ich die gewölbten Decken mit ihren Holzbalken und den überdimensionalen Kristallleuchtern sehe.

Diese Cafeteria ist *ganz anders* als alle anderen, in denen ich je war. Hier gibt es keine laminierten Klapptische aus Metall und billige Plastikstühle – nein, nur rechteckige Holztische und passende Holzstühle mit grau gepolsterten Sitzen.

Auf der linken Seite befindet sich eine Glaswand mit Türen, die zu einem Innenhof führen, auf dem Tische mit Sonnenschirmen stehen, an denen man im Freien essen kann. Ich schätze, ein Picknick auf einer Decke wäre für Leute, die mehr als sechzigtausend Euro im Jahr an Schulgeld zahlen, unzumutbar.

Scheiße, Savvy. Iss ein Snickers oder etwas anderes, denn selbst deine Gedanken klingen schon nach voreingenommener Schlampe.

Ich lasse die Schultern hängen und versuche, das Gefühl von Negativität in mir abzuschütteln. Nur weil ich aus meinem alten Leben gerissen wurde, heißt das nicht, dass ich keines mehr habe. Sollte ich jemals daran gezweifelt haben, würde spätestens jetzt mein Handy, das mit seinen Vibrationen jede Frau zum Orgasmus bringen könnte, die letzten Zweifel ausräumen.

Rechts von mir befindet sich die Essensausgabe das erste „fast normal" wirkende Attribut der Cafeteria. Nur „fast normal" allerdings, denn statt lächelnder Essensdamen in Schürzen und Haarnetzen tragen die Mitarbeiter, die das Essen ausgeben, weiße Kochmäntel und Mützen. Alles an der BA spielt in der Oberliga.

Während mein Blick über die bereits halb gefüllten Tische schweift, verfluche ich im Stillen Tessa und ihren Vorschlag, am letzten Wochenende *Mean Girls* zu schauen, um mich auf meine Rolle als „Die Neue" vorzubereiten. Alles, was ich mir in diesem Moment wünsche, ist ein schwuler Freund und sein kunstbegabter Kumpan, die mir eine Karte zeichnen, wo ich sitzen soll.

Es fühlt sich an, als wären hundert Augenpaare auf mich gerichtet. Wer weiß? Da ich die bereits erwähnte Neue *bin*, könnte es durchaus so sein.

Bei einem weiteren Durchgang durch den Raum bleibt mein Blick an einem hellen, fast schillernden Paar, hängen, aber ich zwinge mich, weiterzugehen, bevor ich die Aufmerksamkeit aller auf mich lenke.

„Savs?", ertönt eine zögerliche, aber aufgeregte Stimme von links.

Als ich mich umdrehe, breitet sich das erste echte Lächeln auf meinem Gesicht aus, seit ich diese heiligen Hallen betreten habe. Tinsley Warren, eine von Tessas Teamkolleginnen bei den New Jersey All-Stars, besser bekannt als NJA, sieht mich an, als könne sie ihren Augen nicht trauen.

Ich hatte völlig vergessen, dass sie hier zur Schule geht. Da NJA ein Vereinsteam ist, haben sie Sportler aus der ganzen Welt unter Vertrag. Schulstolz – oder in diesem Fall alte Rivalitäten – spielen keine Rolle mehr, wenn man einmal die blaue Uniform der NJA trägt.

Sobald ihr klar wird, dass ich tatsächlich die bin, für die sie mich hält, stürzt sich Tinsley auf mich und schlingt mir ihre kräftigen Arme um den Hals.

„Hey, Tins." Ich erwidere ihre Umarmung, allerdings mit etwas weniger Begeisterung. Da ich die meiste Zeit meines Lebens mit Tessa befreundet war, bin ich es gewöhnt, mit Menschen umzugehen, die mehr Energie in einem einzigen Pferdeschwanz besitzen, als ich jemals in meinem ganzen Körper haben werde.

„Was zum Teufel machst du hier? Die BA ist doch nicht Teil deines Königreiches."

Ich fahre mir mit der Hand durch die Haare und zupfe an den Strähnen, um mein Amüsement nicht zu offen zu zeigen. Okay, unser Nachname *ist* King, aber *musste* mein Bruder seine Bande von Idioten auch noch die Royalty Crew nennen? *Dafür kann ich wahrscheinlich meinen Vorfahren die Schuld geben.* Aber im Ernst … die Monarchie-Wortspiele sind wirklich nicht mehr lustig.

„Ich weiß, du hasst es, dass Natalie und dein Stiefvater dich Samantha nennen, aber vielleicht ist es tatsächlich besser, wenn du die Savage-Seite deiner Identität bei auf der BA fürs Erste geheim hältst", meint Carter und rollt eine Bierflasche zwischen seinen Fingern hin und her.

„Das kann doch nicht dein Ernst sein." Meine Kinnlade fällt fast auf den Boden.

„So läufst du nicht gleich Gefahr, dass dich jemand in Machtspiel-chen hineinzieht."

„Ja", schnaubt Wes, *„denn das wäre dann nicht wirklich unange-bracht oder so."*

Carter grinst kurz angesichts des Kommentars seines besten Freundes und Nummer zwei in seiner Crew, aber er fängt sich schnell wieder und richtet seine Aufmerksamkeit wieder auf mich, als ich frage: „Glaubst du nicht, dass sie mich ohnehin gleich erkennen werden?"

Das Einzige, was mir meine Frage einbrachte, war einer seiner Seitenblicke nach dem Motto: *„Glaubst du nicht, dass ich selbst schon daran gedacht habe?"* Ich bin nicht scharf darauf, zu erleben, dass er recht hatte. Bis jetzt jedoch hat noch niemand auch nur mit einer Wimper gezuckt.

Ich hatte schon Angst, dass er ausflippt, als ich ihm erzählt habe, dass Mitchell mich nicht nur an der BA eingeschrieben hat. Nein, Natalie hat ihn auch davon überzeugt, dass es das Beste wäre, es unter dem Namen St. James zu tun. Der einzige Grund, warum *ich einigermaßen* ruhig bin, ist, dass er meinen Namen nicht auch legal hat ändern lassen. Ich habe es immer noch nicht geschafft, Carters plötzliche „Vielleicht-spielst-du-mit-dass-du-nicht-ein-King-bist"-Haltung im Leben zu verstehen. Aber Menschen, die ein Y-Chromosom haben, ergeben an den aller-meisten Tagen nicht viel Sinn.

„Oh mein Gott", sagt Tinsley und streicht mir über die Sträh-nen, die mir über die Schultern hängen, „wann hast du dir denn die Haare gefärbt?" Ich schaue auf meine neuen silbernen Locken hinunter. „Ich kann nicht glauben, dass Bette dem zugestimmt hat."

Bette Dennings, Tessas Pseudo-Schwägerin, ist eine tolle Friseurin. Sie weigert sich strikt, Tessas erdbeerblondes Haar auch nur ansatzweise zu färben, aber ich konnte sie davon überzeugen, dass ich eine Abwechslung zu meinen natürlichen aschblonden Locken brauche. Ursprünglich wollte ich mir meinen ganzen Kopf lila färben lassen, aber ich war mir nicht sicher, ob es an dieser Schule irgendwelche Vorgaben bezüglich Aufmachung der Schülerinnen und Schüler gibt und dachte mir, dass Silber eine zumindest etwas „natürlichere" Farbe ist.

„Gefällt es dir?" Ich hake mich bei ihr unter und lasse mich von ihr zur Essensausgabe führen.

„Es ist erstaunlich. Es ist sehr Savvy King, wenn das Sinn ergibt."

Ich lasse meinen Blick über die Menschen schweifen, die uns am nächsten sind, während mir Carters paranoide Warnung durch den Kopf geht – aber es sieht nicht so aus, als ob sie uns viel Aufmerksamkeit schenken würden.

„Ja … was das angeht …" Ich warte, bis wir beide eine Keramikschüssel mit einem köstlich duftenden Hühnchen-Gemüse-Gericht aus dem Wok auf dem Tablett haben, bevor ich weiterspreche. „Du solltest dich wahrscheinlich daran gewöhnen, mich hier auf der Schule Samantha oder so zu nennen."

Zwischen Tinsleys Brauen bildet sich ein kleines V. „Samantha?"

Ich nicke. „Das ist mein Name."

Die Furche wird nur noch tiefer, verwandelt sich quasi von einem Klein- in einen Großbuchstaben. „Savvy ist nicht die Kurzform für Savannah?"

Ich schüttle den Kopf und lächle. Die Vermutung liegt nahe. Ich heiße schon so lange Savvy, und alle, die mich noch nicht kannten, bevor der Spitzname aufkam, reagieren immer so, wenn sie meinen richtigen Namen hören. Natalie *verabscheut* den Grund für den Spitznamen, deshalb weigert sie sich, ihn zu benutzen.

Und ich? Ich liebe ihn.

KAPITEL 3

Unter dem Tisch und außer Sichtweite formt meine Hand eine Faust auf meinem Oberschenkel, die Knöchel knacken unter dem Druck. *Wer zum Teufel ist sie?* Diese Frage stelle ich mir jedes Mal, wenn ich sie sehe, direkt gefolgt von der Frage: „Warum interessiert mich das?"

Was mich am meisten nervt, ist das nagende Gefühl, dass ich sie von irgendwoher *kenne*, als ob mir ihr Name auf der Zunge liegen würde. Aber ich kann ich es nicht richtig fassen. Das ist verdammt frustrierend.

Kontrolle ist etwas, das ich brauche, wonach ich mich buchstäblich *sehne*. Ich habe viel Zeit und Arbeit investiert, um der Platzhirsch auf der BA zu werden, und das sieht man. Die Nachricht von dem neuen Mädchen hat meine Jungs und mich erreicht, lange bevor ich den ersten Blick auf die langen silbernen Haare erhaschen konnte. Klatsch und Tratsch ist eines der Fundamente, auf denen die prestigeträchtigen Mauern der Blackwell Academy errichtet sind. Informationen sind hier die wichtigste Währung, und wenn du der König dieses Schlosses bist, sorgen deine Bauern dafür, dass du immer auf dem Laufenden bleibst.

Die BA ist keine typische Highschool. Die Messlatte, die man hier für sich selbst legt, kann sich leicht auf den nächsten Lebensabschnitt übertragen. Wenn der Großteil der Schülerschaft aus der Brut der Millionäre und Milliardäre des Landes sowie aus wichtigen Akteuren des politischen Parketts besteht, *bedeutet* es durchaus etwas, wenn man sich von den anderen abhebt. Und ich? Ich kann jede Schülerin und jeden Schüler – oder auch jede Lehrerin und jeden Lehrer – mit einem Fingerschnippen dazu bringen, zu tun was ich will. Bei dieser Schlampe wird es nicht anders sein. Noch vor Ende der Woche wird sie auf den Knien liegen und an meinem Schwanz würgen.

„Sie hat totale SLL, Mann", sinniert Duke. Er ist mein bester Freund, also sollte ich ihn wahrscheinlich nicht für seinen Kommentar in die Pfanne hauen, zumal ich bei ihrem Anblick selbst gerade an *schwanzlutschenden Lippen* denken musste – *und doch* ist da der Drang, ihn fertigzumachen.

Was. Zum. Teufel?

Duke ist mein Kumpel, seit wir im ersten Studienjahr ins Wohnheim gezogen sind. Meine Loyalität gilt ihm und nicht irgendeiner Tussi, die durch Zufall hier gelandet ist.

„Hast du ihren Arsch gesehen?" Banks balanciert auf den Hinterbeinen seines Stuhls, als ob er dadurch einen besseren Blick erhaschen könnte. Spoiler-Alarm: Das geht nicht. Ihr Rücken zeigt nicht in unsere Richtung.

Brad stimmt trotzdem zu. „Scheiße, ja."

„Ich wette, ich kann sie dazu bringen, sich über den Schreibtisch von Direktor Woodbridge zu b …"

„Arabella." Ich krümme einen Finger und unterbreche Midas, bevor er Gefahr läuft, von einer Gabel aufgespießt zu werden.

Mit dem Selbstbewusstsein der amtierenden Queen B schwingt Arabella die Hüften, als sie auf unseren Tisch zu stolziert und es sich auf meinem Schoß bequem macht. „Jasper", gurrt sie und schlingt mir ihre Arme besitzergreifend um den Hals.

Ich sollte aufstehen und ihren arroganten Arsch auf den Boden befördern. Seit das Hockeyteam letztes Jahr die Meisterschaft gewonnen hat, lässt ihr Sinn für Anstand mir gegenüber sehr zu wünschen übrig. Nur weil ich sie meinen Schwanz lutschen ließ und sie ein paar Mal in der Umkleidekabine gevögelt habe, heißt das nicht, dass ich ihr gehöre. Auf der anderen Seite ist es ein geringer Preis, fünf Minuten lang ihre Machtspielchen mitzuspielen, wenn ich dafür die Informationen bekomme, die ich brauche.

„Was hat es mit der neuen Tussi auf sich?" Ich deute mit dem Kinn in ihre Richtung und halte meinen Blick auf Arabella gerichtet, damit sie nicht mitbekommt, wie interessiert ich wirklich bin. „Ich habe gesehen, dass Woodbridge dich zur Fremdenführerin ernannt hat." Ich lasse eine Handfläche über ihren Oberschenkel gleiten, der unterhalb des Saums ihres kurzen Uniformrocks frei liegt.

„Ach, nicht viel." Sie schürzt ihre mit Kollagen unterspritzten Lippen. „Ihr Name ist Samantha St. James."

„Wie Mitchell St. James?", fragt Duke und meint damit den Hotelmagnaten, der auch ein langjähriger Freund seines Vaters und dessen Wahlkampfspender ist.

„Ja." Arabella dreht sich zu ihm um und reibt sich dabei absichtlich an meinem Schwanz. „Seine Heirat vor ein paar Wochen war nicht die einzige Überraschung. Anscheinend hat er mit seiner neuen Vorzeigefrau auch eine Stieftochter geerbt."

„Wie lautet ihr richtiger Nachname?"

„Keine Ahnung." Diesmal zuckt sie mit den Schultern, reibt ihre Brüste an meiner Brust und macht wieder einen Schmollmund.

Ich muss diese Schlampe loswerden, bevor sie zu einer völligen Nervensäge wird.

Schließlich erlaube ich mir einen weiteren Blick und sehe, wie sie Tinsley Warren umarmt. *Interessant.* Wenn sie sich kennen, muss Samantha aus der Gegend stammen, denn Tinsley ist eine der wenigen Schülerinnen aus New Jersey, denen die BA ein Stipendium verliehen hat.

Mit einem Klaps auf den Hintern mache ich Arabella klar, dass sie sich verziehen soll, und warte, bis sie mit ihren eigenen Untergebenen am Mädchentisch Platz genommen hat.

Ich lehne mich auf meinem Stuhl zurück und verschränke die Arme vor der Brust. Ein Vorteil, wenn man das Sagen hat, ist, dass ich weiß, dass Tinsley und ihre neue Freundin nach dem Essen an unserem Tisch vorbeikommen werden. Ich weiß auch, dass Banks sie in dem Fall aufhalten wird. Er ist fasziniert, ja geradezu besessen von der kleinen Miss Scholarship.

Wie aufs Stichwort dringt das Geräusch von Holz, das auf Marmor schabt, an mein Ohr. Er hat ihr seinen Stuhl in den Weg geschoben, was Tinsley mit einem Stirnrunzeln quittiert, da sie kurz anhalten musste, um nicht mit ihrem Hintern auf ihm zu landen. Nicht, dass mein Junge sich darüber beschwert hätte. Ich würde darauf wetten, dass er am liebsten ihren Rock anheben würde, um ihr den Hintern zu versohlen, so, dass die ganze Schule es sieht – dieser exhibitionistische Bastard.

„Was willst du, Banks?", fragt Tinsley mit einem tiefen Seufzer.

Banks mustert sie unverhohlen gierig und lässt seinen Blick träge über ihren Körper gleiten. Er verweilt kurz auf dem entblößten Dekolleté im tiefen V ihrer Uniformbluse und ihrer Weste, bevor er weiter wandert zu der nackten Haut ihrer Beine zwischen ihren Uniform-Shorts und den kniehohen Socken.

Ich kann es meinem Kumpel nicht verübeln, dass er sich für sie interessiert; Tinsley ist eine Wucht. Sie hat glatte, hellbraune Haut und diese Augen, die braun aussehen, es aber nicht sind. Sie erinnert mich an das Mädchen, das vor Jahren die Hexe in dieser Vampirserie gespielt hat, von der die Leute so besessen waren.

Zum Pech für sie und Banks' Schwanz hat die Unheilige Dreifaltigkeit (Arabella und ihre Truppe) sie aufgrund ihres mangelnden Vermögens für unwürdig befunden, in unseren Kreis aufgenommen zu werden.

Aber das hat Banks bislang nicht davon abgehalten, sich an ihrem Anblick aufzugeilen. Tinsley wird immer nervöser, je länger er das tut, und ihre Atmung wird schneller, während sie beobachtet, wie er mit dem Daumen über seine Unterlippe fährt.

„Willst du uns nicht deine Freundin vorstellen, Tinsley?" Banks streicht mit den Fingerspitzen über einen ihrer Oberschenkel und sie keucht auf.

Die zusammengekniffenen Augen auf die Stelle gerichtet, an der Banks Tinsley berührt, tritt Samantha näher. „Wenn du deine Hand behalten willst, schlage ich vor, dass du sie *sofort* von meiner Freundin nimmst."

In der Cafeteria wird es totenstill. Nicht einmal das Geräusch von Besteck, das auf den Tellern bewegt wird, ist noch zu hören, als das ansonsten geschäftige Treiben auf einen Schlag zum Erliegen kommt. Dabei war es noch nicht einmal so, dass sie geschrien hätte. Tatsächlich war ihre Stimme relativ leise und eher unheimlich ruhig. Der Stimmungsumschwung kommt daher, dass sie die Machthaber herausgefordert hat. Das passiert *nie* – absolut niemals.

Oh, ich werde viel Spaß haben, wenn ich ihn in sie einführe. Es macht immer mehr Spaß, wenn etwas Widerstand mit im Spiel ist.

Banks schaut mich an, als wolle er fragen: *„Wie soll ich damit umgehen?"*, und ich nicke ihm zu.

„Hör zu, Süße …" Sie zieht bei der Anrede die Schultern hoch bis zu den Ohren. *Ooh, das gefällt jemandem nicht.* „Du bist neu hier, also verzeihen wir dir den Fauxpas, aber du" – ich lasse meinen Blick schnell über ihren Körper gleiten und zwinge mich, mich nicht von all den Dingen ablenken zu lassen, auf die die Jungs hingewiesen haben – „sagst *uns* nicht, was wir tun sollen."

Es ist mir egal, wie eng deine Muschi sein mag, Baby. Ich will verdammt sein, wenn du glaubst, du könntest meine Kontrolle untergraben.

Eine ihrer blonden Augenbrauen hebt sich und sie schürzt die Lippen, während sie mich ihrerseits langsam mustert. Aus der Nähe kann ich sehen, dass ihre Augen einen verrückten lila Farbton haben.

Ich starre sie mit demselben Blick an, dass die Verteidiger auf dem Eis in ihren Schlittschuhen zum Zittern bringt, nicht aber sie. Im Gegenteil, ihre vollen Lippen deuten ein Lächeln an, als ob sie die Herausforderung genießen würde.

Ich regiere diese Schule mit eiserner Faust. Hier wird noch nicht einmal der BP ein Streich gespielt, ohne es vorher mit mir abzusprechen. Und dieses … *Mädchen* denkt, sie kann sich mir widersetzen? Wohl kaum.

„Sa-"

Tinsley räuspert sich. „Sam, vergiss es einfach."

Samantha steht in meine Richtung gewandt und blickt über ihre Schulter zu Tinsley zurück. Dabei fallen einige ihrer silbernen Haare nach vorne und verbergen ihr Gesicht vor mir. Ich werde von einer weiteren Welle der Vertrautheit getroffen. „Tins" – es liegt eine Warnung in der Stimme, die keine der anderen Frauen hier so gut hinbekommt – „sag mir, dass das nicht alltäglich ist".

Tinsley schaut zu Boden, ihre Kehle arbeitet daran, die Lüge herunterzuschlucken, die sie für jeden sichtbar gerne erzählen würde, aber nicht kann.

„Verdammte Scheiße", murmelt Samantha leise. In diesem Moment bemerkt sie, dass Banks seine Hand immer noch nicht weggenommen hat, und bewegt sich rasend schnell auf ihn zu. Sie hebt ein Bein, stellt einen Fuß auf den Stuhl zwischen Banks' gespreizten Knien und stößt ihn mit so viel Kraft weg, dass der

Stuhl mitsamt seinem zweihundert Pfund schweren Jockhole über den Boden schießt.

„Von jetzt an" – Samantha schaut zuerst zu Banks und dann zu mir – „ist Tinsley *tabu*."

Äußerlich reagiere ich nur mit einem Stirnrunzeln, gefolgt von einem leichten Kräuseln meiner Lippen. Innerlich? Meine Muskeln verkrampfen sich und bereiten sich auf den Kampf vor. Respektlosigkeit, besonders von jemandem mit einer Muschi, wird nicht toleriert.

Es ist schon eine Weile her, dass wir unsere Kontrolle wirklich erzwingen mussten.

Jemandem muss eine Lektion erteilt werden. Und wo könnte sie besser lernen als auf ihren Knien?

Das dürfte lustig werden.

KAPITEL 4

Savvy

Überraschenderweise verläuft der Rest des Tages ereignislos, mit dem zusätzlichen Bonus, dass Tinsley eine ganze Reihe meiner Kurse ebenfalls besucht. Gut, dass die Klassen klein sind. *wackelt mit einem von Tessas nicht vorhandenen Bommeln*

Da ich die Neue bin, habe ich Getuschel erwartet und ab und zu einen schrägen Blick, aber nach der kleinen Szene in der Cafeteria scheinen sich diese Blicke seit heute Morgen vervielfacht zu haben.

„Also …" Tinsley lehnt eine Schulter an den Spind neben meinem, während ich die Schulbücher gegen die austausche, die ich mit nach Hause nehmen muss. Hausaufgaben am ersten Tag – wer zum Teufel macht denn sowas? „Du hast deinen ersten Tag an der BA überlebt." Das amüsierte Lächeln auf ihren Lippen verrät mir alles, was ich darüber wissen muss, wie sie sich mit Tessa angefreundet hat.

„Jep." Ich schließe meinen Spind mit etwas mehr Kraft als nötig. „Nur noch einhundertneunundsiebzig."

Tinsley schnaubt. „Wer zählt schon mit?"

„Ich." Ich drehe mich auf dem Absatz um und wir machen uns im Gleichschritt auf den Weg zum Ausgang. „Ich zähle *auf jeden Fall* mit."

Ich behaupte nicht, dass ich die BP geliebt hätte, aber ich hatte dort meine Freunde, meine Mannschaft und *einen Plan*, wie das letzte Jahr ablaufen würde. Und jetzt? Nichts davon.

Ich würde jeden Tag eine Fahrgemeinschaft mit Tessa bilden und nicht von einem Chauffeur gefahren werden. Wir würden scherzend durch die Gänge laufen, uns in den Klassen, in denen wir nicht zusammen waren, Notizen schreiben und in den Mittagspausen Quatsch machen.

Freitags würden wir die Football-Spiele der BP besuchen – ja, ich weiß, dass ich das immer noch tun kann, aber es ist nicht dasselbe. Ich bin nicht mehr dabei, wenn die Spieler ihre Trikots in der Schule tragen und sich gegenseitig anheizen.

Die großen Eingangstüren sind dank des ständigen Stroms von Schülern und Schülerinnen nie ganz geschlossen. Trotzdem ist der Temperaturwechsel von der Klimaanlage zur anhaltenden Sommerhitze Anfang September immer noch unangenehm. Ich spüre sofort, wie mir der Schweiß im Nacken steht.

Am Rande meines Sichtfeldes blitzt eine Bewegung auf, und als ich den Kopf wende, um genauer hinzuschauen, sehe ich die Arschgeige und seine *Jungs* oben auf der Steintreppe herumlungern.

Mir stockt der Atem und das hat nichts mit meinem Asthma zu tun, sondern mit der Art, wie sich der Blick aus seinen perlmuttfarbenen Augen in mich bohrt.

Arabella und ihre Lakaien sind auch da, aber er scheint sie nicht zu beachten. Dafür beobachtet er, den Daumen einer Hand in die Hosentasche gehakt, die andere um den Riemen der Büchertasche gewickelt, die er über seine Schulter gehängt hat.

Ich bleibe stehen. Mein Fuß schwebt eine Sekunde lang in der Luft, bevor ich mich umdrehe, um ihm direkt ins Gesicht zu sehen.

Wenn die glauben, ich würde mich fügen und tun, was sie wollen, nur weil sie an dieser Schule das Sagen haben, haben sie sich geschnitten. Sie wissen vielleicht nicht, dass mein richtiger Nachname King ist, aber sie werden noch schnell genug lernen, dass dieser Royal nicht in die Knie geht.

Ich führe meine Hände auf Brusthöhe zum Gurt meiner eigenen Tasche, und verschränke meine Finger, bis sich meine stumpfen Nägel in die Ballen meiner Handflächen graben.

Andere haben unsere Wettstarren ebenfalls bemerkt und eine seiner dunklen Augenbrauen wölbt sich höher, je länger es dauert.

Seine Lippen sind *viel* besser geformt, als es sich für einen

Mann gehört. Die perfekte Träne in der Mitte der Oberlippe unterstreicht nur den kantigen Schnitt seines Kiefers und das kleine Grübchen in seinem Kinn. Er ist durchtrainiert, seine breiten Schultern dehnen seinen Uniformblazers sichtbar aus und der Schnitt seines maßgeschneiderten Hemdes lässt gut erkennen, wie sich sein Oberkörper in dieser sexy V-Form verjüngt.

Er verlagert sein Gewicht. Das bisschen Stoff seiner Hose kann dabei die Kraft in seinen Oberschenkeln ebenfalls nicht verdecken. Tinsley hat erwähnt, dass er Sportler ist, und das sieht man. Es ist eine Schande, dass er gleichzeitig so ein Idiot ist, denn er ist verdammt heiß.

Das Hupen eines Autos durschneidet die Luft. Als ich schaue, wo das Geräusch herkommt, verwandelt sich mein Stirnrunzeln sofort in ein Grinsen.

„Hey Zicke!" Tessa steht auf dem Fahrersitz und lässt ihren Oberkörper über die Windschutzscheibe hängen. Ihr hoher Pferdeschwanz fällt ihr über die linke Schulter, ein fröhliches Lächeln ziert ihr hübsches Gesicht.

„T!", schreie ich und laufe so schnell es mein Körper zulässt. Wenn es um meine beste Freundin geht, habe ich manchmal das Gefühl, dass ich eine Persönlichkeitsstörung habe, weil sie eine Seite aus mir herausholt, die sonst niemand zu sehen bekommt.

Als ich mit der Hand über die Wimpern fahre, die um die Scheinwerfer angebracht sind, halte ich kurz inne, spreize meine Finger und nehme erst da die lila Farbe der Motorhaube wahr, während laute Musik aus den Lautsprechern des Jeeps dröhnt.

„Du bist so so bescheuert, Tessa Taylor."

„Was soll ich sagen?" Sie drückt den Knopf am Lenkrad, um die Lautstärke hochzudrehen, und fängt an, ihre Arme über den Körper zu schwingen, bevor sie sie an der Seite herunterfallen lässt und die Choreografie zum Refrain von „…Baby One More Time" von Britney Spears nachahmt. „Meine Schwester war eine gute Lehrerin."

„Dafür, dass ihr nicht blutsverwandt seid, seid ihr euch *erschreckend* ähnlich." Wie ihre Väter hat auch die nächste Generation der Taylors (Tessa und JT) und Dennings (Eric und Kay, oder PF für Tessa) diese ultimative Ebene der Freundschaft gefunden.

Die meisten anderen finden das unglaublich kompliziert, aber wenn man sie, wie ich, jahrelang kennt, gewöhnt man sich irgendwie daran.

„Danke." Tessa macht einen Knicks und wirft mir eine Kordeltasche zu, die ich gerade noch auffangen kann. „Tinsley? Oh mein Gott, ich habe ganz vergessen, dass du hier zur Schule gehst." Sie springt vom Jeep herunter, drückt mir einen flüchtigen, aber dennoch schmatzenden Kuss auf die Wange und stürzt sich auf ihre Teamkollegin, um sie zu umarmen.

Tessa und ich sind in vielerlei Hinsicht verschieden, aber wir haben beide eine „Ich-gebe-einen-Scheiß-drauf"-Seite. T. zum Beispiel macht sich nichts daraus, dass sie mit ihrem „Ich bin so aufgeregt und kann es nicht verbergen"-Getue bei der Begrüßung maßlos übertreibt.

Da ich weiß, dass es das Beste ist, Tessa Tessa sein zu lassen, ignoriere ich, wie sich die Haare in meinem Nacken aufstellen und greife mit meinen Fingern in den Verschluss der Tasche, bis sie sich öffnet. Darin finde ich ein Paar abgeschnittene Shorts und ein lockeres, schulterfreies T-Shirt mit dem Aufdruck: *wenn dich das Karma nicht erwischt, werde ich das tun*. Ich schätze, Klugscheißerei war nicht das einzige, das Tessa heute bei ihrer Schwester abgestaubt hat. Sieht so aus, als hätte Kay auch die Kontrolle über unsere Garderobe übernommen – wobei ich tatsächlich ein Fan ihrer Vorliebe für lustige Shirts bin.

„Du hast mir Klamotten mitgebracht?", frage ich und ziehe bereits die Jeans über meine Beine und unter meinen Rock.

„Ich dachte, du wolltest nicht länger als nötig wie in Britneys Musikvideo herumlaufen." Es ist erschreckend, wie ähnlich wir uns sind.

Rufe und Pfiffe ertönen von den Stufen, als ich den Reißverschluss meines Rocks öffne. Ich recke den Hals und kneife die Augen zusammen, lasse meine Hüften schwingen und den Rock zu Boden fallen. Zu sehen gab es da nichts, und wenn sie glauben, dass es mir peinlich ist, wenn sie johlen und „Zieh dich aus" und „Zeig's uns, Baby" schreien, muss ich sie enttäuschen. Stattdessen strecke ich ihnen den Rücken zu und schlüpfe aus meiner Jacke.

„Hm ..." Tessas fragender Ton lässt mich in ihre Richtung blicken und ich sehe, wie Jasper mir mit zusammengekniffenen Augen auf den Rücken starrt. *Als ob ich das nicht erwartet hätte.* „Erinnerst du dich, was wir heute über die Toiletten gesagt haben?" Ich muss mehr oder weniger von ihren Lippen ablesen, da sie vorsichtigerweise flüstert.

Wieder lasse ich meinen Blick die Treppe hinaufschweifen und muss mir auf die Lippen beißen, um ein Lächeln über den einfachen, aber genialen Streich zu unterdrücken, den die BP uns gespielt hat.

„Ich sollte eigentlich überrascht sein, dass du daran beteiligt warst, aber ich bin es nicht", gibt Tinsley zu. Ich zucke nur mit den Schultern. Ich möchte weder bestätigen noch leugnen, dass ich an der Anbringung von Aufklebern beteiligt war, die alle Männertoiletten wie Damentoiletten aussehen lassen. Es war nur ein kleiner Streich, der die Erstsemester verwirren sollte ... aber lustig war das trotzdem. Jedes Mal, wenn ich während Arabellas Führung an einer Toilette vorbeikam, war es eine Herausforderung, nicht die Selbstbeherrschung zu verlieren.

Stattdessen ziehe ich das T-Shirt über mein Uniformhemd. Mein Kopf kommt in dem Moment oben raus, in dem ich Daniel sagen höre: „Miss St. James". Ich stecke meine Arme durch die kurzen Ärmel und fahre mit den Händen unter das Shirt, um die Knöpfe meiner Uniform zu öffnen.

„Oh nein, Daniel" – Tessa springt auf, bevor ich die Chance dazu habe – „ich habe *ganz* vergessen, Natalie zu sagen, dass ich unser Mädchen heute abhole". Lüge. T würde so etwas nie mit dem Momster klären. „Das tut mir ganz *schrecklich* leid." Sie legt eine Hand auf Daniels Arm und die andere auf ihr Herz, in einer mehr oder weniger überzeugenden Vorstellung schlechten Gewissens.

Daniel blinzelt sie mit mit neutralem Gesichtsausdruck aus großen Augen an. Er ist schlicht von der ganzen Wucht des Tessa-Taylor-Charmes überrumpelt worden. Ich muss mich anstrengen, um mir bei diesem Anblick ein weiteres Lächeln zu verkneifen. Tess könnte einen Eskimo aus seinem Anorak herauslocken und ihn trotz Unterkühlung und der Gefahr des Erfrierens zum Lächeln bringen. Dieser arme Mann hatte nie eine Chance.

„Jetzt hast du deine wertvolle Zeit vergeudet, nur weil ich in meiner Aufregung, meine beste Freundin zu sehen, meine Umgangsformen vergessen habe." Sie fährt sich mit der Hand an die Stirn, ihr Pferdeschwanz schwingt hin und her, während sie den Kopf schüttelt. Das Mädchen hat ein Händchen dafür, alles auf die Spitze zu treiben.

„Es ist schon okay, Miss Taylor." Daniel tätschelt ihre Hand und ich schwöre, dass Tessa dabei eine Träne aus dem Auge drückt.

„Nein, nein, ist es nicht." Ja, sie wischt sich tatsächlich etwas unter den Wimpern weg. „Weißt du was?" Tessa wird ganz aufgeregt und stellt sich auf die Zehenspitzen. „Es ist gut möglich, dass ich sie noch häufiger abholen werde. Warum tauschen wir beide nicht unsere Nummern aus und ich schicke dir an diesen Tagen eine SMS, damit du nicht umsonst herfährst?" Sie stemmt bei dem Vorschlag eine Hand in die Hüfte und neigt den Kopf zur Seite.

„Ähm ..." Daniel blinzelt noch mehr und jetzt muss ich mir ernsthaft ein Lachen verkneifen.

„Oh, sei nicht so schüchtern, Danny Boy." Sie tätschelt seinen Arm. „Du hast doch nichts dagegen, wenn ich dich Danny Boy nenne, oder?" Sie wartet seine Antwort jedoch nicht ab, bevor sie weitermacht. „Ich komme aus einer Feuerwehrfamilie und wir haben *viele* Iren im Haus, und das war mein Schlaflied, als ich ein Baby war. Außerdem sind Spitznamen in meiner Familie eine große Sache und ich dachte mir, da du und ich mit unserer gemeinsamen Verbindung eine enge Freundschaft pflegen" – sie streckt einen Arm in meine Richtung aus, aber redet genauso schnell weiter – „sollte das auch zwischen uns so sein."

Daniels Mund öffnet und schließt sich. Er sieht fast aus wie ein Fisch, während er Opfer des Tessa Taylor-Effekts wird.

„T." Diesmal gebe ich es auf, Lachen und Grinsen unterdrücken zu wollen, und gehe auf sie zu, um Daniel zu retten. „Hol zwischendurch einmal Luft und gönne dem armen Mann eine Pause." Dankbare Augen blinzeln mich an, als ich meine Freundin am Arm nehme. „Ich glaube, du brauchst einen koffeinfreien Kaffee, wenn wir zum Espresso Patronum kommen."

Das schallende Geräusch ihres musikalischen Lachens erfüllt meine Ohren und wärmt meine Seele. Wir machen uns auf den Weg zu ihrem Jeep, aber erst, nachdem sie erfolgreich Nummern mit Daniel ausgetauscht hat (was keine Überraschung ist).

Das Espresso Patronum ist das einzigartigste Kaffeehaus, das ich kenne. Das Schild vor der Tür ist mit einer alten Broadway-Birne beleuchtet, und besteht aus einem Cartoon-To-Go-Becher, der einen Zauberstab schwingt und mit der typischen Brille und der Blitznarbe von Harry Potter verziert ist.

Das leuchtende Schild ist nur der Anfang, was die Atmosphäre des Ladens anbelangt. Die Glasfront macht es zwar leicht, in das Innere des Ladens zu sehen, aber das reicht nicht aus, um einen auf die Farbexplosion vorzubereiten, die einen begrüßt, sobald man durch die Glastür tritt.

Am nächsten kommt dem Café die Vorstellung, Harry Potter und der verrückte Hutmacher hätten ein Baby bekommen und der Pate des Babys wäre ein Einhorn.

Die Lampen sind alle verschiedenfarbige, umgedrehte Kaffeebecher und die schwarze Tafel hinter dem Tresen ist dicht mit quietschbunter Kreide beschrieben.

Tessa hüpft über das Rautenmuster auf dem Boden, wobei sie auf dem Weg zum Tresen nur in die schwarzen Quadrate tritt und die weißen vermeidet.

Ich lasse sie ihr Ding machen, denn ich weiß, dass sie und Lyle, der Besitzer, sich zuerst ein paar Minuten unterhalten wollen, bevor wir bestellen können.

„Wenn wir ihre Energie in Flaschen abfüllen und verkaufen könnten, wären wir reich", flüstert Tinsley und ich muss lachen.

„Du nimmst mir die Worte aus dem Mund." Ich trete zur Seite und halte die Tür für eine hübsche Rothaarige mit zwei Kaffeehaltern in der Hand auf, bevor ich selbst eintrete. Dank des großen Andrangs nach der Schule ist der Laden gut besucht und ich suche nach einem Platz mit genügend freien Plätzen für uns.

Die Barhocker an der langen Mosaik-Theke sind alle besetzt, von der langbeinigen Giraffe bis hin zum Hocker mit dem nackten Hintern, den ich am liebsten habe, wenn wir hier sind.

„Lass uns einen Platz suchen, solange noch welche frei sind", schlage ich Tinsley vor, als hinter uns eine weitere Flut von Gästen eintritt. „Wir können T unsere Bestellungen per SMS schicken."

Wir schlängeln uns durch die besetzten Tische, umgehen einen etwas zu weit herausgeschobenen Stuhl und ergattern eine große Couch mit einem Aufdruck der Karte des Rumtreibers und die übergroßen Sessel mit einer Mini-Hedwig und den Heiligtümern des Todes auf der anderen Seite des Tisches. Keine einzige Sitzgelegenheit hier gleicht der anderen, aber das macht ja gerade den besonderen Charme dieses Ortes aus.

Tinsley und ich führen die gleiche lockere Unterhaltung fort, die wir schon den ganzen Tag gepflegt haben, und ich bin froh, dass wir sie überzeugen konnten, sich uns anzuschließen.

Die Couch senkt sich und ich werde kurz einen Zentimeter angehoben, als sich ein großer Körper neben mir niederlässt und das hübsche Gesicht von Wesley Prince auf mich herablächelt. Einer seiner muskulösen Arme legt sich auf die Lehne der Couch hinter mir und ich stoße ihn mit dem Ellbogen an, um etwas persönlichen Freiraum zurückzugewinnen. *„Ma reine."* Er zwinkert mir zu und betont die französische Aussprache von *meine Königin,* was den Ohnmachtsfaktor nur noch erhöht.

„Wes", knurrt mein Bruder, als er den Stuhl neben Tinsley einnimmt, der es offenbar die Sprache verschlagen hat. Ihre Augen sind so weit aufgerissen, dass ein ganzer Ring aus Weiß um ihre dunkle Iris zu sehen ist. Es ist offensichtlich, dass sie weiß, wer mein Bruder ist, denn sie kennt meinen richtigen Namen, aber zu wissen, dass Carter King – der Carter King – mit mir verwandt ist, und ihn auch zu treffen, sind zwei ganz unterschiedliche Dinge.

Meine Haarspitzen streifen über die Haut meines Oberarms, als Wes beginnt, sie um einen Finger zu wickeln. Man könnte meinen, er hätte Todessehnsucht, so wie er vor Carter offen mit mir flirtet. Doch als bester Freund meines Bruders und Nummer zwei in Sachen Royals hat er einen gewissen Freiraum.

„Tinsley, das sind mein Bruder und Wes." Ich zeige erst auf den einen, dann auf den anderen und reiße sie damit aus ihrer Erstarrung. „Leute, das ist Tinsley. Sie ist mit Tess im NJA-Cheerleader-Team und war heute meine Rettung an der BA." Wes runzelt die Stirn, als sein Blick zwischen Tinsley und mir hin und her springt. „Was ist los?", frage ich.

„Ich dachte, ihr tragt Uniformen an der Blackwell-Akademie für Volltrottel?"

Carter verschluckt sich beinahe vor Lachen, während Tinsley kichernd ein „Oh mein Gott" ausstößt. Ich gebe Wes die Faust für seine gelungene Beschreibung meiner neuen Schule.

„Das tun wir auch", nicke ich. „T. hat mir Klamotten zum Wechseln mitgebracht und wir sind noch kurz in Tinsleys Wohnheim vorbeigefahren, um das Gleiche zu tun und ihre Cheerleader-Tasche für später zu holen."

„Ach, Mann." Wes schmollt. „Und ich dachte, ich könnte heute all meine Schulmädchenfantasien an dir ausleben – autsch!" Er rutscht nach vorne, um sein Bein zu reiben. „Was zum Teufel, King?"

Auf der anderen Seite des Tisches zuckt mein Bruder lässig mit den Schultern, als hätte er seinem Freund nicht gerade gegen das Schienbein getreten. Wes mag seine Freiräume bei mir haben, aber Carter weist ihn doch von Zeit zu Zeit in die Schranken.

„Halt dich zurück, Prinz."

Wes lässt sich zurück auf die Couch fallen und ich kämpfe gegen den Drang an, mit den Augen zu rollen. Es ist ein verdammtes Wunder, dass ich meine Jungfräulichkeit verlieren konnte, wenn man bedenkt, wie viel Angst alle vor meinem Bruder haben.

„Ach, Carter", gurrt Tessa und hält inne, um ihn auf die Wange zu küssen, „hör auf, solch eine Schwanzbremse bei deiner Schwester zu sein". Sie schiebt das Tablett mit unseren Kaffees in unsere Richtung – Lyle hat offenbar die Jungs gleich mit versorgt – und hält ihren eigenen Pappbecher in den Händen, während sie sich mit einem „Hey, Charming" auf den freien Platz neben Wes fallen lässt.

„Ich bin keine Schwanzbremse."

„Des einen Kartoffel ist des anderen Vodka", meint sie trocken.

„Heißt das nicht Kartoffel und Püree'?" Carter wölbt eine seiner blonden Brauen.

„Pfft." Tessa rollt mit den Augen, noch eine Geste, die sie von ihrer Schwester übernommen hat. „Lyle sagt das immer so, wenn Bette ihm die Haare färbt. Er hat es von einem befreundeten Hockeyspieler, und mir gefällt es so besser." Sie wirft Carter ein Kopfschütteln zu. „Egal, wie du es nennst, *doch*, du *bist* eine Schwanzbremse. Weißt du" – sie tippt sich ans Kinn – „wenn es daran liegt, dass du *nicht ausgelastet* bist, kann ich jederzeit PF anrufen und fragen, was sie und Em machen ..."

„Tessa", warnt Carter mit seiner tiefen, knurrigen ‚Ich-bin-der-König'-Stimme. Erwachsene Männer machen sich üblicherweise in die Hose dabei – nicht aber Tessa Taylor. Nein, sie sieht ihn zu sehr als großen Bruder, um Angst vor ihm zu haben.

„Was denn?" Sie blinzelt mit ihren großen blauen Augen unschuldig und zwinkert mir zu, ohne dass er es sehen kann. Ich nicke ihr zu und gebe ihr von ganzem Herzen recht. Es ist fast zwei Jahre her, dass Carter Kays Mitbewohnerin Emma kennengelernt hat, seither ist nichts weiter passiert.

„Meinst du nicht auch, dass es an der Zeit ist, dass du und Em etwas gegen die sexuelle Anspannung zwischen euch tut?", stachelt Tessa an.

„Es gibt keine sexuelle Anspannung zwischen Jackie O und mir."

Der ganze Tisch schnaubt. Selbst Tinsley, die die Vorgeschichte zwischen Carter und der Tochter des Senators nicht kennt, kann zwischen den Zeilen lesen. Ich frage mich, ob ich versuchen sollte, hier selbst aktiv zu werden. Wenn Carter sich auf sein eigenes Liebesleben konzentriert, wird er sich vielleicht aus meinem heraushalten.

„Wie auch immer ..." Carter lehnt sich in seinem Stuhl zurück und spreizt seine Knie, während er in seine Rolle als Anführer der Royals schlüpft. Ich *hasse* es wie die Pest, wenn er das bei mir tut. „Wie ist es heute gelaufen? Irgendwelche Probleme?"

Irgendetwas macht ihn in letzter Zeit nervös, und vermutlich fragt er genau darum. Trotzdem wandert mein Blick unbewusst zu Tinsley auf der anderen Seite des Tisches, was ihm natürlich nicht entgeht. *Verdammter aufmerksamer Bastard.*

„Aus der Sicht von Savvy King" – ich presse meine Lippen zusammen und schaffe es kaum ein Augenrollen zu unterdrücken – „nein".

„Aber ..."

„Aber ..." Diesmal stelle ich vollen Augenkontakt her, denn ich weiß, dass es am besten ist, nichts zu zeigen, was als Zeichen von Schwäche aufgefasst werden könnte. „Die BA ist wie ein lebendes Klischee." Ich halte meine Hände hoch, als wollte ich etwas herzeigen. „Überall fiese Tussis und Idioten."

Ein bedrohlicher Ausdruck legt sich wie eine Maske über Carters Gesichtszüge und ich richte mich in meinem Sitz auf. Im Laufe der Jahre hat er mich aus dem Großteil seiner Aktivitäten herausgehalten, aber so sehr er sich auch bemüht hat, ich bin nicht dumm; ich weiß, dass die Leute mehr als nur unseren Familiennamen fürchten.

Die Tatsache, dass drei der fünf Mitglieder der Royals den Gründerfamilien von Blackwell entstammen, gab ihnen die Grundlage für die Übernahme der Herrschaft an der BP vor ein paar Jahren. Erst als Carter auch die Straßenrennen und den Untergrund-Pokerring übernahm, verbreitete sich sein Ruf weit über die Stadtgrenzen hinaus.

„Entspann dich, Cart." Er hört mir jedoch nicht zu. Seine Schultern ziehen sich nur noch mehr zusammen, während er weiter finster vor sich hinstarrt. „Es ist nichts, womit ich nicht fertig werden würde."

„Ich dachte, wir hatten vereinbart, dass du dich eine Zeitlang unauffällig verhältst." Eine seiner Augenbrauen wölbt sich bis direkt unter den Rand seiner Baseball-Kappe, und er neigt seinen Kopf in meine Richtung.

Ich richte mich auf, lehne mich nach vorne, stütze meine Ellbogen auf den schwarz lackierten Tisch und neige meinen Kopf ebenfalls, sodass mein Haar wie ein Wasserfall um meine Schultern fällt. „Auch wenn ich dort als St. James eingeschrieben bin, bist *du* derjenige, *der* mich aufgezogen hat. Glaubst du wirklich, dass ich zulasse, dass ein Haufen Schläger sich an meiner Freundin vergreift" – mein Blick wandert zu Tinsley und wieder zurück – „und nichts sage?"

Violette Augen, die ein paar Nuancen dunkler sind als meine eigenen, starren mich an, ohne mit der Wimper zu zucken, während die Luft um uns herum plötzlich wie aufgeladen wirkt. Meine Wirbelsäule wird länger, ich lasse meine Arme in meinen Schoß fallen, aber ich weiche nicht zurück.

Ein Atemzug, dann zwei.

Endlich …

Ein Blinzeln und ein leichtes Nicken.

Der Atem, von dem ich nicht wusste, dass ich ihn angehalten habe, verlässt meine Lungen. Seit Natalie sich kaum noch um uns kümmert, stehen Carter und ich allein gegen den Rest der Welt. Ich hatte zwar gesagt, dass ich nicht nachgeben würde, aber es fällt mir schwer, mich gegen meinen Bruder zu stellen.

„Gut." Diesmal ist er derjenige, der laut ausatmet. „Aber wenn die Dinge eskalieren, sagst du es mir."

KAPITEL 5

Das Training für Highschool-Hockey beginnt zwar offiziell erst im November, aber das bedeutet nicht, dass der Coach nicht trotzdem dafür sorgt, dass wir uns auch in der Off-Season den Arsch abarbeiten. Von dem Moment an, in dem wir in das Wohnheim eingezogen sind, hieß es für uns, morgens im Kraftraum zu trainieren und ab und zu auch mal aufs Eis zu gehen.

„Was ist der Plan für das Wochenende?", fragt Duke.

„Wann zahlen wir es diesen BP-Schwänzen für ihre kleine Toilettenaktion heim?", fragt jemand, den ich nicht direkt erkenne.

„Keine Ahnung", antworte ich auf beide Fragen gleichzeitig, knöpfe mein weißes Uniformhemd zu und fange sofort an, die Ärmel bis zu den Ellenbogen hochzukrempeln. Meine Jacke bleibt im Spind. Es ist zwar erst sieben Uhr morgens aber schon viel zu heiß, um sich damit herumzuschlagen.

„Fährst du ein Rennen?", ruft Banks und hängt sich seine Tasche über die Schulter.

„Ich wünschte, es wäre so." In meinen Adern pumpt mein Blut schneller. Ob mit meinen Schlittschuhen auf dem Eis oder in meinem Ferrari auf der Autobahn – es gibt nichts Besseres, als mit Höchstgeschwindigkeit unterwegs zu sein. „Ich habe nicht gehört, dass es am Wochenende eines gäbe."

Niemand, dem ich mich diesen Sommer gestellt habe, hat mich wirklich herausgefordert. Der beste Wettbewerb, den ich seit dem Erwerb meines Führerscheins erlebt habe, ist eine Straßenrennstrecke hier in Blackwell. Dumm nur, dass sie von Carter King und seiner Crew betrieben wird. Ich habe durchaus Respekt dafür, wie sie ihre Macht von ihren Anfängen auf der BP aus auf weitere Teile des Staates ausdehnen konnten. Aber es geht mir auch gewaltig gegen den Strich, dass die langjährige Rivalität bedeutet, dass wir von der BA nur teilnehmen können, wenn wir ausdrücklich eingeladen werden.

Ich habe zwar das eine oder andere Rennen gewonnen, aber ich habe es bisher noch nicht geschafft, den Mann selbst oder seine rechte Hand zu schlagen. Das ist verdammt frustrierend. Mein F8 sollte in der Lage sein, sowohl die mickrige Corvette als auch den Camaro zu schlagen.

Banks geht auf dem Weg aus der Umkleidekabine voran, während Midas und Duke überlegen, auf welche Party wir nach dem Football-Spiel der Schule gehen sollen.

Während meine Jungs abgelenkt sind, ziehe ich mein Handy aus der Tasche und stöbere weiter im Internet, um zu sehen, was ich über eine gewisse Samantha St. James herausfinden kann.

Bis jetzt habe ich nur herausgefunden, dass sie aus der Gegend stammt, weil ihre Freundin sie abgeholt hat. Außerdem kann man wohl davon ausgehen, dass sie vorher auf der BP war. Logischerweise ist das das Einzige, was Sinn ergibt, weil sie mir so verdammt *bekannt* vorkommt.

Nebeneinander gehen wir vier den Flur hinunter, während die anderen Schüler uns aus dem Weg gehen, weil sie Angst haben, uns aus Versehen anzurempeln.

„Der Tag fängt ja schon gut an." Banks sieht Tinsley an ihrem Spind und ändert spontan die Richtung.

„Ich frage mich, wo ihr neuer Wachhund ist", sinniert Midas, bevor er hinter Banks hergeht, um ihn bei seinen unguten Absichten zu unterstützen. Es ist eine rhetorische Frage. Keiner von uns schert sich einen Dreck um Miss St. James' Ansage. Sie macht hier nicht die Regeln – wir schon. Trotzdem schießt mir das Blut in den Kopf, als ich an sie denke.

Duke und ich sind zu weit weg, um zu verstehen, was gesagt wird, aber Tinsleys erschrockenes Keuchen hallt durch den Flur, ebenso wie das Klirren des Spinds, als ihr Rücken dagegen schlägt. Banks hat sie in der Zange. Er drückt einen ihrer Arme über ihrem Kopf gegen die Spindtür, während seine andere Hand sie an der Hüfte hält.

Tinsley schließt die Augen und senkt den Kopf, als Banks sich zu ihr herunterbeugt und ihr ins Ohr flüstert. Die Farbe weicht aus ihren Fingern, als Banks' Griff fester wird und er sie noch enger sich zieht.

Midas steht einfach nur da, die Schultern gegen den Spind daneben gelehnt, die Füße an den Knöcheln gekreuzt. Er poliert sich die Nägel an seinem Hemd, bevor er die Hand hebt, um sie genauer zu betrachten. Das leichte Zucken seiner Mundwinkel ist das einzige Zeichen dafür, wie sehr er die Show von Banks und Tinsley genießt.

„Oh Scheiße." Dukes flucht leise, aber er reicht aus, um mich dazu zu bringen, meinen Kopf zu heben, um seinem Blick zu folgen.

Fick mich.

In den gleichen lila Chucks wie gestern schreitet Samantha St. James zielstrebig in Richtung ihrer Freundin, und ich mache mich ebenfalls auf den Weg. Wir haben einige der schärfsten, gepflegtesten und manchmal auch chirurgisch aufgebesserte Frauen unter den BA-Studentinnen, aber *keine* von ihnen trägt die Uniform so wie sie.

Der kurze Saum des Faltenrocks flattert, als sie ihre Hüften schwingt. Für diesen Schwung würde Arabella vermutlich ihre Mutter nebst der halben Familie verkaufen.

Genau wie ich hat sie unseren Kaschmirblazer gegen die kurzärmelige Damenbluse und die graue Button-up-Weste getauscht. Auch ihre Krawatte ist nur locker gebunden, der Knoten befindet sich zwischen dem offenen Ausschnitt ihrer Bluse und dem obersten Knopf der Weste.

Sie erreicht unsere Freunde zur gleichen Zeit wie wir, aber während Duke und ich ein paar Meter entfernt stehen bleiben, geht sie weiter, duckt sich unter Banks' erhobenem Arm und zwingt ihn, Abstand zwischen sich und sein Opfer zu bringen.

„Es tut mir leid." Sie schüttelt den Kopf, wobei ihre langen silbernen Locken um ihren Kopf schwingen. „Ich dachte, ich hätte mich gestern klar und deutlich ausgedrückt." Sie legt eine Hand an ihr Herz, wie um eine Entschuldigung vorzutäuschen. „Nimm deine verdammten Hände" – sie greift mit einer ihrer

Hände nach Banks' Handgelenk und zerrt es von Tinsleys Hüfte – „*von* meiner Freundin."

„Wie kommst du darauf, dass sie *nicht* will, *dass* ich sie anfasse?", höhnt Banks. Samantha richtet sich auf, streckt den Rücken durch und sieht nach oben.

Sie rollt nur mit den Augen und stößt ihn mit der Schulter zwei Schritte zurück, gerade genug, um Tinsley an die Hand nehmen zu können und sie in die Mitte des Flurs zu ziehen, wo andere Schüler stehen geblieben sind, um die Szene zu beobachten.

Das ist schon das zweite Mal in den letzten Tagen, dass diese Tussi uns offen herausfordert. Genau wie gestern in der Cafeteria wird das Geflüster um uns herum lauter und die fragenden Blicke derjenigen, die uns am nächsten stehen, werden deutlicher. So amüsant Banks' *„Was zum Teufel ist hier los"*-Ausdruck auch ist, es ist an der Zeit, dem ein Ende zu setzen.

Bevor sie sich zu weit entfernen kann, greife ich nach Samanthas Handgelenk. Die zarten Knochen wirken noch dünner bei der Art und Weise, wie sich meine langen Finger um sie legen. Mit einem kräftigen Ruck reiße ich sie zurück und sie stolpert über ihre eigenen Füße, bevor ich sie mit einem lauten *Klirren* gegen die Spinde schleudere.

Ein langer Schritt reicht aus, um sie dagegen zu drücken, so wie Banks es bei Tinsley getan hat.

Minze und der süße Duft von Limetten erfüllen meine Sinne, als ich einen Fuß neben einen ihrer Füße stelle und den anderen zwischen ihre winzigen lila Turnschuhe.

Ihre Augen, die fast den gleichen Farbton wie die Schuhe haben, blicken mich wütend an, und die Erregung in meiner Leiste macht sich wieder bemerkbar. Um ihr nicht den Eindruck zu geben, dass sie irgendeine Wirkung auf mich hätte, winkle ich meine Hüften an und drücke meine Brust gegen ihre.

Ihr Trotz mag mich zwar erregen, aber das muss aufhören. Macht und Kontrolle haben bei der BA mehr Gewicht als die Zahl der Nullen auf unseren Bankkonten. Ich werde nicht zulassen, dass jemand, der nicht versteht, wie die Dinge hier funktionieren, hereinkommt und all die Arbeit, die ich geleistet habe, zunichtemacht, weil sie die Hierarchie nicht respektiert. Dies ist meine Welt. Sie kann hier nur existieren, wenn ich es zulasse.

„Jasper." Die Angst in Tinsleys Stimme, die bei der zweiten Silbe meines Namens fast bricht, ist das, was wir wollen.

Ein Quietschen ertönt und als ich einen Blick über meine Schulter werfe, hat Midas eine Hand auf Tinsleys Mund gelegt und seinen anderen Arm fest um ihre Mitte geschlungen, um sie an sich zu drücken, während sie vergeblich versucht, sich zu befreien.

Ich ziehe die Augenbrauen zusammen, als Midas mir ein paar Küsse zuwirft, aber als ich die Todesdolche in Samanthas Blicken in seine Richtung sehe, weiß ich, dass sein Hohn ihr galt.

Mit einem leisen Knurren versucht Samantha, sich auf ihn zu stützen, prallt aber an mir ab und drückt ihre Brüste weich an mein Glied, bevor sie mit einem weiteren Scheppern wieder gegen den Spind prallt.

Midas überschreitet gerne Grenzen, aber ich weiß, dass ich mich nicht darum kümmern muss, wenn Banks in der Nähe ist. Stattdessen kann ich mich hundertprozentig auf die Aufgabe konzentrieren, die gerade vor mir liegt.

Samanthas Blick ist immer noch auf Midas gerichtet, und das gefällt mir nicht. Ganz und gar nicht.

Ich klemme ihr Kinn zwischen Daumen und Zeigefinger und hebe es an, bis sie gezwungen ist, die lila Pupillen wieder auf mich zu richten.

Ihre dunklen, getuschten Wimpern streichen über ihre Augenlider, während sie mich mit diesem unverhohlenen Trotz anstarrt.

„Hör zu, Prinzessin." Ihre inneren Augenwinkel ziehen sich zusammen, ihre Nasenflügel blähen sich auf und ich spüre, wie ihr Kiefer in meinen Fingern arbeitet. „Ich weiß nicht, wie es an der BP so abläuft ..." Die Art und Weise, wie sie in meinem Griff zusammenzuckt, bestätigt meinen Verdacht, wo sie zur Schule gegangen ist. „Aber hier an der BA" – ich hebe meinen Daumen und fahre mit ihm über ihre pralle Unterlippe, deren Haut weich und nicht von klebrigem, Lipgloss bedeckt ist – „regieren meine Jungs und ich. Es wäre von Vorteil für dich, wenn du es lernen würdest ... es verinnerlichen würdest ..."

„Es lieben würdest", beendet Duke meinen Satz.

Sie lacht höhnisch auf, und Fuck, bringt das meinen Schwanz direkt von Halbmast auf Vollmast. Warum zum Teufel hat sie so gar keine Angst vor mir? Oder noch besser: Warum gefällt mir das so sehr?

„Du hast recht." Sie nickt und ihr Wimpernschlag wirft Schatten auf ihre Wangen. „Du hast keine Ahnung von der BP."

Die Spitze ihrer Zunge streift über die Haut meines Daumens, als sie ihre Lippen leckt, und ich schaffe es gerade noch, ein Stöhnen zu unterdrücken.

„Wenn du *auch nur einen* Funken Ahnung hättest", sagt sie und streift mit ihrer Stirn meine, „wüsstest du, dass der Scheiß, den du gerade versuchst, bei mir *nicht* funktioniert."

Warum hört es sich so an, als wäre *sie* gerade diejenige, die *mich* bedroht?

„Du weißt schon …" Sie lacht humorlos. „Ich finde es lustig."

Mir ist klar, dass sie mich reizen will, aber ich kann nicht widerstehen. „Was ist?"

„Ist dein Nachname nicht Noble?"

„Schau an, da hat jemand seine Hausaufgaben gemacht." Ich beuge mich weiter vor und meine Lippen streifen bei meinen nächsten Worten ihre Ohrmuschel. „Es ist gut, dass du meinen Namen schon kennst." Ich knabbere an ihr und ein Lufthauch trifft meinen Nacken. „Du wirst ihn schon bald für mich stöhnen."

Ein Schnauben ertönt und das Gefühl der Ungläubigkeit lässt mich zurückweichen, nur um zu sehen, wie sie wieder mit den Augen rollt.

„Ich würde nicht zu viel erwarten."

Das werden wir ja sehen.

Ich lasse meine Hand sinken, meine Finger legen sich um ihren Nacken und mein Daumen streicht über ihre Kehle. Sie kann sich wehren, soviel sie will, aber ihr hartes Schlucken verrät, dass ich doch Eindruck hinterlasse, wenn auch nur ein bisschen. Sie wird lernen müssen, sich meinem Willen zu beugen, wenn sie nicht zerbrechen will.

„Du bist bezaubernd, *wirklich*." Ihre Wortwahl lässt mich aus meinen Gedanken aufschrecken.

„Das ist das *falsche* Adjektiv für ihn, Süße", singt Duke.

„Aha." Samantha neigt ihren Kopf zur Seite, als ob wir sie langweilen würden. „Ich finde es einfach nur komisch."

„Was denn?"

„In einer Stadt, die von Leuten mit Namen wie King, Prince

und Castle gegründet wurde, wirst du" – sie stößt mit dem Finger auf meine Brust – „*niemals* dazugehören."

Sie stößt so fest zu, dass das Grau ihres Nagellacks im weißen Stoff meines Hemdes verschwindet. Meine Haut brennt unter ihrer Berührung.

„Aber da du *so* besorgt zu sein scheinst, was ich schon weiß, und ich heute in Geberlaune bin, werde ich mir die Zeit nehmen, dich ein wenig zu unterrichten. Dein Name klingt vielleicht königlich, aber du wirst *nie* ein echter Adliger sein … oder gar ein King."

Sie hält inne, als würde sie abwarten, wie ich auf die Erwähnung der bekanntesten Crew in der Stadt reagiere. Meine Muskeln spannen sich an, als ich sehe, wie ihr verführerischer Mund an den Ecken zuckt. Ich weiß nicht, was sie glaubt, in mir zu sehen, aber dieser zusätzliche Funke Selbstvertrauen muss *unbedingt* ausgelöscht werden.

„Du scheinst nicht zu verstehen, dass der eigentliche Grund, warum die Royalty Crew an der BP – und in Blackwell im Allgemeinen – Macht hat, darin liegt, dass sie mehr *respektiert* als gefürchtet wird."

Mir stockt der Atem, als sie meine Wange berührt.

„Du magst in diesen Hallen der BA Macht haben, aber nirgendwo anders … diese Art von Respekt wirst du nie bekommen." Sie gibt mir zwei schnelle Ohrfeigen auf die Wange. „Denn mit deiner Taktik wirst du immer nur ein ganz gewöhnlicher Tyrann bleiben."

Ich bin mir nicht sicher, ob es ihre Worte sind oder ihr plötzlicher Stoß gegen meine Brust, aber ich stolpere zurück und lasse ihr genug Platz, um sich zu befreien.

Gewöhnlich? Wen zum Teufel nennt sie da gewöhnlich? Wie zum Teufel kommt sie dazu, *mich* zu beleidigen? Ich bin der verdammte Jasper Noble. Sie ist nur ein Mädchen, dessen Mutter zufällig einen Hotelmagnaten geheiratet hat.

„Das wirst du noch bereuen, Prinzessin", warne ich, als sie Tinsley einem sehr wortkargen Midas entreißt.

„Versuch es doch." Sie wirft mir die Worte über ihre Schulter hin und macht sich nicht einmal die Mühe, sich umzudrehen.

KAPITEL 6

Savvy

„**S**amantha", ruft Natalie, sobald ich das Penthouse betrete, und ich bin mehr als versucht, mich direkt wieder umzudrehen und zu gehen.

Nachdem ich acht Stunden in der Schule verbracht habe, in denen ich mir Sorgen gemacht habe, dass ich durch die Erwähnung von Carter meine Identität verraten habe, habe ich keine Energie mehr, um mich mit dem Momster zu beschäftigen. Zum Glück waren Jasper und seine Kollegen zu sehr mit sich selbst beschäftigt, um über ihre *„Du wirst dich vor mir verbeugen"*-Mentalität hinauszuwachsen und in mir mehr als nur eine neue Schülerin von der BP zu sehen.

„Samantha!" Ich schmunzle über den hochmütigen Ton, den Natalies Stimme annimmt, weil ich ihre erste Begrüßung ignoriert habe.

Ich folge dem langen Flur, vorbei an der riesigen Kücheninsel, ins Wohnzimmer und atme ein letztes Mal tief durch, bevor ich eintrete.

Gekleidet in die neueste Couture, ein langes Bein über das andere gelegt, den Fuß in einem perfekten Louboutin-Riemenschuh, dessen rote Sohle mir bei jedem Wippen des Fußes zuzwinkert, das Martini-Glas aus Waterford Crystal auf den Spitzen ihrer French manikürten Finger balancierend, sitzt Natalie St. James auf einem übergroßen smaragdfarbenen Samtsessel, als wäre es ihr Thron.

Es ist Anfang September und draußen sind über dreiundzwanzig Grad, aber das hält sie nicht davon ab, den Kamin anzuzünden, der fast die ganze Wand hinter ihr einnimmt. Natalie ist nichts, wenn sie keinen Auftritt hinlegen kann. Ich schwöre, sie glaubt, unser Leben wäre eine richtige Telenovela.

„Mutter", begrüße ich sie, als ich durch das Aufblitzen des königsblauen Lichts in meiner Umgebung auf Mitchell aufmerksam werde, der ebenfalls den Raum betritt. Er ist der einzige Grund, warum ich mich benehme … im Moment.

„Wie war die Schule?" *Total scheiße*, denke ich, aber ich beantworte Mitchells Frage mit einem Schulterzucken und einem „Es war okay".

Mitchell nickt und nimmt den Platz auf der Couch ein, der meiner Mutter am nächsten ist, während sich ein grimmiger Zug um ihren scharlachroten Mund legt.

„Das war's? Ich hätte gedacht, nachdem du gestern erst spät nach Hause gekommen bist, hättest du mehr zu sagen."

Ah, ja. Der lieben Mutter hat es *nicht* gefallen, dass ich die meiste Zeit des Nachmittags mit meinem Bruder verbracht habe und sie mich nicht zu Gesicht bekommen hat. Sicher, ich habe mehr Zeit mit Tessa als mit Carter verbracht, weil ich mit ihr zum Cheerleader-Training gegangen bin, aber sie sieht seinen „Einfluss" auf mich generell nicht gerne. Daran hätte sie denken sollen, *bevor* sie mich mit ihm allein gelassen hat, um die nächste Stufe ihrer sozialen Hierarchie zu erklimmen.

Ich mache mir nicht die Mühe, ihre passive Aggressivität mit einer Antwort zu würdigen. Ich habe schon vor Jahren gelernt, dass es für meine mentale Gesundheit am besten ist, wenn ich mich darauf nicht einlasse. Stattdessen zucke ich nur mit einer Schulter und mache mich auf in Richtung des Flurs, der zu meinem Schlafzimmer führt, bis mich ein „Oh, Samantha" von Natalie ausbremst.

„Ja", antworte ich und beobachte sie misstrauisch.

Das selbstgefällige *„Ich habe das Spiel gewonnen, von dem du nicht einmal wusstest, dass wir es spielen"*-Grinsen, das sich auf ihrem perfekt geschminkten und wohlgeformten Gesicht ausbreitet, lässt mich erschaudern. Ich traue ihr nicht … nicht ein bisschen.

„Ich habe dir ein Kleid und passende Schuhe für heute Abend besorgt."

Was sagst du da?

Das Grinsen wird zu einem ausgewachsenen Lächeln, als die Verwirrung auf meinem Gesicht offensichtlich wird.

„Abendessen gibt es um sieben. Sieh zu, dass du pünktlich fertig bist, Liebes."

Liebes? Hat sie mich gerade wirklich *Liebes* genannt? Und Abendessen? Wovon zum Teufel redet sie?

„Wenn du gestern wie geplant nach Hause gekommen wärst, wüsstest du von unseren Plänen für den Abend", antwortet sie auf meine ungefragte Frage.

Ich schließe meine Augen und blinzle lange, um mich zu sammeln, bevor ich ihrem eisblauen Blick begegne. *Ich werde mich von ihr nicht reizen lassen.* „Es tut mir leid, dass wir uns gestern nicht über den Weg gelaufen sind." Mir tut es nicht leid, aber ich kann versuchen, den Schein zu wahren. „Es war mein Fehler, dass ich annahm, du wüsstest, dass ich immer noch die meisten Nachmittage mit Tessa verbringe." Lügen. Alles Lügen. „Du weißt doch, dass sie dafür sorgt, dass an der Schule gut mitkomme." *Oder du würdest es wissen, wenn du dich* tatsächlich *für mein Leben interessieren würdest.* Das letzte Detail sage ich nicht.

„Habt ihr schon viele Hausaufgaben bekommen?", fragt Mitchell, und anders als bei meinem Inkubator habe ich den Eindruck, dass er die Antwort tatsächlich wissen möchte.

„Nichts allzu Schwieriges. Aber Tessa ..." Ich strecke meine Hand mit der Handfläche zur Decke aus, während ich auf seine Bestätigung warte, dass er sich daran erinnert, meine beste Freundin getroffen zu haben. Als er nickt, fahre ich fort. „Sie wird die Abschlussrede halten und mit all ihren freiwilligen Kursen hat sie immer etwas zu tun. Ich habe mir inzwischen ihren strengen Lernplan selbst zu eigen gemacht."

„Das ist gut." Er wirbelt die bernsteinfarbene Flüssigkeit in einem Highball-Glas herum. „Die BA hat hohe akademische Standards. Wenn du sie nicht nur erfüllen, sondern übertreffen willst, ist es wichtig, dass du dir ein System zulegst."

Ein weiterer Grund, warum ich *nicht* an der BA sein *sollte*. Ich bin bestenfalls eine durchschnittliche Zweier-Schülerin. An der BP war ich mehr als gut. Wenn jemand auf meine neue Schule passen würde, dann wäre es die kluge Tess.

Aber das ist nicht der Punkt. Im Moment muss ich deutlich machen, dass ich Pläne habe, und die beinhalten *nicht das* Abendessen, das Natalie geplant hat.

Der Anstoß für das BP-Football-Spiel ist um sieben Uhr. Natalie lacht, aber für mich klingt es eher wie ein Gackern, als ich ihr davon erzähle.

„Oh, Süße." Sie winkt mit ihrer freien Hand, als ob ich mich lächerlich gemacht hätte. Erst Liebes, jetzt Süße? Bin ich in der *Twilight Zone* und nicht im Penthouse gelandet, als ich aus dem Aufzug gestiegen bin? „Du solltest dich nicht mehr um die Veranstaltungen der Blackwell Public kümmern. Das ist jetzt unter deiner Würde."

Verdammte Scheiße! Was zur *Hölle*?

„Hör zu, Mutter." Ich trete näher, falte meine Hände und lasse sie locker vor mir herabhängen, während ich mich darauf konzentriere, meine Atmung ruhig zu halten und meinen Blutdruck zu senken. Nur mit *Mühe gelingt* es mir, meine Stimme ruhig und gleichmäßig zu halten, und ich versuche, nicht herablassend zu klingen. „Du wolltest mich an der Blackwell Academy anmelden, und ich habe mich nicht dagegen gewehrt, aber das ist mein letztes Schuljahr. Nur weil ich auf eine neue Schule gehe, heißt das nicht, dass sich meine Pläne … meine Routine ändern werden."

„Ah, ja, du liebst diese Football-Spiele. Wie könnte ich das vergessen? Aber, Schatz" – *oh mein Gott, bitte knebelt mich* – „meinst du nicht, du solltest stattdessen zum Spiel der Blackwell Academy gehen?" Keine Chance. „Es wird viel einfacher für dich sein, Freunde zu finden, wenn du dich mit deinen neuen Klassenkameraden anfreundest. Lerne Gleichaltrige kennen, die dir ebenbürtig sind."

Vergiss *Twilight Zone*; ich glaube, ich bin gerade in der Zeit zurückgereist bei all dem klassenkämpferischen Schwachsinn, den sie da von sich gibt. Mir ebenbürtig? Ich brauche einen Drink. Ich frage mich, wie sie reagieren würde, wenn ich ihren Martini nehmen und ihn in einem Zug austrinken würde.

„Ich habe mehr als genug Freunde, vielen Dank." *Und zwar keine, die sich aufführen, als wären wir Konkurrenten.*

Natalie windet sich sichtbar, die Seidenrüschen am tiefen Ausschnitt ihres Kleides vibrieren leicht, als äußeres Zeichen ihrer unterdrückten Wut.

Sie muss es nicht aussprechen, damit ich weiß, was sie denkt. Wie kann ich es wagen, sie herauszufordern? Sie ist Natalie King. Sie ist meine Mutter. Schade, dass das erste Detail in diesem

Szenario mehr Gewicht hat. Es ist falsch, aber das ist nun mal eine Tatsache.

„Ich mache mir nur Sorgen, mein Schatz." Es kostet mich alles, was ich habe, um nicht für ihre bisherige Leistung als fürsorgliche Mutter Beifall zu klatschen. Ich habe bisher nur wenig mit Mitchell zu tun gehabt, aber ich hatte immer ein gutes Gefühl bei ihm. Er ist so ziemlich das Gegenteil von Natalie. Deshalb gibt sie sich wohl auch so viel Mühe mit dieser neuen Rolle, die sie selbst für sich geschaffen hat.

„Mir geht es gut ... Mom." Ich schlucke den Sarkasmus in diesem letzten Wort hinunter und ersticke fast daran.

„Das glaube ich dir, Baby." *Okay, ich glaube wirklich, ich muss kotzen.* „Ich wollte nur, dass du an diesem Abendessen teil-nimmst, damit wir dich einigen deiner neuen Kommilitonen vorstellen und dir den Übergang zur BA erleichtern können."

Ich frage sie, an wen sie denkt, damit ich weiß, von wem ich mich fernhalten sollte. Wenn sie das Natalie-Gütesiegel haben, muss ich sie meiden wie die Pest.

Wie recht ich hatte, bestätigt sich direkt, als sie Miss Queen B und die nervigen Arschlöcher aufzählt, die mich nicht in Ruhe lassen wollen.

„Wie wäre es mit einem Kompromiss?" Wieder ist Mitchell die Stimme der Vernunft, ohne sich der wahren Dynamik zwischen mir und der Frau, die mich gebar, überhaupt bewusst zu sein.

Ich wechsle von einem Fuß auf den anderen. „Was stellst du dir vor?"

Er beugt sich vor, stellt sein Glas auf einen dekorativen Unter-setzer und legt eine Hand auf Natalies Knie, während sein Daumen über das Gelenk fährt. „Du gehst heute Abend zum Football-Spiel, und wenn wir dich in Zukunft zu einer Veranstal-tung mitnehmen wollen, sagen wir dir mindestens zwei Tage vorher Bescheid. Wäre das in Ordnung?" Er schaut eher zu seiner Frau als zu mir.

Es ist unauffällig, aber ich kann sehen, wie Natalie mit den Zähnen knirscht, weil sie sich nicht darüber freut, dass sie diese Schlacht „verlieren" wird. Ich warte ihr Nicken ab, bevor auch ich zustimme.

„Das ist eine wunderbare Idee, Schatz." Natalie bedeckt Mitchells Hand, die immer noch auf ihrem Knie liegt, und ich gebe dem Drang nach, mit den Augen zu rollen, weil sie ständig Kosenamen benutzt. Wer ist diese Frau? „Außerdem …"

Das triumphierende Lächeln, das sich über ihr Gesicht schleicht, als sie mir ihre ganze Aufmerksamkeit schenkt, lässt es mir eiskalt über den Rücken laufen.

„- sollte es für uns noch viele Gelegenheiten geben, einander näherzukommen." Ich bin mir nicht sicher, was das bedeutet, aber ich werde alles in meiner Macht Stehende tun, um sämtliche Situationen zu vermeiden, in denen Jasper Noble auftaucht. „Morgen können wir beide unsere Kalender abgleichen."

Warum klingt das eher nach einer Drohung als nach einem Plan?

KAPITEL 7

Savvy

T GIF hat echt was an sich, Leute. Ich habe mich in meinem ganzen Leben noch nie so sehr auf einen Freitag gefreut.

Die ganze Woche über musste ich mich mit lahmarschigen Schikanen herumschlagen – Leute, die mir auf die Schuhsohlen traten, um mir, wie sie es nennen, „platte Reifen" zu verpassen, Schmiermittel am Griff meines Spinds, mich im Bad in die Enge treiben, um mich „an meinen Platz zu erinnern" – weil ich mich weigerte, mitzuspielen. Wirklich … es war lächerlich. Wenn sie mich beeindrucken wollen, müssen sie sich schon etwas mehr Mühe geben.

Und wenn man an den kürzlich beschnittenen Sträuchern vor dem Eingangstor vorbeikommt, macht es umso mehr Spaß, diese Schule zu besuchen. Was früher BA hieß, ist jetzt auf BP getrimmt.

Das Ermüdendste an den letzten sieben Tagen war der Versuch, Natalie und ihrem verzweifelten Bedürfnis, uns als die „perfekte Familie" zu inszenieren, zu entkommen. Seit dem BP-Football-Spiel letzten Freitag habe ich keine Zeit mehr außerhalb des Penthouses verbracht.

Ich kann nicht so weitermachen wie bisher. Ich muss eine Art Mittelweg finden. Ich habe das Thema mit Mitchell besprochen – er ist der weitaus vernünftigere von den beiden – also drücke ich die Daumen, dass es dieses Wochenende keine Probleme gibt. Er war auch derjenige, der vorgeschlagen hat, dass wir einen

Kompromiss bezüglich meiner privaten Verabredungen schließen.

Tinsley und ich treten vor die vergoldeten Türen dieser übertriebenen Akademie, und wie immer lungert dort die Elite der Schule herum. Einige lehnen an ihren Luxusautos, andere auf den Stufen, alle mit einer Arroganz, die ich ihnen am liebsten aus ihnen herausprügeln würde – mit meiner Faust.

Ich weiß nicht, ob alle auf der BP wussten, wo ich hingehöre, oder ob die Jungs – ich weigere mich, sie Männer zu nennen, weil sie sich nicht so verhalten – auf der BA mehr Geld als Verstand haben. Was auch immer es ist, die Scheiße, die ich mir hier gefallen lassen muss, wird langsam alt. Wenn sie nicht aufhören, mich ohne meine Erlaubnis anzufassen, wird noch jemand eine Hand verlieren.

Auf dem Parkplatz herrscht ein Stimmengewirr, das ich so noch nicht erlebt habe, aber ausnahmsweise scheint sich ihre Aufmerksamkeit nicht nur auf mich zu richten, also ignoriere ich es.

Bis ich ihn entdecke.

Selbst mit dem schwarzen Helm, der sein Gesicht verdeckt, erkenne ich diese großspurige Haltung sofort, ganz zu schweigen von der krassen Kawasaki Ninja, an die er sich lehnt.

Wes.

Ich mache einen Doppelschritt, meine Chucks klatschen auf Stein, ich ignoriere alle Schüler, die den Bösewicht mit dem Motorrad gerade beobachten, und stürze mich auf ihn.

Er fängt mich automatisch auf, seine Hände umfassen meinen Hintern, meine Beine schlingen sich um seine Taille und meine Arme gleiten um seinen Hals. Ich gebe ihm einen Kuss auf das Visier, dorthin, wo sein Mund sein sollte.

„Ma reine." Seine Stimme ist durch den Helm gedämpft, als er mich auf den Boden fallen lässt. Ich lasse meinen Körper an jeder Ausbuchtung seiner Muskeln entlanggleiten. Tief in seinem Hals erklingt ein Geräusch und das erste echte Lächeln, das ich seit viel zu langer Zeit verspüre, breitet sich auf meinem Gesicht aus, weil es einfach Spaß macht, ihn zu reizen.

„Was machst du denn hier?", frage ich, als ich wieder festen Boden unter den Füßen habe und das Gemurmel um uns herum immer lauter wird.

Es ist nicht so, dass ich mich nicht freue, ihn zu sehen – im

Gegenteil, ich bin begeistert – aber abgesehen von mir betreten die Royals das BA-Gelände nicht … niemals. Sicher, wenn man sein Motorrad nicht kennt, würden nicht viele Leute Wes mit dem heruntergeklappten Visier als den erkennen, der er ist, aber seine Anwesenheit hier ist trotzdem unerwartet.

„Ich bin gekommen, um dich für das Wochenende abzuholen."

„Das *Wochenende*?" Meine Stimme quietscht am Ende von der reinen, unverfälschten Freude, die diese Möglichkeit mit sich bringt.

„Oh ja." Auch wenn ich es nicht sehen kann, weiß ich, dass er mich gerade angrinst. „Carter hat das schon mit dem Momster geklärt."

Wahrscheinlich meint er eher Mitchell, aber das ist mir eigentlich egal. Ein ganzes Wochenende, an dem ich wirklich dazu gehöre … nichts klingt besser als das. Außerdem kann es nur eines bedeuten – Rennen fahren.

„Ich muss schon sagen, Savs" – seine Hand wandert zu meiner Hüfte, er zieht mich an sich heran und nimmt sich extra viele Freiheiten, weil mein Bruder gerade nicht da ist – „das steht dir ausgesprochen gut."

Reine Freude sprudelt durch meinen Blutkreislauf. Meine Lieblingsbeschäftigung ist es, mit Wes zu flirten, und wenn er dabei so bereitwillig mitmacht, macht es noch mehr Spaß.

„Erfüllt es die Schulmädchenfantasien, von denen du gesprochen hast?" Ich wölbe eine Augenbraue und fordere ihn heraus, es mir zu beweisen.

Wie sein Grinsen sind auch seine dunklen Augen verborgen, aber das mindert nicht ihre Wirkung, während sein Blick von der Spitze meines Pferdeschwanzes bis zu den Sohlen meiner Chucks abtastet.

„*Oh* ja", antwortet er und zieht die Silben in die Länge.

Die Lust überkommt mich und ich bin sofort feucht. Wes macht gerne große Sprüche und liebt es, mich zu necken, aber abgesehen von ein paar Knutschsessions mit Trockenbumsen – dank der seltenen Gelegenheit, bei der der Alkohol seine Wachsamkeit senkt und seine Sorge darüber, was Carter sagen würde, abnimmt – konnte ich ihn bisher nicht zu mehr bringen. Das ist verdammt nervig.

Er sucht die Schule hinter mir ab und zuckt zur Begrüßung

mit dem Kinn, als er Tinsley entdeckt, die zaghaft zurückwinkt, weil sie nicht weiß, wer er ist.

Ein Geräusch, das einem Knurren ähnelt, dröhnt aus Wes' Brust. Die Vibration wandert durch meine Hand, die ich auf seine Brust gelegt habe, und meinen Arm hinauf, während er das unverhohlene Starren von Jasper und Co. beantwortet. Wir stehen ein paar Meter auseinander, aber das ändert nichts an dem Brennen, das Jaspers Blick auf meinem Handrücken hinterlässt.

„Mein Gott, du hast keine Witze gemacht, was diese Schule anbelangt." Der Klang von Wes' Stimme lenkt meine Aufmerksamkeit zurück auf ihn und weg von meinem Erzfeind.

„Vergiss es." Ich fahre mit meinen Fingern über die harten Muskelpakete, die die schwarze Baumwolle seines T-Shirts ausfüllen.

„Du verführst mich, *ma reine*" – die rauen Schwielen an seinen Fingern lösen ein Kribbeln aus, als er meine Hand nimmt, um sie zu stoppen – „mehr, als du weißt."

Schade nur, dass du Eier aus Stahl hast, wenn es ums Kämpfen geht und nicht, wenn es darum geht, deiner Anziehung zu mir nachzugeben.

„Also" – er klopft auf den Sitz der Ninja – „ist es ein Problem, im Rock zu fahren?"

„Für dich oder das Bike?" Ich drücke mich näher an ihn heran und stoße mit der Vorderseite meines Körpers gegen seinen, seine Hände umfassen meine Hüften und drücken sie warnend.

„*Savvy.*" Das Stöhnen beim Aussprechen meines Namens zeigt mir, wie sehr ich ihn reize.

Ich stelle mich auf Zehenspitzen und küsse noch einmal das Visier. „Entspann dich, Charming." Ich kann mir ein Grinsen nicht verkneifen, als ich den Spitznamen benutze, mit dem Tessa Mr. Prince betitelt hat. „Ich weiß, dass es noch eine Weile dauern wird, bis du dich aufrappelst und ein paar Runden mit mir drehst." *Denn natürlich hat Carter ein Mitspracherecht, mit wem ich zusammen bin. Warum um alles in der Welt sollte ich diese Entscheidung selbst treffen dürfen?*

Wes' Hände legen sich noch fester um mich, die Spitzen seiner langen Finger gleiten unter meine seidene Uniformbluse und tauchen in den Saum meines Rocks ein. Mein Puls beschleunigt sich und ich hoffe, dass dies einer der Momente sein wird, in denen er meinen Reizen nachgibt.

„Hör auf, die Luft anzuhalten", mahnt er und erst da spüre ich die Enge in meiner Lunge, die ich so gerne vermeiden möchte.

Ich atme hastig aus und hole leicht keuchend wieder Luft. Ich könnte wetten, dass sich seine Augen gerade verengen. Er und Carter sind schon mein ganzes Leben lang Freunde. Er hat mehr als einen Krankenhausaufenthalt von mir miterlebt, weil mein Asthma nicht richtig behandelt worden war.

„Braves Mädchen." Diesmal hat das Stocken meines Atems nichts mit meinem Asthma zu tun, sondern mit der Erregung, die diese beiden Worte und der Klang seiner rauen Stimme bei mir auslösen.

Wes löst seinen Griff um mich und tritt zurück. „Jetzt schwing deinen feinen Arsch auf das Motorrad."

KAPITEL 8

Jasper

„Ja ... danke." Ich beende das Telefongespräch und gehe in den Gemeinschaftsraum, der die Schlafzimmer unserer Suite miteinander verbindet.

Meine Jungs sitzen im ganzen Zimmer verteilt, auf dem Flachbildschirm läuft das Football-Spiel der University of Jersey, und für die, die sich etwas gönnen wollen, gibt es Bier.

„Sind wir bereit für heute Nacht?" Duke holt drei Flaschen Wasser aus dem Mini-Kühlschrank und wirft die erste Flasche Banks und dann eine weitere mir zu.

Ich mache mich schnell daran, sie zu öffnen und die Hälfte der kühlen Flüssigkeit in mich hineinzuschütten. Wir sind noch gar nicht losgefahren und schon steigt mein Adrenalinspiegel, weil ich mich derart auf das Rennen heute Abend freue. Um ehrlich zu sein, ich glaube, das ist schon seit Unterrichtsende gestern der Fall.

„Bist du sicher, dass sie da sein wird?", fragt Duke und meint damit Samantha St. James.

Ich zucke mit der Schulter und trinke den letzten Schluck Wasser aus. Es gibt keine Garantie, aber nach der gestrigen Erkenntnis, woher ich sie kenne, würde ich sagen, dass die Chancen gut sind.

Samantha St. James ist eine Rennratte. Sie läuft in diesen heiligen Hallen herum, als wäre sie eine Königin, obwohl sie in Wirklichkeit nur ein Groupie der Teilnehmer an den Straßen-rennen von Carter King ist. Zugegeben, es spricht für sie, dass sie mit einem der Top-Hunde der Rennstrecke zusammen ist. Die einzige Möglichkeit, wie sie auf der Primo-Pussy-Skala noch weiter nach oben kommen könnte, wäre, wenn sie mit dem King selbst schliefe, anstatt mit seiner Nummer zwei.

Ich zerknittere das dünne Plastik der Flasche zwischen meinen Handflächen zu einer flachen Scheibe, während die Erinnerungen an den gestrigen Tag hochkommen.

Er hatte seinen Helm nicht abgenommen, aber es gibt nicht viele Kawasaki Ninjas in Blackwell, schon gar nicht mit dieser Lackierung. Ich wusste sofort, dass es Wesley Prince war.

Ich hatte mich gefragt, was ihn an die BA gebracht haben könnte. Er hat vor Jahren seinen Abschluss an der BP gemacht, also kann er unmöglich noch in die Streiche verwickelt sein, die zwischen unseren beiden Schulen gespielt werden. Die Royals leben zwar in der Stadt, aber sie betreten nicht öffentlich das Gelände der Akademie. Was hat sich geändert? Was hatte ihn hierhergebracht? Und warum stand er einfach nur so draußen herum?

Bevor mir eine Antwort einfallen konnte, nahm ich aus den Augenwinkeln einen silbernen Blitz wahr, und die einzige Frau, die meinen Dicken begeistern konnte, seit sie uns vor über einer Woche in der Mittagspause die Leviten gelesen hatte, sprang in *seine* Arme, schlang ihre langen Beine, die durch ihren kurzen Uniformrock fast nackt waren, um *seine* Taille, und ihre sagenhaft sexy Lippen drückten einen Kuss auf *seinen* Motorradhelm.

Wesley Princes Hände streichelten den Arsch, den ich am liebsten versohlen würde. Jedes Mal, wenn Samantha sich mir offen widersetzt, fällt es mir schwerer, den Drang zu ignorieren, sie übers Knie zu legen oder, besser noch, sie über einen Tisch zu beugen.

Dann musste ich mit ansehen, wie sie flirteten, während die Leute um uns herum tuschelten. Die Art und Weise, wie sie Prince den unteren Teil ihres Rocks hochschieben ließ und dabei mit dem Hintern wackelte, brachte mich fast dazu, die Steintreppe hinunterzustürmen.

Was zum Teufel?

Ein Anfall von Eifersucht?

Vergiss es.

Das hatte nichts mit Eifersucht zu tun.

Nein. Nix. Es geht nur darum, wie Samantha sich offen über

jede Regel hinwegsetzt und wie sie dadurch mehr riskiert, als nur gegen den Status quo zu rebellieren.

Wenn andere herausfinden, dass sie auch nur ansatzweise mit den Royals verbunden ist, könnte das zu Problemen führen, auf die ich keine Lust habe.

Samantha muss lernen, mich nicht zu unterschätzen. Sie denkt vielleicht, dass sie durch ihre Verbindung zur Royalty Crew geschützt ist, wenn sie in „meinem Haus" ist, aber sie wird schnell erfahren, dass ich mich nicht so leicht einschüchtern lasse. Ich werde in das Revier der Royals eindringen und ihr beweisen, dass sich niemand, *schon gar nicht sie*, mir widersetzen darf.

Heute Abend geht es darum, Samantha zu finden und sie daran zu erinnern, wer der wahre König in ihrer neuen Welt ist – ich.

KAPITEL 9

Savvy

Die ganze Anspannung, die ich in der letzten Woche gespürt habe, ist in den letzten mehr als dreißig Stunden komplett verschwunden. Es spielt dabei keine Rolle, dass ich mich kaum mit Natalie gestritten habe; allein unter ihrem Dach wohnen zu müssen, reicht aus, um meinen Cortisolspiegel im roten Bereich zu halten.

So gerne Natalie in letzter Zeit die Geschichte umschreibt, das große Kolonialhaus, das sie verkauft hat, als sie Mitchell heiratete, ist für uns schon seit Jahren nicht mehr als nur ein Haus. Nach Dads Tod verbrachten Carter und ich die meiste Zeit damit, zwischen den Häusern unserer Freunde zu pendeln und bei unserem Patenonkel Anthony Falco und verschiedenen Mitgliedern seiner Familie zu wohnen.

Wir gehen immer noch zum Sonntagsessen zu den Falcos, aber unser offizielles Zuhause ist das industrieähnliche Lagerhaus, in das ich mich gerne zurückziehe, seit Carter es mit achtzehn Jahren gekauft hat. Das dreistöckige Gebäude liegt im hinteren Teil eines zwei Hektar großen asphaltierten Geländes und seine mattschwarzen Wände passen perfekt zu der daneben liegenden Autowerkstatt mit vier Hallen.

In Carters Haus befindet sich auch eine Garage für seine Fahrzeuge, aber der Großteil des Gebäudes ist in einen großen Fitnessraum und ein Loft aufgeteilt, in dem nicht nur Carter und ich schlafen, sondern auch die vier anderen Jungs der Royalty Crew.

Ich rüttle am Türgriff, um zu überprüfen, dass die Schlösser eingerastet sind, bevor ich mich durch die Menge draußen schlängele.

Samstagnacht ist Partynacht und Mr. Thinks-He's-Oh-So-Clever hat die Partys, die mit seinen Rennabenden einhergehen, zu Royal Balls erklärt – nur dass dabei keine Ballkleider, Smokings oder Karnevalsmasken gibt. Wir sind eher die Leute mit zerrissenen Jeans, T-Shirts und, wenn das Wetter kühl ist, Kapuzenpullis und Lederjacken.

Mein Bruder, Wes und die anderen drei Mitglieder der Royals – Lance Bennett, Leo Castle und Cisco Cruz – sitzen auf ihren schwarzen Campingstühlen und halten Hof.

Der Rennstart rückt näher und Wes ist damit beschäftigt, die letzten Wetten des Abends einzusammeln, während Cisco die GPS-Geräte mit der Rennstrecke vorbereitet.

Normalerweise ist das Lagerfeuer ein No-Go für mich, denn der Rauch ist einer der einfachsten Auslöser für mein Asthma. Stattdessen biege ich links ab und schließe mich den Leuten an, die mit Tessa und Tinsley unterwegs sind.

„Hey." Ich proste Tessa mit dem Becher zu, den ich für sie nachgefüllt habe, während sie ins Leere zu starren scheint. „Alles in Ordnung?"

„Hm?" Sie blinzelt in rascher Folge und wendet ihren Blick von ein paar der Jocks von der BP ab und schenkt mir ein weltmeisterliches Lächeln. „Oh … ja." Sie blickt auf ihre Tasse hinunter. „Vielleicht hättest du mir stattdessen ein Red Bull holen sollen."

Ich beobachte sie noch eine Sekunde länger, bevor ich mich wieder in das Gespräch um uns herum vertiefe, um zu erfahren, was ich an der BP alles verpasst habe, und mich über alle Details der jüngsten Vergeltungsaktion der BA zu informieren.

„Royals" von Lorde läuft über die Musikanlage. Ich beiße auf den Plastikrand meines lila Einwegbechers und kippe ihn hoch, um mein Grinsen zu verbergen, als Carter mir einen vielsagenden Blick zuwirft.

Als er meinem Bruder auf die Schulter klopft, erhebt sich Wes von seinem Stuhl und alle Augen in der Umgebung richten sich auf ihn, während er zu uns herüberkommt.

Ein muskulöser Arm legt sich um Tessas Schultern, der andere um meine, seine langen Finger hängen und streichen über meinen Armrücken, der Duft von frischer Seife und Motoröl erfüllt meine Lungen, als er seinen Mund an mein Ohr legt und flüstert: „Du bist solch eine Angeberin, *ma reine*".

„Warum?" Ich drehe meinen Kopf und streife mit meiner Nase an seinem Unterkiefer entlang. „Zu direkt? Wenn Carter so ein Arschloch sein kann, wenn es um Namen geht, warum nicht auch ich?"

Das kehlige Brüllen eines Motors hallt durch die Nacht, und von der Kurve von Wes' Bizeps aus beobachte ich, wie ein wunderschöner taupefarbener Ferrari F8 – die unkonventionelle Farbe macht den italienischen Sportwagen nur noch attraktiver – und eine silberne G-Klasse auf dem Parkplatz einrollen.

Alle meine Sinne sind in Alarmbereitschaft. Mein Herz schlägt immer schneller, meine Lungen ziehen sich zusammen und die Haare in meinem Nacken stellen sich auf. Die Gänsehaut, die jetzt die Haut an meinem Unterbauch und meinem Rücken bedeckt, hat nichts mit dem abgeschnittenen Saum meines Shirts zu tun.

„Ähm, Wes …" Tessas Stimme klingt besorgt, denn sie ist zu demselben Schluss gekommen wie ich.

Ich bin mir nicht sicher, ob er ihr antwortet oder nicht, weil ich mich zu sehr auf die Autos im Wert von einer halben Million Dollar konzentriere, die gerade vorgefahren sind, und auf die Leute, die jetzt daraus aussteigen.

Wie ein Magnet ziehen mich die perlmuttfarbenen Augen in ihren Bann, und der dunkle Wimpernkranz, der sie umgibt, senkt sich, als sie mich in Wes' Umarmung sehen.

Was machen die denn hier? Meine Finger verkrampfen sich, kneifen Wes in die Seite und es kostet mich alles, nicht in die Richtung meines Bruders zu schauen und ihn zu fragen. Ja, er öffnet einige dieser Rennen für Leute aus der BA, aber nur auf besondere Einladung hin und nie zu Beginn des Schuljahres, wenn der Krieg der Streiche in vollem Gange ist. Nein. Das hätte er heute Abend auf keinen Fall getan.

„Hast du vergessen, uns zu sagen, dass du Freunde an der BA hast?", fragt Wes, sein Körper in meinem Arm verkrampft, ein Auge auf Jasper, das andere auf Carter gerichtet, der auf sein Kommando wartet.

„Wohl kaum", spotte ich, gebe schließlich nach und löse meinen Blick von Jaspers traktorstrahlartigem Blick, um in Rich-

tung meines Bruders zu schauen. Die Schatten, die das Lagerfeuer wirft, und der Schatten, den die Krempe seiner schwarzen
Baseballkappe erzeugt, machen es unmöglich, seinen Gesichtsausdruck zu erkennen. Es ist die subtile Art und Weise, wie er
sich nach vorne lehnt, seine Ellbogen auf die Knie stützt und
seinen schwarzen Einwegbecher, der wie meiner mit Selters
gefüllt ist, in gespielter Sorglosigkeit von seinen Fingerspitzen
baumeln lässt, die mir verrät, wie angespannt er ist.

„Soll ich mich darum kümmern?" Ich spreche es als Frage
aus, während ich mich aus Wes' Umarmung löse.

„Savs", warnt er erneut und sein Blick wandert zurück zu
Carter. Ich liebe diesen Mann – eigentlich alle Royals – aber es
nervt mich, dass sie, egal, wie hart sie im Leben sind, zu Weich-
eiern werden, wenn ich ein Teil der Gleichung bin. Das nervt vor
allem die feministische Seite in mir.

„Das" – ich wiege mich auf dem Gummiabsatz meiner Biker-
Stiefel und halten meinen Zeigefinger einen Zentimeter vor seine
Nase – „muss ich tun. Seine *königliche Hoheit* macht sich Sorgen,
dass diese Leute herausfinden, dass ich Savvy King bin ..." Eine
Überreaktion. „Wie willst du verhindern, dass sie hören, wie
jemand meinen Namen nennt, wenn sie zu nahekommen?"

Wes' Brustkorb weitet sich, als er tief einatmet. Es gefällt ihm
nicht, wenn ich recht habe.

„Geh zu Carter." Ich nicke in Richtung Lagerfeuer. „Ich mach
das schon."

Seine Zähne knirschen vor Frustration. Wes blickt zurück zu
Jasper und den anderen, die sich um ihn versammelt haben, und
ich sehe, dass er seinen ganzen Hofstaat von Idioten mitgebracht
hat. *Herrlich.*

„Gut", lenkt Wes schließlich ein und entspannt sich ein
wenig. „Aber", er greift in meine Gesäßtasche, „zieh deine Handschuhe an, bevor du da rübergehst."

Ich tue, worum er mich bittet, und bewege meine Finger
durch die fingerlosen Lederhandschuhe, die Carter vor Jahren
für mich gekauft hat. Das schwarze Rindsleder ist durch jahre-
langes Tragen geschmeidig und die Kante endet an der Stelle, an
der sich meine Fingerknöchel biegen. Über meinem Handrücken
befindet sich ein kleiner Ausschnitt mit einer zarten Wellenkante,
und wenn man genau hinsieht, kann man die feinen Details
erkennen, die es wie eine Krone aussehen lassen.

Ich drehe mein Handgelenk und greife nach dem breiten Band, das über das Handgelenk verläuft und darunter einrastet. Ich strecke meine Finger aus und mache eine Faust, um sicherzugehen, dass alles an der richtigen Stelle sitzt. Das dünne Metall, das im Leder verborgen ist, gibt mir ein vertrautes Gefühl der Sicherheit, bevor ich den Vorgang mit meiner anderen Hand wiederhole.

Carter hat vielleicht ein paar legale Geschäfte, an denen er beteiligt ist – die Werkstatt hier und seine Tätigkeit als Tätowierer – aber ich bin nicht naiv und weiß, dass der Großteil seines Lebensunterhalts in eine eher … *fragwürdige* Kategorie fällt. Diese illegalen Straßenrennen gehören dazu.

Als ich jünger war, versuchte er, mich von den meisten seiner Aktionen fernzuhalten, aber im gleichen Atemzug wollte er sicherstellen, dass ich mich immer selbst schützen konnte. Dank meiner körperlichen Einschränkungen würde ich bei einer Schlägerei nicht lange durchhalten. Um dem entgegenzuwirken, sorgte Carter dafür, dass die Handvoll Schläge, die ich verteilen kann, bevor ich meinen Inhalator brauche, so viel Wirkung wie möglich haben. So entstand meine eigene modifizierte und versteckte Version des Schlagringes.

Ich lasse die Schultern hängen und warte darauf, dass Wes sich auf den Weg zu Carter macht, bevor ich das Gleiche in Richtung der Störenfriede tue.

Ein kleiner Finger verhakt sich mit meinem, kaum, dass ich losgegangen bin, und ich erkenne beim Blick nach unten die zarte Schrift des Wortes *Promise* auf der Innenseite der beiden Finger, die sich miteinander verbinden.

„Du bleibst auch hier", sage ich zu Tessa und drücke ihren Finger noch einmal, bevor ich mich aus ihrem Griff löse. Sie ist zwar der Inbegriff von „Leben am Limit", aber das hält mich nicht davon ab, sie vor allem zu schützen, wenn es möglich ist. Sie ist zu gut, zu brav, um zulassen zu können, dass diese Idioten sie mit ihrer Feindseligkeit beschmutzen. In der Schule ist leider Tinsley ihren Anfeindungen ausgesetzt, aber ich will verdammt sein, wenn ich das auch außerhalb der Schule zulasse.

Jaspers Blick ist hart, abschätzend und herausfordernd, während ich mich durch das Labyrinth an Autos zwischen uns schlängle. Die Anspannung seiner Kiefermuskeln scheint die Spalte in seinem Kinn nur noch mehr zu betonen und ich hasse ihn gleich noch ein wenig mehr dafür, dass er denkt, das würde seinen Geilheitsfaktor erhöhen. Dieser Typ ist ein Wichser erster Güte und die Wirkung, die er auf mein Höschen hat, lässt mich an meinem Verstand zweifeln.

„Hast du dich verlaufen?" Ich stampfe mit den Füßen auf, strecke eine Hüfte vor und neige den Kopf zur Seite, um das Ende meines Pferdeschwanzes zu zwirbeln, dessen lange Strähnen über meine Schulter fallen. „Ich dachte, reiche Jungs wie du könnten sich Navis für eure schicken Autos leisten."

Die Pimmelgalerie um ihn herum kichert leise und ich glaube, ich höre irgendwo auch ein geflüstertes „Oh Scheiße".

Jaspers Gesichtsausdruck ändert sich nicht und ich rede mir ein, dass ich auch nicht bemerke, wie die Muskeln seiner Arme die Ärmel seines taubengrauen T-Shirts dehnen, als er sie überkreuzt. Oder wie der Farbton seines T-Shirts die helleren Farbtöne in seinen Augen betont.

Nein. Nix. Ich bemerke all diese Dinge nicht im Geringsten.

Lügnerin.

„Gefallen dir unsere Autos, Prinzessin?" Jasper spricht die Worte so aus, als wären wir im Süden und nicht im Nordosten. Der sanfte Tonfall lässt mich aufhorchen, während sich meine Nackenhaare aufstellen, weil er es nicht lassen kann, diesen Kosenamen zu verwenden.

Ich beiße mir auf die Unterlippe und mein Herzschlag beschleunigt sich weiter, als sein Blick auf meinen Mund fällt. Mit einem Schulterzucken schüttle ich das Kribbeln ab, das sein Blick in mir auslöst, und sage stattdessen: „Ich schaue nur."

Die Stille dehnt sich aus und wird immer geladener, je länger sie dauert. In mir brodelt die Erregung, weil er mich so offen herausfordert, ohne ein Wort zu sagen. *Was zum Teufel ist da los?*

So lustig dieser kleine Showdown auch ist, er muss ein Ende haben. Ein kurzer Blick hinter mich bestätigt das, denn ich sehe, dass alle fünf Royals jetzt auf den Beinen sind und ihre ganze Aufmerksamkeit auf mich gerichtet haben. Beobachtend. Wartend. Vorbereitend auf einen Angriff.

Es ist wahrscheinlich falsch, mich zu ärgern, weil sie nur dafür sorgen wollen, dass ich in Sicherheit bin. Sie machen das aus Liebe, das weiß ich. Ich weiß es *wirklich*, aber die Art, wie sie mit Situationen umgehen, in die ich verwickelt bin, *fühlt* sich anders an. Es fühlt sich nicht so an, als würden sie mir *bei Bedarf* den Rücken stärken, sondern eher wie ein *„Sei auf der Hut, jemand legt sich mit Savvy an"*. Es ärgert mich, dass diese Idioten mir zwar den Spitznamen Savage gegeben haben, weil ich so gut mit mir selbst umgehen kann, aber diese Tatsache in realen Situationen einfach ignorieren.

Zu dumm, dass sie zu weit weg sind, um den Blick, den ich ihnen zuwerfe, richtig lesen zu können. Kopfschüttelnd gehe ich nach links und lasse den Geländewagen hinter mir den größten Teil der Sicht verdecken. Das hier schaffe ich allein.

„Schau." Ich atme aus und ärgere mich darüber, dass mein stressfreies Wochenende von Leuten verdorben wird, die gar nicht hier sein sollten. „Ich weiß, ihr denkt, ihr *beherrscht das Universum"* – mein Sarkasmus könnte nicht deutlicher sein, selbst wenn ich es versuchen würde – „aber das hier" – ich zeige auf den Boden – „ist nicht euer Reich, haut ab."

„Ach, *wirklich*?" Jasper lässt die Arme sinken und bewegt seine Füße, um seinen Stand zu verbreitern.

„Wirklich." Mein Nicken ist pure Frechheit und hundertprozentige Zuversicht. Auf keinen Fall werde ich zulassen, dass dieses Arschloch in meinem Revier seine Dominanz ausspielt. Er ist sich dieses kleinen Details vielleicht nicht bewusst, aber das *ist* mein Revier und er *wird* tun, was ich sage.

„Das ist süß ..." Er macht einen Schritt in meine Richtung, aber ich bleibe stehen und bewege mich nicht.

„Was ist?" Ich beuge meine Finger an den Seiten.

„Wie kannst du *immer* noch denken, dass du mir sagen kannst, was ich tun soll?" Noch ein Schritt, dann noch zwei, und die Spitzen seiner Designer-Turnschuhe berühren die Zehen meiner Stiefel.

Gut, dass ich aus dem Blickfeld verschwunden bin, als Jasper noch einen Schritt macht und mich schließlich zurückdrängt, bis ich das Metall des Geländewagens an meiner Haut spüre. Wenn die Royals ihn so nah bei mir sehen würden, wären sie sofort hier. Sie müssen darauf vertrauen können, dass ich die Situation selbst in den Griff bekomme, sonst ist für Jasper und seine Kollegen die Jagdsaison eröffnet, was mich anbelangt.

„Weißt du, was *nicht* süß ist?" Ich strecke mein Kinn hoch, um den Augenkontakt aufrechtzuerhalten.

„Was denn, Prinzessin?" Jasper rückt näher, seine Brust

berührt jetzt meine und drückt mich noch mehr an das Auto hinter mir.

Es kostet mich Mühe zu schlucken und ich zwinge mich, nicht zu blinzeln. „Wie lange es dauert, bis du merkst, dass ich es tatsächlich *kann*. Bist du ein hirnloser Sportler? Liegt es daran?" Mein Pferdeschwanz streift den Unterarm neben meinem Gesicht, während ich spöttisch den Kopf neige und ignoriere, wie die Sehne dabei zuckt. „Ich bin sicher, wir können dir einen Nachhilfelehrer besorgen", füge ich hinzu, nur aus Prinzip.

An seiner Schläfe pulsiert eine Ader, und wieder fällt sein Blick auf meinen Mund, während er eine Hand auf mein Gesicht legt. „Eines Tages", er fährt mit dem Daumen über meine Unterlippe, „wirst du mit deinem frechen Mund noch Ärger bekommen."

Meine Brustwarzen ziehen sich zu schmerzhaften Höckern zusammen und mein Höschen ist offiziell pitschnass.

Der Duft von Sandelholz wird stärker, als er vollends in meinen persönlichen Raum eindringt. „Ich habe *so lange* versucht" – seine Lippen streifen den Rand meines Ohrs, während er spricht – „herauszufinden, warum du mir *so bekannt* vorkommst."

Akute Panik überfällt mich und ich huste, um die Verengung in meiner Lunge zu lösen. Die lebenslange Erfahrung mit meinem Asthma hat mich gelehrt, wie ich meinen Zustand kontrollieren kann, aber es sind die emotionalen Auslöser, mit denen ich am schwersten umgehen kann. *Der verdammte Carter spielt mit meinem Kopf.*

„Ich habe mich gefragt, was ich übersehe. Woher nimmst du das Selbstvertrauen – egal, wie falsch es ist – zu *glauben*, dass du *mich* herausfordern kannst? Ich dachte, du wärst nur eine weitere BP-Tussi, eine von denen, die immer denken, sie könnten tun, was sie wollen. Und dann ... was sagt man dazu?" Ich spüre es mehr als dass ich ihn zucken sehe. „Hat Wesley Prince dich gestern von der Schule abgeholt."

„Faszinierende Geschichte. Toll ... *wirklich*." Ich drehe mein Gesicht und schiebe ihn mit meiner Wange ein paar Zentimeter weg. „Aber deine Besessenheit von mir gibt dir immer noch nicht das Recht, hier zu sein."

Ein humorloses Kichern ertönt in seiner Brust und der Klang vibriert gegen meine geilen Brustwarzen.

„Oh … *da* liegst du falsch."

Er berührt mit der Spitze eines Fingers den kleinen schwarzen Diamanten, der an einer filigranen Silberkette in der Vertiefung meines Halses hängt. Er fährt weiter an meinem Brustbein hinunter, zwischen meine sich jetzt durch den erschwerten Atem hebenden Brüste, über die nackte Haut meines Bauches, bis er sich schließlich im geknöpften Bund meiner schwarzen Skinny Jeans einhakt.

„Nur weil du eine Rennratte für einen Royal bist, gibt dir das noch lange keine Macht."

Die Erleichterung darüber, dass er meine wahre Verbindung zu den Royals nicht herausgefunden hat, lässt meinen Körper gegen Auto sinken, wobei sich der unnachgiebige Metallrahmen in meine Schulterblätter bohrt. Das Band um meine Lunge lockert sich etwas, aber wenn ich mich nicht bald befreie, laufe ich Gefahr, meinen Inhalator hier herausziehen zu müssen. Und das *Letzte*, was ich will, ist, dass Jasper von meinem Asthma erfährt.

Asthma zu haben, macht mich nicht im Geringsten schwach. Die vielen Behandlungen, die ich hinter mir habe, beweisen, dass ich härter im Nehmen bin als die meisten, aber Jasper ist der Typ Mann, der das zu seinem Vorteil ausnutzen würde, wenn er davon wüsste.

„Die einzige Macht, die du hast, ist die Fähigkeit deiner Muschi, einen Schwanz feucht zu machen, mehr nicht."

Ich lecke mir über die Lippen und meine Nasenlöcher weiten sich beim nächsten Einatmen. „Wenn es das ist, was du denken willst, werde ich dich kaum vom Gegenteil überzeugen können."

Er schluckt und ich beobachte, wie sein Adamsapfel dabei auf und ab wippt, bevor ich meine Handflächen gegen seine Brust lege. Ich ignoriere, wie hart sie ist, während ich ihn zurückstoße, um etwas Platz zu schaffen.

Ich schaffe es, mich drei Schritte zu entfernen, bevor seine tiefe Stimme mich anhalten lässt. Ich drehe um und sehe ihn an. „Du brauchst nicht traurig zu sein, dass du für sie nichts weiter als eine Straßenschlampe bist." Sein Blick ist arrogant und nervtötend sexy. Ich möchte ihm am liebsten eine reinhauen. Meine Hände ballen sich zu Fäusten, um mich daran zu hindern, dem Drang nachzugeben.

„*Wie bitte?*" Ich wölbe eine Augenbraue.

„Schon okay." Jasper streckt seine Arme aus, als wolle er sagen: *Ich bin nur der Bote.* „Ihr Boxenluder erfüllt einen Zweck. Es gibt keinen besseren Weg, das Adrenalin nach einem Rennen abzubauen, als wenn eine von euch auf den Knien liegt."

„Du liegst so weit daneben, dass es fast zum Lachen ist." Ich gehe zum hinteren Teil des Geländewagens, drehe mich aber wieder um, bevor ich ganz daran vorbei bin. „Aber wie ich schon sagte, du solltest gehen, bevor du dich blamierst." Ich gestikuliere in Richtung seines „Ich-werde-nie-zugaben-wie-heiß-er-mich-macht-Ferrari". „Egal, wie viel PS Mommy und Daddy dir kaufen, du wirst niemals einen Royal in einem Rennen schlagen."

Jaspers Gesichtszüge verhärten sich und im Handumdrehen hat er wieder zu mir aufgeschlossen. Sein Griff um meinen Kiefer ist fest, aber ich weigere mich, ihm die Genugtuung zu geben, zurückzuweichen.

„Willst du darauf wetten?" Jetzt ist er an der Reihe, eine Augenbraue zu heben.

„Ist das nicht der Sinn des Ganzen?" Ich kreise mit einem Finger in der Luft und deute damit auf den Königsball als Ganzes.

„Ich spreche von einer kleinen Nebenwette, nur zwischen uns beiden."

Ich schlucke, um meine trockene Kehle zu bekämpfen – ein weiteres Symptom, das sich zeigt. Ich muss dringend weg, sage aber stattdessen: „Was schlägst du vor?"

In seinem Blick glänzt der Sieg. „Ich habe allerdings eine Bedingung."

„Ist das nicht die Definition einer Nebenwette?"

Der Druck seines Griffs nimmt zu, bis sich meine Lippen voneinander lösen. „Was habe ich über diesen Mund gesagt?" Sein Daumen streckt sich nach oben, gleitet in die Lücke, die er geschaffen hat, und der Geschmack von Salz landet auf meiner Zunge.

Ich will, dass sich Speichel bildet, um die wüstenähnliche Trockenheit in meinem Mund und die Essenz von *ihm*, die er mir aufzudrücken versucht, wegzuspülen.

„Wenn du wirklich nicht nur eine weitere Ratte bist, wie du behauptest, sollte es ein Leichtes für dich sein, sie zu überzeugen, die Rennordnung zu ändern."

Um uns herum verklingen das Knistern des Lagerfeuers, das verführerische Rauschen von Kehlani aus den Lautsprechern und die leisen Kommentare seiner Jungs, bis nur noch Jasper und ich uns in dieser Blase des Kampfes zwischen zwei Geistern sind.

Ich rucke mit dem Kopf nach rechts, schüttle seinen Griff ab und wölbe meine Wirbelsäule nach hinten, um ein paar Zentimeter kostbaren Platz für meinen Oberkörper zu schaffen. „Hast du Angst, King gegenüberzutreten?", spotte ich, denn ich weiß, dass mein Bruder bislang ungeschlagen ist.

„Nein." Jaspers lange Finger legen sich um meinen Nacken und ziehen mich wieder zu ihm, bis ich gezwungen bin, mich auf Zehenspitzen zu stellen, um den Druck in meinem Nacken zu lindern.

Ich muss seine Seiten greifen, um mich abzustützen. Meine Finger krallen sich in den Stoff seines T-Shirts, um den direkten Kontakt mit seinem Körper zu vermeiden.

Diese heißen Lippen senken sich auf meine, noch nicht küssend, aber seine nächsten Worte hauchend. „Ich will die zusätzliche Befriedigung, dass Prince weiß, dass *er* gegen mich verloren hat, bevor ich meinen Preis einfordere."

Mein Atem stockt, aber dieses Mal hat es nichts mit dem bevorstehenden Asthmaanfall zu tun, den ich so schnell wie möglich unter Kontrolle bringen muss. Warum? Warum zum Teufel hat er so viel Macht über mich? Warum lasse ich mich auf seine Sticheleien ein?

„Dein Preis?" Sein Griff schmerzt, aber ich schaffe es noch, mich so weit zu bewegen, dass seine Lippen auf meiner Wange statt auf meinem Mund landen. „Wir machen keine Wettrennen um pinke Slips. Hier geht es nur um die Knete, du Bauer."

An der Wölbung meines Wangenknochens verziehen sich seine Lippen zu einem Lächeln. „Der einzige rosa Slip, um den ich heute Abend kämpfen möchte, ist der zwischen deinen schönen Beinen."

KAPITEL 10

Samantha versucht, es zu verbergen, aber es ist unmöglich, nicht zu spüren, wie sie in meinen Armen zittert. Wenn es nach mir geht, werde ich später *alle* Arten von Zittern an ihrem Körper spüren, während ihre Fotze meinen Schwanz melkt.

Ich lege einen Arm über meinen Körper und greife ihr gegenüberliegendes Handgelenk. Meine Finger umschließen das Leder um ihre Hand, um zu zeigen, wie leicht ich sie brechen kann. Wenn sie nicht lernt, sich zu fügen, werde ich genau das tun müssen.

Sie denkt, sie kann mir sagen, was ich tun soll? Nie im Leben.

Sie denkt, ich habe Angst vor ihr? Das ist niedlich.

Sie wird ihren Fehler erkennen, sobald sie merkt, dass sie in dieser Geschichte nicht die Jägerin, sondern die Gejagte ist.

Die seidigen Strähnen ihres Haares berühren meinen Nacken und ich wirble sie herum und drücke sie fest an mich, sodass ihr Rücken mit meiner Vorderseite bündig ist. Ich beuge den Arm, der mit dem Handgelenk verbunden ist, und ziehe ihn gegen ihren Ausschnitt. Indem ich ihren eigenen Körper gegen sie benutze, sichere ich sie fast so gut, wie es ein Sicherheitsgurt tun würde.

Als sie versucht, sich loszureißen, führe ich meine andere Hand herum und lege sie auf ihren Bauch. Die weiche, blasse Haut, die sich zwischen dem lilafarbenen Shirt und den schwarzen Skinny Jeans abzeichnet, macht mein bestes Stück noch härter.

Ich genieße es, wie schwer sie atmet. Sie kann es leugnen, bis sie blau anläuft, aber ich weiß, dass sie mich will.

Ich bin heute Abend hier, um ihr eine Lektion zu erteilen. Wie die Häschen in der Schule wird auf Boxenluder auf gewisse Weise Rücksicht genommen, aber wie Arabella hat Samantha den Fehler gemacht, zu denken, dass sie Macht bekommt, wenn sie ihre Beine spreizt oder ihren Mund für jemanden öffnet, der in der sozialen Hierarchie ganz oben steht. Das tut es nicht. Verdammt, es bedeutet nicht einmal, dass sie in die Kategorie *„Hände weg"* fällt. Es wird mir ein großes Vergnügen sein, Samantha beizubringen, was für einen schweren Fehler sie in Bezug auf mich begangen hat.

Ich habe zwar nicht die Absicht, sie zu behalten, aber das wird mich nicht davon abhalten, sie zu nehmen. Ihren kostbaren Prinzen zu schlagen, um das tun zu können, wird ein zusätzlicher Bonus sein. Und wenn ich ihr beweisen kann, dass sie nur ein weiteres Loch ist, das ich füllen muss, indem ich genau das tue und sie dann auf der Motorhaube meines Ferraris ficke, nun ja …

Ich schaue kurz nach, aber die Royals können nicht sehen, dass ich gerade mit ihrem Spielzeug spiele.

Ich vergrabe mein Gesicht in der Wölbung ihres Halses, fahre mit der Nase daran entlang und atme die süße Limette auf ihrer Haut ein. Die Ader, die dort sichtbar pulsiert, ist nicht zu übersehen, und ich ziehe mit meiner Zunge einen Kreis an der Ader entlang und beiße zu. Ihr keuchendes Stöhnen und ihr Wackeln mit der Hüfte lassen mich meinen Ständer in ihr reiben – ein Vorgeschmack auf das, was noch kommen wird.

„Warum bist du nicht einmal ein braves Mädchen und sagst ihnen, dass der einzige Chevrolet, den wir heute Abend im Rennen sehen wollen, der Camaro ist und *nicht* die Corvette."

Er hat mich zwar bei unserem letzten Rennen geschlagen, aber dieses Mal wird Wesley Prince derjenige sein, der *meine* Rücklichter sieht. Und weil ich mir sicher bin, dass ich nach meinem Sieg großzügig sein werde, lasse ich ihn zusehen, wie ich Samantha auf eine Weise zum Schreien bringe, wie er es nie könnte.

Samantha stolpert, als ich sie loslasse, und ihr Körper

schwankt ein wenig, als ich mich entferne. Nach einem kurzen Moment wirbelt sie herum und stemmt ihre Hände in fingerlosen Handschuhen in ihre Hüften. Sie bleibt stehen, anstatt zu tun, was ich ihr sage. „Hör zu, du Arschloch …"

„Aber, aber" – ich ticke mit dem Finger hin und her – „rede nicht schon so früh schmutzig mit mir." Ihre Augen verengen sich, und ich gehe wieder zu ihr und streiche mit einem Finger über ihre Unterlippe. „Aber wenn du ausnahmsweise mal tust, was man dir sagt, verspreche ich dir, dass du meinen Schwanz *sehr gut* kennenlernen wirst." Ich liebe es, wie ihr schwerer Atem verrät, wie sehr sie von mir ergriffen ist, obwohl ich weiß, dass es sie wahrscheinlich *umbringt*, dass sie es nicht verbergen kann. „*Und*" – ich bringe meinen Mund an ihr Ohr – „wenn du ein *wirklich* gutes Mädchen bist, wirst du auch den Rest meines Schwanzes kennenlernen, während du daran erstickst."

Ein Geräusch echter Abscheu kommt aus dem Mund, in den mein Schwanz am liebsten gerade stoßen würde.

„Ich werde deine *kleine* …"

Ihr Blick fällt auf die Stelle unterhalb meines Gürtels und ihre Lippen spitzen sich, als hätte sie einen Röntgenblick und würde sich darüber lustig machen, was sie hinter meinem Hosenstall sieht. *Tut mir leid, Baby. Das Einzige, was dort klein ist, ist Platz in meinen Boxershorts.* Eine Tatsache, die durch das Blut, das gerade gen Süden fließt, nur noch verstärkt wird.

„-Wette arrangieren." Sie streicht mit ihrem Finger über die Spalte in meinem Kinn. „Aber ich mache das *nur*, damit ich, wenn *du* verlierst, Ruhe vor dir habe und mich nie mehr mit dir herumschlagen muss."

Ich nicke ihr halb zu und lasse ihr die Illusion.

Mit einem weiteren dieser Todesblicke, die sie speziell für mich auf Lager zu haben scheint, legt sie eine Hand auf ihre Brust und geht weg. In der Nähe ihres Rückgrats fällt mir etwas ins Auge, aber es ist zu dunkel, um es zu erkennen. Stattdessen konzentriere ich mich auf die Art und Weise, wie ihr Hintern bei jedem Schritt mitschwingt.

„Was ist der Plan, Alter?" Duke tritt bleibt zu meiner Rechten stehen, sein Blick ist auf Samanthas zurückweichende Gestalt gerichtet.

„Wir warten ab und sehen, wie viel sie ihnen bedeutet."

Wir machen Samantha zuliebe gute Miene zum bösen Spiel,

und ja, es ist nicht das erste Mal, dass wir uns auf königlichem Gebiet bewegen, aber wir wissen, wo die Grenze ist. Okay, vielleicht spielen wir gerne Seilspringen damit, wenn uns danach ist. Ich will mir die Royal Crew nicht zum Feind machen, aber das wird mich nicht davon abhalten, mit ihrem Spielzeug zu spielen – egal, ob ich gewinne oder verliere.

„Verdammt", fluche ich, als Samantha die Royals umgeht und direkt zur Residenz von Carter King geht, etwas aus ihrer Gesäßtasche zieht und eintritt. *Hmm, vielleicht hat sie wirklich so gute Beziehungen, wie sie behauptet, wenn sie sogar einen Schlüssel hat.*

„Hast du nicht mit ihr gewettet, genau das zu tun?" Duke gibt mir die Faust.

Ich beobachte stirnrunzelnd, wie Wesley Prince *und* Carter King Samantha folgen. Das Stirnrunzeln wird noch tiefer, als eine Rothaarige ebenfalls hinter ihnen herläuft.

„Ist es falsch, dass ich mich überhaupt nicht wundere, Tinsley hier zu sehen?" Banks nimmt seinen Platz auf meiner anderen Seite ein, als sie mit dem Rotschopf verschwunden ist.

Ich glaube, ich habe ihm etwas entgegnet, aber ich bin mir nicht sicher. Ich konzentriere mich voll und ganz auf das Gebäude und wünschte, ich hätte einen Röntgenblick, um zu sehen, was drinnen passiert.

Gut fünf Minuten später geht die Tür endlich wieder auf und Wesley Prince kommt heraus. Er macht einen kurzen Abstecher, um sich mit den anderen Royals zu besprechen, die noch draußen sind, und geht dann direkt auf uns zu.

Die Partygäste haben uns beobachtet, seit wir angekommen sind, aber mit Ausnahme von Samantha hat sich uns keiner von ihnen bis jetzt genähert.

Ich rolle die Schultern zurück und stelle mich aufrechter hin, um die perfekte Balance zwischen *„Mir ist alles scheißegal"* und *„Ich bin bereit, mich zu wehren, wenn es nötig ist"* zu finden.

Dunkle Augen tasten meinem Körper ab und schauen verächtlich, kaum dass die Inspektion abgeschlossen ist. In mir flackert die vertraute Wut über diese Respektlosigkeit auf. Man sollte meinen, dass ich dagegen immun wäre, nachdem ich sie jeden Tag von Samantha erlebt habe. Im Gegensatz zu meiner kürzlich erworbenen Nervensäge ist Wesley einer dieser Balanceakte mit der Linie, von der ich vorhin gesprochen habe.

Um mich zu beherrschen, schaue ich mir die Nummer zwei

der Royalty Crew etwas genauer an. Er entspricht ganz dem Klischee: schwarzes T-Shirt, zerrissene Jeans, Baseballmütze nach hinten gedreht, Tattoos, die über die gesamten Arme bis auf Hände und Knöchel reichen. Was mir auf die Nerven geht, ist seine unbekümmerte Art und sein spöttisches Grinsen, das sagt, dass er es mit uns aufnehmen kann, obwohl wir fünf zu eins in der Überzahl sind. Ich würde es nie laut sagen, aber wenn man bedenkt, dass sein Ruf in den Untergrund-Kampfkreisen sogar den des anderen Royal überragt, halte ich das durchaus für möglich.

„Du bist ein eingebildeter Scheißkerl, das muss man dir lassen", sagt Wesley, steckt seine Hände in die Taschen und verhöhnt uns erneut, indem er sich nicht für einen Kampf bereithält.

„Heißt das, du wirst den Rennplan für heute Abend ändern?" Ich verschränke meine Arme vor der Brust und warte auf seine Antwort.

„Mach dir keine Sorgen, reicher Junge. Du bekommst heute Abend deine Chance auf den Camaro." Es ist nicht der Camaro, den ich will. Ich will nur das, was zwischen Samanthas Beinen ist.

Ich ziehe meine Mundwinkel nach oben, erwidere sein Grinsen mit meinem eigenen und frage mich, ob Samantha ihrem kostbaren Prinzen erzählt hat, was *wirklich* auf dem Spiel steht.

Eine Stunde später sitze ich endlich hinter dem Lenkrad meines Ferrari. Das weiche Leder des Schalensitzes schmiegt sich an meinen Körper wie ein Liebhaber, während wir auf den Start warten.

Ich trommele mit den Daumen auf dem tänzelnden Pferd in der Mitte des Lenkrads herum, während Duke die GoPro-Kamera am Armaturenbrett befestigt. Er wartet, bis unser Blick auf den leeren Parkplatz vor uns auf der riesigen Projektions-fläche erscheint, die an der Seite von Carters Haus hängt. Das ist der Reiz dessen, was King macht. Das ist keines der Viertelmei-lenrennen, an denen man auf den Rennstrecken im ganzen Bundesstaat teilnehmen kann. Stattdessen folgen seine Rennen durch GPS vorprogrammierte Routen. Es dauert etwa dreißig Minuten, die Strecke zu bewältigen, und alles wird dabei für die Teilnehmer der Party live übertragen.

Mit der Änderung der Aufstellung wurde auch das Rennen selbst um eine Stunde nach hinten verschoben. Anders als erwartet, hatte King heute Abend gar nicht auf dem Rennplan gestanden. Die Wetteinsätze mussten erhöht und die Wettquoten angepasst werden, um zu berücksichtigen, dass nun ein Royal einer der Rennfahrer ist.

Die paar Tausend Euro, die ich für die Teilnahme zahlen musste, sind ein Klacks im Vergleich zu den größeren Rennen, zu denen Teilnehmer aus der BA eingeladen werden, aber das Preisgeld ist nicht der Grund, warum ich mitfahre. Ich mache es wegen des Adrenalinschubs. Das bisschen Kleingeld ist da nur ein Bonus.

Während des ganzen Prozesses aus Bezahlen, Wetten abgeben, Alkoholtest, Nummernschildabdeckung und Kameraeinstellungen habe ich Samantha nicht ein einziges Mal wiedergesehen. Die Tatsache, dass ich das überhaupt bemerke, macht mich verdammt wütend. Der einzige Grund, warum ich weiß, dass sie nicht abgehauen ist, ist, dass Cisco Cruz – der Royal, der für die GPS-Geräte zuständig ist – uns darüber informiert hat. Er meinte, dass sie meinen Untergang von einem Sitzplatz in der ersten Reihe aus verfolgen wird. Ich kann nur vermuten, dass das bedeutet, dass sie neben Prince auf dem Beifahrersitz Platz nehmen wird.

Die Motoren heulen auf und der Countdown für die letzte Minute ertönt auf dem GPS.

Meine Fingerknöchel leuchten weiß, als ich das Lenkrad fest umklammere und meinen Kopf zu dem mattschwarzen Camaro neben mir drehe. Die verdammte Tönung ist zu dunkel, um ins Innere sehen zu können, aber ich spüre trotzdem ihren Blick auf mir.

Als der Zweiunddreißig-Sekunden-Warnton erklingt, lasse ich mein Fenster herunter und blase ihr zwei Luftküsse zu als Vorgeschmack auf den Preis, den ich einfordern werde.

Entschlossen schließe ich das Fenster wieder, drehe das Radio auf und strecke meine Finger aus, bis sie sich um die Schalttafeln am Lenkrad wölben, um sofort schalten zu können.

Zehn. Neun. Acht.

Ein Blick auf Duke zeigt, dass auch er bereit ist.

Sieben. Sechs. Fünf. Vier.

Die Muskeln an meinem rechten Bein spannen sich an, um die Bremse zu lösen.

Drei. Zwei. Eins.

Das kehlige Brüllen des V8-Motors im Fond heult auf und wir legen zeitgleich mit den anderen sechs teilnehmenden Fahrzeugen los.

Der Start des Kurses ist ein typisches Drag Race auf Kings Parkplatz, bei dem die Fahrer um die vorderen Positionen ringen, um als Erste auf die Straße zu kommen.

Das Drehmoment und die Pferdestärken meines Ferrari sind höher als die des aufgemotzten Camaro und ich schaffe es, mich vor Prince zu schieben und als Erster die Zufahrt zu passieren, die dank Kings Corvette, die die Straße blockiert, frei von anderem Verkehr ist.

Die mechanische Stimme des Navigationssystems leitet mich eine kurze Gerade entlang, bevor es rechts abgeht.

Die dünnen Rechtecke der Camaro-Scheinwerfer verschwinden aus dem Rückspiegel, während die vordere Stoßstange näher an meine hintere heranrückt.

Die Federung meines Supersportwagens passt sich perfekt der Straße an, während ich einer Reihe von Kurven und Kehren durch Blackwell folge, bis ich angewiesen werde, die Auffahrt zum Highway zu nehmen.

Um Mitternacht an einem Samstag sind die Straßen zwar nicht überfüllt, aber auch nicht völlig leer. Das ist ein weiterer Punkt, der die Rennen der Royals von den anderen unterscheidet. Von der Leistung und den technischen Daten her sollte nur Kings Corvette mit meiner F8 mithalten können, aber bei diesen Rennen geht es mehr um das Können des Fahrers als darum, was für ein Aggregat unter der Haube steckt.

In regelmäßigen Abständen ruft Duke diejenigen aus, die uns am nächsten sind. Der Camaro und ein Mustang sind die einzigen beiden, die mir den Sieg streitig machen könnten. Ich ignoriere, wie erregt mein Schwanz bei dem Gedanken ist, wie wir mit Samantha feiern werden, wenn wir gewinnen.

Nach der Hälfte des Rennens machen wir eine Schleife über eine Ausfahrt und nehmen dann wieder die nächste Auffahrt rechts, die uns auf die südliche Seite des Highways bringt, als ein lila Abblendlicht in meinem Seitenspiegel sichtbar wird. *Prince.*

„Oh, Scheiße", flucht Duke und ich schalte einen Gang zurück, schwenke auf die Spur rechts von mir und umfahre einen langsam fahrenden Geländewagen, um meinen Vorsprung zu halten.

Ich werde dieses Rennen auf keinen Fall verlieren.

Mein Rücken verliert den Kontakt mit dem Sitz, als ich mich aufrichte. Ich behalte ein Auge auf der Straße und das andere darauf, dass ich ihm keine Gelegenheit zum Überholen gebe.

Lange vertikale Streifen roter Rücklichter zeigen, dass wir uns einer Gruppe von Trucks mit Anhängern nähern.

Mit einem Druck auf die rechte Taste, die mit dem Lenkrad verbunden ist, schwenke ich auf die rechte Spur und gleite dann über den Highway nach ganz links und um einen der Mack-Trucks herum.

Das Navi zeigt den letzten Kilometer vor der nächsten Ausfahrt an und ich wechsle zurück auf die rechte Spur. Der Sieg ist so nah, dass ich ihn fast schon wie verbranntes Gummi auf dem Asphalt riechen kann.

Mit einer Aktion, die je nach Standpunkt des Betrachters entweder selbstmörderisch ist oder das beeindruckendste Beispiel fahrerischen Könnens aller Zeiten, quetscht sich der Camaro zwischen den Mack-Truck, den ich gerade überholt habe, und den Toyota dahinter. Das Geräusch seiner Reifen, die dabei den losen Kies am Straßenrand aufwirbeln, ist laut genug, um sogar meinen Motor und meine Musik zu übertönen, während er sich um uns herum zur Ausfahrt rauscht. Die Fantasie, Samanthas Fotze an meinem Schwanz zu spüren, löst sich in Wohlgefallen auf, als sich der Camaro zum ersten Mal vor mich schiebt.

Hurensohn.

Die Rücklichter blinken mich an, als wir wieder auf Kings Parkplatz einfahren und ich den bitteren Geschmack des zweiten Platzes anstelle von Samanthas Mösensäften auf der Zunge habe.

Mit der Niederlage werde ich mich abfinden, aber die kleine Prinzessin wird damit klarkommen müssen, dass ich meinen Teil der Wette nicht einlöse. Nee … weißt du was? Ich denke, es ist an der Zeit, sogar noch einen Gang hochzuschalten.

KAPITEL 11

Savvy

Ich muss ein weiteres Mal gähnen, während ich mich auf den Weg zu meinem Spind mache, um die Bücher in meiner Tasche gegen die Bücher für die erste Stunde auszutauschen, denn die tiefe Erschöpfung, die ich nicht abschütteln kann, seit ich mich am Wochenende zu sehr angestrengt habe, ist immer noch da. Nicht einmal Nonna Falco, die sich beim Sonntagsessen um mich gekümmert hat, konnte sie vollständig vertreiben.

Ich weiß, dass ich selbst schuld bin, weil ich die Anzeichen eines Asthmaanfalls zu lange ignoriert und nicht behandelt habe, und jetzt muss ich die Konsequenzen tragen.

Ich greife nach dem Schloss, während der Druck sich weiter wie ein Theraband um meine Brust legt. Ein weiterer Gähner verstärkt das Gefühl noch. Vorsichtig, um nicht zu kleckern und meine weiße Bluse zu besudeln, reibe ich mit der Hand, die den Pappbecher von Espresso Patronum hält, über mein Brustbein, um den Druck etwas zu lindern.

Verflucht, dass ich solch eine sture Zicke sein musste und meinen Inhalator nicht benutzt habe, obwohl ich es hätte tun sollen.

Ja, das hättest du tun sollen. Aber nein, stattdessen hast du dich selbst in einen Asthmaanfall getrieben. Und dann hast du mit Wes auch noch an dem Rennen teilgenommen, obwohl du es hättest ruhig angehen lassen sollen. Ich wette, das hat wirklich geholfen, oder?

Ich lasse meinen Kopf nach vorn fallen. Meine Stirn berührt das kalte Metall meines Spinds, während ich über meinen eigenen Schatten kichere. *Kein Wunder, dass Tessa mir den Spitznamen „Bitchy" gegeben hat.* Jaspers Gesichtsausdruck, als Wes und ich nach dem Rennen aus der Garage traten, ist die Nachwirkungen absolut wert.

Eifersucht?

Rasend vor Wut?

Am besten gefiel mir sein Blick, als ich ihm mit dem Mittelfinger zuwinkte und einen Kuss auf die Unterseite von Wes' Kiefer drückte.

Das mag unreif gewesen sein, aber ich bin auch erst siebzehn Jahre alt; wenn es jemals eine Zeit gibt, in der man mit kindischem Verhalten durchkommt, dann jetzt.

Mit einem weiteren schmerzhaften Gähnen drehe ich das Zahlenschloss nach rechts, dann nach links und wieder nach rechts und werde langsamer, als ich die letzte Zahl der Kombination erreiche. Ich klemme den Bügel des Schlosses zwischen meine Finger – zum Glück ist er dieses Mal nicht mit Gleitmittel beschichtet – und ziehe ihn nach oben, bis er ausrastet.

Etwas Kleines, Weißes fällt auf den weißen Zeh meiner lila Chucks, als ich den Spind öffne, und es dauert ein paar Sekunden, bis meine trägen Reflexe auf das reagieren, was ich da sehe.

„Oh Scheiße!" Ich springe zurück und schlage die Tür mit einem lauten Scheppern zu.

Ist das eine verdammte Maus?

Meine Knie knacken, als ich mich hinunterbeuge und dann so langsam wie möglich in die Hocke gehe. Und tatsächlich, ein kaum sechs Zentimeter großes Nagetier blickt mich mit seinen schwarzen Augen an. Selbst als es zwischen meinem Fuß und der Wand hin- und herspringt, kann ich nicht anders, als es irgendwie süß zu finden.

Ich setze meine Kaffeetasse ab und strecke meine Hände aus, als würde ich einen Softball zwischen ihnen halten, um meinen blinden Passagier nicht zu erschrecken. Ich zähle leise bis drei und hebe ich meinen pelzigen Freund dann auf.

Nadelartige Stiche kratzen an der Haut meiner Handflächen, während mich das *Zucken* der Schnurrhaare kitzelt.

Um nicht zu riskieren, gebissen zu werden, schiebe ich die Klappe meiner Umhängetasche mit den Handgelenken auf und setze den kleinen Kerl vorsichtig auf den freien Platz über meinem Englischlehrbuch.

Ich schüttle meine Hände aus, greife meinen Kaffeebecher und stehe wieder auf. Ich muss mich bei Carter bedanken, weil er darauf bestanden hat, eine Boa Constrictor als Haustier zu haben. Hätte ich ihm nie geholfen, Merlin mit den Cousins dieses kleinen Kerls zu füttern, hätte ich ziemlich sicher genauso reagiert, wie diejenigen, die für meinen neuen Kumpel verantwortlich sind, das erwartet hätten: vor Angst quiekend und in der Gegend herumspringend.

So hältst du deinen Teil der Wette aber nicht ein, Arschgesicht.

Mit einem langsamen, tiefen Atemzug, um mich zu beruhigen, um keinen weiteren Asthmaanfall auszulösen – ich bin immer anfälliger für einen, nachdem ich einen erlebt habe -, drehe ich das Schloss erneut und öffne meinen Spind gerade so weit, dass ich hineinschauen kann.

Jetzt, wo ich genau aufpasse, höre ich den winzigen Chor von Quiekern, bevor ich die Bande von Mäusen sehe, die um einen Platz auf meinen Schulbüchern ringen.

Bevor noch mehr von ihnen einen auf Michael Scofield machen und einen Gefängnisausbruch versuchen können, schließe ich die Tür wieder und überlege, was ich jetzt tun sollte.

Wenn sie Spielchen mit dir spielen wollen, Savvy, dann zeig ihnen, wie man sie richtig spielt. Die Worte meines Bruders und sein angeborenes Vertrauen in mich hallen durch mein Gedächtnis und vertreiben den letzten Rest an Negativität, der von diesem letzten kindischen Mobbingversuch übriggeblieben ist.

Mein Nacken kribbelt unter den erwartungsvollen Blicken, die mich beobachten. Ich drehe mich nicht um, weil ich ihnen nicht einmal einen kurzen Einblick in meine Gedankenwelt geben will.

Ich stampfe mit dem Fuß auf und fahre mit der Hand über den Riemen meiner Tasche, als ich mich an einen weiteren Ratschlag von Carter erinnere. *Ein Herrscher ist nur so stark wie die Verbündeten in seinem Gefolge.*

Im Geiste verdrehe ich die Augen. Wie oft ich ihn schon aufgezogen habe, weil er sich aufführt, als wäre er direkt aus Games of Thrones entsprungen ... obwohl ...

Ich gebe es nur ungern zu, aber seine Prinzipien haben durchaus gelegentlich Relevanz. Das ist der Grund, warum ich mich kurz darauf dabei ertappe, wie ich den Flur nach links in Richtung des Schulsekretariats gehe, anstatt nach rechts zum

Klassenzimmer. Ich schätze, heute werde ich wohl zu spät kommen.

Ich ziehe meine Ray-Ban aus der Tasche und setze sie auf, sobald Tinsley und ich die Terrasse der Cafeteria erreichen. Als ich mich umschaue, sehe ich, dass die meisten Tische mit Schülerinnen und Schülern besetzt sind, die wie wir das warme Wetter ausnutzen, solange es noch geht.

Ich persönlich freue mich nicht darauf, wenn die Temperaturen sinken und wir gezwungen sind, drinnen zu sitzen, wo ich den Blicken eines bestimmten Augenpaares nicht entgehen kann.

Tinsley und ich verfallen in unser typisches lockeres Gespräch, aber wenn sie denkt, dass sie ihre Besorgnis darüber, wie es mir geht, verbergen könnte, dann versagt sie auf ganzer Linie. Ich spreche sie aber nicht darauf an. Wenn ich noch auf der Blackwell Public wäre, würde Tessa an mir kleben, als wäre ich Peter Pan und sie mein Schatten.

Außerdem …

Es ist schön, wenn sich jemand um mich kümmert. Und Tinsley? Sie ist ein Segen, von dem ich gar nicht wusste, dass ich ihn brauche. Sie ist die perfekte Brücke zwischen all den Dingen, die ich an meinem alten Leben auf der BP geliebt habe, und den haifischverseuchten Gewässern, durch die ich auf der BA navigieren muss.

„Ich kann immer noch nicht glauben, dass niemand darüber redet, dass du *Mäuse* in deinem Spind hattest." Als ob ihr Tonfall nicht schon deutlich genug wäre, verrät ihr Schüttelfrost am ganzen Körper ihre Abscheu.

Ich unterdrücke ein Lachen mit einem langen Schluck Pepsi Wild Cherry. „Das liegt wahrscheinlich daran, dass ich nicht reagiert habe. Ich habe weder geschrien noch geweint. Ich bin nicht weggelaufen und habe auch sonst keine Szene gemacht, die sie hätten dokumentieren können." Ich zucke mit der Schulter. „Wer verschwendet schon seine Zeit mit Klatsch und Tratsch über etwas, das gar kein Drama ist?"

Tinsley wackelt mit dem Kopf, während sie sich einen Löffel Hähnchen-Curry in den Mund schiebt. Meine neue akademische

Heimat hat sicherlich eine Menge Fehler, aber die kulinarische Auswahl hier, gehört nicht dazu. Wenigstens hatte Arabella in einer Sache recht, was diesen angeberischen Ort anbelangt.

„Was hast du eigentlich mit ihnen gemacht?"

Ich öffne den Mund, um zu antworten, aber bevor ich etwas sagen kann, wird eine Schüssel mit braunen Pellets, Sonnenblumenkernen, Kürbiskernen und getrocknetem Mais vor mich hingestellt, und die buchstäbliche Pest nimmt seinen Platz in meiner Seite ein, indem er sich auf den leeren Stuhl neben mir fallen lässt.

Ein Arm, dessen definierte Muskeln durch einen hochgekrempelten Ärmel deutlich sichtbar sind, was ich aber geflissentlich ignoriere, legt sich über die Rückenlehne meines Sitzes, und seine Knie berühren meine Oberschenkel. Ich weigere mich, der Ausbuchtung in seiner dunklen Hose Beachtung zu schenken, als er gegen mein Bein stößt und sein Stuhl über den Steinboden scharrt.

Ich drehe mich in seine Richtung. Carter hat mir beigebracht, dass man einem Feind niemals den Rücken zuwendet. Man stellt sich ihm frontal entgegen und fordert ihn heraus, einen anzugreifen.

Meine Hände ballen sich zu Fäusten, während ich dem Drang widerstehe, ihm dieses verdammte Grinsen von seinen verführerischen Lippen zu prügeln. Warme Luft streichelt meine Wange und ich halte den Atem an, den ich nicht anhalten sollte, um mich zu verteidigen, während sein Sandelholzduft dabei ist, meine Sinne zu erobern.

„Ja, Samantha …" Schwielige Fingerspitzen umkreisen meine Kniescheibe, und ich kneife die Beine zusammen, um zu verhindern, dass sie meine Innenschenkel hinaufwandern. Leider kann ich nichts dagegen tun, dass meine Muskeln unter einer Berührung erzittern, die ich nicht will, aber auch nicht hassen kann. „Was *hast* du mit deinen neuen Freunden gemacht?"

Wenn es doch nur möglich wäre, mit Blicken zu töten. Das würde *so* viele meiner Probleme im Moment lösen.

„Sie sind gut versorgt, danke der Nachfrage." Ich zucke mit den Schultern, um einerseits Gleichgültigkeit zu zeigen und um seine Finger abzuschütteln, die auf der Rückseite Achten zeichnen.

Der Blick aus seinen perlmuttfarbenen Augen wandert über

meine Gesichtszüge und das Grinsen verblasst ein wenig angesichts meines stoischen Auftretens. Das Zucken von Jaspers Kiefermuskeln ist der einzige Hinweis auf seine Enttäuschung. Es *ärgert* ihn, dass ich nicht so reagiere, wie er es erwartet hätte.

„Sag es mir, Samantha." Sein Befehlston lässt mir einen Schauer über den Rücken laufen. Seit die Royals mich kurz Savvy genannt haben, hasse ich meinen offiziellen Namen, aber die erotische Art, mit der er von Jaspers Zunge rollt? Ja, mein Problem ist jetzt eher, dass ich *es nicht mehr tue.*

„Weißt du ..." Ich lege meine Hand auf die Mitte seiner Brust. Seine Muskeln spannen sich unter meiner Berührung an, und ich spiele mit einem der Knöpfe an seinem Uniformhemd. Ich lasse ihn nicht aus den Augen, sondern zupfe an der kleinen Plastikscheibe, hebe sie an und schiebe sie durch das Knopfloch.

Ich frage mich, ob er ein Unterhemd trägt. Wenn ich diesen Knopf aufmache, werde ich es herausfinden ...

Scheiße! Ich schüttele den Kopf, um diese *höchst* unpassenden Gedanken loszuwerden. *Was zur Hölle?*

„Du solltest wirklich an deinem Gedächtnis arbeiten, denn wenn *ich* mich recht erinnere" – ich lege meine freie Hand auf mein Herz – „hast *du*" – ich drücke fester auf seine Brust – „verloren und solltest mich jetzt. In. Ruhe. Lassen."

Eine Ader pulsiert in seiner Schläfe.

Unter halb geschlossenen Lidern erwidere ich seinen Blick, nur um festzustellen, dass sich seine ganze Aufmerksamkeit auf die Stelle richtet, an der ich uns verbinde. Ich schlucke unter der Intensität seines Blicks und beiße mit den Zähnen in das weiche Fleisch meiner Unterlippe, während ich mich um das kleine Stück rissiger Haut in der Ecke sorge.

„Aha?" Er wölbt eine Augenbraue. „Du behauptest also, wenn ich gewonnen hätte, wärst du freiwillig für mich auf die Knie gegangen?" Er greift nach meinen Knien. „Du hättest bereitwillig deinen Mund geöffnet?"

Mein Herz rast in meiner Brust, und das gleichmäßige *Pochen* wird bei seinen schmutzigen Worten immer lauter.

„Dass es nicht nötig gewesen wäre, dein Haar um meine Faust zu wickeln, während ich dir meinen Schwanz zwangsverfüttere?"

Das Bild, das er malt, lässt meine Brustwarzen in meinem BH kribbeln. Als Jasper seinen Blick zuerst auf sie wirft, bevor er mich beobachtet, wie ich noch immer auf meiner Lippe herumknabbere, blähen sich meine Nasenflügel und meine Augen weiten sich. Ich versuche, tief einzuatmen und gleichzeitig meine Reaktion auf seine Nähe zu verbergen. Warum zum Teufel hat er solch eine Wirkung auf mich?

Entschlossen, die Gedanken, die er in mir auslöst, zu ignorieren, suche ich nach einer Ablenkung. Ich räuspere mich und fahre mit den Fingern den Saum seines Hemdes entlang. „Deine Streiche sind so mittelmäßig wie deine Fahrkünste." Ich hebe meine Hand und fülle das Grübchen in seinem Kinn mit meinem Zeigefinger, bevor ich ihn wegstoße. „Deshalb hast du dieses Wochenende auch gegen einen Royal verloren."

Eine Hand umklammert meinen Oberschenkel, die Finger graben sich in den Raum, in dem die Muskeln mit dem Knochen verbunden sind, sein Daumen schiebt sich mit Macht unter den gefalteten Saum meines Rocks und dreht mich herum, bis wir einander wieder gegenübersitzen.

Ich versuche, den Blickkontakt aufrechtzuerhalten. Jaspers Nasenspitze stößt gegen meine, bevor sie an meinem Wangenknochen entlang und zurück zu meinem Ohr wandert. Die Welt wird schwarz, als sich meine Augenlider unter seinem Atem schließen.

„Wann begreifst du endlich, dass ich nicht der Typ Mann bin, mit dem du Spielchen spielen kannst?" Ich zucke zusammen, als hätte ich einen Stromschlag bekommen, als seine Zähne an meinem Ohrläppchen knabbern.

„Ich spiele nicht."

„Einen Scheiß tust du!" Er zieht mich näher zu sich, sein Knie zwingt meine Beine in ein weit offenes V. Nur der Faltenwurf meines Rocks hindert ihn daran, einen Blick auf meine Muschi zu werfen. Gott sei Dank, denn sonst könnte ich die peinlich feuchte Stelle nicht verbergen, die er direkt verursacht hat.

„Nein, *Noble*." Ich lächle verächtlich, um ihn daran zu erinnern, wie sehr ich glaube, dass er dem Titel niemals gerecht werden wird. „Ich spiele keine Spiele. Ich stelle die Regeln auf." Seine Wange ist immer noch an meine gepresst und ich brauche nur mein Kinn anzuheben, um seine messerscharfe Kieferpartie zu küssen.

Schnell ist seine freie Hand, die er, wie vorher angedroht, zu Fäusten formt, in meinen Haaren und er zieht daran, bis meine

Kopfhaut brennt und mein Hals sich nach hinten biegt. Sein Mund legt sich auf meinen entblößten Hals, seine Lippen streifen meine Haut, während er murmelt: „Ich werde dir beibringen" – er leckt über die Ader, die im Doppeltakt pulsiert, und die Berührung seines Piercings nässt mein Höschen endgültig durch – „dass *ich* der *Einzige,* der hier die Regeln macht."

Mein Instinkt drängt mich dazu, mich zu wehren, meine Dominanz zu behaupten, so wie ich erzogen worden bin. Ich kann es aber nicht. Es passiert nichts. Ich finde keine Worte. Stattdessen muss ich mich darauf konzentrieren, ein bedürftiges Wimmern zu unterdrücken. *Was zum Teufel ist da los? Bedürfnis? Das gibt's doch nicht.*

„Ich hoffe, du hast das Wochenende genossen …"

„*Immens*", sage ich atemlos.

„Fuck." Sein Gesicht ist immer noch in mir vergraben und sein Knurren lässt mich bei dieser Andeutung erschauern. Die Hand in meinem Haar verdreht sich weiter und ich schreie auf. Warme Hitze umhüllt meinen Pulsschlag für eine Sekunde, bevor ein scharfer Sog meine Knochen in Gelee verwandelt.

Ich zappele und winde mich, schlage mit meinen Händen gegen seine Brustmuskeln und versuche, mich zu befreien. Doch nichts von dem, was ich tue, bringt Jasper aus der Ruhe; er saugt einfach weiter. Als er sich schließlich zurückzieht, grinst er nicht nur, er lächelt regelrecht und reibt mit seinem Daumen über meine noch feuchte Haut.

Hoffentlich hat dieser Wichser keinen Knutschfleck hinterlassen.

„Wehr dich nur weiter gegen mich, Samantha" – er drückt auf dieselbe Stelle und seine Augen blitzen auf, in der Mitte ein tiefes, wirbelndes Grau, Violett und Silber, die Pupillen geweitet – „ich fordere dich hiermit heraus."

KAPITEL 12

Savvy

Wie durch ein Wunder war heute nicht einer der Tage, an denen Natalie meine Anwesenheit im St. James-Haushalt „einforderte". *Gott sei Dank für die kleinen Gefallen am Montag.*

Um ehrlich zu sein, war es ein bisschen seltsam, als Daniel mich bei Carter absetzte, denn der Bentley schien auf dem riesigen Grundstück meines Bruders völlig deplatziert zu sein. Trotzdem bedankte ich mich für die Fahrt und meinte, dass ich ihn heute nicht mehr brauchen würde. Carter konnte mich später bestimmt zurück zum St. James Haus bringen.

Carters Corvette ist neben dem Camaro geparkt, als ich die Garage betrete, aber er selbst ist nirgends zu finden. Ich imitiere Snookie und rufe: „Die Party ist da".

Ich stelle meine Tasche im Wohnzimmer ab und mache mich auf den Weg in mein Schlafzimmer, um meine Uniform gegen ein Paar Leggings mit Drachenaufdruck auszutauschen. Die lila, grauen und schwarzen Schuppen der großen Flügel des Ungeheuers wickeln sich um meine Beine. Ich ziehe einen schwarzen Sport-BH an und vervollständige den Look mit einem Blackwell Public T-Shirt mit weitem Halsausschnitt, auf dem das Drachenmaskottchen der Schule in der Mitte meiner Brust Feuer speit.

Auf der anderen Seite des Raumes öffnet sich die Tür zum Fitnessraum, der ein Viertel des Hauses einnimmt, und mein Bruder tritt zur gleichen Zeit ein, als ich die letzte Treppenstufe herunterkomme.

„Nein", kommt es wie aus der Pistole geschossen, als er sieht, dass ich für Training angezogen bin.

„Cart", widerspreche ich, während der violette Stoff meiner Handbandage von meinem Daumen hängt und über den Boden gleitet.

„Nicht nur nein, sondern *verdammt* nein, Savvy." Er fährt mit der Hand durch die Luft, als ich wieder Einspruch erheben will. „Das Einzige, was du diese Woche machen darfst, ist Yoga. Sonst *nichts.*"

Ich liebe Yoga, aber ich muss *wirklich* etwas schlagen. Da Jasper vorhin nicht in Frage kam, muss ich mich mit dem Boxsack im Fitnessstudio begnügen.

Wir gehen beide weiter, bis wir uns in der Mitte der offenen Fläche treffen. „Aber -"

„Nein." Er schüttelt zur Bekräftigung den Kopf. „*Vielleicht – und* das ist ein verdammt *großes* Vielleicht" – sein Zeigefinger vibriert einen Zentimeter vor meiner Nase – „werde ich dir erlauben, vor dem Wochenende ein paar Runden schwimmen zu gehen." Die harte Linie seines Mundes lockert sich, als er ihn zu einem Lächeln verzieht. „Aber ich würde nicht zu viel erwarten."

Ha ha ha, sehr witzig! Ist mein Bruder nicht ein echter Komiker? Ich knirsche mit den Zähnen und verschränke die Arme vor der Brust. Ich gebe alles, was ich an Teenagerlaune aufbringen kann, und wippe sogar mit dem Fuß. Ich bin mir sicher, dass die meisten Mädchen in meinem Alter mit dem Klassiker *„Du bist nicht mein Vater"* antworten würden, aber ich würde Carter *niemals* auf diese Weise respektlos behandeln. Er ist zwar tatsächlich nicht mein Vater, aber im Gegensatz zu Natalie bin ich ihm nicht egal.

Das dreifache Piepsen des Garagenschlosses ertönt, und eine Sekunde später betritt Tessa den Raum. Als sie meinen Blick sieht, runzelt sie die Stirn und bleibt stehen.

„Ooh …" Die Schatten in ihren blauen Augen verblassen und ein schelmisches Funkeln macht sich breit, während sie die Szene vor ihr analysiert. „Bin ich etwa mitten in ein Königsduell geraten? Soll ich die Lanzen rausholen? Oh, warte!"

Während sie in ihrer Tasche nach ihrem Telefon kramt, muss ich darauf hinweisen, dass es hier *keine* Lanzen gibt. Carter mag davon besessen sein, auf dem ganzen Königskram herumzureiten, aber mit der Renaissance hat er nichts am Hut.

Rhythmische Bässe pumpen aus dem Lautsprecher von Tessas iPhone, während Lin-Manuel Miranda und die Darsteller von *Hamilton* anfangen, die „Zehn Duell-Gebote" zu zählen.

„Du bist so doof", sage ich lachend.

„Aber du liebst mich trotzdem", antwortet sie mit einem Schulterzucken. Irgendwie fehlt ihr aber etwas von ihrem üblichen Strahlen.

„Tess, du bist dafür verantwortlich, dass Savs es ruhig angehen lässt", weist Carter sie an, denn er weiß genau, dass ich auf sie hören werde.

„Wie Ihr wünscht, Eure Majestät." Tessa schiebt ihr linkes Bein hinter ihr rechtes und macht einen Knicks. Dabei hebt sie den Saum ihres *„Ich bin kein Bücherwurm, ich bin ein Bücherdrache"*-T-Shirts an, als wäre es der Rock eines Ballkleides.

Carter schüttelt den Kopf und ich glaube, er murmelt etwas wie „Scheiß Dennings", während er sich zum Kühlschrank schleicht, um eine Flasche blaue Gatorade zu holen.

Tessa freut sich, wie immer, wenn jemand sie mit Kay vergleicht, und ich lasse die beiden in Ruhe und gehe zu dem Terrarium hinüber, in dem Merlin King lebt.

Der Kerl lebt, wie es sei Nachname suggeriert. Carter hat keine Kosten gescheut, als er den Lebensraum für seine Geistermorphe Boa Constrictor bauen ließ. Das ganze Bauwerk ist etwa drei Meter hoch und drei Meter lang. Carter hat ein kleines Vermögen für erstklassige Geräte ausgegeben, um die richtige Temperatur und Luftfeuchtigkeit für sein kostbares Reptil zu gewährleisten. Ich persönlich denke, wenn MTV eine *Cribs: Pet Edition* machen würde, stünde Merlins Behausung ganz oben auf der Liste.

Die Hälfte des Sockels ist ein Wasserspiel, aus dem Merlin trinken oder in dem er baden kann. Die Landschaft fällt allmählich ab, bis sie den tiefsten Abschnitt von acht Zoll erreicht.

In der gegenüberliegenden hinteren Ecke befindet sich eines der beiden Verstecke – höhlenähnliche Strukturen, in die Merlin sich zurückziehen kann – in diesem Fall ein knallharter, geschwärzter Totenkopf. Ich fand schon immer, dass er ein bisschen wie der Schädelfelsen aus *Peter Pan* aussieht, und wenn man genau hinsieht, kann man sogar eine Piratenflagge erkennen, die in die Seite geätzt ist. Warum überrascht mich das nicht? Tessa bestätigte mir, dass genau das ihre Absicht war, als sie es

Carter vor ein paar Jahren zu Weihnachten schenkte. Ihre Mutter liebte die Geschichte von dem Jungen, der nie erwachsen werden wollte, als sie noch lebte.

Es gibt eine mittlere Schicht, die auf halber Höhe über der unteren Ebene hängt und das zweite Versteck beherbergt. Im Gegensatz zum Schädel sieht dieser eher wie ein einfacher Fels aus, aber durch das Loch in der Spitze kann Merlin ein- und aussteigen, wann er will. Mein großer Bruder sagt gerne, dass es dann so aussieht, als ob Excalibur herausgezogen wird.

So schön all das auch ist, keines von ihnen beherbergt das Reptil, das ich suche.

Erst als ich die riesige Nachbildung eines T-Rex-Skeletts scanne, die sich über den größten Teil der Breite und Höhe des Terrariums erstreckt, erkenne ich, wie sich das Objekt meiner Suche um die gebleichten Knochen windet.

Schlangen sind von Natur aus taub und nachtaktiv, aber als meine Augen seine glänzenden schwarzen Ovale treffen, hebt Merlin den Kopf und streckt seine Zunge heraus, um die Luft zu ‚riechen‘.

Nachdem ich mich bei Carter vergewissert habe, dass er nicht zu viel gefüttert wurde und man ihn anfassen kann, ohne zu riskieren, dass er seine letzte Mahlzeit im Maul trägt – ich habe heute schon genug mit Mäusen zu tun gehabt, vielen Dank – öffne ich den Riegel und greife hinein.

Merlin spürt meine Körperwärme und lässt seinen schmalen weißen Kopf über die flache Handfläche gleiten, die ich ihm hinhalte. Ich liebe es, die leichte Struktur seiner Schuppen zu spüren, während er sich ansonsten ganz weich anfühlt.

Er arbeitet sich an meinem Unterarm hoch und ich greife mit meinem anderen Arm zu und stütze mit meiner freien Hand seinen Körper. Mit seinen sechs Jahren gilt Merlin als erwachsen. Er ist anderthalb Meter lang und wiegt ungefähr drei Kilo, so dass man ihn definitiv mit zwei Händen anfassen muss.

Es beruhigt mich sofort, wenn ich Merlin im Arm halte. Leo scherzte einmal, dass er mein emotionales Begleittier sei, was Cisco dazu veranlasste, hinzuzufügen, dass mir natürlich nichts so Stereotypes wie ein Hund reichen würde, um meine Nerven zu beruhigen – schließlich haben sie mir den Spitznamen Savage gegeben.

Sobald Merlin bequem um meinen Arm gewickelt ist, sein

Körper über und unter der Beuge meines Ellbogens und sein Kopf auf meiner Schulter ruht, während seine Zunge herausschaut und meinen Kiefer kitzelt, richte ich mich auf und gehe zur Couch.

„Ich schwöre, er mag dich mehr als mich", murrt Carter, schiebt eine Hand unter Merlins Kopf und lässt ihn daran herumzüngeln, bevor er sie wieder zurückzieht.

„Keine Eifersucht." Als ich mit den Schultern wackle, bewegt sich Merlin über sie hinweg und meinen gegenüberliegenden Arm hinunter und schaut sich Tessa neben mir an.

„Vielleicht mag dich deine Schlange mehr, wenn du duschst und den Gestank von deinem Training abwäschst", wirft Tessa ein, während sie ihr Handy zückt, um ein Selfie von uns beiden und Merlin zu machen und es auf Instagram mit #snakefie zu posten.

„Das ist wahr." Merlin wandert von einer Hand zur anderen und wandert weiter an meinem Körper entlang, bis er sich wieder in seine ursprüngliche Position begibt und sich um meinen Arm wickelt, diesmal mit seinem Kopf auf der flachen Seite meines Bauches. „Das sind sensorische Tiere, Cart. Du bist nur froh, dass er denkt, dass ich besser rieche."

„Miststück", stichelt Carter mit einem Kuss auf meinen Scheitel, dann joggt er die Treppe zwei Stufen auf einmal hoch.

„Ich weiß *genau*, was wir uns ansehen, während wir an deinen Rechenaufgaben arbeiten." Ein Bild von Leonardo DiCaprio, der Claire Danes küsst, füllt den Flachbildschirm und Baz Luhrmanns Version von *Romeo & Julia* beginnt zu spielen. Ich ziehe eine Schnute und Tessas lacht laut auf. „Was?" Sie zuckt mit den Schultern und versucht, ganz unschuldig zu wirken, obwohl sie das ganz bestimmt nicht ist. „Das ist jetzt dein Leben", sagt sie und streckt die Hand in Richtung der 90er-Jahre-Version der Capulets und Montagues aus, die sich an einer Tankstelle prügeln.

„Du bist so doof." Das sollte eigentlich eine Beschwerde sein, aber ich klinge wenig überzeugend. Tessa ist eine Träumerin, eine hoffnungslose Romantikerin, auch dank der Liebesromane, nach denen sie süchtig ist. Außerdem kann sie mich gerne ärgern, wenn Tessa am Ende wieder so fröhlich ist wie früher.

„Na schön" – sie atmet aus und lässt die Stirnfransen, der ihr Auge bedecken, dabei flattern – „ich nehme an, dass es sich nicht um eine Familienfehde handelt, aber was gibt es Neues bei deinem Romeo?"

Ich rolle mit den Augen, aber die Aktion hat nicht die Wirkung, die sie angesichts von Kays Vorliebe dafür haben sollte. „Jasper ist *sooo NICHT* mein Romeo, T."

„Mmmhmm." Sie rollt ihre Lippen über die Zähne, völlig unbeeindruckt von dem, was ich zu sagen habe. „Weißt du, was man sagt? Berühmte letzte …"

In dem Augenblick kippt die Stimmung und Tessas Worte verstummen, als sie so heftig einatmet, als wäre sie am Ersticken. Das ist die einzige Warnung, die ich bekomme, bevor mir ein Finger in die Halsschlagader sticht.

Tessas Berührung und ihr Schrei lassen mich zusammenzucken und Merlin aufschrecken. Die Muskeln seines langen Körpers spannen sich um meinen Arm und schnüren den Blutfluss ab.

„Savannah! King!"

Ich muss schmunzeln, weil Tessa mich *nie* mit meinem vollen Namen anspricht. Eine Kleinigkeit wie diese, besonders jetzt, wo ich gezwungen bin, den Namen zu benutzen, den ich so sehr verachte, ist nur einer der vielen Gründe, warum ich dieses Mädchen so sehr liebe.

„Ist. Das. Ein. *Knutschfleck*?" Ihr Finger stößt bei jedem Wort auf das beleidigende Zeichen. Ich ignoriere sie und streiche mit einer Hand über Merlins weiß-grau geschuppten Körper, in der Hoffnung, dass er sich wieder entspannt. Es dauert ein bisschen, aber schließlich gelingt es mir, mit meinen Fingern zu wackeln, um die Durchblutung wiederherzustellen.

„Ich weiß nicht, wovon du redest." Leugnen, leugnen, leugnen. „Ich habe mich heute Morgen mit dem Glätteisen verbrannt."

„Blödsinn." Ihre mitternachtsblauen Augen funkeln und die Couch wackelt, als sie aufspringt und ihre Füße unterschlägt. „Er ist von *ihm*, nicht wahr?"

„Ist *Not My Romeo* nicht der Name eines Buches, das ich wegen dir lesen musste?" Ich greife auf einen meiner früheren Kommentare zurück und hoffe, dass es sie ablenkt.

„Ja, von Ilsa Madden-Mills, einer meiner One-Click-Autoren." Mit einem plötzlichen und bösartigen Kopfschütteln lässt sie ihr Haar fliegen. „Hör auf, mich mit Fiktion abzulenken,

Savannah King." Sie droht mir mit dem Finger. „Beantworte die Frage."

Es gibt keinen Grund, es länger zu vermeiden. Wenn jemand in der Lage ist, die Wahrheit aus mir herauszubekommen, dann ist es Tessa Taylor. Zum einen belügen wir uns nie. Ich versuche vielleicht, sie vor einigen der *weniger schönen* Aktivitäten zu schützen, in die Carter verwickelt ist, aber wir lügen nicht offen. Zum anderen hat sie eines dieser Gesichter, die es unmöglich machen, sie anzulügen.

Also tue ich es nicht.

Ich erzähle alle Details über meinen Tag, angefangen bei den Mäusen in meinem Spind, über denselben belanglosen Mist, mit dem ich mich täglich in den Hallen der Blackwell Academy herumschlagen muss, bis hin zu Jasper und seinem Macho-Gehabe. Ein Teil von mir ist versucht, zuzugeben, dass ich es nicht unbedingt gehasst habe, aber wenn ich Tessa auch nur einen Zentimeter nachgebe, wird sie die Geschichte mit einem Korbwurf in den Himmel befördern.

„Scheiiiiiisssse ..." Tessa lässt sich zurück auf die Couch fallen und verschränkt mit einem schweren Seufzer die Arme über ihrem Gesicht. „Wenn ich dich nicht so verdammt lieben würde, würde ich dich jetzt hassen."

„Was? Warum?"

„Du lebst meine *Tyrannen-Romantik-Träume* aus, Sav." Sie lehnt sich vor und eine Hand legt sich auf meine Schulter, um mich leicht zu schütteln, während sie mit der anderen ihr Herz bedeckt, als wolle sie einen Fahneneid leisten.

„Du liest zu viel."

„Vielleicht." Die lässige Art und Weise, wie sie sich in ihre Ecke zurückzieht und einem sexy jungen Leo ihre volle Aufmerksamkeit schenkt, lässt mein inneres Warnsystem *„Gefahr! Gefahr!" schreien.* „Andererseits" – sie schenkt mir ein verschmitztes Grinsen – „hat PF das Gleiche zu mir gesagt, und jetzt sieh dir sie und Mase an."

Verdammt, das ist kein gutes Zeichen. Wenn Tessa die Zeichen der Zeit erkannt hat, als es um die *Ich-halte-nichts-vom-Rampenlicht-Kay* ging, die jetzt so sehr mit ihrem tollen Football-spielenden Freund zusammen ist, dass ihr Name ein ständiger viraler Hashtag ist, was zum Teufel bedeutet das dann für mich?

KAPITEL 13

Savvy

Der Anblick von Tinsley, wie sie auf der steinernen Eingangstreppe zu BA steht und mit den Fingern den Saum ihres Uniformrocks zurechtrückt, lässt mich die Stirn runzeln. Mit einem Dankeschön an Daniel steige ich aus dem Bentley.

„Konntest du heute deinen Koffeinkick nicht abwarten?" Ich ziehe ihren Karamell-Latte aus dem Becherhalter und reiche ihn weiter. Ich hatte mir zwar vorher nie ausgemalt, dass ich in meinem letzten Schuljahr von einem Chauffeur zur Schule gefahren würde, aber daran, dass Daniel vorher meinen Espresso Patronum abholt, könnte ich mich absolut gewöhnen.

„Ähm …" Tinsley wirft einen Blick über ihre Schulter, aber da ist niemand.

„Tins?" Ich nähere mich vorsichtig. Ihr Zögern überträgt sich auf mich, zumal sie normalerweise nicht vor der Schule auf mich wartet.

Ist nicht schon Freitag? Kann es sein, dass heute erst Donnerstag ist? Diese Woche kam eins nach der anderen. Es fing mit den Mäusen am Montag an, bevor sie ihren Standpunkt noch einmal bekräftigten und meinen Spind am Dienstag mit Mäusefutter füllten.

Der gestrige Versuch war wahrscheinlich ihr kreativster. Die rosafarbenen Blätter, auf denen in dicken schwarzen Buchstaben die Worte *„Samanthas Muschi" zu lesen waren*, flatterten wie überdimensionales Konfetti um mich herum, als ich das erste Mal meine Bücher austauschte, und Jasper und seine Kumpane boten mir den ganzen Tag über Stifte zum Unterschreiben an.

Warum lässt Jasper mich nicht einfach in Ruhe? Er tut so, als wäre es eine persönliche Beleidigung, dass ich hier bin, in „seiner" Schule. Dabei *will* ich ja gar nicht hier sein.

Scheiße. Was der heutige Tag wohl bringen wird?

„Komm…" – ein weiterer Blick nach hinten – „komm einfach mit." Tinsley hakt sich bei mir unter ein und bleibt dicht an meiner Seite, als wir das Gebäude betreten.

Sie ignoriert alle Seitenblicke, die ich ihr zuwerfe, und schaut entschlossen nach vorne. Das Knabbern an ihrer Unterlippe lässt mich noch nervöser werden, ebenso wie die Tatsache, dass ich sehen kann, dass sie ihr Lippenstift wirkt als wäre er schon vor sehr langer Zeit aufgetragen worden.

Als wir um die Ecke zum Oberstufenflur biegen, zieht die kleine Menschenmenge, die sich vor meinem Spind versammelt hat, meine Brust so sehr zusammen, dass ich unbewusst in meiner Tasche nach meinem Inhalator krame.

Irgendetwas ist definitiv los. „Tins?", frage ich erneut. Ich hasse es, überrumpelt zu werden.

„Ich hoffe, du bist auch bei größeren Nagetieren so tough, Savs." Die Verwendung der Kurzform meines „echten" Namens lässt mich stocken. Ich werfe ihr einen prüfenden Blick zu. Seit dem ersten Schultag vor Wochen hat Tinsley meine königliche Identität nicht ein einziges Mal verraten. Das hier muss also schlimm sein.

Einer der Schaulustigen entdeckt uns und stößt seinen Nachbarn mit dem Ellbogen an, und kurz darauf ist die volle Aufmerksamkeit der Menge auf uns gerichtet. Das Geflüster wird lauter und mehr als ein Telefon wird in unsere Richtung gedreht.

Ich ignoriere sie. Selbst an einem guten Tag habe ich keine Geduld für belanglosen Blödsinn. Und heute? Ist *kein* guter Tag.

Durch eine Lücke in der Menge kann ich … etwas erkennen, das an der Außenseite meines Spinds befestigt ist, aber ich bin immer noch zu weit weg, um genau zu erkennen, was dieses Etwas ist.

„Tinsley?" Mein Griff um sie wird fester und die Erschöpfung, mit der ich schon die ganze Woche zu kämpfen hatte, überspült mich in einer weiteren Welle.

„Sagen wir einfach, dass die Könige" – ihre Lippen zucken bei dieser Bezeichnung – „die Rolle, die du nach Jaspers Meinung bei den Royals spielst, eher wörtlich genommen haben."

Hm?

Es gibt wohl nur einen Weg, um herauszufinden, wovon sie spricht.

Ich gebe mir alle Mühe, eine Ruhe auszustrahlen, die ich nicht wirklich spüre, und löse mich von Tinsley. Mit hoch erhobenem Kopf, vorgestrecktem Kinn und zurückgezogenen Schultern dränge ich mich quer durch die gaffenden Erstsemester und bleibe erst direkt vor meinem Spind stehen.

An die Metalltür sind zwei Ratten genagelt. Irgendjemand hat sie mit glänzenden Nägeln an den rosafarbenen Schwänzen aufgehängt. Die eine in der oberen Ecke hat eine Miniaturkrone, die schief aufgesetzt und auf einem Ohr am Kopf befestigt ist. Die andere, die in einem Winkel von fünfundvierzig Grad dazu hängt, hat eine karierte Flagge an einem ihrer winzigen rosa Füße befestigt.

Ein Briefumschlag, auf dem mein Name in Kalligrafie geschrieben ist, steckt in den Lüftungsschlitzen am oberen Ende. Ohne weiter auf die toten Nager zu achten, trete ich näher und greife den Umschlag an einer Ecke. Ich spüre direkt, dass es sich um sehr hochwertiges Papier handelt.

Ich blende die Fragen aus, die jetzt auf mich einprasseln, drehe den Umschlag um und siehe da, ein echtes Wachssiegel mit dem BA-Wappen verschließt die Klappe.

Für die Präsentation haben sie eine Eins mit Sternchen verdient, so viel ist sicher.

Ich breche das Siegel mit meinem Daumennagel auf und das Wachs bricht mit einer gezackten Linie in der Mitte. Im Inneren befindet sich ein mit Goldfolie geprägter Karton. Im Gegensatz zu meinem Namen ist die Schrift hier lediglich schwarzes Gekritzel.

Vorsichtig, Prinzessin.
Du solltest es besser wissen. Boxenratten überleben nicht
lange. Irgendwann wird deine Amtszeit zu Ende sein …

Er hat es nicht unterschrieben, aber das muss er auch nicht.

Die Verwendung seines Lieblingsnamens für mich verrät ihn. Und mal ehrlich … wer sonst würde sich so viel Mühe machen?

Ich habe keine Zeit für diesen Schwachsinn. Tessa verhält sich zurzeit wieder seltsam und als ich unsere Freunde, die noch mit ihr auf der BP sind, darauf angesprochen habe, wurde ich abgewimmelt. Das gefällt mir nicht. Ich hasse es, dass ich jeden Tag *hierherkommen* muss und sich alles aus meinem alten Leben wie etwas Vergangenes anfühlt.

Tinsley schlurft näher heran und ich halte ihr den Zettel zum Lesen vor die Nase. Sie atmet tief ein und ihre nicht wirklich braunen Augen blitzen auf, als sie die Worte erfassen. „Oh mein Gott", flüstert sie. „Solltest du nicht deinen Bruder deswegen anrufen?"

Ich schüttle den Kopf, bevor sie weiterfragen kann. Das würde mir allenfalls den Zorn von Natalie einbringen, weil er unweigerlich etwas Dummes tun würde. Was glaubst du, warum ich ihm sonst nicht erzählt habe, was hier los ist? Damit komme ich gut selbst klar. Außerdem machen mir verschleierte Drohungen keine Angst. Aber meinen Bruder zu verlieren? Das schon eher.

Ich betätige schnell das Zahlenschloss, um sicherzugehen, dass mich nichts weiter erwartet… *im* Spind.

KAPITEL 14

Jasper

Der Rausch der Feierlichkeiten von heute Morgen schwirrt immer noch durch meine Blutbahn, als ich in der Cafeteria Platz nehme. Nach hinten gelehnt, meine Arme über die Stuhllehne gehängt und die Knie gespreizt, beobachte ich mein Reich.

Ringsherum tuscheln Schüler und zeigen auf die Bildschirme ihrer Handys. Das ist Musik in meinen Ohren. Der Soundtrack meiner Herrschaft. Der Beweis für meine Kontrolle über all diese Schafe.

Bilder von Selfies, die mit den toten Ratten gemacht wurden, haben bereits auf Snapchat, Instagram und TikTok die Runde gemacht, und das alles dank eines Trends, den ich selbst ausgelöst habe. Das Einzige, was ich an diesem Tag bedaure? Dass ich es nicht geschafft habe, selbst ein Foto mit Samantha zu machen, bevor die Nager entfernt worden sind.

Ich war mir sicher, dass *das* ausreichen würde, um eine Reaktion von ihr zu bekommen, aber nein.

Fuck! Was braucht es, um sie zum Äußersten zu treiben?

Die noch verrücktere Frage ist: Warum will ich das überhaupt wissen?

Nachdem ich mich fast eine ganze Schulwoche darauf konzentriert habe, Samantha fertig zu machen, ist es vielleicht an der Zeit, die Taktik zu ändern. Sie ist in meine Gedanken eingedrungen wie ein schlimmer Fall von Filzläusen und hat jeden von ihnen mit Bildern davon infiziert, wie sie aussehen würde, wenn ich sie ficke.

Vorgebeugt, den Hintern in die Luft gestreckt.

Die Beine gespreizt, die feuchte Muschi zur Schau gestellt.

Aus ihren Augen fließen Tränen, als sie an meinem Schwanz würgt.

Jedes einzelne trifft mich mit der Wucht eines Abwehrspielers, der mich gegen die Bande checkt. Der Druck hinter meinem Reißverschluss ist so stark, dass ich meine Hose zurechtrücken muss.

Ein amüsiertes Grinsen umspielt meine Lippen, während ich mit halbgeschlossenen Augen auf den Eingang der Cafeteria schaue. Vorfreude ist die schönste Freude.

„Meine Herren." Die Stimme eine der Küchenhilfen lenkt meine Aufmerksamkeit von den Blicken meiner Klassenkameraden auf die Frau in der weißen Kochjacke, die hinter einem rollenden Wagen mit silbernem Kuppelgeschirr steht. „Darf ich Sie für unser heutiges Spezialgericht interessieren?"

Wo ist Samantha, wenn man sie braucht? Das wäre der perfekte Moment gewesen. Denn das hier – von den Mitarbeitern am Tisch bedient zu werden, anstatt unser Mittagessen holen zu müssen – ist ein Beispiel dafür, *wer* wir an dieser Schule sind.

„Was steht heute auf dem Speiseplan?", fragt Banks und hebt bereits eine der Kuppeln an ihrem spitzen Griff an.

„Ratatouille." Sie deckt den Teller auf, der ihr am nächsten steht, und fährt mit der Hand über die runde, weiße Keramikschüssel, die mit Reihen von weißem, rotem und schwarzem geschnittenem Gemüse gefüllt ist.

Mein Schmunzeln von vorhin verwandelt sich in ein breites Grinsen und ein tiefes, bellendes Lachen entweicht mir angesichts der Ironie. Ich kann es kaum erwarten, Samantha etwas davon anzubieten und halte zwei Finger hoch.

Im Gegensatz zu mir greifen die Jungs sofort zu, und halten erst inne, als Samantha und Tinsley endlich auftauchen.

Von der anderen Seite des Raumes aus sehen mich diese violetten Augen an und der schwanzharte Trotz, den ich unbedingt aus ihr herausficken will, brennt wie eine helle Flamme. Dieser Drang wird nur noch stärker, als das Ende ihres Pferdeschwanzes über ihre Schulter fällt und sie den Kopf neigt. Es ist das erste Mal in dieser Woche, dass sie ihre langen silbernen

Locken hochgesteckt trägt. Ich weiß nicht, ob es daran liegt, dass der Knutschfleck, den ich ihr am Montag verpasst habe, endlich verblasst ist oder nicht, aber ich weiß nur, dass ich den Pferdeschwanz am liebsten um meine Faust wickeln würde, während ich von hinten in sie eindringe.

Da ich ein paar Minuten Zeit habe, während die Mädchen ihr Essen holen, wende ich mich an Duke, um unseren Plan für die Zeit nach der Schule zu besprechen.

Das vertraute Kratzen von Holz auf Marmor macht mich darauf aufmerksam, dass es losgeht. Banks drängt sich wie üblich Tinsley in den Weg, aber anstatt zurückzuweichen, wie sie es normalerweise tun würde, fällt ihr Blick auf seine halb gegessene Schüssel Ratatouille und dann wieder auf Samantha.

Die Lippen, die sich in meinen Fantasien nicht früh genug öffnen, um meinen Schwanz in sich aufnehmen zu können, verschwinden zwischen Samanthas Zähnen und formen eine Linie, um was … ein Lächeln zu unterdrücken? Warum zum Teufel ist sie so amüsiert? Seit wann findet sie Gefallen an diesen kleinen Konfrontationen?

„Verrate mir etwas, Banks …" Tinsley lässt eine Hand über seinen Arm gleiten und meinem Kumpel fällt die Kinnlade herunter, als sie ihm zum ersten Mal überhaupt so nahekommt. „Wie schmeckt das heutige Special?"

Banks braucht einen Moment, um nach der Rollenumkehr wieder zu klarem Verstand zu kommen. „Es ist gut." Sein Blick fällt auf ihr Tablett und dann wieder auf das Dekolleté, das er direkt vor Augen hat.

Tinsley wirft Samantha erneut einen Blick zu.

„Nicht hungrig, Noble?" Eine von Samanthas zierlichen Augenbrauen wölbt sich hoch angesichts der unangetasteten Schüsseln, die vor mir stehen.

„Eigentlich" – mit meinem Fuß trete ich den leeren Stuhl zu meiner Linken als Einladung vor sie – „habe ich auf dich gewartet, Prinzessin."

„Ach, hast du das?" Sarkasmus tropft aus ihren Worten und es fällt mir schwer, sie dafür nicht übers Knie zu legen und ihr den Hintern zu versohlen.

Die Luft knistert förmlich vor Spannung. Und dann schockiert sie mich und alle anderen im Raum, als sie sich tatsächlich auf den Stuhl setzt. Ihre Bewegungen sind anmutig, ihre langen, durchtrainierten Beine wickeln sich um die Holzbeine, ihre Hüften schwingen, ihr Rücken wölbt sich, während sie sich mit ihrem köstlichen Hintern auf die Kante setzt, die mir am nächsten ist.

Der frische Duft nach Gurke und Limette sollte eigentlich unaufdringlich sein, aber da jedes Molekül und jedes Hormon in mir auf sie fixiert ist, überwältigen sie leicht den Geruch von Pfeffer und Oregano, die aus dem Gericht aufsteigen.

Sie lehnt sich zur Seite, ihr Ellbogen gleitet über die glatte Oberfläche des Tisches, während sie ihren Kopf auf den Spitzen ihrer lila bemalten Finger balanciert. „Ich will nicht lügen …"

Ich bin enttäuscht, als sie, anstatt mein Knie zwischen ihre gespreizten Beine zu legen, ihre Füße an den Knöcheln kreuzt und von mir abwendet.

„Ich kann mir nicht vorstellen, was dich denken lässt, ich würde mit dir essen *wollen*. Also das" – einer dieser lilafarbenen Finger hüpft zwischen einer der Schüsseln und mir hin und her – „macht keinen Sinn."

„Zier dich nur, so viel du willst …" Ich lege meinen Ellbogen einen Zentimeter neben ihren, um ihre Position zu spiegeln. Meinen freien Arm lege ich um ihre Hüfte und ziehe sie näher an mich heran, bis sich unsere Brüste berühren und ich meinen Mund auf ihre Ohrmuschel legen kann. *Solch eine hübsche kleine Lügnerin.* „Denn je mehr du dich gegen mich wehrst, desto süßer wird es sein, wenn du endlich meinen Namen schreist."

Durch unsere Nähe spüre ich, wie sie kichert, und ich spreize meine Knie weiter, um Platz für meine inzwischen ausgewachsene Erektion zu schaffen. Es gibt vieles, womit ich an dieser Schule durchkommen würde, aber Samantha mitten in der Mittagspause zu ficken? Ja, das ist eine Grenze, die selbst ich nicht überschreiten kann.

Oh, wie gerne würde ich …

Sie legt eine Hand auf meine Brust und ich beuge mich vor, nur um das Geräusch ihres Atems zu hören, das sie nie vor mir verbergen kann. Sie drückt sich an mich, aber ich bin viel zu groß für sie und sie ist gezwungen, sich nach hinten zu krümmen.

Aber das geht nach hinten los. So streckt sie mir ihre üppigen Titten entgegen, deren harte Nippel mich anzuflehen scheinen, in meinen Mund genommen zu werden.

Die Lust steigt ins unermessliche und Sperma tropft auf meine Boxershorts.

Dank ihrer Vorliebe, ihre Uniformbluse nicht in den Bund zu stecken, kann ich mit meinen Fingern unter den Saum schlüpfen. Die seidige Haut lenkt mich für einen Moment von meinen Gedanken ab.

Ich räuspere mich und schiebe eine der Schüsseln in ihre Richtung. „Siehst du … Ich dachte, wenn man bedenkt, wie dein Tag begonnen hat …" Ihre Augen verengen sich, die langen, mit Mascara beschichteten Wimpern verdecken sie, während sie meinen Mund fixieren. Sich mit ihr anzulegen, ist zu meiner Lieblingsbeschäftigung geworden. „Wie könnte ich widerstehen, dir eine Portion Ratatouille anzubieten?"

Von der anderen Seite des Tisches ertönt ein schockiertes Keuchen. Es dauert einen Moment, bis Samantha ihren Blick auf ihre Freundin richtet, während der Rest von ihr weiterhin in meine Richtung zeigt. Mein Blick fällt auf ihren prallen Mund und beobachtet, wie er sich schrittweise nach oben wölbt, bis eine Reihe gerader weißer Zähne zu sehen ist.

Die Hand, die sie nie von meiner Brust genommen hat, erhebt sich, streckt sich zwischen uns und hebt die Gabel auf, die auf einer gefalteten Stoffserviette liegt. Ihr Pferdeschwanz schwingt nach vorne und die weichen Strähnen streifen meinen Kiefer, während sie in die Keramikschüssel blickt und einen Bissen von dem schmackhaften Gericht auf die Metallzinken spießt.

Als sie ihren violetten Blick wieder auf meinen richtet, hebt sie die Gabel zum Mund und ich muss mich zusammenreißen, als ihre Lippen das Essen anblasen und meine Zunge daraufhin über meine eigenen fährt.

Anstatt ihren Mund zu öffnen, um zu schlucken, dreht sie sich um und hält mir das Essen hin, um mich zu füttern.

Meine Nasenflügel blähen sich auf und ich lehne mich vor. Ich stelle mich der Herausforderung in ihren Augen, schließe meine Lippen um die Ratatouille und klemme die Metallzacken zwischen meine Zähne. Ich bin so sehr auf *sie* konzentriert, dass ich die Aromen, die auf meinen Geschmacksknospen tanzen, kaum wahrnehme.

Langsam und mit Bedacht kaue ich und zeige, wie ich die Dinge in meinem Mund genieße, bevor ich sie hinunterschlucke.

Es ist nicht zu übersehen, wie sie meinen Kiefer beobachtet und dann meine Kehle, als ich schlucke.

Sie lässt die Gabel scheppernd auf den Tisch fallen, hält dann ihre Hand unter mein Kinn und wischt mit dem Daumen über meine Unterlippe.

Ich schließe meine Finger um ihr schmales Handgelenk, bevor sie sich zurückziehen kann, und sauge den Finger in meinen Mund. Ein weiteres Mal entweicht ihr der Atem, als ich mit meiner Zunge und meinem Piercing über die Fingerspitze fahre und daran knabbere.

Sie schüttelt den Kopf, ganz offenbar, um den Schleier vor ihren Augen zu beseitigen, den sie nicht vor mir verbergen kann. Sie kann es leugnen, dass sie will – dass sie *mich* will.

„Weißt du" – sie lässt ihren Blick wieder zu Tinsley und zurück schweifen – „es ist lustig, dass du das sagst, Noble."

Ich widerstehe dem Drang, zu knurren, weil sie sich weiterhin weigert, meinen Namen zu sagen. Eines Tages werde ich sie dazu bringen, ihn zu sagen, und wenn ich das tue, dann mit einem Stöhnen.

„Warum das, Prinzessin?" Es gelingt ihr nicht so gut, ihr Knurren zu verbergen.

„Weil" – sie hebt die Gabel auf und sticht sie so ins Essen, dass sie aufrecht in der Schüssel steht – „nachdem du deine Zeit damit verbracht hast, zu beweisen, dass du hier der König bist, indem du Ratten an meinen Spind nagelst, bist *du* nun derjenige, der die *Ratatouille* gegessen hat." Ihr Körper rutscht näher an mich heran, als sie aufsteht. Sie bleibt dicht an mich gelehnt und ihre Lippen streifen meine, als sie hinzufügt: „Oder vielleicht eher ... *Ratte*-touille."

Meint sie etwa ...

Mir fällt fast der Kiefer auf den Boden, als ich ihre Andeutung verstehe.

Samantha macht auf dem Absatz kehrt, umrundet den Tisch und nimmt Tinsley bei der Hand. „Ich hoffe, dass keiner von euch Vegetarier ist", ruft sie und erhöht die Lautstärke, um die Aufmerksamkeit der anderen Anwesenden auf sich zu ziehen. „Soweit ich weiß, ist *Ratte* kein Gemüse."

Die Jungs überkommt einen nach dem anderen Brechreiz, alles untermalt von entsprechenden Soundeffekten. Mir wird ebenfalls übel bei dem Gedanken, dass ich gerade ein Nagetier verdaue, aber ich bin zu sehr auf die sich rückwärts entfernende Samantha fokussiert und die kleine Geste ihres Fingers, mit dem sie uns zuerst den Vogel zeigt und dann auffordert, uns zu übergeben. Die „besondere Zutat", die sie uns serviert hat, ist nichts im Vergleich zu der Botschaft, die damit verbunden ist.

Savvy

Ich habe meinen Tag zwar mit einem Sieg beendet – die schockierten, angewiderten Gesichtsausdrücke von Jasper und seinen Freunden werde ich nie vergessen -, aber die Ereignisse der Woche fordern endgültig ihren Tribut von meinem Körper.

Die Erschöpfung sitzt tief und ich kann sie nicht abschütteln. Alle Muskeln tun mir weh und meine Lungen fühlen sich immer noch an, als wären sie eingequetscht. Obwohl Lyles Pekannuss-kuchen-Latte – sein persönliches Herbstrezept – köstlich ist und mir das nussige Aroma das Wasser im Mund zusammenlaufen lässt, würde ich sie am liebsten gegen einen Red Bull eintauschen. Leider muss ich wegen meines Asthmas auf meinen Koffeinkonsum achten. Ein Energydrink würde ziemlich sicher negative Folgen haben, also bleibe ich bei Kaffee.

Nachdem ich im St. James ein wenig Zeit mit dem Momster verbracht und die Rolle, die sie für Mitchell spielt, mitgespielt hatte, hatte ich das Glück, dass ich den Rest des Abends mit Tessa verbringen durfte, ohne mir einen Vortrag anhören zu müssen. Gut, sie *hat* versucht, mich dazu zu bringen, die Leggings und die lila karierte Hemdbluse gegen etwas „Angemesseneres" auszutauschen. Ich habe allerdings keine *Ahnung,* was das sein soll, da ich ohnehin die meiste Zeit damit verbringe, Tessas Cheerleader-Training zu beobachten.

Ich habe mich so schnell wie möglich aus dem Staub gemacht. Ich würde mich lieber mit Jasper und seinem Blödsinn herumschlagen, als mehr Zeit als unbedingt nötig in Natalies Nähe zu verbringen.

Mit dem Kaffeebecher in der Hand bedanke ich mich bei Daniel, der mich abgesetzt hat, bestätige, dass ich ihn am nächsten Morgen für die Fahrt zur Schule brauchen werde, und öffne die Tür zur NJA-All-Star-Turnhalle, „The Barracks", bevor ich mich auf den Weg durch das riesige Gebäude mache.

Ich tausche Grüße mit den Eltern der anderen Cheerleader aus, die ich aus Tessas bisheriger Karriere kenne, und brauche mehr als zehn Minuten, bis ich oben im Familienbereich ankomme, und dann noch einmal fünfzehn, bis ich meinen üblichen Platz in der vorderen Ecke einnehmen kann.

Als ich meine Arme zu einem behelfsmäßigen Kissen verschränke, ist das Training der Teams auf den blauen Matten unter mir bereits in vollem Gange. Die Marshals – das große Mädchen-Team der Stufe sechs, zu dem Tessa gehört – befinden sich auf der Matte direkt unter mir in der vorderen Ecke. Die roten Haare meiner besten Freundin machen es mir leicht, sie in dem Meer aus Pferdeschwänzen und Schleifen zu finden.

Die sieben vierköpfigen Stunt-Gruppen durchlaufen eine Stunt-Sequenz, bei der sich die ‚Flieger' drehen und wenden und dabei in eine perfekte diagonale Linie begeben.

Nach einer Bewegung, die Pfeil und Bogen genannt wird, machen die sieben Flieger einen Militärgruß und landen nach einem Salto aus dem Lehrbuch in den Armen der Teammitglieder. Sogar von hier oben kann man das Geräusch von aufeinandertreffenden Körpern hören, und ich zucke zusammen. Ich habe die blauen Flecken gesehen, die Tessa nach einem besonders harten Training hat. Einen Menschen immer wieder durch die Luft zu werfen und zu fangen ist kein Spaß.

Ich lasse den rhythmischen Takt aus Klatschen und Durchzählkommandos der Trainer die Spannung von meinen Schultern nehmen. In den nächsten zwei Stunden genieße ich es, wie diese Spitzensportler mich in ein Gefühl der Ruhe einlullen, das mir in der Schule fehlt.

Das Training ist zu Ende und während Mädchen um die zwanzig die blauen Matten zur Umkleidekabine überqueren, setze ich mich wieder aufrecht hin und scrolle durch meine Social Media-Benachrichtigungen.

„Kann ich dir sagen, wie sehr es mir gefällt, dass du und T.

vielleicht noch abhängiger seid als JT und ich?" Ich drehe meinen Kopf nach links, als Kay Dennings den freien Platz neben mir einnimmt.

„Frage ..." Ich scrolle zurück und halte mein Handy so, dass sie den neuesten Beitrag von der Klatschseite der Universität auf dem Bildschirm sehen kann. „Klingeln dir nicht die Ohren, wenn UofJ411 über dich und Casanova postet oder all die anderen Leute über euch reden?"

Für Kay ist es nichts Neues, von Internet-Trollen verfolgt zu werden. Wenn ihr Leben nicht so stark von ihnen beeinflusst worden wäre, fänden Tessa und ich es vielleicht amüsant, dass sie ein echtes *Gossip-Girl*-Dasein führt. Aber wenn es um Menschen geht, die einem wichtig sind, ist es im wahren Leben nicht halb so lustig wie in einem Film.

„Nein." Kay schüttelt den Kopf und schiebt ihre linke Augenbraue mit dem Zeigefinger hin und her. „Aber hier zucke ich gelegentlich."

Um sie nicht noch mehr zu stressen, stecke ich mein Telefon wieder ein. Ich stütze einen Fuß auf meinem Stuhl ab und lege einen Arm über mein Knie. „Ich bin überrascht, dass du heute Abend hier trainierst."

Kay ist eine ehemalige NJA-Absolventin und eine der Cheftrainerinnen des sechsköpfigen gemischten Seniorenteams, den Admirals. Als mehrfache National- und Weltmeisterin im Fliegen gilt Kay als Stunt-Spezialistin und es ist nicht ungewöhnlich, dass sie den anderen Teams hilft, aber das passiert normalerweise nur kurz vor Wettkämpfen.

„Ich habe beschlossen, vorbeizuschauen, weil ich dich sehen wollte."

Das weckt mein Interesse und ich setze mich im Schneidersitz hin, um Kay meine volle Aufmerksamkeit zu schenken. „Erzähl."

„JT hat mich vorhin angerufen ..."

Das überrascht mich nicht. Ich bin mir sicher, dass sie täglich einen Anruf von Tessas älterem Bruder bekommt. Ich mache eine rollende Bewegung mit meiner Hand.

„und er hat erwähnt, dass..." – sie neigt den Kopf hin und her, müsste sie überlegen, wie sie es am besten beschreiben kann – „dass T diese Woche in ihren Textnachrichten irgendwie seltsam klang."

Ich nicke sofort zur Bestätigung. Ich habe zwar nicht nachgehakt, wie es sonst der Fall gewesen wäre, weil ich diese Woche so viel Mist um die Ohren hatte, aber auch mir war an der Stimmung meiner besten Freundin etwas seltsam vorgekommen, und das sage ich auch.

Kay steht auf, stützt sich mit den Händen an der Reling ab, auf der vorhin meinen Kopf gelegt hatte, und scannt den Turnhallenboden, bevor sie sich wieder zu mir umdreht. Sie verschränkt die Arme vor ihrem Tanktop mit der Aufschrift „Bring deine Haare in Ordnung und probier's gleich nochmal". Nicht einmal ihr witziges Shirt kann das Gefühl der Anspannung mindern, das von ihr auszugehen scheint. Es gibt viele Leute, die Kay ansehen und annehmen, dass die gerade einmal 1.50m große Schönheit nichts ist, wovor man Angst haben müsste. Im Großen und Ganzen mag das auch stimmen … bis man sich mit ihrer Familie anlegt.

„Sie hat nichts direkt gesagt, aber ich habe den Eindruck, dass es für sie an der BP *schwierig* ist, seit du nicht mehr da bist."

Verdammt! Ich hasse es, meinen Verdacht bestätigt zu sehen.

Die meisten würden vermuten, dass Tessa das beliebteste Mädchen an der Blackwell Public ist, da sie sowohl schön als auch Cheerleaderin ist, ganz zu schweigen davon, dass sie vom Wesen her süß wie ein Apfelkuchen ist. Leider ist das in der stereotypen Highschool-Hierarchie nicht der Fall. Zum einen ist meine beste Freundin brillant – sie wird Abschiedsrednerin, schon vergessen? Das andere und wahrscheinlich größere Problem: Es gibt diese seltsame, fast rivalisierende Spannung zwischen dem BP-Cheerleaderteam und den Schülern, die für NJA antreten. Ich brauche Kay nicht, um zu wissen, dass es vermutlich genau darum geht.

Ich hatte Angst, dass das passieren könnte, aber noch mehr hasse ich es, dass ich keine klaren Antworten bekommen habe, als ich über Tessa Erkundigungen eingezogen habe. Weil. Ich. Nicht. Mehr. Dort. Bin. Nein, stattdessen habe ich meine Zeit mit dem Scheiß an der BA verschwendet.

„Ich bin überrascht, dass du damit nicht zu Carter gegangen bist." Kay selbst hatte damals ein ähnliches Problem, bevor mein Bruder geholfen hatte, es zu lösen.

Kay verzieht das Gesicht. „Ich versuche, den Kontakt

zwischen Mase und deinem Bruder zu begrenzen. Rachepläne schmieden, die sich negativ auf seine zukünftige Karriere auswirken könnten…" Sie rollt mit den Augen. „Das Letzte, was ich will, ist, dass die beiden Idioten allein sind und auf dumme Ideen kommen, was sie gegen diesen unbedeutenden Bleistiftschwanz unternehmen könnten."

Ich schnaube und verdecke mein Grinsen hinter meiner Faust. Carter ist vielleicht eher JTs Freund als Kays, aber das hatte Mason auch nicht davon abgehalten, ihn bei der Auseinandersetzung mit Kays Ex-Freund zu unterstützen.

„Um fair zu sein …" Ich halte einen Finger hoch. „Carter ist vielleicht nicht der König, um den du dich sorgen musst, wenn es um Mr. Tight End geht."

Es ist nicht zu übersehen, wie Kays Lippen bei dem Wortspiel über Masons Position bei den Hawks zucken. Ich bin zwar der Royal unter uns, aber sie ist die Königin der Wortspiele.

„Oh, ich habe schon von deinem Vorschlag gehört, ihm die Fingernägel auszureißen, *Savvy*." Sie wirft mir einen Blick zu, der sagt: *„Danke dafür."*

Ich zucke mit den Schultern. „Ich schätze, es hilft nicht, wenn ich sage, dass das nicht das *einzige* Anhängsel ist, dessen Entfernung man in Erwägung ziehen könnte?"

„Das bezweifle ich keine Sekunde lang, Savage." Ich freue mich über die Verwendung meines vollen Spitznamens und zwinkere ihr zu, was mir wieder eines ihrer berühmten Augenrollen einbringt. Sie kann mir meine gewaltsamen Gedanken nicht verübeln. Liam Parker könnte *Tessa* zu Gewaltfantasien inspirieren – *so* sehr nervt er.

„Bevor wir zu sehr von *deinen* kreativen Racheplänen abgelenkt werden" – sie atmet aus, wobei ihr schmaler Körper unter dem Gewicht schwesterlicher Sorge zusammenzusacken scheint – „meinst du, du kannst herausfinden, was mit T. los ist?"

„Ich habe schon ein wenig nachgeforscht."

„Okay, super." Kay nickt. „Ich glaube nicht, dass es so etwas ist wie das, was ich durchgemacht habe, aber irgendetwas ist definitiv los."

Das ist wahr und ehrlich gesagt der einzige Grund, warum ich noch nicht die Kontrolle über meine Gefühle verloren habe.

Carter und die Royals haben festgelegt, dass Mobbing, egal in welcher Form, nicht toleriert wird. Das ist eine Kardinalregel. Ich schätze, ohne einen Royal in den Hallen der BP gilt da inzwischen die Regel „aus den Augen, aus dem Sinn".

Das kommt für mich nicht in Frage. Es ist an der Zeit, meinen Plan in die Tat umzusetzen und denjenigen, die es brauchen, eine kleine Auffrischung der Royalty-Werte zu verpassen.

KAPITEL 16

Handtücher flattern und Schuhe quietschen, während Sportler in unserer Umkleidekabine duschen und sich auf den Schulalltag vorbereiten. Das offizielle Training beginnt zwar erst im nächsten Monat, aber der Trainer sorgt dafür, dass die ganze Footballmannschaft sich jeden Tag morgens im Kraftraum einfindet.

Die verdammte Samantha.

Meine Muskeln protestieren und sehnen sich nach einem Eisbad, nachdem ich sie bei den Supersätzen, die ich heute gemacht habe, beansprucht habe. Ich musste einfach meinen Frust über die silberhaarige Füchsin loswerden. Zum Glück ist heute Freitag und ich habe das Wochenende, um mich zu erholen.

Ich habe ihretwegen Ratte gegessen.

Sie hat Ratten an uns verfüttert!

Ich muss eine Schraube locker haben oder so etwas, denn die Erinnerung an ihre Vergeltung sollte mich nicht hart machen, aber genau das tut sie.

Ich ziehe mich fertig an und warte darauf, dass die anderen Jungs dasselbe tun. Da es eine Umkleide nur für Sportler gibt, ist es für Duke, Banks und mich einfach, uns zu treffen, obwohl sie einen anderen Sport betreiben

„Was hast du heute als Lektion für deine kleine Renn-schlampe vorgesehen?", fragt Midas, als wir den Korridor der Oberstufe entlanggehen. Er bellt die wenigen Unterstufenschüler an, an denen wir vorbeikommen, und lässt sie zusammenzucken.

Ich reibe mir den Kiefer und überlege, wie ich am besten reagieren soll. Die Antwort ist: gar nicht. So ungern ich es auch zugebe, Samantha hatte nicht ganz unrecht, als sie uns vorwarf, einem vorhersehbaren Drehbuch zu folgen. Ich halte es für das Beste, wenn wir eine Pause einlegen und uns ein paar Tage Zeit nehmen, um uns neu zu sammeln.

Wir nähern uns dem Bereich der Spinde, wo sich das Thema unserer Diskussion aufhält.

„Alter …" Brad stellt sich vor mich und drückt mir die Hand gegen die Brust, so dass ich stehenbleiben muss. Ich schaue sie an und dann in sein Gesicht. Das Zucken seines Kiefers verrät mir, dass er den Punkt überschritten hat, an dem ich ihn aufhalten könnte. *Das ist ein Fehler.* „Wir können das, was die Schlampe getan hat, nicht auf uns sitzen lassen."

„Da ist aber jemand sauer, dass er sein Essen fast aufgegessen hat, bevor die besondere Zutat bekannt gegeben wurde", singt Duke und Banks gibt ihm die Faust.

„Du sagst also, dass es für dich in Ordnung ist, Nagetiere zu essen?", fordert Brad ihn heraus. Als er immer noch keine Anstalten macht, seine Hand von mir zu nehmen, drücke ich eine Handfläche auf seinen Unterarm und gehe weiter, ohne mich umzusehen.

„Nein, verdammt!", ruft Duke über seine Schulter und läuft im Gleichschritt neben mir her. „Ich habe den Scheiß direkt den Porzellangöttern geopfert."

„Wie wäre es, wenn du dich auf das Spiel heute Abend konzentrieren würdest, denn die BP ist bereits an der Spitze unserer Liga." Die schlechte Bilanz des Footballteams zu erwähnen, ist ein Tiefschlag, aber es ist die Ablenkung, die ich brauche. „Den Rest kriegen wir auch noch hin."

„Was gibt es da hinzubekommen?" Midas bleibt auf halbem Weg zwischen unseren beiden Klassenzimmern stehen. „Wir beugen die Schlampe über den Schreibtisch und lassen sie so lange zappeln, bis sie weiß, wer hier wirklich das Sagen hat."

Meine Hände ballen sich zu Fäusten. Die einzige Person, die ihren Schwanz in eines von Samanthas Löchern stecken wird, bin ich. Wir sind zwar alle Mitglieder des Hofstaats hier, aber ich bin der verdammte Platzhirsch.

„Hör mir zu, Abbot." Ich stelle mich Midas in den Weg, wobei die Spitzen meiner Uptowns die seiner Ferragamos verdecken. Der Kerl ist besessen von seinen Designerschuhen und das merkt man an der Art, wie er versucht, mich mit Blicken zu erdolchen. Schade nur, dass mich das nicht im Geringsten einschüchtert. „Der Einzige, der der hübschen kleinen Prinzessin eine Lektion erteilt, bin ich, also halte deinen Schwanz *zurück*." Ich trete näher und zwinge ihn, sich mit einer Hand an der Wand abzustützen, wenn er aufrecht bleiben will, weil seine Füße immer noch unter meinen gefangen sind.

Mein Schweigen fordert ihn heraus, sich zu wehren, und ich bin enttäuscht, als er das nicht tut. Sekunden später huschen Midas und Brad in ihre Klasse, während Duke, Banks und ich in unsere gehen.

Tinsley sitzt bereits an dem Tisch, den sie mit Samantha teilt. Banks macht sich auf den Weg zu ihr, beugt sich vor und stützt sich mit den Ellbogen vor ihr ab. „Morgen, Baby."

Tinsley rollt bei seiner Begrüßung mit den Augen und murmelt etwas davon, dass sie nicht sein Baby ist.

Dukes Lachen bringt die anderen, die schon früher gekommen sind, dazu, ihre Gesichter von ihren Handys zu heben, um zu sehen, was los ist. Doch da es nichts Aufregendes zu sehen gibt, fallen sie schnell wieder in ihr eigenes, selbstverliebtes Dasein zurück.

Die Banks- und Tinsley-Show ist wie eine alte Wiederholung – faszinierend anzusehen, aber man kennt schon alles auswendig. Deshalb lege ich Dukes Arm um meine Schultern und führe uns zu unserem eigenen Tisch, schräg gegenüber von dem der Mädchen.

Ich spüre sie, bevor ich sie sehe. Im Gegensatz zu Duke, der nur einen kurzen Blick auf sie geworfen hat, richten sich alle Augen auf Samantha, als sie den Raum betritt.

Fick mich mit meinem Hockeyschläger.

Die Kleine ist heute ganz sie selbst. Das einzige Mal, dass ich sie so … wild gesehen habe, war, als wir den Royal Ball gecrasht haben.

Statt ihrer typischen lila, grauen oder schwarzen Chucks, die ihre Uniform abrunden, trägt sie ein Paar kniehohe Schnürstiefel aus schwarzem Leder. Sie haben einen Absatz und ein paar Schnallen an den Seiten, aber am besten gefallen mir die kontrastierenden, unschuldig aussehenden grauen Spitzensocken, die zwei Zentimeter über die Stiefel hinausragen und ihre Knie bedecken.

Die Schuhe allein sind schon so krass, dass es mich in den Fingern juckt, um sie zu packen. Die langen Schritte und der selbstbewusste Schwung ihrer Hüften wäre nicht auch noch nötig. Nicht ein einziges Mal hat Samantha St. James bisher klein beigegeben. Und jetzt diese Version von ihr? Das ist schwanzhärtendes Material der höchsten Stufe. Scheiß auf Midas, denn er hat die Bilder in meinem Kopf, wie sie über einen Schreibtisch gebeugt aussehen würde, nur noch verstärkt. Ich stehe kurz davor, die Kontrolle zu verlieren.

„Heute nicht, Satan." Samantha stößt Banks' Hand weg, als er nach Tinsleys Kinn greift. Bis auf ein Schnauben von Duke atmet der ganze Raum auf, als sie Banks wegschubst und dann noch einmal nachsetzt, als er nicht schnell genug verschwindet.

Mein Freund senkt sein Kinn und seine Augen weiten sich so sehr, dass ich trotz des Abstands zwischen uns einen ganzen Ring aus weißer Farbe um seine Iris sehen kann. Ich lehne mich zurück und bereite mich darauf vor, die Show zu genießen.

Mit einer einfachen Drehung ihres Körpers lasst Samantha Banks stehen und wendet ihm den Rücken zu. Wäre es jemand anderes, würde ich sagen, das war ein taktischer Fehler.

Wie bei einer künstlerischen Fotografie verschwimmt alles um Samantha herum, während sie in den Mittelpunkt meines Interesses rückt. Ich nehme jedes Detail an ihr wahr. Sie hat ihren Nagellack gegen schwarzen, matten Lack ausgetauscht, wie es die Royals bevorzugen, während sie einen Kaffeebecher zum Mitnehmen über die Tischplatte schiebt. Ihr Make-up ist kräftiger, wie an jenem Abend, mit dem geflügelten schwarzen Liner im Augenwinkel, den die Mädchen gerne tragen.

„Was hältst du von einem kleinen Ausflug in der Mittagspause?", fragt Samantha Tinsley, während ich sie schamlos belausche.

„Hast du ein Verlangen, das das Café nicht bedienen kann?" Tinsley greift den Becher und nimmt vorsichtig einen Schluck, nachdem sie über den Deckel gepustet hat, während Banks jede ihrer Bewegungen verfolgt. „Ist die Ratte des Tages heute keine Versuchung für deinen Gaumen?"

„Oh Scheiße." Duke hustet die Worte in seine Faust und stoße mit dem Ellbogen nach ihm, um ihn zum Schweigen zu bringen, damit ich nichts verpasse. Er wirft mir einen vielsagenden Blick zu, als er sieht, wie Samanthas auf ihrer Unterlippe herumkaut.

„So ... *appetitlich* das auch sein mag" – Samanthas Nase zuckt amüsiert – „ich muss aber leider auf meinen Blutdruck achten."

Tinsley setzt sich aufrechter hin, und ich mache es ihr nach. „Warum?"

„Manche Leute müssen daran erinnert werden, sich nicht wie Arschlöcher aufzuführen." Ihr Blick huscht in meine Richtung und sie schüttelt ihr Haar mit einer Gleichgültigkeit, die nicht so recht zu den Drohungen passt, die sie ausgesprochen hat.

„Alter ..." Duke stößt mich mit dem Ellbogen zwischen die Rippen. „Die Tussi hat vielleicht größere Eier als du."

Ich neige zustimmend den Kopf, behalte Samantha aber weiter im Auge. So wie sie sich über den Tisch lehnt, wölbt sich ihr Rücken gerade und der Saum ihres Uniformrocks berührt kaum die Oberseite ihrer Oberschenkel. In dieser Position wäre es nicht schwer herauszufinden, was für ein Höschen sie anhat. Sind es Jungenshorts? Diese spitzen, halbkurzen Dinger, die die untere Kurve der Arschbacken zeigen? Oder ist es vielleicht ein Tanga, ein winziges Stück Stoff? Ein einfacher Griff mit dem Finger würde genügen, und ich hätte leichten Zugang ...

„... herausfinden, wer mich fahren kann." Während ich darüber nachdenke, ob ihre Muschi feucht sein wird, wenn ich sie berühre, verpasse ich einen Teil ihres Gesprächs.

„Was ist mit ...?", fragt Tinsley und die beiden machen das, was Mädchen tun, wenn sie ihre Sätze mit Mimik beenden. Das ist verdammt nervig, wenn du versuchst, einem Gespräch zu folgen.

„Ich wollte ihn nicht mit hineinziehen." Samantha schüttelt seufzend den Kopf und setzt sich schließlich an den Tisch, um ihren Platz einzunehmen. „Ist schon gut. Ich werde einen Uber oder so bestellen."

Die Glocke läutet und signalisiert den Beginn des Unterrichts und das Ende der Diskussion.

Wenn ich gefragt würde, könnte ich nichts über die heutige Stunde erzählen. Anstatt mich auf die Lehrerin zu konzentrieren, grübele ich über Samantha nach. Tinsley muss sich auf Wesley Prince bezogen haben. Es ist offensichtlich, dass Samantha sehr viel Zeit mit dem Royal verbringt – sie ist ein Boxenluder, um Himmels willen. Warum muss ich bei dem Gedanken, dass sie ihn anruft, um mitzufahren, den Drang bekämpfen, ein Loch in die Wand zu schlagen?

Das ergibt keinen Sinn.

Aber *verdammt noch mal*, die Zeit, die sie hier ist, gehört mir. Wenn ich auf dem Königsball schon nicht so viel Zeit mit ihr allein verbringen konnte, wie ich wollte, so hat er sich gefälligst hier nicht einzumischen.

Deine Zeit? Die Schlampe gehört nicht dir. Hör auf, dich so territorial zu verhalten. Es gibt sowieso wichtigere Dinge, auf die du dich dieses Jahr konzentrieren solltest.

Scheiße! Ich hadere mit mir selbst. Was zum Teufel macht dieses Mädchen mit mir?

Irrational oder nicht, das spielt keine Rolle. Es ist an der Zeit, die Situation unter Kontrolle zu bekommen. Sobald die Glocke zum Unterrichtsende läutet, erhebe ich mich von meinem Platz, schleiche mich hinter Samantha und drücke sie gegen die Spinde auf der anderen Seite des Flurs.

Ihr Rücken ist eng an das Metall gepresst, ihre Brüste streifen meine Brust, während sie erschrocken einatmet. Ich habe gelernt, dass schwer ist, sie zu überrumpeln, und ich genieße die wenigen Momente, in denen mir das gelingt.

Das hält allerdings nicht lange an. Zuerst verengen sich ihre Augen und ihr Make-up betont den lila Farbton so, dass es aussieht, als würde sie einen Snapchat-Filter verwenden. Dann hebt sie trotzig das Kinn und schürzt die Lippen, als wolle sie sagen: „Ich bin nicht beeindruckt von deinem Scheiß, also lass uns endlich aufhören".

„Was willst du, Noble?" Sie seufzt, als ob ich sie aufhalten würde. Wann wird sie lernen, dass die Schule nach meinem Zeitplan läuft?

Tinsley bleibt danebenstehen und beobachtet abwartend den Riemen ihrer Schultasche.

Ich streichle Samanthas Kinn, fahre mit dem Daumen über ihre Unterlippe und verschmiere den blassrosa Gloss, der sie bedeckt. „Ich habe gehört, dass sich die Kutsche unserer kleinen Prinzessin wieder in einen Kürbis verwandelt hat."

„Sieh an, wie süß, ein Märchenwortspiel." Sie versucht, meine

Hand von ihrem Gesicht wegzuschlagen, aber ich greife nach ihrem Nacken und drücke den Daumenballen auf die Mitte ihrer Lippe.

„Samantha, Samantha, Samantha." Ich verstärke den Druck meines Fingers, bis sich ihre Unterlippe von der Oberlippe löst. „Wann begreifst du endlich, dass ich der Mann deiner Träume bin?"

„Vielleicht meiner Albträume", entgegnet sie.

„Du gibst also zu, dass du von mir träumst." Ich halte sie weiter fest, drücke dabei ihren Kopf zur Seite und vergrabe mein Gesicht in der freigelegten Kurve ihres Halses. Sie zittert, als ich mit meiner Nase an der Vene entlangfahre, die aus ihrem Hals ragt, und nehme die leichte Vibration ihres Körpers als Reaktion auf meine Berührung wahr. Sie wehrt sich bei jeder Gelegenheit gegen mich – und, wie das hier beweist, auch gegen sich selbst -, aber es gibt keine Möglichkeit zu verbergen, wie empfänglich sie für mich ist. Ich habe mir öfter als ich sollte ausgemalt, wie sie wohl reagieren wird, wenn ich sie endlich unter mir habe.

„Was soll das hier werden? Oder hat dein Kaffee endlich gewirkt und du hast gemerkt, dass du vergessen hast, etwas mit meinem Spind zu machen, also legst du dich stattdessen mit mir direkt an?"

Nach Brad und Midas weist jetzt auch noch sie mich auf meine Untätigkeit hin. Was ich jetzt vorschlagen werden, mag verrückt sein – vor allem nach dem, was wir gestern Abend in der BP-Umkleide veranstaltet haben – aber wenn ich damit Samantha aus dem Gleichgewicht bringen kann, ist es mir das allemal wert.

„Vorsichtig, Prinzessin." Ich kralle mich an der Haut hinter ihrem Ohr fest und sauge daran, um sie wieder als mein Eigentum zu kennzeichnen. „So spricht man nicht mit seinem Streitwagen."

„Wovon zum Teufel redest du?" Ihre Hände liegen auf meinem Bauch und ihre Finger umschließen die unter meiner Kleidung verborgenen Bauchmuskeln, aber ihren Worten fehlt der übliche Biss. Der gehauchte Klang ihrer Stimme macht meinen Schwanz hart und ich drücke meine Hüften gegen ihren Unterleib.

„Du brauchst jemanden, der dich in dein altes Königreich

bringt" – sie versteift sich, aber nur so leicht, dass ich es mir vielleicht auch nur eingebildet habe – „und ich biete dir meine Dienste an."

„Warum?"

Verdammt, dieses Mädchen. Ich versuche, etwas Nettes für sie zu tun – frag mich nicht, warum – und *trotzdem* kann sie nicht einfach *Danke* sagen.

Da ich das Feuer in ihren violetten Augen nicht ertragen kann, lenke ich meinen Blick von ihrem Gesicht auf meine Hand, die sich gegen den Spind neben ihr stützt. Die Haut um meine Fingerknöchel herum wird weiß und ich drücke mich so dicht an sie, dass zwischen uns noch nicht einmal mehr Luft ist.

„Weil ich es sage." Ich bringe ihren Protest zum Schweigen, bevor er kommt, indem ich meinen Daumen wie eine Heftklammer über ihre glänzenden Lippen lege. „Und eines Tages, Prinzessin, wirst du lernen, dass das, was ich sage, gilt."

Als die Glocke zum Mittagessen läutet, ist mein Schwanz dauerhaft mit einem Reißverschluss-Aufdruck versehen. Jeder Todesblick, jede noch so finstere Miene und jede Wendung ihres Kopfes hatten mich noch härter werden lassen. Ich glaube fast, ihr zu sagen, dass ich ihr einen Gefallen tun möchte, hat mir mehr Spaß gemacht als alle Streiche dieser Woche.

Da ich nicht riskieren will, dass sie mir noch einmal die Stirn bietet, stelle ich mich an ihren Spind. Mit gekreuzten Beinen und locker in die Hosentaschen gesteckten Händen lehne ich mich an das Metall und grinse jede Person an, die sich vor mir verbeugt. Es spielt keine Rolle, wie viele Leute sich automatisch dem Status quo anschließen; ich werde erst zufrieden sein, wenn Samantha es auch tut.

Die Schülerinnen und Schüler bewegen sich durch die Flure wie Lachse, die stromaufwärts schwimmen, aber wie ein Leuchtfeuer entdecke ich Samantha in der Sekunde, in der sie um die Ecke kommt. Ich knirsche mit den Zähnen, als ich das Mobiltelefon in ihrer Hand sehe. Wehe, sie bestellt einen Uber.

Sie ist so vertieft in ihre Arbeit, dass sie mich erst bemerkt, als ich ihr das Handy aus den Fingern reiße und es in meine Tasche stecke.

„Ist das dein Ernst?" Der Unglaube in ihrer Stimme veranlasst mich, meinen Blick zu heben und meinen Kiefer zu reiben, um meine Belustigung über ihren großen Schock zu verbergen. Sie aus dem Gleichgewicht zu bringen, entwickelt sich gerade zu meinem neuen Lieblingshobby.

„Ich verschwende meine Zeit nicht damit, Dinge zu sagen, die ich nicht so meine." Ich greife in die andere Tasche, ziehe den roten Schlüsselanhänger für meinen Ferrari heraus und lasse ihn über meine Finger gleiten. „Die eigentliche Frage ist: Machen wir das jetzt oder nicht?"

Ihr Mund verzieht sich, was meine Aufmerksamkeit erneut auf ihn lenkt, und sie rümpft ihre Nase, so dass sich eine entzückende kleine Falte bildet. *Entzückend? Was zum Teufel ist nur los mit mir?* Sie blickt erst zu Tinsley neben sich und dann wieder zu mir.

Ich bewege den Anhänger über meine Fingerknöchel und rühre mich ansonsten nicht. Ich will, dass sie mit mir kommt – und zwar von allein. Die Gewissheit, dass sie sich *für mich* entschieden hat, wird ausreichen, mich in ihrem Unterbewusstsein zu verankern.

„*Gut.*" Sie seufzt mehr, als dass sie das Wort ausspricht. „Das werde ich noch bereuen", murmelt sie und reicht Tinsley die Hand für ihr Telefon. „Wenn ich in einer Stunde nicht zurück bin, rufst du diese Nummer an und sagst ihnen, wo ich hingegangen bin" – ihr Blick sucht meinen und hält ihn fest – „und mit *wem* ich gegangen bin."

Ich lege eine Hand über mein Herz und spreize die Finger. „Du vertraust mir nicht, Prinzessin?"

Sie rollt mit den Augen und schiebt mich mit einem Hüftschwung von ihrem Spind weg. „Steht hier etwa *Idiotin*?" Sie streicht sich mit dem Finger über die glatte Haut ihrer Stirn, während sie eine Lederjacke herauszieht und die Metalltür mit einem *Scheppern* zuschlägt.

„Hältst du das für eine gute Idee?", fragt Tinsley, deren Augen vor Sorge glänzen und deren Unterlippe geschwollen ist, weil sie darauf herumgekaut hat.

Sie geht los, ohne darauf zu warten, dass ich ihr folge. Sie dreht sich um und geht rückwärts weiter, um mit ihrer Freundin zu sprechen. „Eher nicht", bestätigt sie und steigert damit mein persönliches Vergnügen. „Und wenn es nicht gerade um *Tess* ginge, würde ich es auch nicht in Betracht ziehen."

Tinsley sieht nicht überzeugt aus, nickt aber trotzdem. „Sei bitte vorsichtig."

Samantha versichert ihr, dass sie das immer ist, aber am interessantesten an dem ganzen Austausch finde ich, dass sie diese Freundin höher schätzt als ihre wertvollen Royals. Angesichts ihres Rufs in der Stadt und darüber hinaus sollte man meinen, dass sie für ihre treuen Gefolgsleute Vorrang haben sollten.

Noch etwas, das Samantha St. James zu einem Rätsel macht.

Sie erreicht den F8 vor mir und zieht die Jacke ihrer Schuluniform aus. „Wenn du Sex im Auto wolltest, hättest du nur fragen müssen."

Ich klappe die Motorhaube zu und öffne die Schlösser per Knopfdruck. „Du hast Wahnvorstellungen." Durch die Neigung des Schalensitzes im Ferrari wird der Saum ihres Rocks hochgeschoben, und mein Blick fällt sofort auf die fünf Zentimeter mehr freie Haut.

Sie ertappt mich, wie ich deswegen grinse, aber sie spricht mich nicht darauf an. *Interessant.* Noch interessanter ist die Tatsache, dass sie es nicht ausnutzt. Wäre es Arabella oder einer der anderen Wackelköpfe an dieser Schule, würde sie den Saum den Rest des Weges anheben, um mich zu reizen.

Lange silberne Haare versperren mir die Sicht, als sie sich nach vorne beugt und beginnt, in ihrer Tasche zu wühlen. Ich weiß nicht genau, was in mich gefahren ist, aber ich strecke die Hand aus und streiche die Strähnen hinter ihr Ohr, damit ich ihr Gesicht sehen kann.

Ein Pfeifen ertönt, als sie einatmet; mir ist aufgefallen, dass das in meiner Nähe bei ihr oft der Fall ist.

Die rosafarbene Spitze ihrer Zunge befeuchtet ihre Lippen und ich folge ihr mit den Augen. Die Spannung steigt zwischen uns, aber anders als vorhin sieht sie mir nicht in die Augen und konzentriert sich stattdessen auf eine Stelle über meiner Schulter.

Sie zappelt herum und ihr Körper zittert leicht. *Das ist gut.* Ich will sie aus dem Gleichgewicht bringen.

Erst als sie ihre Krawatte über den Kopf hebt, stößt sie meine

Hand weg. Die schwarze Seide rollt sich auf ihrem Schoß zu einem Haufen zusammen und lenkt meine Aufmerksamkeit wieder auf den Raum zwischen ihren Beinen.

„Bist du sicher, dass du nicht willst, dass ich dich ficke? Du ziehst dich ständig aus."

Samantha lehnt sich zur Seite, dreht ihren Oberkörper und drückt sich mit dem Rücken gegen die Beifahrertür. Mit zusammengekniffenem Mund, rosa gerötetem Hals und Dekolleté starrt sie mich an, während ihre Verachtung in Wellen von ihr abperlt. Immer, wenn sie so ist, wird mein Schwanz hart, und das ist eigentlich *immer* so.

„Hör zu …" Sie streckt eine Hand vor, die Handfläche zeigt nach oben. „Der einzige Grund – und ich meine der *einzige* Grund – warum ich in deinem Auto sitze, ist, weil ich eine Mitfahrgelegenheit brauche *und*" – ihre Stimme trieft derart vor Sarkasmus, dass ich überrascht bin, dass wir nicht darin ertrinken – „ich habe *offensichtlich* etwas getan, was den Mann da oben verärgert hat, da *du* meine einzige Option bist."

Das Lachen, das ich den ganzen Morgen unterdrückt habe, bricht endlich aus und hallt in dem engen Raum wider. Diese Tussi …

„Aww …" Ich strecke die Hand aus und klopfe ihr mit einem gekrümmten Finger unter das Kinn. „Was ist mit deinem Märchenprinzen?" Ihre Augen leuchten auf und ihre Wimpern klimpern, als sie den Spitznamen für Wesley hört. „Kein weißes Pferd oder schwarzes Motorrad, auf dem du zur Rettung reiten kannst?"

Ihr Arm schnellt nach oben und schlägt meinen mit einem lauten Klatschen weg.

„Du hast es immer noch nicht kapiert." Sie nimmt einen der fingerlosen Lederhandschuhe, die sie auf der Party getragen hat, aus ihrem Schoß und fängt an, ihn über ihre Hand zu ziehen. „Ich brauche keinen Mann, der mich rettet."

„Und doch bist du hier." Ich fuchtle mit den Händen über dem Armaturenbrett wie ein Moderator einer Gameshow, der den Hauptgewinn präsentiert.

„Du wirst mich nicht retten." Sie lacht trocken. „Du bist nur ein sehr schicker Uber. Und jetzt" – ihr Mund verzieht sich zu einer flachen Linie – „bringst du mich mit deinen minderwertigen Fahrkünsten zur BP oder lege ich meine Mission auf Eis, bis du mir mein Telefon zurückgibst."

Warum wundert es mich nicht, dass sie mich auch dann beleidigt, wenn ich ihr einen Gefallen tue?

Während ich mich von dem schmerzhaften Biss meines Reißverschlusses befreie, drücke ich den Zündknopf und das kehlige Schnurren des Motors hinter uns erwacht zum Leben. "Mach dir nicht ins Hemd, Prinzessin. Wir fahren ja schon los."

Der Wagen rollt zurück, als ich aus dem Leerlauf in den Fahrmodus schalte und mit quietschenden Reifen aus meiner Parklücke fahre.

"Denk nicht an mein Höschen."

Jetzt bin ich an der Reihe, zu lachen. "Oh, Schatz, das ist nicht das erste Mal, dass ich heute daran denke. Und ich kann dir garantieren, dass es auch nicht das letzte Mal sein wird."

"Sieh mal einer an!", ruft Samantha, als ich auf den Blackwell Public Campus fahre. "Du hast vielleicht nicht das Zeug dazu, einen Royal in einem Rennen zu schlagen, aber ich bin beeindruckt, dass du die übliche Fahrtzeit um die Hälfte verkürzen konntest."

Ich beiße mir auf die Wange, um mir ein Grinsen zu verkneifen, und lasse mich von ihr auf die Rückseite eines der Gebäude herum leiten auf den leeren Parkplatz, der die beiden Schulgebäude voneinander trennt. Vor dem Gebäude im hinteren Teil des Campus gibt es einen großen Grashügel, auf dem die Schüler in kleinen Gruppen beim Mittagessen sitzen.

"Parke dort." Ich hebe eine Augenbraue, als Samantha auf eine Reihe von Parkplätzen zeigt, die etwas weiter von der Kuppe entfernt sind. "Es ist schon schlimm genug, dass sie wissen, dass ich jetzt auf die BA gehe. Ich will nicht, dass sie sehen, wie ich aus dem Auto eines Arschlochs von dort aussteige."

Es gibt eine leichte Steigung, die zur Anhöhe hinunterführt, so dass einige den Ferrari sehen können, aber nicht alle. "Hast du deshalb deine Garderobe gewechselt?" Ich muss sagen, mit den Stiefeln und der Lederjacke sieht der Faltenrock heißer als jemals zuvor aus. Sie ist eine lebendig gewordene, sprechende, schnarrende Schulmädchen-Pornofantasie. Alles, was ich brauche, ist ein Schreibtisch und ein Lineal, und wir könnten unglaublich viel Spaß haben.

Ein freches Grinsen ist alles, was ich bekomme, bevor sie die Tür öffnet, um auszusteigen. Erst als sie hört, dass ich ihr folgen will, dreht sie sich um und duckt sich mit einem energischen „Nicht" zurück ins Auto.

„Wie bitte?" Was denkt sie eigentlich, wem sie Befehle erteilen will?

„Bleib. Hier."

Schon wieder …was? „Was ist, wenn du Hilfe brauchst?"

Sie bricht in Gelächter aus. Sie lacht mir direkt ins Gesicht und schlägt mit der Hand auf den Ledersitz, bevor sie ihren Arm um ihre Mitte schlingt. Der violette Farbton ihrer Augen ist der hellste, den ich je gesehen habe, als sie mit einem Finger unter ihrem unteren Wimpernkranz entlangfährt und so tut, als würde sie eine Träne wegwischen.

„Ist dir auf magische Weise über Nacht ein Gewissen gewachsen?" Sie lässt mir keine Zeit zu antworten, bevor sie fortfährt. „Dir ist doch klar, dass du den größten Teil meiner Zeit bei der BA damit verbracht hast, mich zu verarschen, oder? Und *jetzt* machst du dir Sorgen um mein Wohlergehen?"

Da hat sie Recht. Ich mag es vielleicht nicht, dass ich sie nicht kontrollieren kann, aber eine Situation, in die sie ohne mich hineingeht, nicht kontrollieren zu können, finde ich absolut schrecklich. Ich weiß nicht, was das bedeutet, aber jetzt ist *nicht* die Zeit, es zu analysieren.

Ich strecke eine Hand aus und schlinge meine Finger um ihr Handgelenk. „Du gehst nicht ohne mich da runter."

Sie schnaubt, aber hinter ihren Augen bildet sich ein Schleier aus Stahl. „Wenn ich gedacht hätte, ich bräuchte Unterstützung, um das zu regeln, *weißt* du, wen ich angerufen hätte." Sie dreht ihre Hand gegen den Uhrzeigersinn, so dass wir uns abwechselnd festhalten, bis sie die Kontrolle hat. „Spoiler-Alarm" – sie kneift in die weiche Stelle zwischen meinem Daumen und Zeigefinger und der Schmerz strahlt meinen Arm hinauf, als sie den Druck erhöht – „Das bist *nicht* du."

Ich schüttele meinen Arm und versuche, den stechenden Schmerz loszuwerden. „Samantha", warne ich.

„Ach, hör doch auf, Noble. Du verschwendest nur meine Zeit."

Das mag sein, aber das ist egal. Ich knirsche mit den Zähnen, während der Motor zum Leben erwacht und mein Fuß auf das Gaspedal tippt.

„Ich komme schon klar." Bilde ich mir das nur ein, oder ist ihr Tonfall weicher geworden? „Ich kann auf mich selbst aufpassen."

„Du bist verdammt frustrierend. Das weißt du doch, oder?", knurre ich, aber das Lächeln, das sich bei diesen Worten auf ihrem Gesicht ausbreitet, macht das Sodbrennen fast wieder wett.

„Das hat man mir schon ein oder zwei Mal gesagt."

Ich ziehe eine Augenbraue hoch. „Doch so selten?"

Sie zuckt mit den Schultern und der Nase, als sie einräumt: „Gut, vielleicht bezog sich das auf einen Tag."

„Das klingt immer noch zu niedrig."

Glockengeläut ertönt, und ich merke, dass sie kichert. Moment mal – hat die knallharte Samantha St. James wirklich gerade gekichert? In meiner Gegenwart? Heilige Scheiße, es gibt noch Wunder!

„Schau mal ..." Sie wirft einen Blick auf die Anhöhe und dann wieder auf mich und fährt sich mit den Fingern durch ihr langes Haar, dessen silberne Strähnen im Sonnenlicht durch die Frontscheibe glänzen. „Es mag zwar eine Rivalität zwischen BP und BA herrschen, aber es ist ja nicht so, als würde ich in eine Szene aus der *West Side Story* geraten."

Sie macht zwar Witze, aber das beruhigt das Gefühl in meinem Bauch überhaupt nicht. *Was soll der Scheiß?*

„Prinzessin ..."

„Verdammt noch mal." Sie kniet sich mit einem Knie auf den Sitz. Ich komme nicht dazu, die Art und Weise zu genießen, in der ihre Schenkel zur Geltung kommen, denn sie lehnt sich dicht an mich heran und ihr Limettenduft umhüllt mich, bevor sie meine Wange in ihre behandschuhte Hand nimmt. Die liebevolle Geste überrascht mich, bevor sie ihre Hand umdreht und ihre Fingerknöchel in mich bohrt, so fest, dass ich den Kopf drehe. „Spürst du das?"

Ich nicke, als etwas in meine Haut beißt.

Ich streichle ihren Ellbogen, lasse meine Hand ihren Arm hinuntergleiten und beobachte die Gänsehaut, die sich unter meiner Berührung bildet. Ich bin mir sicher, dass sich ihre Brust-warzen gegen ihre Bluse abzeichnen würden, aber ich konzen-triere mich auf mein Ziel. Ich nehme ihre Hand von meinem Gesicht, nehme sie in meine und streiche mit dem Daumen über die Rückseite ihrer Knöchel.

Das Leder ist warm von ihrer Körperwärme und geschmeidig vom jahrelangen Tragen. Es ist das, was ich unter dem Material fühle, das mich innehalten lässt: eine erhöhte Beule oben auf einem Knöchel, dann eine Vertiefung in der Spalte zwischen den Fingern, bevor sich das Muster noch dreimal wiederholt.

Es fühlt sich an wie …

Ein Schlagring?

Sie ist weg, bevor ich begreifen kann, was das alles zu bedeuten hat, und das Zuschlagen der Autotür holt mich schlag-artig in die Gegenwart zurück. Warum zum Teufel hat sie einen Schlagring in ihren Handschuhen versteckt? Es muss eine modi-fizierte Version sein, denn es ist nicht offensichtlich. Es ist genial, um ihr zusätzlichen Schutz zu bieten.

Einen Moment …

Hatte sie sie nicht angezogen, als sie auf dem Königsball zu mir kam? Dachte sie, sie müsse sich vor mir schützen? Warum beunruhigt mich dieser Gedanke so sehr?

Als ich mich endlich von dem Gedanken losreißen kann, habe ich Samantha schon aus den Augen verloren. Ich bin es nicht gewohnt, so nervös zu sein, und muss warten, bis sie den halben Hügel überquert hat, bevor ich sie wieder im Blickfeld habe. Ich rutsche in meinem Sitz hin und her, denn nicht einmal die Entfer-nung kann ihr die natürliche Ausstrahlung nehmen. Ich bin nicht der Einzige, der von ihr fasziniert ist. An diesem Morgen sind alle Augen in der Umgebung auf sie gerichtet. Gemeinsam beob-achten wir, wie sie auf ihre rothaarige Freundin zugeht.

Die Kupferfärbung ihres Haares macht sie in der Menge leicht zu erkennen und die Tatsache, dass sie Augen Mund aufreißt, verraten mir, dass sie nicht mit Samanthas Erscheinen gerechnet hat. *Interessant.*

Samantha hält nicht lange inne, um mit ihrer Freundin zu reden, sondern streckt nur die Hand aus und die beiden verbinden ihre Finger.

Samantha dreht sich auf den Fersen um und stolziert auf eine Gruppe von acht Studierenden zu, die einen der wenigen Picknicktische besetzen, die ich sehen kann. Anhand der Uniformen und Sportjacken weiß ich, dass es sich um Sportler und Cheerleader handelt. Eine weitere Welle von … irrationaler Sorge überflutet mich. Was ist, wenn sie sie als Ziel von Vergeltungsmaßnahmen für das ansehen, was unsere Gruppe gestern Abend getan hat? Der Zeitpunkt für diesen kleinen Ausflug könnte nicht schlechter gewählt sein.

Sie platziert ihren verführerischen Hintern auf der Tischecke, einen Fuß flach auf den Boden gestützt, den anderen auf der Schuhspitze balancierend, das Knie angehoben, den Rock hochgeschoben. Ich schließe meine Hände um das Lenkrad und drücke so fest zu, so wie ich es am liebsten mit dem Arsch tun würde, der sich die zur Schau gestellte cremefarbene Haut gerade ansieht. *Wow.*

Mit einer Ruhe, die ich nicht empfinde, verschränkt Samantha ihre Arme vor der Brust. Ich rutsche in meinem Sitz nach vorne und wünschte, ich könnte hören, was gesagt wird.

Nummer dreiundzwanzig versucht, Samantha zu unterbrechen, aber sie bringt ihn mit einer Geste zum Schweigen. Anders als bei mir ist ihr Verhalten jedoch etwas, das ich nicht gewohnt bin. Sie ist feindselig. Sie strahlt Intensität aus. Alle am Tisch beobachten sie mit gespannter Aufmerksamkeit.

Samantha hüpft ohne viel Aufhebens vom Tisch herunter und macht sich auf den Weg zurück zu mir. Ich richte mich auf und mein Rücken löst sich vom Leder, als ich sehe, dass Mister Twenty-Three ihr folgt.

Als seine Hand nach ihrem Bizeps greift, greifen meine eigenen nach dem Türgriff und ich bin aus dem Auto, bevor ich merke, was ich tue.

Sie gehört mir.

Warte …

Was?

Der lächerliche Gedanke lässt mich lange genug innehalten, um zu bemerken, wie Samantha reagiert.

Wut, die ich in Bezug auf eine Frau nicht kenne, fließt durch meine Adern und verblasst nur im Vergleich zu der Besessenheit, die meinen Körper durchflutet.

Samantha? Ruhig blickt sie von dem schraubstockartigen Griff an ihrem Arm zu dem Wichser mit der offensichtlichen Todessehnsucht hinauf.

Nochmal.

Was.

Zum.

Teufel?

Es braucht nur einen zweiten Blick auf seine Finger, bevor er sie loslässt. Als ihr Arm fällt, tritt sie so nah an ihn heran, dass kein Lichtstrahl mehr zwischen sie passt. Ihr Kinn hebt sich leicht, ihr Oberkörper kommt ihm noch näher und ihre Hand … wandert zu seinem Gemächt.

Ich mache einen weiteren Schritt, bis ich merke, wie sich das Gesicht des Deppen vor Schmerz verzieht, er die Lippen verzieht und sich eine wächserne Blässe über seine Gesichtszüge legt.

Die Wut in mir steigert sich so sehr, dass sogar der weiche Stoff meines Hemdes meine Haut reizt, als wäre er aus Sackleinen. In meinen Ohren dröhnt es. Ich schiebe zwei Finger hinter den Krawattenknoten an meiner Kehle und löse ihn, aber das erleichtert mir die Atmung trotzdem nicht wesentlich.

Was zum Teufel ist los mit mir?

Nicht einmal, als ich gesehen habe, wie Samantha vor meinen Augen offen mit Prince geflirtet hat, hat mich das so berührt. Das hier? Es macht ihr offensichtlich keinen Spaß.

Erleichterung durchflutet mich, als ich sie endlich den Parkplatz überqueren sehe. Ich muss mich an der offenen Autotür festhalten. Ich lege meinen Arm über die Türkante, stütze den anderen Ellbogen auf das niedrige Dach, weil meine Knie ganz weich werden.

Je näher Samantha kommt, desto deutlicher kann man die pulsierende Ader an ihrer Schläfe und das Zucken ihrer Kiefermuskeln erkennen. Sie ballt in einem fort die Hände zu Fäusten und löst sie wieder.

Als sie ihren Blick schließlich hebt und mich vor dem Auto stehen sieht, sind ihre Augen so tiefviolett, dass es fast so aussieht, als hätte jemand einen violetten Filzstift genommen und ihn auf Papier gedrückt, bis die ganze Farbe ausgelaufen ist. Sie bleibt abrupt stehen, während sie offenbar versucht, aus mir schlau zu werden. *Viel Glück.* Ich weiß nicht einmal selbst, was mit mir los ist.

Keiner von uns sagt ein Wort. Wir starren uns weiter schweigend an, als ob wir nicht mitten auf einem Parkplatz stehen würden. Schließlich schüttelt Samantha den Kopf und verschwindet blitzartig im Auto.

Sie kocht sichtlich vor Wut. Sie atmet konzentriert durch die Nase, auf vier ein und auf acht aus. Ihr Atem klingt laut durch den Innenraum, als ich meinen Platz neben ihr wieder einnehme.

Die Hände liegen auf ihren Oberschenkeln, ihre Finger sind verkrampft und ihre Handflächen graben sich in einer sich wiederholenden Auf- und Abbewegung in ihre Oberschenkel. Bis zu ihren Knien, unter den Rock und wieder zurück. Der Anblick ihrer rot gefleckten Haut lenkt meine Aufmerksamkeit davon ab, wie sich der Saum bei jedem Durchgang hebt und senkt.

„Bist du …“

„Nicht jetzt“, schnauzt sie und unterbricht mich. „Fahr einfach los … bitte.“

„Prinzessin …“, versuche ich eine andere Taktik.

„Noble“ – sie dreht sich – „Ich sagte, *nicht jetzt.*“

„Du kannst mich mal, Samantha.“ Langsam spitzen sich ihre Lippen, aber ich muss meine Hände wieder um das Lenkrad legen, sonst liegen sie um ihren zarten Hals. Sie ist so verdammt frustrierend, dass ich es nicht mehr aushalte. „Ich will doch nur wissen, ob es dir gut geht.“

„Mir geht's gut.“ Sie beginnt, die Handschuhe auszuziehen.

„Tu das nicht.“

„Was?“ Sie wirft die Handschuhe in ihre Tasche.

Da ich die Ablenkung brauche, lege ich den Gang ein und fahre rückwärts aus dem Parkplatz. „So zu tun, als ob der Arsch dich nicht gerade angefasst hätte.“

Ein humorloses Glucksen kommt über ihre Lippen. „Du tust so, als ob es nicht alltäglich wäre, dass mich ein Sportler ohne meine Erlaubnis anfasst.“ Der Punkt geht damit an Samantha.

„Hat er dir wehgetan?“, murmle ich mit zusammengebissenen Zähnen, anstatt ihre Frage zu beantworten.

„Ich habe dir doch gesagt, dass es mir gut geht.“ Sie konzentriert sich auf ihr Handy und als ihre Finger über den Bildschirm fliegen, bereue ich es sofort, es ihr zurückgegeben zu haben, weil es ihre Aufmerksamkeit von mir wegnimmt. „Du merkst es vielleicht nicht, aber ich bin härter, als ich aussehe.“

Ja, ich lerne gerade, dass das wohl stimmt.

„Du scheinst hinter all der Schönheit eine Bestie versteckt zu haben."

Zum Glück stehen wir an einer roten Ampel, denn das freche Lächeln, mit dem sie meinen Kommentar quittiert, haut mich fast um. Wäre ich gefahren, hätte ich sicher einen Unfall gebaut.

„Endlich hat er es kapiert."

KAPITEL 17

Savvy

Ich bin schon den ganzen Tag aus dem Gleichgewicht. Eigentlich … schon die ganze Woche. Zuerst dachte ich, die Anspannung in mir käme daher, dass Tessa mit etwas zu tun hat, welches ich aus der Ferne nicht kontrollieren kann, aber es ist nur noch schlimmer geworden, seit Jasper und ich von der BP zurück sind.

Das ist doch der wahre Kern meines Problems, oder?

Es fällt mir immer noch schwer, die Tatsache zu verarbeiten, dass Jasper Noble sich angeboten – oder eher gedrängt oder aufgezwungen hat – mich zu BP zu fahren. Ich will gar nicht davon reden, dass ich es zugelassen habe, dass ich freiwillig mit *ihm irgendwo* hingegangen bin.

Die Ironie, dass der Typ, der mich von Anfang an gemobbt hat, mir dabei hilft, jemand anderes vor Mobbing zu schützen, ist mir nicht entgangen. Außerdem war er bereit, sich einzumischen und die *hilflose Jungfrau* zu verteidigen, und ich weiß beim besten Willen nicht, wie ich damit umgehen soll.

Wenn er nur wüsste, wie wenig ich an der BP mit einer Jungfrau zu tun habe. Im Moment bin ich mir nicht sicher, ob es einen großen Unterschied machen würde, wenn er wüsste, dass ich Savvy King bin, denn es war ihm völlig egal, dass er letztes Wochenende nicht zu Carters Rennen eingeladen worden ist.

Warum? Warum ist mir das so wichtig?

Tessa hat mein Handy geflutet, seit ich die BP verlassen habe. Nach einem Dutzend Danksagungen und Bestie-GIFs, gefolgt von ein oder zwei Nachfragen, wie ich herausgefunden habe, was seit meinem Weggang passiert ist, haben sich die SMS schnell in Fragen darüber verwandelt, *wer* mich eigentlich gefahren hat. Die Herzen, die sie ständig in den Augen hat, haben sie blind dafür gemacht, dass Jasper *nicht* zu mir passt. Ich schwöre, dass ich ihren Kindle von all den Tyrannensex-Romanen befreien muss, die sie so gerne liest. Ich muss Laura Lee, Siobhan Davis, Meagan Brandy und Penelope Douglas die Schuld dafür geben, dass sie darauf besteht, dass Jasper und ich füreinander *bestimmt* sind.

Ganz zu schweigen davon, dass in meinem Gehirn ein einziges Durcheinander herrscht. Wahrscheinlich liegt es an all den wirren Gedanken, dass ich die veränderte Stimmung nicht bemerke, als wir nach draußen gehen.

„Hm?", frage ich und blinzle mich aus meiner selbst auferlegten Benommenheit, als Tinsley mir wiederholt auf den Arm schlägt. Das zunehmende Gemurmel unserer Klassenkameraden erreicht endlich mein Bewusstsein.

„Ähm ..." Tinsley presst ihre Lippen zwischen die Zähne und zeigt vor sich.

Ich folge der Linie ihres ausgestreckten Arms und fluche, als ich die mattschwarze Corvette meines Bruders sehe, die am Fuße der Steintreppe steht.

In der Nähe geben Arabella und ihre Anhänger sich alle Mühe – die Hüften nach außen gestreckt, ihre Haare um die Finger gewickelt, die Lippen in übertriebener Entenmanier geschürzt – um seine Aufmerksamkeit zu erregen. Die BA befindet sich zwar technisch gesehen außerhalb seines Herrschaftsbereichs, aber die auffällige Lackierung, die eingeätzte Krone in der Tönung der Heckscheibe und sein Ruf reichen aus, um zu verraten, wer hier vor der Tür parkt.

Dank der verdunkelten Scheiben kann ich das zwar nicht mit Sicherheit sagen, aber ich kann fast garantieren, dass Carter ihnen keine Beachtung schenkt und stattdessen wahrscheinlich einem der anderen Royals gerade eine SMS schreibt.

„Ich rufe dich später an." Ich gebe Tinsley einen Kuss auf die Wange und stapfe die Treppe hinunter. Mein Nacken brennt, als ich nach dem Türgriff greife. Ich richte mich auf, werfe einen Blick über meine Schulter und sehe Jaspers harten Blick. Ein Schauer läuft mir über den Rücken, als ob jemand über mein

Grab gelaufen wäre, angesichts seiner versteinerten Miene, nur weil ich in das Fahrzeug eines Royal einsteigen will.

Ein Klumpen bildet sich in meiner Kehle und ich habe Mühe, ihn herunterzuschlucken. Jasper wirkt … verletzt? Verraten? *Warum ist das wichtig?*

Das hält mich nicht davon ab, seinen Blick zu erwidern. Ich hebe eine Hand und taste nach dem schwarzen Diamanten an der Kette um meinen Hals. *Was zum Teufel ist mit mir los?*

Mit einer schnellen Bewegung öffne ich die Tür, gleite hinein und schließe sie wieder, um die Außenwelt auszusperren. Ich nehme mir einen Moment Zeit, um mich nach dem … was auch immer *das* war, zu sammeln und schnalle mich an, bevor ich meinen Blick meinem Bruder zuwende. Er taxiert mich mit einer bis zum Rand seiner schwarzen Baseballkappe hochgezogenen dunkelblonden Augenbraue. Ich hasse es, dass ein einziger Blick von ihm reicht, mich wie ein ungezogenes Kind zu fühlen.

„Cart.“ Ich begrüße ihn mit einem Lächeln, in der Hoffnung, etwas von der Spannung zwischen uns, die wie Rice Krispies knistert, zu lösen.

„Savs.“ Er benutzt die Vaterstimme, für die auch Pops Taylor bekannt ist. *Mist!* Seit wann kann er das so gut?

„Jemand ist ein bisschen“ – ich kneife Daumen und Zeigefinger zusammen, bis kaum noch ein Spalt zu sehen ist – „*zu* grüblerisch für einen Freitag.“

Seine Augen verengen sich noch mehr bei meinem Versuch, lustig zu sein. *Meine Güte, was ist denn mit ihm los?*

„Ist dein Telefon kaputt? Denn das ist die einzige vernünftige Erklärung, die mir einfällt, warum du nicht einen von uns anrufen solltest, um dich auf deinen kleinen Ausflug mitzunehmen.“ Sein Blick fällt auf meine Hände, als der Verräter läutet und beweist, dass es tatsächlich nicht kaputt ist.

Ich seufze und lehne mich an die Tür hinter mir. Ich hasse so etwas. Sicher, er hat mir beigebracht, wie ich auf mich selbst aufpasse, wie ich mich am besten verteidige, er hat mir meine innere Stärke gezeigt und wie ich auf eigenen Füßen stehen kann, aber wenn er so wird, fühle ich mich immer … weniger wert.

„*Sicher* …“ Ich bringe eine gesunde Portion Sarkasmus ins Spiel und ziehe das Wort in die Länge. „Das hätte ja auch so viel Sinn ergeben. Es ist ja nicht so, dass ihr fünf euer eigenes Leben hättet – Schule, Training, Arbeit, was auch immer. Es ergibt *keinen*

Sinn, euch zu nerven, wenn ich mich von jemandem an der Schule mitnehmen lassen kann."

Carter knurrt und wirft mir einen Blick zu, der mich in meinem Sitz zusammenzucken lässt. *Was zur Hölle?*

„Mein Problem ist, dass dieser *jemand* …"

Es ist kein Geheimnis, dass Tinsley die einzige Person ist, die ich in diesem Laden als Freundin betrachte. Die Art und Weise, wie er das Wort *jemand* betont, sagt mir, dass ihm aufgefallen ist, dass ich ihren Namen nicht genannt habe.

„… nicht Tinsley war." Er wirft eine Hand in die Luft und zeigt mit drei Fingern so nah an mein Gesicht heran, dass ich die Augen verdrehe. „Und komm nicht auf die *Idee*, das Gegenteil zu behaupten."

Ich hatte nicht vor, *irgendetwas* zu behaupten.

„Du wolltest es geheim halten, nicht wahr?", fragt er und seine Stimme klingt weniger streng.

Ich nicke. *Meinst du, es würde dir Pluspunkte einbringen, wenn du ihm sagst, dass du versucht hast, dich von Tinsley fahren zu lassen?*

Ein frustriertes Knurren ertönt in seiner Kehle und die Art, wie er seinen Unterkiefer von links nach rechts bewegt, lässt meine Hände den Stoff meines Rocks umklammern. Ein Gefühl der Vorahnung überkommt mich und lässts mich erschauern.

„Was sollen die ganzen Geheimnisse in letzter Zeit, Savs?"

Meine Kehle wird eng und es kostet mich eine gewaltige Anstrengung, nicht zu husten.

Er kann es nicht wissen. Er kann es nicht wissen. Er kann es nicht wissen.

Ich habe Natalies Drohungen absichtlich vor ihm verheimlicht, weil ich nicht weiß, wie er reagieren würde, wenn ich es ihm sage. Ich darf ihn nicht verlieren. Ich kann es einfach nicht.

Bei allem, was er je getan hat, ging es um mich und mein Wohlergehen. Er hatte nie vor, der „König" von Blackwell zu sein. Seine Motivation, sich mit den fragwürdigen Aspekten seiner Geschäfte zu befassen, hatte nichts mit Macht zu tun. Nein. Er tat alles, was er tat, aus einem einzigen Grund – für mich.

Ich habe mit der Schuld gelebt, weil ich wusste, dass mein Bruder jeden Anschein eines normalen Lebens aufgegeben hat und in dieser düsteren grauen Welt lebt, die die Grenze zur Legalität überschreitet, damit ich leben kann. Wenn Carter nicht aufgestanden wäre und eine erwachsene Lösung gefunden hätte, als er selbst noch ein Kind war, wäre die Wahrscheinlichkeit hoch, dass ich nicht mehr am Leben wäre. Sehr hoch sogar.

Aha …klar. Es ist ja nicht so, dass die Falcos dir nicht geholfen hätten und sich nicht immer noch um dich kümmern.

Scheiße. Papa wäre so enttäuscht, wenn er meine Gedanken lesen könnte, und mein Magen verkrampft sich mit einer neuen Welle von Schuldgefühlen.

Die Erkenntnis, dass es andere gibt, die uns lieben und für uns sorgen, ändert nichts daran, wie sehr Carter sein Leben aufs Spiel gesetzt hat, um meines zu retten. Aus diesem Grund, und nur aus diesem Grund, werde ich *immer* den Weg wählen, der *ihn* schützt. Das ist der Grund, warum ich an der BA eingeschrieben bin, warum ich es zugelassen habe, aus dem Leben gerissen zu werden, das mir so vertraut war, warum ich mich dem Leben unter Natalies giftigem Dach ausgesetzt habe.

Wenn ich das nicht täte …

Nein, *daran* möchte ich nicht denken. Natalie nimmt mit ihren Drohungen, die wie ein Boogeyman im Schatten lauern, schon genug Platz in meinem Kopf ein. Ich weigere mich, ihr noch mehr davon zu geben.

„Zeig es mir." Der Befehlston holt mich schlagartig in die Gegenwart zurück. Ich hasse *es*, wenn er wie *Carter King* mit mir umspringt.

„Dir was zeigen?" Die stumpfen Kanten meiner Nägel graben sich in meine Handflächen, während ich dem Zwang widerstehe, dem Befehl Folge zu leisten, auch wenn ich keine Ahnung habe, was genau ich ihm zeigen soll.

„Zeig mir, wer heute den Chauffeur für dich gespielt hat." Er zeigt auf alle Schüler, die die Steintreppe füllen und sein Auto beobachten, als könnten sie hineinsehen. „Ich möchte dem Ferrari ein Gesicht geben."

Ich packe meinen Rock fester. Warum ich Jasper Noble meinem Bruder nicht auf dem Silbertablett serviere, ist mir schleierhaft.

„Es war der Typ vom Rennen, nicht wahr?" Verdammt sei er und sein elefantengleiches Gedächtnis, wenn es um Kraftfahrzeuge geht. „Du willst nicht, dass ich weiß, wer so dreist war, dich zu benutzen, um an einem Rennen teilzunehmen, an dem ein Arsch von der BA nichts zu suchen hat?“ Er brummt und tippt sich ans Kinn. „Oder besser noch“ – bei der Drohung, die in seinem Tonfall mitklingt, stehen mir alle Haare zu Berge – „Dass es derselbe Idiot ist, der schon die ganze Woche an deinem Spind rumgeschraubt hat?“

Carter kichert, als meine Haare ihm ins Gesicht peitschen, während mein Kopf herumwirbelt. Er weiß von dem blöden Mobbing? „Woher?“

„Ich bin beleidigt, dass du geglaubt hast, ich würde dich in diese Schlangengrube lassen, ohne eine Möglichkeit zu haben, sicherzustellen, dass du sicher bist.“

Das habe ich nicht geglaubt. Er ist Carter King – er hat überall Verbindungen. Was mich überrascht, ist die Tatsache, dass er sich nicht entschieden hat, den Geschehnissen Einhalt zu gebieten. Die meisten Menschen würden Carter als überfürsorglich bezeichnen, aber ich glaube, er sieht das ganz anders.

„Ich wäre eingesprungen, wenn du es gebraucht hättest.“ Siehst du, was ich meine? Wenn er wirklich überfürsorglich wäre, würde er mir nicht so viel Höflichkeit entgegenbringen, oder? „Du hast ihnen wirklich Ratten zu essen gegeben?“

Ich verziehe das Gesicht zu einem Grinsen und die Muskeln in meinem Nacken spannen sich an. „Wäre es dir lieber gewesen, ich hätte Marie Antoinette gespielt und sie stattdessen Kuchen essen lassen?“

Dröhnendes Gelächter erfüllt das Auto und jede noch so kleine Anspannung, die ich in mir trug, schmilzt mit dem Knacken der harten Schale meines Bruders dahin. Ein gut platziertes königliches Wortspiel oder eine Anspielung reicht dafür oft aus.

„Nö.“ Er schüttelt den Kopf und fährt mit der Zunge über seine Zähne. „Die Methode der Savage Queen ist *viel* effektiver.“

Ich strahle vor Stolz so hell wie die LED-Fernlichter.

Nachdem er die Lautstärke des Thirty Seconds To Mars-Songs aus dem verbesserten Soundsystem aufgedreht hat, legt Carter den Gang ein und reiht sich in den Verkehrsstrom ein, der den Campus der Blackwell Academy verlässt. Ich schaue ihn an und dann aus dem Fenster und bin verwirrt, weil er mich nicht weiter auf das Thema anspricht.

Jasper Noble darf einen weiteren Tag erleben. Ich schnaube über meinen etwas lächerlichen, aber zutreffenden Gedanken.

„Wohin fahren wir?", frage ich, als er ein paar Minuten später auf die Auffahrt zur Autobahn fährt.

„BTU", antwortet Carter und schlängelt sich nahtlos um den Verkehr herum auf die linke Spur, das Gaspedal durchgedrückt.

„Du hast heute keinen Unterricht." Bei allem, was Carter macht, ist es mir ein Rätsel, wie er in seinem letzten Jahr an der Brighton Tynes University sein kann. Ich bin überzeugt, dass er nie schläft.

„Ich muss mich mit Lance treffen, und er hat Training." Lance Bennett ist das einzige Mitglied der Royals, das nicht aus Blackwell stammt. Er hat Carter beim Kampf gegen drei Jungs auf dem Campus der BTU entdeckt und die Selbstverständlichkeit, mit der er meinem Bruder den Rücken stärkte, ohne ihn überhaupt zu kennen, war Beweis genug, dass er zu den Royals gehört.

„*Uuuund* ..." Ich ziehe das Wort in die Länge. „Was ist so wichtig, dass es nicht bis heute Abend warten kann?"

Sein Blick huscht kurz zu mir, bevor er sich mit einer neuen Welle der Anspannung wieder auf die Straße konzentriert und seine Hände das Lenkrad buchstäblich zu Tode würgen. „Nur ... Zeug."

Scheiße. Er tut es schon wieder. Er verheimlicht etwas vor mir ... schon wieder. Ich hasse es.

Ich lege meine Arme über einen der Bahnteiler. Die gelben und blauen Hartplastikscheiben graben sich in meine Achselhöhlen, während ich meinen Körper schlaff im Wasser hängen lasse und meine Atmung wieder unter Kontrolle bringe. Seit meiner Kindheit gehört Schwimmen zu den Behandlungsmethoden, mit denen ich mein Asthma in den Griff bekomme, und es ist mit Abstand meine liebste Sportart.

Mit dem Ellbogen auf einer der flachen Kanten der Scheibe balancierend, fahre ich mir mit einer Hand über den Kopf und nehme meine lila Schwimmbrille und die schwarze Badekappe ab. Ich lehne meinen Kopf zurück und lasse das Gewicht des kühlen Wassers den Knoten in meinen Haaren lösen, während ich daran denke, wie Carter es vorhin zerzaust hat. Nach meinem

Anfall am letzten Wochenende war ich überrascht, als er mich am BTU Aquatic Center abgesetzt hat. Aber ich war nicht so dumm, es in Frage zu stellen. Yoga ist einfach nicht das Richtige, wenn du ein Ventil brauchst, um deinen Frust auf körperliche Weise abzubauen.

„Was ist los, Mini Royal?" Das laute Echo von Lances Hockeytasche, die mit einem dumpfen Aufprall auf den Boden fällt, folgt auf seine Begrüßung. Er und Carter lassen sich auf der Tribüne nieder, auf der normalerweise die Zuschauer bei Schwimmwettkämpfen sitzen.

„Hey, Lancelot." Mit einem tiefen Atemzug ziehe ich mich über die Bahnlinie und nutze die Kraft meines Oberkörpers, um mich aus dem Becken zu hieven, bevor ich mir das Wasser aus den Haaren wringe.

„Was ist hier passiert?" Lance tippt mit meinem Handtuch auf den blauen Fleck, der meinen Bizeps umgibt.

Ich antworte nicht sofort und nehme stattdessen das Handtuch, um mich abzutrocknen. Ich hatte wirklich gehofft, dass Scotts Handgreiflichkeiten keinen blauen Fleck zur Folge haben würden, aber so viel Glück war mir nicht beschieden.

„Sag mir, dass das nicht von Gunderson ist?" Mir fallen die Augen zu und ich stoße einen Seufzer aus, als die Stimme von *Carter King* wieder ertönt. Wieder entscheide ich mich, nicht zu antworten. „Savvy".

Ich ziehe eine Schnute, schweige aber weiter.

„*Savvy*." Nein, ich schaue weg und tue so, als könne er mich nicht sehen, wenn ich keinen Augenkontakt herstelle. „Samantha", knurrt Carter und meine Wirbelsäule richtet sich automatisch auf. *Verdammt noch mal.*

„*Oooh*." Lance pfeift in seine Faust und kann sein amüsiertes Grinsen nicht verbergen. „Nun wird es amtlich. Nicht gut."

Der Singsang in Lances Tonfall lässt meine eigenen Lippen zucken, um es ihm gleichzutun, aber dieser Impuls erstirbt in der Sekunde, in der ich den schmaläugigen Blick meines Bruders sehe.

„Es ist nichts, Cart." Ich wickle das Handtuch um meinen Körper und schiebe die Enden zwischen meine Brüste, um es zu sichern, während wir uns weiterhin stumm anstarren. „Es war ein Missverständnis."

„Lass den Scheiß!"

Ich halte mich an dem Knoten fest, den ich mit meinem Handtuch gemacht habe, um mich in diesem Moment zu verankern und zu verhindern, dass ich ausraste und die ganze Situation noch schlimmer mache.

„Das war es aber. Und es ist erledigt. Zeit, es abzuhaken."

„Warum warst du heute überhaupt an der BP?"

Ich atme tief und langsam ein. Es ist wirklich verdammt nervig, dass ich ständig Rechenschaft über meine Handlungen ablegen muss. Natalie, der es jahrelang egal war, was ich vorhatte, macht sich plötzlich Gedanken über mein Kommen und Gehen, aber noch wichtiger ist, dass es sie interessiert, mit *wem* ich komme und gehe. Sie wird *sicher nicht* erfahren, wie ich meine Zeit mit Jasper Noble verbringe.

Bei Carter ist anders. Es scheint fast so, als ob er das Gefühl hat, dass ich ihn verraten habe, weil ich ihn nicht eingeweiht habe. Das sollte nicht so sein. Tessa ist meine Freundin. Es ist *meine Verantwortung,* ihr den Rücken zu stärken.

„Ich dachte nicht, dass ich eine *Erlaubnis* brauche, um meine beste Freundin zu sehen." Ich vergreife mich etwas im Ton und lasse jugendlichen Trotz durchscheinen.

„Darum geht es nicht." Carter fährt sich mit der Hand über den Nacken. „Es ist der *Grund, warum* du sie sehen musstest, mit dem ich nicht einverstanden bin."

„Oh mein Gott, Carter." Ich drücke mir auf den Nasenrücken und atme durch. „Ich habe nur ein einfaches Gespräch mit ein paar Leuten geführt, die an die goldene Regel erinnert werden mussten. Das ist alles."

„Gespräche führen nicht zu blauen Flecken", sagt er zähneknirschend.

„Ich glaube nicht, dass es seine Absicht war. Ich wollte weggehen und er wollte, dass ich stehen bleibe." Außerdem habe ich Scott gezeigt, was er falsch gemacht hat.

„Ich werde ihn umbringen." Carter springt auf und läuft in dem Raum zwischen den Tribünen wie ein Löwe in einem Käfig hin und her. Lance und ich schauen uns gegenseitig an und sehen, wie Carters Hände zittern und sich zu Fäusten ballen.

„Carter." Ich nutze jedes Quäntchen Namaste-Yogi-Gelassenheit, über das ich verfüge, und wende es auf meinen Tonfall an. Obwohl ich mir *ziemlich sicher* bin, *dass* mein Bruder noch nie jemanden umgebracht hat, kann ich nicht mit absoluter Sicherheit sagen, dass er dazu nicht fähig *wäre*.

Ich werde ignoriert, während er weiterläuft.

Stampf, stampf, stampf die Reihe hoch.

Stampf, stampf, stampf die Reihe runter.

Die ganze Anspannung, die ich mit den Runden im Pool abgebaut habe, kehrt mit jedem von Carters Schritten mit voller Wucht zurück. Zwischen meinen Schulterblättern bilden sich Knoten und ich schlucke den chemischen Geschmack des Chlors hinunter, während ich meine Unterlippe in den Mund ziehe und mich mit dem eingerissenen Hautlappen im Mundwinkel beschäftige.

„King" – Lance steht auf und zwingt Carter schließlich, stehen zu bleiben, indem er sich ihm direkt in den Weg stellt – „entspann dich, Mann".

Ich atme tief durch, als Carters Blick auf meinen trifft. Normalerweise tendieren wir beide zu einem violetten Farbton, wobei seine mehr ins Graue gehen als meine. Aber hier, in diesem Moment? Sind seine Augen fast wie Holzkohle, und das lässt mich einen Schritt zurückweichen, so dass ich fast auf dem glatten Boden ausrutsche. *Verdammt!* Das ist die „Carter King ist beleidigt" Show.

„Es ist gut." Er blickt so finster drein, dass sich Falten auf seiner Stirn bilden, die kein Zweiundzwanzigjähriger haben sollte.

Zeit für eine andere Taktik.

„Mir geht es gut."

Oh-oh. Das funktioniert auch nicht. Ich glaube nicht, dass der Dampf um uns aus dem beheizten Pool kommt. Ich glaube, er kommt aus seinen Ohren.

„Es ist vorbei." Vielleicht wird er sich beruhigen, wenn er weiß, dass es keine offene Angelegenheit mehr gibt. Er sollte sich auf das Rennen am Wochenende konzentrieren und nicht darauf, mich zu rächen oder so.

„Du hättest mich anrufen sollen", argumentiert Carter. „Oder zumindest Wes."

Ich atme laut hörbar aus und vergrabe meine Hände in meinem nassen Haar, zupfe an den Strähnen, bis meine Kopfhaut brennt. Genau das hier ist der Grund, warum ich mich nur durch Assoziationen als Royal bezeichne. Ja, sie sind eine Crew. Wenn einer von ihnen Unterstützung braucht, ist jeder von ihnen zur Stelle, ohne Fragen zu stellen.

Aber …

Und es ist ein *großes* Aber …

Wenn sie die Dinge selbst in die Hand nehmen, wäre es das gewesen. Niemand würde glauben, noch einmal nachhelfen zu müssen. Nur wenn *ich* mich um etwas kümmere …

„Wie auch immer." Ich schnappe mir meine Tasche von der Tribüne und mache mich auf den Weg in die Umkleidekabine. „Ich weiß, ich bin nur dem Namen nach ein King. Ich hab's kapiert. Mach doch einfach, was du willst." Auch wenn es gegen meine Natur ist, aufzugeben, ist das kein Kampf, den ich jemals gewinnen kann. Es ist das Beste, unnötigen Stress ganz zu vermeiden.

„Savs." Der Schmerz in Carters Stimme lässt meinen Kopf nach vorne fallen, meine Schultern heben und senken sich resigniert. „Wie oft muss ich dir noch sagen, dass du mit dem Scheiß aufhören sollst?"

Ich wende ihm weiter den Rücken zu und frage: „Was für ein Scheiß?"

Das Schmatzen der Haut auf dem Jeansstoff verrät mir, dass er sich frustriert auf die Oberschenkel klopft. *Tja, willkommen im Club.* „Du. Bist. Eine. Echte. King."

Wassertropfen bahnen sich einen Weg über meine Schläfe und den Nasenrücken hinunter, bleiben kurz an der Spitze hängen und fallen mit einem *Plopp-Plopp* auf den Boden zwischen meinen nackten Füßen.

Ich räuspere mich und gebe mir alle Mühe, den emotionalen Knoten in mir aufzulösen. „Wenn das wahr wäre, würdest du mir mehr vertrauen."

Vertrauen, dass ich das schaffe.

Vertrauen, dass er mir erklärt, warum die Leute auf der BA nicht wissen sollen, dass ich eine King bin.

Vertrauen, damit ich nicht länger im Ungewissen bin, was er mir sonst noch verheimlicht.

„Ich vertraue dir doch." Sneakers quietschen, und zwei starke Arme legen sich um meine Mitte.

Ich lache. „Du hast nur eine komische Art, das zu zeigen."

Ohne darauf zu achten, wie die Baumwolle seines Hemdes die Feuchtigkeit auf meiner nassen Haut aufsaugt, umarmt

Carter mich fester und stützt sein Kinn auf meinen Schultern ab. „Dass ich Gundersons Gesicht umgestalten will, hat *nichts* damit zu tun, dass du nicht königlich genug bist, sondern damit, dass du meine Schwester bist."

Ich lehne mich an ihn und nicke. Das kann ich akzeptieren. „Mach dir keine Sorgen." Ich klopfe ihm auf den Unterarm, damit er mich loslässt und drehe mich zu ihm um. „Scott wird die nächste Woche unter der Dusche im Sopran singen."

„Oh Scheiße." Lance hustet in seine Faust.

Freude funkelt hell in Carters Augen. „Was hast du getan?"

Ich zucke mit der Schulter. „Ich habe ihm seine Eier wie eine Glühbirne eingedreht."

Wie beide fast automatisch nach ihrem Schritt greifen, erfüllt mich mit Genugtuung. Die Stimmung ist wieder gelöst, ich bin fast frei, meine Hand am Griff zur Frauenumkleide, als Carter ruft: „Oh, Savs?"

Das Gefühl der Vorahnung von vorhin ist zurück. Mir läuft ein Schauer über den Rücken. „Was ist los?"

„Die Sache mit Gunderson lasse ich dir durchgehen" – er tippt sich an die Nase und zeigt auf mich – „aber bei deinem geheimnisvollen Chauffeur bin ich nicht so nachsichtig."

KAPITEL 18

Savvy

Ich schreibe den Royals eine SMS, meine Finger fliegen nur so über den Bildschirm meines Telefons, um mit dem Trash-Talk im Gruppenchat Schritt zu halten. Ich muss über eine besonders witzige Bemerkung von Tessa lachen, als sich die Fahrstuhltüren öffnen, ich die Penthouse-Suite im St. James betrete – und direkt gegen eine Backsteinwand laufe.

„Oh Scheiße!" Ich stolpere zurück, mein Handy klappert auf dem Marmorboden und meine Füße suchen Halt, während ich alle Mühe habe, nicht neben dem Handy auf dem Boden zu landen.

Kräftige Hände legen sich um meine Arme und zerren mich an eine harte Brust. Der saubere Duft von Seife und Menthol durchdringt meine Sinne, während ich erschrocken Luft hole.

„Wenn du mich willst, hättest du nur etwas sagen müssen. Du musst dich mir nicht an den Hals werfen, Süße."

Der überhebliche Spruch holt mich in die Realität zurück und ich schaue in die blauen Augen von Duke Delacourte. Es juckt mich in den Händen, ihm das Grinsen aus dem Gesicht zu schlagen. Genauso geht es mir, wenn ich mit seinem besten Freund zusammen bin.

Mit einem Ruck befreie ich mich aus seinem Griff und springe etwa fünf Schritte zurück. Er grinst nur noch mehr und mit einer Anmut, die ich von einer Person seiner Größe nicht erwartet hätte, bückt er sich, um mein Handy vom Boden aufzuheben. Während sein Daumen über den zum Glück nicht zerbrochenen

Bildschirm gleitet, läuft ein Strom von GIFs aus *Die Braut des Prinzen*, *Game of Thrones* und *Robin Hood: Men in Tights* darüber. Ich reiße es Duke aus der Hand, bevor er etwas lesen kann, das nicht für ihn bestimmt ist.

„Machen du und Noble eure Hausaufgaben zusammen? Denn ihr habt die gleichen Wahnvorstellungen."

Als wollte er mir recht geben, geht Duke einen großen Schritt auf mich zu, dann noch einen, als ich mich von ihm wegbewege, damit ich nicht dieselbe Luft wie er atmen muss, und schließlich noch einen, bis ich mit dem Rücken an der Wand stehe. Ich habe langsam den Verdacht, dass die BA bei der Verteilung der Schülerhandbücher zu Beginn des Schuljahres auch einen Leitfaden zum Thema „*Wie wird man ein Trottel*" bereitstellt. Ihre fröhliche Bande von Idioten scheint gegen Frauen dieselbe Einschüchterungstaktik anzuwenden.

Kurzmeldung! Bei mir funktioniert es nicht.

Duke kichert. Unsere Körper sind sich jetzt so nah, dass ich die Vibrationen seines Körpers spüren kann. „Du weißt, dass es ihn wahnsinnig macht, wenn du ihn so nennst, oder?

Ich zucke mit den Schultern. Deshalb tue ich es ja. Es sind die kleinen Freuden im Leben.

Er greift nach meinem Kinn, kippt mein Gesicht nach oben und hält es fest im Griff. Ich schlucke und ermahne mich selbst, erst einmal abzuwarten, wie sich das Ganze entwickelt, bevor ich reagiere. Ich fühle mich nicht unbedingt bedroht, aber es ist das erste Mal, dass einer von Jaspers Jungs so offen an mir herumfummelt.

Augen, die an das strahlend blaue Wasser der Karibik erinnern, bohren sich in meine und studieren mich mit einer Art berechnender Intensität. Das ist unangenehm. Anders als bei seinem Freund, der das Gleiche tut, reagiert mein Körper nicht auf diese Aufmerksamkeit. Nein, die Art und Weise, wie Duke mich studiert, ist eher so, als wäre ich ein Insekt unter einem Mikroskop und nicht so, als würde er versuchen, mir mit seinen Augen die Kleider vom Leib zu reißen.

Die Spannung ist groß. Sie hängt schwer und süßlich zwischen uns, aber das Schlimmste ist, dass diese ganze Situation mich verwirrt und aus dem Gleichgewicht bringt. Mein Schutzwall ist hochgefahren, und ich bin bereit, jederzeit auf einen Angriff in der Schule vorbereitet. Aber jetzt? Hier? An einem Ort, der für mich ein Zuhause sein sollte, fühle ich mich schlecht ausgerüstet.

Ich war noch nie ein Kind von Traurigkeit, aber ich mag es auch nicht, wenn man mich überrumpelt.

Das unverwechselbare Klingeln eines FaceTime-Anrufs ertönt aus meinem Telefon und ich zucke zusammen, als wäre es ein plötzlicher Soundeffekt in einem Horrorfilm. Als hätten wir eine Choreographie einstudiert, blicken sowohl Duke als auch ich auf meine Hand und Tessas blinzelndes, albernes Gesicht starrt uns auf dem Bildschirm an.

Ich will gerade auf den Knopf drücken, um den Anruf zu ignorieren, als meine Hand von unten getroffen wird, das Telefon herausspringt und Duke es mir in der Luft entreißt. Ich wehre mich und greife mit den Händen danach, aber es ist sinnlos.

„Bitchy!" Die aufgeregte Begrüßung meiner besten Freundin ertönt. „Kannst du bitte Charm …" Sie unterbricht sich selbst, bevor sie den Spitznamen, den sie Wes gegeben hat, vollständig aussprechen kann. Ich muss sie nicht sehen, um zu wissen, dass sie mit ihren mitternachtsblauen Augen wie eine Disney-Prinzessin aussieht und ihr Mund so weit offensteht, als wäre sie Merlin, der eine Mahlzeit verschlingen will. „Ähh …"

Ein wölfisches Grinsen huscht über Dukes Gesicht, als er meine beste Freundin ansieht. Seine Mimik spiegelt eindeutig Interesse wider. „*Hallo, meine* Schöne."

Das glaube ich jetzt nicht.

Zum Glück lenkt Dukes Schwanz ihn bei der Aussicht auf eine neue Eroberung so sehr ab, dass ich mein Handy zurückholen kann, bevor er sich zu sehr an Tessa ranmachen kann.

„Wir waren das nicht", rufen zwei männliche Stimmen, die ich als Wes und Leo erkenne, aus dem Off.

„Lucy, du hast uns einiges zu erklären", schimpft Tessa mit einem schlechten Akzent.

„Ganz wie du willst, Ricky", antworte ich und folge damit ihrer Ricky-Ricardo-Imitation. Die Art und Weise, wie ihre Zähne zwischen ihren geschwungenen Lippen aufblitzen, sagt mir, dass ich besser meinen Akku aufladen sollte, denn heute Abend steht mir eine lange Diskussion bevor.

„Was *waren sie nicht*?", frage ich, um das Thema zu wechseln, aber dann halte ich stattdessen eine Hand hoch. „Weißt du was … vergiss es. Ich bin sicher, du kannst einen der anderen überreden, das für dich zu erledigen. Ich muss jetzt los. Ich liebe dich. *Mach's gut!"* Ich lege schnell auf, bevor sich die Dinge noch weiter zuspitzen können.

„Hmm …" Duke streicht sich nachdenklich über sein Kinn, während ich mein Handy in meine Gesäßtasche stecke.

„Spuck's aus, Delacourte", schnauze ich, und habe jetzt schon genug von dem Gespräch. Nachdem ich das Wochenende bei meinem Bruder und das Sonntagsessen bei den Falcos verbracht habe, habe ich mich ohnehin nicht wirklich darauf gefreut, wieder hierher zu kommen. Dass Duke Delacourte nun auch hier ist, ist das Sahnehäubchen auf einem beschissenen Eisbecher.

„Es ist wirklich nichts." Er schlingt eine Hand um meine Hüfte und hält mich fest, als ich versuche, mich zu entfernen. „Ich habe nur herausgefunden, wie du dich bei mir revanchieren kannst, das ist alles."

Mich revanchieren? Und warum fasst er mich schon wieder an?

„Wovon zum Teufel redest du? Ich schulde dir gar nichts."

Er kichert, streicht mir die Haare aus dem Gesicht und fährt mit den Fingern über meinen Arm. Wieder fällt mir auf, dass sie im Gegensatz zu Jasper kein Kribbeln hinterlassen. *Was hat das zu bedeuten?*

„Da liegst du falsch, *Prinzessin.*" Ich knirsche mit den Zähnen, weil er Jaspers bevorzugte Anrede für mich benutzt und auch noch besonders betont hat. „*Das ganze* Wochenende musste ich mir anhören, wie mein Junge sich darüber beschwert hat, dass du mit einem deiner wertvollen Royals weggefahren bist."

Meine Verbindung zu den Royals ist auf der BA allgemein bekannt, auch wenn sie die falschen Schlüsse gezogen haben. Und das schon seit Wochen. Es ist ein alter Hut. „Und warum ist es wichtig, wer mich von der Schule abholt?" Ich mache eine wegwerfende Geste mit meiner Hand. Bin ich die Einzige, die das Gefühl hat, dass er in Rätseln spricht?

„Es ist eine Sache, wenn es einer der anderen ist, für den du deine Beine breit machst." Ich ignoriere die frauenfeindliche Doppelmoral und den Daumen, der über meinen Hüftknochen streicht. „Aber wenn es der König selbst ist, ist das definitiv etwas anderes."

Ich presse meine Lippen aufeinander, um nicht über seine Anspielung auf den *Zauberer von Oz* zu lächeln, während ich gleichzeitig versuche, nicht würgen zu müssen angesichts seiner Andeutung, dass ich meinen Bruder ficke. *Ekelhaft.*

„Ich weiß nicht, was dich das angeht ..." Ich möchte so gerne das Missverständnis aufklären, aber ich kann nicht. Es ist eine Sache, wenn ich mich über Wes lustig mache, aber der Gedanke, Carter das Gleiche zu unterstellen, macht mich ganz kribbelig. Cersei und Jamie Lannister sind wir nicht.

„Hast du das noch nicht verstanden?" Duke streichelt mein Gesicht und meine Nasenflügel blähen sich bei der lässigen Art, mit der er über meinen zusammengebissenen Kiefer streicht. „Was dich betrifft, geht uns *alles* etwas an."

So ein Scheiß. Die Arroganz und das Anspruchsdenken dieser Kerle ist verdammt nervig. Ich beschließe jedoch, es zu ignorieren, um diesen ganzen Austausch so schnell wie möglich beenden zu können.

„Wie auch immer ..." Ich atme tief aus. „Keine Angst, du kannst zu deinem Häuptling zurückkehren und ihm versichern, dass ich weder *jetzt* noch in *Zukunft* meine Beine für Carter King breitmachen werde." Die Anstrengung, die es braucht, um einen Schauer über den ganzen Körper zu unterdrücken, lässt meine Muskeln fast zittern.

In Dukes Gesichtszügen blitzt so etwas wie Erleichterung auf, und ich kann nicht anders, als hinzuzufügen: „Dasselbe kann ich für Wes allerdings nicht garantieren."

Vor Schreck lässt Dukes Griff um mich nach und ich nutze die Gelegenheit, mich zu befreien und unter seinem Arm durchzukriechen. Ich schaffe es allerdings nur ein paar Schritte ins Penthouse, bevor sich eine Hand um mein Handgelenk legt und mich zum Stehenbleiben zwingt.

Ich stemme meine Füße fest in den Boden und drehe meinen Kopf herum, nur um von Dukes frechem Grinsen aus dem Gleichgewicht gebracht zu werden. Warum stört sie der Gedanke, dass ich mit Carter zusammen sein könnte, mehr als der, dass ich mit Wes zusammen bin?

Bevor ich fragen kann, ertönen Stimmen aus dem Flur. Falls ich erwartet habe, dass drohendes Publikum Duke dazu bringen würde, mich freizulassen, werde ich bitter enttäuscht. Stattdessen senkt er seine Hand von meinem Handgelenk und verschränkt seine Finger mit meinen.

„Oh, gut – Samantha, du bist zu Hause." Der erfreute Tonfall in Natalies Stimme lässt meine Aufmerksamkeit von dem verwirrenden Händedruck in ihre Richtung schweifen.

„Hi" – ich schlucke eine Menge Sarkasmus herunter – „Mama".

„Ich hoffe, du hast dich nicht zu sehr gelangweilt, als du auf uns gewartet hast, Süße", sagt die schöne sandfarbene Frau, die sich bei Natalie untergehakt hat, zu Duke. Bei näherem Hinsehen fällt auf, wie sehr sie ihm ähnelt, was nur bedeuten kann …

„Ganz und gar nicht, Mama." Er schenkt ihr das sanfteste, aufrichtigste Lächeln, das ich je an ihm gesehen habe.

Heilige Scheiße, ich hatte recht. Das ist Mrs. Delacourte. Das bedeutet, dass einer der Männer, die sich hinter unseren Müttern leise mit gesenktem Kopf unterhalten, der Gouverneur von New Jersey ist.

Was machen sie hier? Wer ist der andere Typ?

Mrs. Delacourte strahlt mütterliche Zuneigung aus, als sie ihren Sohn ansieht. Eine ihrer perfekt geformten Brauen hebt sich, als sie unsere verschränkten Hände betrachtet. „Wie ich sehe, hast du einen Weg gefunden, dich zu unterhalten."

Ich versuche, meine Hand freizuschütteln, aber das führt nur dazu, dass Duke meine Finger noch fester zwischen seine klemmt.

Auch Natalie sieht, wie Duke mich festhält, aber im Gegensatz zu Mrs. Delacourte ist ihr Blick voller Berechnung. Ich habe keine Ahnung, was sie vorhat, aber wenn die Haare, die in meinem Nacken zu Berge stehen, ein Hinweis darauf sind, kann es nichts Gutes sein.

„Samantha, du hast mir gar nicht gesagt, dass Duke Delacourte einer deiner neuen Freunde an der Schule ist." Für einen Außenstehenden könnte Natalies Aussage als elterliche Stichelei aufgefasst werden. Ich weiß es besser.

„Freunde", lache ich. Duke, der Einzige, der mich hören kann, drückt mir warnend die Hand. Er stand ganz oben auf ihrem *idealen Freundeskreis für Samantha.*

„Seien Sie ihr nicht böse, Mrs. St. James. Sie wollte mich nur schützen." Der Charme, den Duke versprüht, lässt mir die Kinnlade herunterklappen. Wer ist dieser Typ? „Es fällt mir schwer, Leute an mich heranzulassen, wenn man bedenkt, wer mein Vater ist." Duke hebt seine freie Hand in die Richtung des Gouverneurs und der Mann nickt ihm kaum merklich zu. „Wahrscheinlich wollte sie nicht, dass ich denke, dass sie meinen Namen erwähnt oder so."

„Oh, nein. Das passt so gar nicht zu unserer Samantha", bestätigt Natalie. Woher zum Teufel will sie das wissen? Sie kennt mich doch kaum. „Aber diese Entwicklung macht mich überglücklich." Natalie klatscht in die Hände und hält sie vor ihr schwarzes Herz.

Der andere Mann, der bei meinem Stiefvater steht, schaut auf meine Hand, die immer noch von Duke gehalten wird. Ich halte erschrocken den Atem an, als seine Augen, die denen aus meinen Albträumen so ähnlich sind, meinen Blick treffen. Seine Stimme ist zu leise, um ihn zu verstehen, als er mit Mitchell spricht, aber ich kann von seinen Lippen ablesen und frage mich, was er mit „Es könnte funktionieren" meint.

„Hast du Angst, dass ich keine Freunde finde, Mutter?" Dieses Mal kann ich den Sarkasmus nicht unterdrücken.

„Pfft." Sie winkt die Frage ab, als ob ich mich lächerlich mache. „Ich habe mir Sorgen gemacht, ob du dich auf der Gala nächstes Wochenende amüsieren wirst, aber jetzt, wo ich weiß, dass du" – ihr Blick wandert wieder zu meinen und Dukes Händen – „mit Duke *befreundet* bist, ist das ja geklärt." Sie dreht sich zu Mitchell um und kuschelt sich an die Seite meines Stiefvaters. „Schatz" – sie legt eine Hand auf seine Brust und fährt mit einem manikürten Fingernagel unter den Saum seines Hemdes und die Knöpfe entlang – „meinst du, es ist noch möglich, die Sitzordnung so zu ändern, dass die Delacourtes bei uns sitzen?"

„Frank?" Mitchell wendet sich mit seiner Frage an Gouverneur Delacourte.

„Ich wüsste keinen Grund, warum nicht." Der Gouverneur legt einen Arm um seine strahlende Frau, während er antwortet. „Aber ich würde vorschlagen, dabei auch die Nobles zu berücksichtigen." Er nickt in Richtung des anderen Mannes und bestätigt damit meinen Verdacht, dass er Jaspers Vater ist.

Mitchell kichert und reibt sich den Kiefer. „Muss ich mir Sorgen machen, dass du dich sonst ausgeschlossen fühlst, Walter?"

„Wir bekommen das hin", bestätigt Noble.

Die Kameradschaft zwischen den Männern ist deutlich daran zu erkennen, wie sie miteinander scherzen. Wie kommt es, dass ich nicht wusste, wie eng meine Familie mit der meines neuen Erzfeindes verbandelt ist?

Ganz einfach …

Weil alles so schnell gegangen ist, hatten wir nie die Gelegenheit, Details über unseren neuen Stiefvater zu erfahren. Zu seiner Verteidigung sei gesagt, dass Carter und ich angesichts unserer turbulenten Beziehung zu unserer Mutter auch keine Lust hatten, uns mehr in ihr Leben einzumischen als unbedingt nötig.

Das wenige, was ich über Mitchell St. James weiß, verdanke ich dem Umstand, dass seine Frau mich mit Drohungen dazu gebracht hat, unter seinem Dach zu leben.

Nur um den Frieden zu wahren, war ich bereit, mich an die Regeln zu halten. Zu meiner größten Überraschung hat Natalie mir jedoch erlaubt, die meisten meiner Wochenenden bei Carter zu verbringen. Die bevorstehende Gala – ich weiß immer noch nicht genau, wofür – ist die erste Veranstaltung, bei der sie auf meine Anwesenheit bestanden hat.

Richtig gefreut habe ich mich darauf von Anfang an nicht – jetzt noch viel weniger.

KAPITEL 19

Jasper

Ich gebe es nur ungern zu, aber ich habe den größten Teil des Wochenendes damit verbracht, über Samantha St. James nachzudenken – mal wieder.

Wie sie inzwischen meine Gedanken beherrscht, ist sowohl besorgniserregend als auch verdammt frustrierend. Die Tatsache, dass ich sie einfach nicht aus dem Kopf bekomme, ist eine Komplikation, die ich weder will, noch brauche.

Ein kleiner Teil von mir dachte, dass wir vielleicht die Kurve gekriegt haben, dass vielleicht, wenn ich ihr mit ihrer Freundin helfe, die Dinge …

Ach Scheiße! Ich weiß nicht.

Ich habe viel Schlaf verloren und unzählige Stunden damit verbracht, mir den Kopf darüber zu zerbrechen, warum sie sich so sehr dagegen gesträubt hat, Wesley Prince als Fahrer für ihren kleinen Ausflug zu engagieren, aber dann von Carter King von der Schule abgeholt wurde.

Mit seinem Ruf ist er seinem Alter weit voraus: Er ist erst Anfang zwanzig und angesehener als die meisten Männer, die dreimal so alt sind wie er. Soweit ich weiß, hat er noch nie einen Fuß auf den BA-Campus gesetzt – offen und bei Tageslicht -, aber es kennt ihn dort trotzdem jeder.

Was hat Samantha mit den Royals zu tun? Was hat sie vor?

Duke hatte genug von meinen Grübeleien und hat mich allein gelassen, um das Wochenende mit seinen Eltern zu verbringen.

Als er ins Wohnheim zurückkehrte, grinste er so breit, dass ich ihm fast seine gute Laune aus dem Gesicht geprügelt hätte. Doch dann habe ich etwas Wichtiges von ihm erfahren: Samantha und Carter King sind nicht zusammen. Ich bin neugierig, warum ihr dieses Detail so wichtig ist. Jedes Mal, wenn ich sie mit Prince gesehen habe, hatte ich das Gefühl, dass sie mir ihre Verbindung absichtlich unter die Nase reibt. Warum sollte sie das nicht auch mit dem Anführer der Royals tun wollen?

Warum treibt mich der bloße Gedanke an sie und King fast in den Wahnsinn, während der Anblick ihrer Lippen auf denen von Prince mich nur dazu bringen, sie noch mehr herauszufordern?

Um die unaufhörlichen Fragen meiner inneren Stimme zum Schweigen zu bringen, habe ich meine Beats-Kopfhörer während des Morgentrainings des Teams auf den Ohren gelassen und sie mir nach dem Duschen auch gleich wieder aufgesetzt.

Jetzt bin ich der Einzige, der noch in der Umkleide ist; die anderen sind schon gegangen, um mir Raum zu geben.

Blackbears „do re mi" ist der perfekte Soundtrack für meine Stimmung, als ich durch die sich leerenden Hallen der BA schleiche. Die meisten Schülerinnen und Schüler sind bereits in ihren Klassenzimmern, so dass ich die kleine Gruppe, die sich vor den Schließfächern versammelt hat, leicht überschauen kann.

Ich nähere mich, ziehe die Kopfhörer herunter und hänge sie mir um den Hals. Der Bass ist laut genug, um von allen gehört zu werden, jetzt, wo sie nicht mehr gegen meine Ohren gedrückt sind. Lässig lehne ich mich mit der Schulter gegen das Metall der Spinde, kreuze die Beine und beobachte Midas, wie er über jeden Neuling herfällt, der das Pech hat, an diesem Montagmorgen zu seinem Ziel zu werden.

„Noble", nickt Midas mir zu.

„Abbot." Ich poliere meine Fingernägel an meinem Hemd, während ich den Gruß erwidere, weil mich die Situation bereits langweilt.

Metall scheppert, als ein Körper gegen die Spinde stößt. Ich schaue und blicke in tiefviolette Augen über Midas' Arm, der sie festhält. *Samantha.* Ein Anflug von Beschützerinstinkt überkommt mich, als ich mir die Szene vor mir genauer anschaue.

Oh nein!

„Ich kann mich nicht erinnern, heute Morgen einen Befehl gegen die Prinzessin gegeben zu haben." Ich muss mich bemühen, meine lässige Haltung beizubehalten, während ich darauf warte, dass Midas mir seine Aufmerksamkeit zukommen lässt.

„Verpiss dich, Jasper. Ich muss dir nicht gehorchen."

Ich nicke. Midas ist Mitglied des Hofstaats und hat damit recht mit seiner Aussage.

Samantha schnaubt, und als ich in ihre Richtung schaue, sehe ich, wie sie ihre Belustigung hinter ihrem Handrücken zu verbergen sucht. „Zwietracht im Königreich, Noble?" Warum überrascht es mich nicht, dass sie mich anmacht, während ich versuche, ihr zu helfen?

„Was habe ich dir über deinen Mund gesagt?" Es kostet mich alles, um nicht hörbar zu stöhnen, als ihre Zähne an ihrer Unterlippe herumnagen. Wenn ich mitten in einem Pisswettbewerb einen Steifen bekomme, ist das nicht gut für mich.

„Wie wäre es, wenn wir uns später treffen?" Midas versucht, mich loszuwerden, und Samantha will gleichzeitig seine Aufmerksamkeit auf mich lenken, damit sie sich davonmachen kann. Bevor es so weit kommt, stößt er sie jedoch an der Schulter wieder zurück auf ihren Platz. Ich sehe rot. *Jemand* hier ist gerade dabei, sich zu verzocken.

„Wie wäre es, wenn *du* dich verpisst und deine Hände von dem nimmst, was mir gehört?", fauche ich ihn an und stelle mich so dicht zu ihm, dass meine Brust seinen ausgestreckten Arm berührt.

„Sie gehört nicht dir. Du hast sie nie für dich beansprucht."

Jetzt bin ich an der Reihe zu schnauben. Ich fange ernsthaft an, die Effektivität der Helme des Football-Teams in Frage zu stellen, denn nach vier Jahren an dieser Schule kann es nicht sein, dass Midas nicht weiß, wie die Dinge hier laufen. Warum stellen auf einmal alle meine Autorität in Frage? An diesem Mist ist nur Samantha Schuld.

„Ich habe es vielleicht nicht explizit gesagt, aber *jeder*, der Augen hat, kann sehen, dass es so ist. Und jetzt ..." Ich richte mich auf und mache eine scheuchende Bewegung mit meinen Händen. „Hau ab."

„Und wenn ich es nicht tue?", knurrt Midas.

Ooh, ich fahre fast aus meinen metaphorischen Stiefeln. Aber nur fast. Stattdessen zucke ich mit einer Schulter und sage: „Es ist deine Beerdigung."

Mein Blick bleibt auf Midas gerichtet, um zu sehen, was er

tun wird. Ich richte mich zu meiner vollen Größe auf, spanne meine Muskeln an und bereite mich auf einen Kampf vor. Abgesehen von der Frau, die gerade ihren Blick zwischen uns beiden hin- und herwandern lässt, muss jeder bei Ungehorsam mit Strafe rechnen.

„Wie auch immer, Mann." Midas lässt schließlich seinen Arm fallen und nickt Brad zu, der in der Nähe steht. „Lass uns gehen. Sie ist es nicht wert."

Ich knirsche mit den Zähnen, sage aber nichts, bis sie um die Ecke gebogen sind.

„Danke", sagt Samantha und beugt sich nach dem Riemen der Umhängetasche zu ihren Füßen.

Ich kann mir ein Grinsen nicht verkneifen, weil es sich anfühlt, als würde sie sich zwingen müssen, das Wort zu sagen. Das ist jetzt schon das zweite Mal, dass ich ihr zu Hilfe gekommen bin. Ich wette, es frisst sie innerlich auf.

„Du brauchst mir nicht zu danken. Ich habe noch nie gerne mein Spielzeug mit anderen geteilt. Daran hat sich bis heute nicht viel geändert."

Samanthas Rücken richtet sich auf und ihre Schultern ziehen sich zusammen. Ihre Turnschuhe quietschen auf dem Marmorboden, als sie herumwirbelt und mich mit feurigem Blick ansieht. „Ich bin weder ein *Spielzeug*. Noch gehöre ich *dir*."

Oh, da liegt sie gehörig falsch. Sie gehört mir, und ich werde mit ihr spielen, wie und wann ich will.

Blitzschnell greife ich nach ihr, packe sie im Nacken und ziehe sie an mich. Die weißen Spitzen ihrer grauen Chucks stoßen an die abgerundeten Zehen meiner Cole Haan Original Grand Plain Toe Oxfords. Ich verstärke den Druck, bis sie sich auf Zehenspitzen stellen muss und ich ihre Atemluft einatme.

Mein Zeigefinger und mein Daumen finden die beiden harten Stellen an ihrer Schädelbasis und drücken darauf, um ihren Kopf im perfekten Winkel zu halten. „Mach keinen Fehler, Samantha St. James …" Meine Lippen streifen ihre bei jedem Wort, der minzige Geruch von Zahnpasta und süßem Kaffee reizt meine Sinne, während ich sie mit einem Arm um ihre Mitte fester an mich drücke.

Nicht einmal der Heilige Geist würde jetzt noch zwischen uns passen. Ihre Brüste liegen auf meiner Brust, die Knospen ihrer

Brustwarzen sind so hart wie meine Erektion, die im V ihrer Beine Halt findet.

„Du. Bist. Mein." Die Art und Weise, wie sie in meinem Griff zittert, ist fast magisch und eines Tages – wenn es nach mir geht – werde ich es auch spüren, wenn sie nackt unter mir liegt.

Ich warte auf ihren nächsten Einwand, wobei meine Augen zwischen ihren hin- und herspringen, aber es kommt keiner. *Hm?*

Kleine Hände schlängeln sich zwischen uns hindurch und meine Bauchmuskeln werden hart, als ihre Berührung auf dem Weg zur Mitte meiner Brust darüberstreicht.

Es ist schwer zu erkennen, da wir so nah beieinanderstehen, dass sich unsere Blicke kreuzen, aber es scheint, als ob ihre Augen auf meinen Mund gerichtet ist.

Unter meinen Fingerspitzen spüre ich, wie sie schluckt.

Ich atme sie ein letztes Mal ein und die Versuchung, mich den letzten Zentimeter zu bewegen, den es braucht, um ihren Mund mit meinem verbinden zu können, pumpt heiß durch meine Adern.

Sobald ihre Füße wieder flach auf dem Boden stehen, erwarte ich, dass sie einen Schritt zur Seite macht, um so schnell wie möglich so viel Abstand wie möglich zwischen uns zu bringen.

Das tut sie aber nicht.

Samantha steht einfach nur da, eine meiner Hände um ihren Nacken geschlungen, die andere immer noch an ihrer Hüfte, die Stirn gerunzelt, und meinem Blick standhaltend.

Wir befinden uns mitten in einem Kampf der Willensstärke, die Kern unserer beider Wesen ist, wie identische Magnete, die sich gegenseitig abstoßen, wenn wir uns zu nahe kommen, trotz des Kokons sexueller Spannung, der uns ständig umgibt.

Ich will sie, und ich werde sie auch haben.

Aber …

Es ist ihr Gehorsam, nach dem ich mich mehr als nach allem anderen sehne. Selbst wenn das bedeutet, dass ich es aus ihr herausficken muss – ich werde ihn bekommen.

Ein Gedanke rührt sich in meinem Hinterkopf. „Eines würde ich gerne wissen."

Aus meinem Griff befreit, kann Samantha endlich den Riemen ihrer Tasche über ihren Kopf ziehen, bis er zwischen ihren Brüsten liegt. „Und das wäre?" Ihre Hände bleiben um den Gurt gewickelt, ihre Daumen zucken hin und her und bearbeiten die Kanten.

„Wenn du so versessen darauf bist, nicht zuzugeben, dass du mir gehörst, warum hast du dann klargestellt, dass du *nicht* mit Carter King zusammen bist?"

Ihr Mund öffnet sich leicht, und als mein Blick wieder auf ihre verführerischen Lippen fällt, kann ich den Schatten ihrer Zunge erkennen, die über ihre Zahnreihen fährt, während sie über meine Frage nachdenkt. Sie ist immer so schlagfertig, dass ich noch neugieriger auf die Antwort bin, wenn sie Zeit zum Überlegen hatte.

Die Zeit vergeht, nur die leisen Töne des nächsten Songs auf meiner Playlist füllen die Stille. Je länger wir uns anstarren, desto stärker wird das Verlangen, sie wieder in die Arme zu nehmen.

Mit einem kräftigen Atemzug, der ihre Wangen wie ein Backenhörnchen aufbläht, strafft sie die Schultern und ihr Blick wird noch intensiver. „Im Gegensatz zu dem, was du über mich glaubst, bin ich kein Boxenluder, das von einem Bett ins andere springt."

Meine Knie geben fast nach wegen der Erleichterung, die ich angesichts dieser Bestätigung verspüre. *Was zur Hölle?*

„Ich versuche immer noch, mir über dich klar zu werden, und obwohl deine *Methoden* dolle zu wünschen übriglassen, hast du mir am Freitag wirklich einen großen Gefallen getan." Die Schulglocke läutet zum Unterricht und sie macht sich auf den Weg zurück. „Aus irgendeinem Grund, den *ich mir selbst* nicht erklären kann, möchte ich nicht, dass das durch ein fehlgeleitetes Alphatier-Ritual verdorben wird."

Ich muss unwillkürlich grinsen, was sie dazu bringt, ihre Augen zu verengen. Sie würde mir am liebsten eine Ohrfeige verpassen, das merke ich. „Oh, den Grund kenne ich, Prinzessin."

Sie geht weiter, der Abstand wird größer, bis wir beide schreien müssen, um gehört zu werden. „Und der wäre, Noble?"

Eines Tages werde ich sei dazu bringen, meinen Namen zu sagen. Die letzte Glocke läutet und ich jogge los, um sie einzuholen, lege einen Arm um ihre Schultern und bringe sie damit zum Schnaufen. „Du und ich?" Ich verpasse ihre einen spielerischen

Kinnhaken, denn meine schlechte Laune von diesem Wochenende ist völlig verflogen. „Wir werden gerade Freunde."

Sie rollt mit den Augen und duckt sich unter meinem Arm weg. „Ich glaube, jemand hat heute Morgen vergessen, den Wecker zu stellen, denn du träumst offensichtlich immer noch, wenn du das glaubst."

KAPITEL 20

Savvy

Ein lauter Pfiff, gefolgt von einem *„Verdammt, Bitchy!"*, lässt mich zusammenzucken, während ich mein Handy aus dem Überkopfwinkel senke, in dem ich es gehalten habe, um die Rückseite meines Kleides zu zeigen – oder besser gesagt, das Fehlen einer solchen.

So … seltsam diese Woche auch war und so sehr ich mich auch *nicht* auf den heutigen Abend gefreut habe, mein eigener Aschenputtel-Moment beim Einkaufen war definitiv das Highlight. Als Natalie mir mit Mitchells Kreditkarte freie Hand gelassen hat, mag sie fragwürdige Gründe gehabt haben, aber ich werde mich nicht über das Endergebnis beschweren.

„Ich nehme an, es ist genehmigt?" Ich gehe zum Waschtisch und lasse mich auf dem gepolsterten Hocker nieder. Ich fummle an der Rückseite meines Stiletto herum, bis er flach an meiner Ferse anliegt, und nehme mir einen Moment Zeit, um die Schuh-Porno-Perfektion an meinen Füßen zu genießen.

Die zehn Zentimeter hohen, spitzen Absätze bestehen aus durchsichtigem Material, das den Großteil meines Fußes umhüllt, und einen Overlay aus Swarovski-Kristallen, die in einer Gruppe über der Spitze angebracht sind, sich die Seite entlang auffächern und bis zu den Pfennigabsätzen reichen. Der Gesamteindruck ist der eines Glaspantoffels, passend zum Aschenputtel-Feeling des Abends.

„*Genehmigt?*" Die Tessas Stimme hebt sich zusammen mit einer Augenbraue in ungeahnte Höhen. „*Shiiiit*, das ist die Untertreibung des Jahrhunderts, Savs." Sie rollt mit den Augen. „Dieses Kleid ist tödlich. Ich bin versucht, dich zu fragen, ob du es heute Abend anbehalten kannst, damit auch etwas davon habe." Ihr hübsches Gesicht verzieht sich, die Augenbrauen ziehen sich zusammen und die Nase kräuselt sich, bevor sie weiterredet: „Weißt du was? Nein, das solltest du nicht tun. Wenn ich sage, dass es tödlich ist, meine ich, dass es reicht, um sogar *mich* abzulenken."

„Aww …" Ich werfe mein Haar über meine Schulter und lege eine Hand auf mein Herz. „Du würdest für mich lesbisch werden, T.?"

„Wenn du so angezogen bist?" Ihre blauen Augen mustern mich noch einmal kurz, als ob sie meinen ganzen Körper begutachten würde, obwohl sie nur die obere Hälfte erkennen kann. „Und ob ich das würde." Sie lehnt sich auf der Couch nach vorne, stützt die Ellbogen auf die Knie und versucht, näher an die Kamera unter dem Fernseher in Kays Wohnung heranzukommen. „Stell dir vor, wie die Köpfe von Charming der anderen Jungs explodieren würden" – sie ahmt die Bewegungen mit ihren Händen an ihren Schläfen nach – „wenn ich dir mitten in einem Pokerspiel einen Zungenkuss geben würde?"

Ich verschlucke mich vor Lachen und klopfe mir auf die Brust, um den Speichel aus der Luftröhre zu bekommen.

„Ach." Tessa seufzt so dramatisch wie eine Heldin in einem ihrer geliebten historischen Romane, den Handrücken an die Stirn gelegt, den Körper in die Kissen der Ledercouch zurückgeworfen und so weiter. „Wir haben ein Homo-Problem." Ein weiteres Mal verzieht sie das Gesicht. „Nein, warte, das hört sich homophob an. Wir sind heterosexuell …ähm …das ist auch falsch. Scheiße! Warum mache ich es uns so schwer? Wir sind einfach nur streng schwanzorientiert."

Diese Frau ist überdreht und völlig verrückt, aber ich liebe sie über alles.

„Samantha." Natalie ruft meinen Namen und das *Klacken* ihrer eigenen Stöckelschuhe ist ein Zeichen dafür, dass sie auf dem Weg zu mir ist. „Oh, gut …" Ihre Augen mustern mich von meinen professionell gestylten Locken bis hin zu den Kristallspitzen meiner Schuhe, die unter dem langen Saum meines Abendkleides herausschauen. Anders als bei Tessa liegt in ihrer Einschätzung mehr Berechnung als alles andere. „Du *bist* bereit."

Ich ziehe eine Augenbraue hoch und schweige, obwohl es mich juckt, eine sarkastische Bemerkung darüber zu machen, dass ich mich seit Jahren selbst anziehen kann. Natalie hat ein Team von Hairstylisten und Visagisten angeheuert, um uns für die Blackwell Academy Alumni Gala heute Abend fertig zu machen. Ich musste mich nur noch anziehen, nachdem meine langen silbernen Strähnen zu großen Locken geformt und auf der linken Seite mit Kristallhaarnadeln zurückgesteckt worden waren, gefolgt von der Glam-Behandlung für das ganze Gesicht. Ich kann mich nicht beschweren, denn mein Make-up *ist* perfekt. Ich erlaubte mir einen kleinen Anflug von Rebellion und vervollständigte den Look mit schwarzem Lippenstift.

Ich drehe mich auf dem Hocker herum und greife nach der passenden Kristall-Clutch, um zu überprüfen, ob ich alles habe, was ich brauche. Meine Schultern spannen sich an und ich beiße auf meine Backenzähne, als höre, wie Natalie zischend Luft durch ihre Zähne einsaugt. *Was ist jetzt schon wieder los?*

„Ich wünschte wirklich, du hättest den Maskenbildnern erlaubt, diese *Ungeheuerlichkeit* auf deinem Rücken für die Nacht abzudecken." Sie macht ein angewidertes Geräusch. „Ich kann immer noch nicht glauben, dass du dich von deinem *Bruder"* – sie spuckt den Namen aus, als wäre er nicht ihr eigener Sohn – „dauerhaft markieren gelassen hast. Tattoos sind so ordinär."

Wieder beiße ich mir auf die Zunge, anstatt ihr eine Antwort zu geben. Wenn Übertreibungen Kalorien verbrennen würden, müsste Natalie keinen einzigen Tag in ihrem Leben Diät halten. Tattoos sind längst nicht mehr das Tabu, das sie einmal waren. Das Reifenprofil, das sich von meiner Schädelbasis bis zum Steißbein zieht, ist geschmackvoll und kunstvoll mit weißer Tinte ausgeführt. Man sieht es kaum, es sei denn, man geht ganz nah dran.

„Erinnerst du dich an unsere Abmachung?"

Ich nicke. Die Zeit bei der Kosmetikerin hätten eigentlich ein paar entspannende Stunden sein sollen, aber ich habe gleichzeitig einen Crashkurs darüber bekommen, was heute Abend von mir erwartet wird. Mit wem ich mich treffen soll. Wie ich mich zu verhalten habe. Wie wichtig es ist, dass ich bei den Delacourtes einen guten Eindruck hinterlasse. Ehrlich gesagt, ging das meiste davon zu einem Ohr rein und zum anderen wieder raus.

Ich streiche den dehnbaren, jerseyähnlichen Stoff meines Kleides glatt, klicke meine Absätze zusammen und sage: „Fertig?"

Je eher wir dort ankommen, desto schneller ist es vorbei.

Ich wickle die gute Laune aus meinem Telefonat mit Tessa wie einen Mantel um mich, bedanke mich bei dem Angestellten, der mir die Tür zum größten Ballsaal des St. James aufhält, und trete ein, wobei mir Opulenz und Pracht sofort ins Gesicht schlagen.

Kandelaber und hohe Vasen mit eleganten Blumenarrangements sind der Blickfang an jedem der zehn Tische für je zehn Personen. Ich kann gar nicht zählen, wie viele Kristallflöten und Weingläser auf silbernen Tellern und gestapeltem Knochenporzellan mit dem Wappen der Blackwell Academy stehen.

Jede der großen, dreistöckigen, quadratischen, weißen Säulen, die die Bögen des riesigen Raums umschließen, ist mit einer silbernen Beleuchtung versehen, die in einem Glitzereffekt endet. Am anderen Ende des Raums befindet sich eine schlichte, schwarz lackierte Bühne, auf der ein zwölfköpfiges Orchester ein Medley von Sinatras größten Hits spielt.

Es ist ein bisschen wie im Märchen. Das kommt wohl davon, wenn der Preis pro Sitzplatz vierstellig ist.

Natalies Fingernägel zwicken meine Haut durch den langen Ärmel meines Kleides, als sie mich am Ellbogen packt. Für jeden, der hinschaut, ist alles, was er sehen würde, eine Mutter, die ihre Tochter durch einen überfüllten Raum führt, aber die Art, wie sie ihre Finger diskret krümmt, ist sowohl eine Erinnerung als auch eine Warnung, mitzuspielen.

Ich setze mein bestes Liebe-Tochter-Lächeln auf, atme tief durch und schreite pflichtbewusst hinter ihr her. Ein paar Stunden Knechtschaft, dann kann ich den Rest des Wochenendes bei meinem Bruder genießen.

Ich folge Mitchell und Natalie auf ihrem Rundgang und halte an, um mit ihnen zu sprechen und mich mehr Leuten vorzustellen, als ich je kennenlernen wollte.

Ich weiß nicht, wie lange wir schon dabei sind, aber es ist lange genug, dass meine Fußballen um eine Pause von all dem

Herumstehen flehen, während die *Eltern* – *oh*, dir ist der Sarkasmus aufgefallen, oder? – weiter Smalltalk betreiben.

Gelangweilt und auf der Suche nach etwas, das mir einen Grund gäbe, mich zu entfernen, beginne ich, mich umzuschauen. Leider weiß ich, dass Tinsley nicht hier sein wird – keiner der Stipendiaten ist hier – aber ich suche nach *irgendetwas, das* ich als Fluchtmöglichkeit nutzen kann.

Als ich den riesigen Raum fast komplett überflogen habe, stehen mir plötzlich die Nackenhaare zu Berge und das vertraute Gefühl, beobachtet zu werden, überkommt mich.

Das ist er.

Ich ändere meine Taktik von einem flüchtigen Blick zu einer genaueren Inspektion und halte Ausschau nach perlmuttfarbenen Augen, von denen ich weiß, dass sie mich beobachten.

Mir stockt der Atem und meine Brustwarzen ziehen sich schmerzhaft gegen den Kleber meiner BH-Körbchen zusammen, als ich sie finde. *Heilige Scheiße!*

Jasper Noble trägt einen grauen Smoking, ein Glas mit bernsteinfarbener Flüssigkeit in der einen Hand, die Beine gekreuzt, einen glänzenden Lackschuh über den anderen gestellt, und lehnt sich mit einem Ellbogen an die Mahagoni-Bar.

Jahrelang war Wes der einzige Mann, zu dem ich mich bewusst hingezogen gefühlt habe. Aber ich glaube, je älter ich wurde, desto eher wollte ich meinen Bruder ärgern, indem ich mit seinem Freund flirtete, als dass ich tiefere Gefühle für ihn hatte. Außerdem habe ich den Eindruck, dass der Prinz mehr auf Süßes steht, als er zugibt.

Trotzdem …

Keiner der vergangenen Flirts oder meine eigenen Erfahrungen scheinen eine ausreichende Vorbereitung auf den am wenigsten „adligen" aller Männer gewesen zu sein. Ich muss, wenn auch widerwillig, zugegeben, dass ich mich zu Jasper hingezogen fühle – auch wenn das ein viel zu harmloses Wort für das ist, was mich durchströmt, wenn ich ihn sehe, höre, rieche oder gar in meiner Nähe *spüre.*

Außerdem versucht er schon die ganze Woche, „nett" zu sein, und ich habe keine Ahnung, wie ich damit umgehen soll.

KAPITEL 21

Jasper

Die Blackwell Academy Alumni Gala ist eine jährliche Veranstaltung, die von Reichtum geprägt ist. Obwohl der Großteil der jährlichen Spendenquote der Schule heute Abend erreicht wird, dient sie in erster Linie als Plattform für Prahlerei. Man könnte sagen, es handelt sich um das Äquivalent eines Schwanzmesswettbewerbs für reiche Männer.

Im ersten Studienjahr haben Duke und ich die Nacht damit verbracht, die Kuppelversuche unserer Mütter abzuwehren. Wer hätte gedacht, dass wir beide einmal dankbar für die arbeitssüchtigen Tendenzen unserer Väter sein würden? Als Walter Noble merkte, dass er nun eine persönliche Verbindung hatte, die er nutzen konnte, um an den Gouverneur unseres Staates heranzukommen, ergriff er die Chance. Seitdem haben Duke und ich gelernt, dass unsere Eltern uns weitestgehend in Ruhe lassen, wenn wir uns etwas zurückhalten, während sie ihre Kontakte „pflegen".

„Heilige Scheiiiiiße." Die Art, wie Duke den Fluch flüstert und in die Länge zieht, lässt mich aufschauen. Er muss meine Aufmerksamkeit spüren, denn seine Augen huschen nicht zu mir. Stattdessen reißt er sein Kinn hoch und wartet mit einer hochgezogenen Augenbraue darauf, dass ich seinem Blick folge.

Beim Durchstöbern der vielen Juwelen, Abendkleider und Smokings braucht man einen Moment, um zu erkennen, was oder besser gesagt, *wer* eine solche Reaktion bei ihm hervorgerufen hat …

Sie.

Heilige Scheiße ist richtig.

Gibt es Exorzismus wirklich? Ist Hexendoktor ein echter Beruf? Ich frage für einen Freund.

Diese verdammte Samantha St. James …

Was zum Teufel hat sie nur an sich, dass sie mich und so ziemlich jeden Menschen mit einem Penis – und auch einige ohne – derart in ihren Bann zieht?

Ich kann sie nicht leiden. *Lügner.*

Gut … Ich traue ihr nicht. *Besser?*

Das Problem ist, dass ich sie kaum kenne. Es ist gerade mal eine Woche her, dass wir es geschafft haben, ein erstes halbwegs vernünftiges Gespräch zu führen, und selbst das ist vielleicht noch übertrieben.

Die Dinge, *die* ich über sie weiß, verheißen nicht unbedingt Gutes für unsere Zukunft.

Sie flirtet offen mit anderen Jungs und zieht mich mit ihnen auf.

Sie macht mich wütend und bringt mich auf die Palme. Sie fordert mich bei jedem Schritt heraus und weigert sich, den Status quo zu akzeptieren.

Sie ist schlecht für mein Bedürfnis nach Kontrolle.

Warum zum Teufel ist ihre unerschütterliche Loyalität zu Tinsley und ihrer rothaarigen Freundin eines der Dinge, die mich am meisten anziehen? Sie ist ein lebendes, atmendes, schwanz-härtendes Paradoxon.

Trotz des gelangweilten Gesichtsausdrucks, den sie zur Schau trägt, während Mitchell St. James und, wie ich vermute, ihre Mutter sich mit den Vanderwaals, Arabellas Eltern, unterhalten, sieht sie verdammt sexy aus in ihrem körpernahen schwarzen – nein, warte, pflaumenfarbenen Abendkleid.

Der Ausschnitt ist bescheiden und verläuft von einem Schlüsselbein zum anderen, aber das Kleid sitzt wie eine zweite Haut und bringt ihre prallen Brüste perfekt zur Geltung.

Erst als sich eine andere Person zwischen uns schiebt, verstehe *ich,* warum Duke plötzlich an den Knöpfen seines Smokings herumfummelt.

Wo zum Teufel ist die Rückseite ihres Kleides?

Jeder einzelne Zentimeter ihrer cremefarbenen Haut, vom

Nacken bis zu einem Millimeter über ihrer Arschritze, ist für jeden zu sehen. Ihre Wirbelsäule scheint irgendwie herauszustechen, aber das kommt wahrscheinlich daher, dass ich gegen den Drang ankämpfe, alle Leute im Raum zu blenden, damit sie nicht sehen, was mir gehört. *Scheiße!* Da sind sie wieder, die besitzergreifenden Gedanken.

Weißt du, was das Schlimmste ist? Es ist nicht die zunehmende Häufigkeit, mit der diese Gedanken auftreten. Nein, es geht darum, dass mein Schwanz durch den Reißverschluss meiner maßgeschneiderten Smokinghose zu platzen droht, weil sie meinen Blicken nicht ausweicht. Sie fordert mich heraus.

„Du bist so was von am Arsch, Bruder." Duke kichert wie ein kleines Mädchen hinter seinem Bierglas und ich hasse es, dass er am Ende Recht haben wird. Samantha verführt mich auf eine Art und Weise, die es wahrscheinlicher macht, dass ich meinen Schwanz nicht mehr anfasse als dass ich aufhöre, sie zu berühren.

„Halt die Klappe!" Schließlich wende ich den Blick ab von ihr und starre ihn an.

Ich trinke den Rest des Macallan 25 auf ex, genieße den rauchigen Geschmack und danke der lockeren Moral der privilegierten Elite, die sich einen Dreck um das gesetzliche Mindestalter schert, und verscheuche vorerst alle Gedanken an Samantha aus meinem Kopf.

Meine Handfläche schmerzt von dem Relief, das den Bierkrug in meinen Händen ziert. Die ständigen Kommentare von Duke und den anderen Jungs, die sich immer wieder in unser Gespräch eingemischt haben, sind Schuld daran, dass ich das Glas immer krampfhafter umklammert habe.

„Sieh dir diesen Körper an."

„Ich frage mich, ob sie zu haben ist."

„Meinst du, wir können die Klimaanlage runterdrehen, bis wir ihre Brustwarzen sehen können? Sie trägt auf keinen Fall einen BH."

„Was glaubst du, wie hart ich ihren Mund ficken müsste, bevor der schwarze Lippenstift auf meinen Schwanz verschmiert?"

Noch nie in meinem Leben war ich so dankbar dafür, dass der Moderator den Beginn des Abendessens ankündigt, wie in diesem Moment. Nicht einmal die Tatsache, dass die Delacourtes nicht mehr mit meiner Familie zusammensitzen, wie in den letzten zwei Jahren, seit Dad der Wahlkampfstratege des Gouverneurs ist, kann meine Erleichterung trüben. Zum Glück stehen unsere Tische nebeneinander, so dass wir mit dem Rücken zueinander sitzen können.

Da er noch nicht Platz genommen hat, spricht Papa mit Schulleiter Woodbridge und einem anderen Mann, als wir uns nähern, und er deutet Duke und mir mit einer Geste an, dass wir uns anschließen sollen.

„Papa." Ich gehe beiseite, damit sich ein anderer Gast auf seinen Stuhl setzen kann, und trete in den kleinen Kreis, den sie in der rautenförmigen Lücke zwischen den runden Tischen gebildet haben.

Überall werden Hände geschüttelt und Grüße ausgetauscht. „Jasper. Duke." Er winkt dem unbekannten, aber vertrauten Mann aus der Runde zu. „Hat einer von euch schon das Privileg gehabt, Bürgermeister Chuck Falco kennenzulernen?" Ah, deshalb hatte ich das Gefühl, ihn zu erkennen. Er ist der Bürgermeister von Blackwell. Es überrascht mich nicht, dass Duke mit dem Kopf nickt, während ich meinen Kopf schüttle.

„Walter, Schatz" – Mama tritt links neben Dad und ihre Augen leuchten auf, als sie mich erblickt – „Oh, Jasper, Schatz". Was auch immer sie meinem Vater sagen wollte, ist vergessen, als sie sich an ihm vorbeidrängt, um mir einen Kuss auf die Wange zu geben, gefolgt von dem süßen Duft ihres Coco-Mademoiselle-Parfums.

„Hi, Mom." Ich erwidere ihre Umarmung. Den meisten Menschen gegenüber mag ich ein Arschloch sein, aber nicht bei ihr.

„Brauchst du etwas, Buffy?", fragt Dad und lenkt damit Moms Aufmerksamkeit wieder auf sich. Und ja, bevor du fragst: Buffy ist wirklich ihr Name. Sie hat zwar den klischeehaften Namen einer Trophäenfrau, aber das ist das Einzige, was an Buffy Rockwell-Noble in diese Schublade passt.

Duke liebt es, mich damit aufzuziehen, dass ein Psychiater einen Heidenspaß dabeihätte, herauszufinden, warum ich so bin, wie ich bin. Im Vergleich zu den meisten meiner Altersgenossen bin ich in einem fast idealen Umfeld aufgewachsen, mit Eltern, die sich aufrichtig zu lieben scheinen und die Bestrebungen ihres Kindes unterstützen. Solch eine Unterstützung kann jedoch auch zur Last werden, wenn man versucht, von dem Weg abzuweichen, der einem schon von Geburt an vorgezeichnet war.

„Ja. Es ist Zeit, mit dem Fachsimpeln aufzuhören und das Essen zu genießen, für das ich mein monatliches Louboutin-Budget angezapft habe."

Ein Lacher lenkt die Aufmerksamkeit der Gruppe nach links und der silberne Lichtblitz unter den funkelnden Lichtern macht mich darauf aufmerksam, woher er kam. Mama wird bei ihrem Anblick ganz aufgeregt, und ich bin mir sicher, dass das Verkupplungsgen in ihrer DNA schon fleißig am Werk ist, jetzt, wo eine Frau in angemessenem Alter in der Nähe ist.

„Diese Männer … sie kapieren es einfach nicht, oder, Schatz?" Moms Frage muss Samantha überrumpelt haben, wenn man von dem Ausdruck auf ihrem Gesicht ausgeht, als Duke etwas zur Seite geht, um ihr den Zugang zu uns zu ermöglichen.

„Hm …" Ihre faszinierenden Augen blinzeln kurz, bevor sie auf den rotbesohlten High Heel blicken, der durch den Schlitz ihres Kleides an Mamas Fuß zu sehen ist. Sie schüttelt sich aus ihrer Benommenheit und antwortet: „Nein, das tun sie nicht. Obwohl ich sagen muss" – ein weiterer Blick nach unten – „Sie haben einen exquisiten Geschmack."

Mama strahlt von Ohr zu Ohr. Ein Kompliment über ihren Sinn für Mode ist der schnellste Weg zu ihrem Herzen. „Vielen Dank, meine Liebe. Das ist wirklich süß!" Sie legt eine Hand auf ihr Herz. „Ich muss dir das Kompliment direkt zurückgeben. Ich habe vorhin schon gesehen, was du trägst." Es ist keine Überraschung, dass sie Samanthas Schuhe schon von weitem bemerkt hat, aber die Farbe, die Samanthas Wangen bei diesem Kompliment annehmen, ist es schon.

„Danke." Sie errötet noch mehr, weil Mama nicht aufhört zu schwärmen, als sie den Saum ihres Kleides anhebt, um einen glitzernden Absatz freizulegen.

„Oh, die *müssen* auf meinen Weihnachts-Wunschzettel. Schöne Schuhe für ein schönes Mädchen." Die Spitzen von Moms Wimpernverlängerung klappen nach oben, als sie mich anschaut und ihre schlanken Finger mein Handgelenk umschließen. „Wie heißt du, mein Schatz? Und hast du schon meinen Sohn Jasper kennengelernt?"

Das Lächeln auf Samanthas Gesicht verliert etwas an Kraft, als sie merkt, dass diese charmante Frau zu mir gehört. Sie beißt mit ihren weißen Zähnen auf die Unterlippe und blickt mir direkt in die Augen, während sie überlegt, wie sie am besten antworten kann. Ich zwinge mich, nicht zu blinzeln, während ich ihren Blick entgegne und ein ungewohntes Kribbeln in meinem Bauch verspüre. *Was zum Teufel ist das?*

Es ist so, als ob ich mir Sorgen mache, dass sie mich auffliegen lässt. Während Schulleiter Woodbridge eher eine Marionette ist, wenn es um die Autorität an der BA geht, würde Mom mir den Arsch versohlen, wenn sie herausfindet, welche Spielchen ich mit Miss Samantha spiele.

Ich höre ein Räuspern, bevor Bürgermeister Falco mit ausgestreckter Hand vortritt. „Das ist ..."

Ein Lächeln umspielt seinen Mund und ich werde von einer weiteren Welle der Besessenheit überrollt. Ich glaube, ich verliere langsam wirklich den Verstand.

„Samantha." Ich schwöre, er grinst noch breiter, als er ihren Namen nach einer kurzen Pause ausspricht. Seine Hände umschließen eine ihrer Hände und er beugt sich vor, um ihr einen Kuss auf den Handrücken zu geben.

Die vertrauliche Geste bringt mich in Gefahr, mir selbst einen Zahn auszubeißen, und das, *bevor* Samantha ihr „Herr Bürgermeister" als Antwort förmlich schnurrt.

Flirten sie etwa gerade miteinander? Ganz offen? In aller Öffentlichkeit? Vor unzähligen Zeugen? Das gibt es doch nicht. Ja, der Bürgermeister von Blackwell ist jünger als die meisten, die ein solches Amt bekleiden, aber er ist trotz allem in seinen Dreißigern.

„Ich hätte nicht gedacht, dass Sie an Veranstaltungen der BA teilnehmen", schnurrt Samantha weiter.

„Normalerweise nicht." Falco schüttelt den Kopf und fährt sich mit der Hand über sein sorgfältig frisiertes Haar, in dem keine einzige kahle Stelle zu sehen ist. „Aber wenn einer meiner Lieblingswähler von der BP zu uns wechselt, halte ich es für angebracht, mich vor Ort um ihre Angelegenheiten zu kümmern."

„Bei jemandem, die noch nicht volljährig ist, ist das vielleicht ein bisschen übertrieben."

Eine Welle der Belustigung geht durch die Menge, aber Lachen ist das *Letzte,* wonach mir im Moment ist. Den ganzen Abend über haben mich Samanthas Blicke aus der Ferne in Versuchung geführt. Ich hasse es, dass sie, sobald sie in der Nähe ist, so einfach tun kann, als gäbe es mich nicht, während mir das umgekehrt nicht gelingen will.

KAPITEL 22

Savvy

Zu sagen, dass dieser Abend nicht so verlaufen ist, wie ich es erwartet hätte, wäre eine grobe Untertreibung. Angesichts der vielen Lobeshymnen, die Natalie über mich ausgeschüttet hat, frage ich mich ernsthaft, ob mir ein Halluzinogen in eine meiner Club-Limonaden geschüttet wurde. Wer ist diese Frau, und was hat sie mit meinem Momster gemacht?

Mein Bauchgefühl sagt mir schon die ganze Nacht, dass sie etwas im Schilde führt, aber ich kann beim besten Willen nicht herausfinden, was das sein könnte. Es hilft auch nicht, dass die ständige und unerbittliche Aufmerksamkeit einer bestimmten Person meine Nerven strapaziert hat.

Ich habe aufgehört zu zählen, wie oft ich meine Hand über meinen unregelmäßigen Herzschlag legen oder den Bereich über meiner immer enger werdenden Lunge massieren musste, ganz zu schweigen von dem Ausflug ins Badezimmer, um meinen Inhalator benutzen zu können.

Kann ich einen Freund anrufen, der mir hilft herauszufinden, was ich getan habe, um das Karma derart zu verärgern? Da treffe ich endlich jemanden, mit der ich mich tatsächlich gerne unterhalte, und dann stellt sich heraus, dass sie für die Geburt der Dämonenbrut verantwortlich ist, die mein Leben im letzten Monat zur Hölle gemacht hat?

Vielleicht hat es auch damit zu tun, wie sehr ich mich über Jaspers Reaktion auf das amüsiert habe, was er fälschlicherweise für einen Flirt zwischen Bürgermeister Falco, alias Onkel Chuck, und mir gehalten hat. Ja, die ständigen unreifen Anmachversuche bringen mir wahrscheinlich ebenfalls keine karmischen Pluspunkte ein. Sei's drum.

Aber ich habe nicht gelogen. Onkel Chuck bei einer Veranstaltung der BA zu sehen, hatte ich nicht erwartet. Nach all den Geschichten, die ich sonntags am Esstisch der Falcos gehört habe, glaube ich nicht, dass sich je ein Bürgermeister von Blackwell darum gekümmert hat, was an der angesehenen Akademie in unserer Stadt vor sich geht. Und ich kann mir beim besten Willen nicht vorstellen, dass der erste Bürgermeister, der das tut, ausgerechnet jemand ist, der an einigen der berüchtigten Streiche in der Vergangenheit beteiligt gewesen war.

Es wurde oft spekuliert, dass das offene Desinteresse für die BA seitens des Bürgermeisters ein Grund dafür ist, dass die Rivalität zwischen der BP und der BA nunmehr schon seit Generationen andauert.

Seit Jahrhunderten stehen das Wohl der Bewohner und alles, was ihnen hilft, sich zu entfalten, im Zentrum der Werte der Stadt. Mit Ausnahme des finanziellen Gewinns, den die Stadt durch den Bau einer privaten akademischen Einrichtung erhalten hat, hat letztere nicht viel zum Wohlergehen von Blackwell und seinen Einwohnern beigetragen.

„Samantha, es wird Zeit, dass wir uns setzen." Der erstaunte Blick von Chuck zeigt mir, dass ich nicht die Einzige bin, die den in Natalies Worten versteckten Befehlston gehört hat. „Und Charles …" Ein schwerer Seufzer der Enttäuschung ertönt, als sie ihre Aufmerksamkeit in seine Richtung lenkt. „Wenn du aufhören würdest, mit Leuten wie meiner Tochter zu flirten, könntest du vielleicht bei solchen Veranstaltungen ein Date mitbringen und wir hätten keinen freien Platz an unserem Tisch."

Ich schaffe es gerade noch, ein Lachen zu unterdrücken. Trotz des geringen Altersunterschieds zwischen ihnen konnte Natalie Chuck nie ausstehen. Carter hat einmal die Theorie aufgestellt, dass es daran liegt, dass Natalie nur in eine Gründerfamilie eingeheiratet hat, während Chuck ein direkter Nachkomme einer solchen ist, genau wie Dad es war. Nur dass *keiner* der Falcos sich für sie erwärmen konnte. So ist das wohl, wenn man als Elternteil versagt und eine andere Familie einspringen muss, um das wettzumachen.

„Ich hasse es, dass sie mich *Charles* nennt", murmelt er so leise, dass nur ich es hören kann.

„Oh, und ich *liebe es* einfach, *Samantha* zu sein." Ich stoße ihn in die Rippen, was ihn zum Kichern bringt. Als ich über seine Schulter schaue, ist es ein Wunder, dass ich nicht auf der Stelle verblute, so, wie Jasper uns anstarrt.

„Samantha, warum nimmst du nicht den Platz neben Duke und Charles, du kannst den neben Schulleiter Woodbridge nehmen." Keinem von uns entgeht, dass bei dieser Sitzordnung der eine Stuhl am Tisch zwischen uns frei bleibt.

Da ich sie nicht aktiv verärgern will, tue ich, was mir gesagt wird. Zu dumm, dass wir über den halben Meter hinweg locker unser Gespräch fortsetzen können. Es fühlt sich fast an wie viele andere Sonntagabende, an die ich mich erinnern kann, nur … du weißt schon … mit schlimmeren Tischnachbarn.

Erst als der Stuhl vom Tisch weggezogen wird und ein stinksaurer Jasper es sich darauf bequem macht, werden wir getrennt. Das Lächeln in Chucks dunklen Augen ist genau dasselbe, wie wenn sich einer der Royals bei Pokerabenden mit mir anlegt.

„Ich hoffe, es ist in Ordnung, wenn ich den freien Platz nehme und mich zu euch setze?" Jasper richtet die Frage an Natalie, die schließlich mit einem leichten Nicken zustimmt.

Duke streckt eine Hand vor mir aus und alle sehen, wie die beiden sich die Faust geben, während Mrs. Delacourte erklärt, dass die Familien bei solchen Veranstaltungen normalerweise zusammensitzen.

Ich ignoriere meine lästigen Sitznachbarn und wünsche mir nicht zum ersten und sicher auch nicht zum letzten Mal, dass Tinsley hier wäre, während uns der erste Gang serviert wird: Bio-Feldgemüse mit Fetakäse, getrockneten Preiselbeeren, Walnüssen und einem Spritzer Himbeervinaigrette.

Die Gespräche am Tisch drehen sich hauptsächlich um Politik, und ich blende sie aus.

„Also, Samantha …" Mrs. Delacourte wendet ihre Aufmerksamkeit in meine Richtung, als es eine Pause gibt. „Erzähl uns von dir."

„Ähm …", stottere ich und bin überhaupt nicht darauf vorbereitet, zum Mittelpunkt der Gespräche zu werden.

Mrs. Delacourte kichert, schwenkt den Wein in ihrem Glas und nimmt einen winzigen Schluck, während Natalie mir mit einem „*Vorsicht, was du sagst*"-Blick Löcher in den Schädel bohrt. „Hast du einen Freund zurückgelassen, als du zur Blackwell Academy gewechselt bist?"

Jetzt bin ich an der Reihe, zu kichern. Um einen Freund zu haben, müsste ich zuerst einen Mann finden, der keine Angst vor meinem Bruder hat. Aber das sage ich nicht. Das würde weiß Gott alle möglichen Fragen aufwerfen, die Natalie nicht passen würden. Ich glaube, sie hat noch nicht einmal erwähnt, dass es da ein weiteres Kind gibt.

„Nein, es gab keinen Freund."

„Wirklich?" Ihre babyblauen Augen leuchten vor Interesse auf und huschen zu ihrem Sohn. „Bei einem so schönen Mädchen wie dir hätte ich gedacht, dass du dich vor Verehrern nicht retten kannst."

Mord und Totschlag lodern in Natalies Augen auf, als sie Chuck anstarrt, der sich vor Lachen fast verschluckt. Unter dem Vorwand, meine Haare so zu richten, dass sie mir in den Nacken fallen, hebe ich die Hand und bete, dass er den Mittelfinger sehen kann, den ich gegen meinen Schädel erhoben habe. Er weiß genau, dass ich mich nicht zu wehren brauche, wenn ein König den Hüter des Schlosses spielt.

„Samantha hat noch niemanden getroffen, der ihrer würdig war." Natalie strahlt, als wäre sie die stolzeste Mutter der Welt, dabei klingt sie einfach nur arrogant. Würdig? Echt jetzt?

„Wir sollten uns alle zum Abendessen treffen, wenn Francis und ich das nächste Mal in der Stadt sind." Mrs. Delacourte hüpft auf ihrem Sitz hin und her, die Hände vor sich verschränkt wie die aufgeregte beste Freundin in den Liebesfilmen, die Tessa und ich an unseren Filmabenden so gerne verschlingen. „Mein Sohn ist auch ein ewiger Single."

Duke muss sich verschluckt haben, weil er Flüssigkeit in sein Wasserglas zurückspuckt. Schlagen unsere Eltern etwa gerade das vor, wonach es sich anhört?

Ich erschrecke, als eine große Hand meinen Oberschenkel unter dem Tisch ergreift. Ich versuche, sie wegzudrücken, aber das führt nur dazu, dass Jasper so fest zudrückt, dass seine Knöchel ganz weiß werden. Es ist *total daneben*, wie sehr mein Innerstes bei der Berührung bebt.

Ich werfe ihm einen verstohlenen Blick zu. Seinem Gesichtsausdruck nach zu urteilen, ist auch er nicht der größte Fan dessen, was die Matriarchen da vorschlagen. Ausnahmsweise sind wir derselben Meinung.

Trotzdem …

Das hält mich nicht davon ab, zu sagen: „Wenn ich rechtzeitig Bescheid weiß, kann ich es sicher einrichten."

Die Spannung steigt und ein Juckreiz bildet sich unter meiner Haut, den ich unbedingt loswerden will, auch wenn ich selbst dafür verantwortlich bin. Auf meinem Oberschenkel beginnt Jaspers Daumen, träge Achten zu zeichnen. Das steht so sehr im Widerspruch zu seiner offensichtlichen Erregung, dass ich zusammenzucke, als sich eine Hand mit weißen Handschuhen zwischen uns drängt, um das Chateaubriand zu servieren.

Das belustigte Glucksen, dass ich aus seiner Richtung höre, sollte sich nicht sexy anfühlen, schon gar nicht, wenn es auf meine Kosten geht. Aber wie alles andere, was Jasper Noble anbelangt, tut es das. Wenigstens zwingt ihn die Ankunft unserer Mahlzeit dazu, endlich seine Hand von mir zu nehmen.

Ich gebe mir alle Mühe, die widersprüchlichen Gefühle, die er in mir auslöst, abzuschütteln und mich stattdessen auf die süße Demi-Glace zu konzentrieren. Die würzigen Aromen zerplatzen auf meinen Geschmacksknospen, während das perfekt gekochte Fleisch wie Butter in meinem Mund schmilzt.

Das Gespräch dreht sich um das College. Die Delacourtes diskutieren über das Für und Wider, ob Duke an die Ivy League Alma Mater des Gouverneurs, Princeton, gehen oder weiterhin Hockey an der BTU spielen soll.

Nachdem sie sich noch einmal ihrer Freude über den Gedanken Ausdruck verliehen haben, dass sie im College zusammen spielen können, legt Jasper seinen Arm auf meine Stuhllehne, als wäre es die natürlichste Sache der Welt.

Ich hasse es. *Nein, das tust du nicht.*

Ich verfluche mich selbst in Gedanken.

Gut! Willst du wissen, *was* ich hasse? Dass ich seinen Arm nicht wegschlagen kann, wie ich es sonst immer tun würde. Der verdammte Zug, den ich aus den Augenwinkeln auf seinem sexy Mund entdecke, verrät mir, dass er ein Grinsen unterdrückt. Wahrscheinlich hat er meine Gedanken gelesen. Duke auch, wenn man bedenkt, wie er versucht, sein Lächeln hinter seinem Weinglas zu verstecken. Verdammte Idioten.

Seine Fingerspitzen gleiten an meiner Wirbelsäule entlang

und zeichnen abwesend die Details meiner Tätowierung nach. Ich versuche, mich aufzurichten und dadurch etwas Abstand zu gewinnen, aber Jaspers Finger sind lang genug, um die Lücke ohne große Anstrengung zu schließen.

Vor und zurück, der köstliche Druck der Schwielen zwischen meinen nackten Schulterblättern lässt mich erschauern und wieder einmal drücken meine Brustwarzen schmerzhaft gegen den Kleber, mit dem die Silikonschalen an meinen Brüsten befestigt sind.

„Ziehst du nicht auch die BTU in Betracht, Samantha?", fragt Mitchell und lässt mich damit aufschrecken.

„Äh …" Ich brauche eine Sekunde, um mich aus dem von Jasper verursachten Dunst zu erholen, in dem ich mich geistig befunden habe.

„Sie haben kein wettbewerbsfähiges Cheerleader-Programm", platzt Chuck heraus und ich schlucke einen Aufschrei herunter, als Jasper mich kneift.

Meine Augen sind so weit aufgerissen, dass die Klimaanlage sie austrocknet und sie zu tränen beginnen.

„Du bist Cheerleaderin?" Jasper klingt auf mehr als eine Art vorwurfsvoll.

„Stimmt", antworte ich Chuck und warne ihn mit einem *Reiß dich zusammen*-Blick. Natalie wird ausflippen, wenn unsere persönliche Verbindung meine – und *ihre* – Beziehung zu Carter auffliegt. Man kann nie wissen, was sie dazu bringen könnte, ihre Drohungen wahr zu machen.

„Bin ich nicht", sage ich zu Jasper und wende mich schließlich mit einer eigenen Frage an meinen Stiefvater. „Vielleicht bewerbe ich mich, weil sie in der Nähe ist, aber wie kommst du darauf, dass die BTU die Schule meiner Wahl wäre?"

Ich sollte wahrscheinlich meinen Kommentar über die BTU als Notlösung erklären. Es ist tatsächlich ziemlich schwer, dort angenommen zu werden, aber wie Chuck schon sagte, gibt es kein wettbewerbsfähiges Cheerleader-Programm. Ich will mich nicht wie ein totales Weichei anhören – auch wenn ich das bin – aber ich habe mich nur bei Colleges beworben, die für Tessa als Cheerleaderin in Frage kommen.

„Du hast in den letzten Wochen sehr viel Zeit dort verbracht. Ich dachte, du machst Campus-Touren oder so", erklärt Mitchell, und es entgeht mir nicht, dass *er* derjenige ist, der mein Kommen und Gehen mitbekommt und nicht Natalie.

Die Wahrheit wäre einfach, aber dann … ist da wieder dieser Aspekt, der seine Frau verärgern würde.

„Ich habe die Erlaubnis, das Schwimmbad im Aquatic Center zu benutzen und dort ein paar Tage in der Woche meine Runden zu drehen."

„Mitchell", schimpft Mrs. Delacourte und klopft ihm spielerisch auf den Unterarm, mit einem mädchenhaften Kichern, das ich von der Frau eines Politikers nicht erwartet hätte. „Lässt du deine eigene Stieftochter etwa nicht den Pool hier benutzen?"

„Doch, das tut er", verteidige ich ihn, was ihm ein Grinsen entlockt.

Finger schlüpfen unter den Saum meines Kleides und ich rolle meine Schulter zurück, um sie von der kitzeligen Stelle in der Nähe meiner Achselhöhle fernzuhalten. „Du lässt deinen armen Fahrer warten, während du deine Runden schwimmst, anstatt ihm den Nachmittag freizugeben?" Die Finger schieben sich tiefer, während er sich zu mir lehnt und flüstert: „Das ist nicht sehr nett, Prinzessin."

Ich neige den Kopf, als wären wir zwei Freunde, die Geheimnisse austauschen, aber ich spreche so laut, dass die anderen am Tisch es auch hören können. „Nein, Daniel setzt mich nur ab und ein Freund bringt mich nach Hause, wenn *er*" – ich betone das Geschlecht meines Freundes, weil ich weiß, was das bei ihm bewirkt – „mit dem Training fertig ist."

Ich sage absichtlich nicht, um was für eine Art von Training es sich handelt, angesichts der Gesellschaft am Tisch. Außerdem wird Natalie ausflippen, wenn ich irgendetwas offen anspreche, das auf meine Verbindung zu den Royals hindeutet. Sie weiß nicht, dass Jasper und Duke darüber Bescheid wissen, und ich hoffe, dass das so bleibt.

Mein Handy beginnt in meiner kleinen Clutch zu vibrieren, wodurch die Kristalle gegen den silbernen Platzteller auf dem Tisch schlagen. Ich entschuldige mich, greife hinein und sehe eine SMS von Tessa. In einem Stoßgebet zum Himmel bedanke ich mich für ihr gutes Timing.

KAPITEL 23

Jasper

Das Abendessen war eine Meisterleistung in Zurückhaltung. Das Gefühl, Samanthas Körper an meinem zu spüren, ihr süßer Limettenduft, die verführerische Linie ihres Halses und die Ader, die an der Seite entlang pulsiert, sichtbar durch die Art, wie sie ihr Haar zurückgebunden hat – ich hätte am liebsten meine Zähne in ihr versenkt, so wie ich es mit meinem Chateaubriand getan habe. Ich bin mir allerdings sicher, dass nicht einmal das beste Stück Rindfleisch so gut schmecken kann wie sie.

Es ist viel schwieriger, eine Mahlzeit zu genießen und sich höflich zu unterhalten, wenn das ganze Blut in deinem Körper sich unter der Gürtellinie sammelt und du eine Erektion hast, die alle anderen Erektionen in den Schatten stellt.

Die Frechheiten, ihr Trotz, der verdammte *Flirt* – ich war kurz davor, sie auf den Tisch zu werfen, um es ihr, Duke, ihrer Mutter, Mrs. Delacourte und *vor allem* dem *gottverdammten* Bürgermeister zu beweisen, dass sie mir gehört und niemandem sonst.

Es nervt mich tierisch, dass dieser Perverse zu meiner Linken intime Details über Samanthas Leben weiß. *So ein Mist!* Ich kann nicht an so etwas wie *intime Details* denken, denn das würde mich nur dazu bringen, mich zu fragen, wie *gut* er sie tatsächlich kennt.

Wäre ihr verdammtes Telefon nicht losgegangen, hätte ich vielleicht mehr über sie erfahren können. Ich schaue aber schamlos hin, um die Nachrichten auf ihrem Bildschirm mitzulesen. Leider ist alles, was zu sehen ist, ein Strom verschiedener GIFs, von dem kleinen Rascal, der mit den Fingern trommelt, bis zu Judge Judy, die auf ihre Uhr tippt.

Es ist nicht übermäßig lustig, aber Samantha scheint sich darüber trotzdem unglaublich zu freuen. Die Veränderung in ihrem Verhalten ist so drastisch, dass ich zweimal hinsehen muss. *Wer zum Teufel hat ihr eine SMS geschickt?*

Das Live-Orchester kehrt auf die Bühne zurück und der Akustikgitarrist zupft die ersten paar Akkorde von Ed Sheerans „Dive", während der Moderator verkündet, dass die Tanzfläche wieder geöffnet ist. Das veranlasst Mrs. Delacourte, Duke vorzuschlagen, Samantha zum Tanzen aufzufordern, und zu meinem Entsetzen stimmt sie zu.

Herr, hilf mir, wird diese Nacht jemals enden?

Duke mag sich die meiste Zeit wie ein Arschloch verhalten, aber wenn ihm danach ist, kann er wie kein anderer seinen Charme spielen lassen. Wenn es um Rollen geht, bin ich der grüblerische Bastard unseres Duos und er ist der charmante Playboy.

Mit einem erhobenen Arm gibt Duke eine perfekte Figur ab. Das jahrelange klassische Tanztraining, das ihm seine Mutter für genau solche Veranstaltungen auferlegt hat, macht sich offensichtlich bezahlt.

Samantha beäugt ihn zuerst etwas skeptisch, aber schließlich legt sie ihre Hand auf seine und ihre andere auf den gegenüberliegenden Arm von Duke, so dass sie auf seiner Schulter ruht.

In einer Bewegung, die ganz sicher *nicht* zum Tanz gehört, streicht Duke mit einer Hand über die nackte Haut ihres Rückens.

Zuerst wirken beide steif, ihre Bewegungen fast roboterhaft, als sie anfangen, sich über die Tanzfläche zu bewegen. Erst nach der Hälfte des Liedes, nachdem Duke etwas gesagt hat, wird deutlich, dass er einen Schalter bei Samantha umgelegt hat. Seine Bemerkung verändert schlagartig ihren Gesichtsausdruck, ihre rosafarbene Zunge fährt über die Vorderseite ihrer Zähne und die Spitze bleibt in einem verhaltenen Lächeln an einem ihrer Eckzähne stehen.

Mom dreht sich in ihrem Sitz und lehnt sich über den kleinen Gang, der unsere Tische trennt. „Warum forderst *du* nicht jemanden zum Tanzen auf?" Sie wird wohl nie aufgeben.

Das Letzte, was ich will, ist, auf ihren Vorschlag einzugehen. Aber ich tue es trotzdem, weil mich das in die Nähe von Samantha bringt, vor allem, wenn aus einem Song zwei werden.

Arabella ist mehr als glücklich, mich zu begleiten.

Mein Muskelgedächtnis sorgt dafür, dass sich meine Füße richtig bewegen und ich merke kaum, wie sich ihre Krallen in meinen Nacken bohren. Ich konzentriere mich nur auf die Auf- und Abwärtsbewegung von Dukes Daumen auf Samanthas Tattoo.

Verdammt, dieses *Tattoo*.

Mir war schon von weitem etwas an ihrem Rückgrat aufgefallen, als ich mich langsam an sie heranpirschte, wie ein Raubtier an seine Beute. Und aus der Nähe? Verdammt, ich werde *Stunden* brauchen, um alle Details zu identifizieren.

Ich konnte während des Abendessens nicht widerstehen, mit den Fingern die Linien nachzufahren. Ich weiß, dass es ein Symbol der Royalty Crew ist. Mir ist es egal, dass sie ihnen gegenüber loyal ist, aber muss sie darum ihren Körper dauerhaft mit einem Symbol markieren, das andere leicht mit ihnen in Verbindung bringen können?

Jetzt, wo wir nicht mehr sitzen, kann ich sehen, wie aufwendig das Kunstwerk wirklich ist. Ehrlich gesagt, kann ich nicht glauben, dass es mir nicht schon früher aufgefallen ist. Als sie vorhin ihr langes Haar zusammengesteckt hat, konnte ich sehen, dass es direkt unter ihrem Haaransatz beginnt. Das hätte ich eigentlich schon bei den wenigen Malen, die ich sie mit hochgestecktem Haar gesehen habe, bemerken müssen. Ich schätze, dass es bisher einfach nur hinter dem hohen Kragen ihrer Schuluniform-Bluse versteckt war.

Das Beeindruckende daran ist, dass es über die gesamte Länge ihrer Wirbelsäule verläuft. Angesichts des tiefen Ausschnitts heute frage ich mich allerdings, wie weit wirklich es reicht.

Ein verärgertes Schnaufen ertönt vor mir, dann bohren sich scharfe Nägel in meinem Kiefer. Arabella zwingt mich, ihr mein Gesicht zuzuwenden, und ich begegne dem Blick aus ihren zusammengekniffenen Augen. „Kannst du sie nicht einfach ficken?" Sie schnippt mit ihren spitzen Nägeln in Richtung Samantha und Duke, die in unserer Nähe tanzen.

„Ich wusste nicht, dass du dich so sehr für mein Sexleben interessierst", sage ich trocken.

Sie rollt mit den Augen und zieht die Lippen zu einem Schmollmund. Sie hält das für sexy, aber es lässt sie lediglich wie ein trotziges Kleinkind aussehen. „Das tue ich nicht."

„Ist klar", sage ich, woraufhin sie einen Schmollmund zieht, der aussieht, als würde sie die Kylie-Jenner-Lippen-Challenge von vor Jahren nachmachen.

„Ich bitte dich, Jasper." Sie tritt nach rechts und dreht uns, so dass ich jetzt mit dem Rücken zu dem anderen Duo stehe. „Ihr Jungs seid doch alle gleich. Ihr seht etwas Glänzendes und wollt es unbedingt haben. Wir wissen *alle*, dass ihr, wenn du einmal vom Liebling der Royals gekostet hast, wieder dorthin zurückkehrst, wo du hingehörst."

Meint sie etwa sich selbst? Die Schlampe hat mehr Wahnvorstellungen, als ich dachte. Es ist meine eigene verdammte Schuld. Schon bevor ich das erste Mal meinen Schwanz in sie gesteckt habe, zeigte sie schon alle Anzeichen eines ausgeprägten Klammeräffchens.

„Arabella." Ich lasse meinen Arm fallen und stoppe ihre Hand, die nach meiner Gürtelschnalle greifen will. „Unabhängig davon, ob ich Samantha St. James ficke – oder irgendjemand anderen –, das mit uns ..." – Ich zeige mit meinem Finger zwischen uns beiden hin und her – „... ist *vorbei*. Verdammt! Wir haben nicht einmal angefangen. Du warst ein warmes Loch, mit dem ich meinen Schwanz feucht halten wollte, mehr nicht."

Bin ich ein Arschloch? Zweifellos. Und wenn Arabellas Seele nicht so schwarz wäre wie das trägerlose Kleid, das sie trägt, hätte ich sogar ein schlechtes Gewissen. Was sie nicht weiß, ist, dass ich sie so sehe, wie sie wirklich ist. Sie ist nur auf mein Geld und meinen sozialen Status aus. Sie hat es in ihren vier Jahren hier schon mit jedem Athleten an der BA getrieben, der auch nur ansatzweise erfolgreich war. Was sie gefährlicher macht als die meisten anderen, ist, dass sie über ein Treuhandvermögen verfügt, das ihr den Rücken stärkt.

Arabella ist wütend, aber das ist mir scheißegal. Mit einer Sache hat sie allerdings recht: Es ist Zeit, dass die Spielchen mit Samantha aufhören. Sie hat lange genug mit Duke getanzt. Es wird Zeit, dass ich mich einmische und dafür sorge, dass sie und alle anderen genau wissen, zu wem sie gehört.

Es dauert viel zu lange, bis ich mich aus Arabellas Fängen befreien kann, und als ich meinen Plan in die Tat umsetzen will, ist Samantha nicht mehr da. Panisch suche ich den Raum ab. *Wo zum Teufel ist sie hin?*,

Arabella versucht erneut, mich zu greifen, aber ich wehre sie mit einem Schulterzucken ab.

Duke ist bereits an der Bar und spricht mit seinen Eltern. Mr. und Mrs. St. James sind ebenfalls da, aber nicht mit Samantha.

Wenn sie mit dem Bürgermeister unterwegs ist, drehe ich durch.

Nein, er sitzt immer noch mit Schulleiter Woodbridge am Tisch.

Juwelen funkeln und Körper wiegen sich um mich herum, bis … *endlich* ein vertrauter silberner Schopf meine Aufmerksamkeit erregt und ich sehe, wie Samantha aus einer Tür im hinteren Teil des Ballsaals schleicht.

Du kannst weglaufen, Prinzessin, aber du kannst dich nicht verstecken.

KAPITEL 24

Savvy

Verdammt!

Ich verstehe nicht, wie ich derart die Zeit vergessen konnte.

Im Geiste höre ich schon die Standpauke, die Tessa mir halten wird, wenn sie erfährt, warum ich mich verspätet habe.

Den ganzen Abend über sind SMS von ihr angekommen, in denen sie versuchte, durch mich an diesem Leben teilhaben zu können. Ich hätte es nicht für möglich gehalten, aber *vielleicht* haben wir zu tatsächlich zu oft *Gossip Girl* gesehen und sie hat sich Champagner vorgestellt und von Kaviar geträumt.

Ich habe nie gedacht, dass ihre romantische Ader ein Grund zur Sorge sein könnte. Die rosarote Brille, die meine beste Freundin derzeit dazu veranlasst, so zu tun, als sei mein Leben eine Folge von „*Lifestyles of the Rich and Famous*", lässt mich da wirklich zweifeln.

Ich könnte die Ereignisse des Abends herunterspielen, alles abtun und so tun, als wäre *nichts Besonderes* passiert. Aber … es gab einen Zeugen für mein … Elend, oder was auch immer für ein weniger dramatisches Adjektiv angemessen wäre.

Alles, was es braucht, ist ein angedeutetes Lächeln oder einen schrägen Seitenblick von Onkel Chuck, *dem* Bürgermeister – ich bin ja auch so überhaupt nicht sarkastisch – am Pokertisch, und Tessa wird schneller Lunte riechen, als UofJ411 in ihrem neuesten #Kaysonova-Post über ihre Schwester.

Der emotionale Dauerstress hat meinen Lungen ziemlich

zugesetzt, also ist es das Letzte, was ich tun sollte, mich durch die Tische zu schlängeln und zu den Personaltüren am Ende des Ballsaals zu eilen. Die Dienstaufzüge sind näher und ich kann zudem auf meinem Weg nach oben, wo ich mich umziehen will, Menschenansammlungen vermeiden.

„Wo willst du hin, Prinzessin? Es ist noch nicht mal Mitternacht."

Das *Klack-Klack* meiner Absätze verstummt, als ich so abrupt stehen bleibe, dass meine glatten Sohlen quietschend über den Boden rutschen. Jaspers dunkle Stimme umhüllt mich wie Rauch und leckt an meinem Rückgrat wie das Höllenfeuer, das er sicher gleich auf mich herabregnen lassen will.

Was zum Teufel macht er denn hier? Ist er mir etwa gefolgt?

„Oh nein." Er schnalzt mit der Zunge. „Hat die Meerhexe deine Stimme gestohlen?"

Wenn er nicht so ein Arschloch wäre, fände ich seine Anspielung auf die *kleine Meerjungfrau* wahrscheinlich lustig, aber das Einzige, wonach mir im Moment der Sinn steht, ist, ihm einen schnellen Tritt in die Eier zu verpassen.

Lüge. Du willst ihm mehr als das verpassen, Savvy.

Ich muss wirklich überdenken, wie viel ich mit Tessa herumhänge, denn selbst meine innere Stimme klingt langsam nach ihr.

„Hast du zu viel Angst, dich umzudrehen und mir ins Gesicht zu sehen, Prinzessin?"

Oh nein, das hat er nicht gesagt.

Ich balle meine Hände zu Fäusten – du weißt schon, um sicherzugehen, dass ich ihn *nicht* schlage, nicht als Vorbereitung dazu –, drehe mich auf dem Absatz um, ziehe meine Schultern zurück und starre ihn an.

Man könnte sagen, dass Jasper Noble das personifizierte Schaf im Wolfspelz ist, aber er hat *so gar nichts* von einem Schaf. Ausgeburt eines Dämons passt da schon eher. Wenn jemand Zweifel daran hat, dass der Teufel Eva dazu überreden konnte, in die verbotene Frucht zu beißen, muss er sich nur Jasper Noble ansehen, um zu verstehen, wie das möglich war.

Die Schultern, die unter normalen Umständen für einen Mann seines Alters viel zu breit wirken, wirken in seinem maßgeschneiderten Smoking noch breiter und kräftiger, und die offenen Knöpfe geben den Blick auf seine schlanke Taille frei. Seine breitbeinige Haltung zeigt seine Anspannung. Muskulöse

Oberschenkel – einer von ihnen hatte mich am Tisch die ganze Zeit berührt – dehnen den Stoff seiner Hose.

Er ist perfekt gekleidet. Sein längerer Haarschopf ist so glatt nach hinten gestylt, dass man ihn am liebsten zerzausen würde, und der Undercut an den Seiten verleiht dem ganzen Look eine gewisse Schärfe.

Kein Wunder, sein Kiefer ist angespannt, das Grübchen ist ausgeprägter denn je, was es noch verlockender macht, meinen Finger hineinzustecken.

Aber wie immer sind es seine Augen, die am verheerendsten sind. Die Pupillen sind geweitet und die wirbelnden grauen, blauen und violetten Flecken, die seine einzigartige Iris ausmachen, schwärmen zusammen wie ein Hurrikan, der sich auf den Weg der Zerstörung macht.

Hallo, Luzifer. Oh, du wolltest eine Seele? Hier hast du sie.

Sei nicht so verdammt leicht zu haben, schimpfe ich mit mir selbst.

„Was willst du, Noble?" Ich spucke seinen lächerlichen Nachnamen förmlich aus. Jasper ist das Gegenteil von nobel; er steht nicht einmal im selben Wörterbuch wie das Wort.

„Was ich will?" Er stolziert auf mich zu, die hypnotischen Augen voller Vergeltungsdrang.

So sehr ich mich auch bemühe, ich komme nicht dahinter, was sein Problem mit mir ist. Es gibt Momente, in denen er mir hilft, aber dann macht er wieder einen auf „Ich will dich umbringen und auf deinem Grab tanzen". Das allein reicht, um ein Schleudertrauma zu bekommen.

Er kommt mir immer näher, und aus Selbsterhaltungstrieb weiche ich zurück, bis ich gegen die Wand stoße. Verdammt, ich sitze in der Falle. *Ja! Ja! Fick mich!* Gott, sogar in meinem Kopf klinge ich, als wäre ich ein Flittchen.

Ich hole tief Luft und wölbe meinen Rücken von der kalten Wand weg, aber dadurch strecken sich meine, nun schweren, Brüste Jasper nur noch deutlicher entgegen. Sein Blick fällt automatisch auf sie und wie sie sich unter dem Stoff abzeichnen. Er hat eine Art, mir das Gefühl zu geben, dass meine Vorderseite genauso nackt ist wie mein Rücken, und lässt jede Mauer und jeden Schutz, den ich versuche, aufzubauen, direkt wieder verpuffen.

Mit einem weiteren Schritt drückt er mich ganz an die Wand

und legt seine Hände an beide Seiten meines Gesichts. Der Duft von Sandelholz – nicht von Schwefel, wie man es beim Teufel erwarten sollte – erfüllt meine Nase, während er sich weiter an mich drängt.

Ich weiß schon nicht mehr, wie oft ich mich schon in genau dieser Situation mit ihm befunden habe, aber dieses Mal ist anders.

Wir sind allein.

Das Risiko, erwischt zu werden, besteht zwar immer noch, aber in diesem Moment ist niemand außer uns da. Mein rasendes Herz und die Gänsehaut, die sich überall bildet, sind die ersten Zeichen einer düsteren Vorahnung.

Ich halte meinen Blick auf ihn gerichtet, bereit und entschlossen, mich zu verteidigen.

Führe.

Mich.

Nicht.

In.

Versuchung.

Seine prallen Lippen kräuseln sich, aber nicht vor Freude, sondern eher bösartig. Er wirkt wie der Grinch, der gerade auf die Idee gekommen ist, Weihnachten in Whoville zu stehlen – nur dass nicht die schönsten Tage des Jahres in Gefahr sind. Hier geht es um mich.

Im Gegensatz zu Dr. Seuss' berühmter Figur habe ich den Eindruck, dass Jasper mich nicht zurückgeben würde. Nein, er würde mich lieber ausstopfen und an seiner Wand aufgehängt sehen.

Er drückt sich näher an mich heran, wobei ihm eine Haarsträhne über die Stirn fällt, was ihm etwas Jungenhaftes verleiht. Er vergräbt sein Gesicht in meinem Nacken und fährt mit seiner Nase an meiner Ohrmuschel entlang, während sein heißer Atem meine Haut erregt.

Ich bekämpfe es. Das Verlangen. Die Verlockung. Es ist … es ist … *falsch*.

Er ist ein Arschloch.

Er ist arrogant.

Er ist ein Tyrann.

Er ist nichts für mich.

Aber …

Er hat keine Angst vor mir oder meinem Bruder, wie so viele andere. Sicher, er *weiß* nicht, *dass* mein Bruder mein Bruder ist, aber er weiß, dass ich zumindest eine Verbindung zu den Royals habe, und trotzdem ist er da, nervt in einem fort und legt sich mit mir an.

So sehr ich mich auch dagegen stemme, fallen meine Augen zu.

Ich gebe nach.

Ich bin schwach.

Bumm-Bumm-Bumm.

Mein Herzschlag beschleunigt sich noch mehr, meine Atemzüge werden flacher und das Gewicht seiner starken Brust, die gegen meine drückt, macht die Situation nur noch schlimmer. Ich muss mich bewusst darum bemühen, meine Atmung unter Kontrolle zu bekommen, bevor sich meine Symptome zu einem regelrechten Asthmaanfall auswachsen.

Ich bin schon die ganze Nacht am Rande eines Anfalls gewesen. Emotionaler Stress ist ein Auslöser, den ich nicht immer unter Kontrolle hatte.

Das hier ist schlecht. Schlecht, schlecht, schlecht, oh so schlecht.

Und ich klinge wie eine kaputte Schallplatte.

Verzeih mir, ich bin in Panik geraten.

Jasper Noble ist der *Letzte*, von dem ich möchte, dass er über meinen Zustand Bescheid weiß. Mein Asthma ist nicht das, was mich schwach macht, aber ich will ihm keine Informationen geben, die er gegen mich verwenden könnte.

„Nein, Noble", stottere ich, als die glatte Acrylkugel seines Zungenrings über meine Haut fährt. Er ist so ein grüblerischer Bastard, dass ich meistens vergesse, dass er ein Piercing hat.

„*Hmm?*", brummt er und der fragende Ton vibriert in mir, während das wohlige Gefühl von Lust in meinem Inneren immer stärker wird. Was sagt es über mich aus, dass *dieser* Mann, der alles andere als gute Absichten hat, mich derart um den Finger wickeln kann? „Willst du wissen, was ich will, Prinzessin?" Seine Zähne knabbern an mir herum. „Glaubst du, dass ich das so einfach preisgebe, wenn *du* es bist, die auf Spielchen steht?"

Verdammt!

„Du tust so, als ob es meine Schuld wäre." Ich schiebe meine Hände zwischen uns versuche, ihn wegzudrücken.

Er lacht bellend, und der raue Klang hallt von den Wänden wider. „Du denkst, es liegt an *mir*?", fragt er ungläubig.

„Yup." Ich lege all meine Energie in das P und unternehme einen weiteren Versuch, ihn von mir zu stoßen. Ich ziehe meine Hände sofort wieder zurück, weil ich das Risiko längeren Kontakts vermeiden möchte. „Du hast mich doch zu einer Figur in deinem Spiel gemacht. Und jetzt bist du *sauer* auf mich, weil ich tatsächlich mitspielen will?"

Der dunkle Rand um seine Augen verengt sich mit jedem Wort, das ich sage.

„*Mmm.*" Wieder so ein unverbindlicher Ton, der eine Hitzewelle durch mein System jagt.

Ich muss gehen. Ich muss so viel Abstand zwischen uns bringen, wie es physisch möglich ist.

Ich unternehme einen weiteren Versuch, ihn loszuwerden. Mit den Händen greife ich nach seinem Brustkorb, stütze mich mit den Füßen ab und drücke mit den Schultern fest gegen die Wand, um mein Gewicht so gut wie möglich zu verteilen.

Mehr als ein, zwei Zentimeter schaffe ich allerdings nicht, bevor eine große Hand meine beiden Handgelenke greift und meine Arme über den Kopf streckt. Ein Fuß tritt gegen die empfindliche Stelle an den Seiten meiner Knöchel drückt meine Beine auseinander.

Ich zapple herum und versuche, mich zu befreien, während sich ein weiteres unsichtbares Band um meine Brust legt.

Bumm, bumm, bumm.

„Nein, nein, nein, Prinzessin." Oh Gott. *Muss* er mich dauernd so nennen? „Du gehst nirgendwo hin, bis ich es sage."

Du kannst mich mal, du Arschloch.

„Ach ja?" Ich fahre mit der Zunge über meine Zähne und Jaspers Blick fällt automatisch auf meinen Mund. „Und wann *genau* wäre das?" Ich tippe mit dem Fuß auf. „Ich habe noch was vor."

„Du kannst gehen, wenn du mir gesagt hast, was zum Teufel der Scheiß mit Duke sollte." Sein Ton ist hart, rau und nah an der Grenze zu bedrohlich. Warum, zum Teufel, wird es dabei zwischen meinen Beinen so feucht?

„Ähm ... wir haben *getanzt*?" Ich formuliere es mehr als Frage als als Aussage, denn ich hätte gedacht, dass es offensichtlich war.

„So würde ich das nicht nennen."

„I ..." Einatmen. „Ich weiß nicht, was du meinst." Ausatmen. Jeder Atemzug ist mühsam und schmerzhaft, während ich versuche, meine Lungen unter Kontrolle zu bringen und das Band zu lockern, das sich immer fester um sie zieht.

Ich beuge meine Finger, um den Blutkreislauf in Schwung zu bringen, während Jasper sie fester an die Wand drückt. Seine freie Hand schlängelt sich um meinen Rücken und seine Fingerspitzen folgen meiner nackten Wirbelsäule.

„Du spielst mit dem Feuer, Samantha." Die Erwähnung meines Namens verleiht der Warnung mehr Gewicht.

„Redest du von Duke oder von dir?" Ich zwinge meine Augen auf, um seinen Blick zu erwidern. Seine Iris ist fast schwarz. Sie würde seelenlos erscheinen, wenn nicht die Flammen des Hades in ihren Tiefen lodern würden.

Ba-dum.

Ba-dum.

Ba-dum.

Seine Fingerspitzen betonen jeden Wirbel, und mein Herz stolpert bei jedem Schlag.

Der Stoff meines Kleides ist weich, seidig ... leise. Und doch ist das Kratzen von Jaspers Daumennagel, der über die Nähte am Rand des Kleides fährt, ohrenbetäubend laut.

Mir stockt der Atem, nicht wegen des Asthmas, sondern wegen der gebieterischen Art, wie er unter den Stoff greift.

Ich beiße mir so fest auf die Lippe, dass sie blutet, und stöhne verzweifelt auf, um mich zu befreien, während ich noch verzweifelter versuche, genau das nicht zu tun.

Erregung flackert sowohl in Jaspers Augen als auch in meinem Körper auf.

Ich habe mich bei jeder Gelegenheit gegen diesen Mann gewehrt. Jeden Versuch, mich zu schikanieren, habe ich abgewehrt. Verflucht sei er für seine Fähigkeit, meine Sinne derart zu verwirren. Verflucht sei *ich*, weil ich meine niederen Triebe nicht kontrollieren kann.

„*So* mag ich meine temperamentvolle Prinzessin."

Warum reagiere ich so sehr auf seine Besitzansprüche?

„Ich gehöre niemandem – am allerwenigsten dir, Noble." Meine Worte klingen stark, obwohl ich selbst nicht davon überzeugt bin.

„Oh … da liegst du falsch", kichert er. Mein Selbsterhaltungstrieb schreit mich förmlich an, dass ich weglaufen soll, als wäre dies ein Horrorfilm und ich der Dummkopf, der die Treppe hochläuft, anstatt durch die Vordertür zu fliehen.

Meine Nasenflügel blähen sich auf, aber ich bleibe standhaft und der Druck in meiner Brust wird mit jedem Millimeter, den seine Finger nach Süden wandern, stärker.

Er stöhnt und senkt die Wimpern, als er entdeckt, dass ich unter dem Kleid nackt bin. Völlig nackt, ohne jegliche Unterwäsche. Er stöhnt noch lauter, sein Griff um meinen Hintern wird schmerzhaft, und seine Fingerspitzen wandern nach innen, der Linie meiner Ritze folgend.

„*Scheiße*, Prinzessin." Tiefer und tiefer geht er. „Du hattest die ganze Nacht nichts drunter?"

Er vergräbt sein Gesicht an meinem Hals, mein Körper drückt sich gegen ihn und reibt den Steifen, den ich an meinem Bauch spüren kann. Es ist total beschissen, aber ich kann mir nicht helfen.

„Höschen passen nicht wirklich zu diesem Look."

„Höschen", knurrt er und fährt mit den Zähnen meinen Hals hinunter.

Was zum Teufel ist hier los?

Was mache ich eigentlich?

Warum neige ich sogar meinen Kopf zur Seite, um es ihm leichter zu machen?

Halt endlich die Klappe und mach einfach mit. Ich glaube, ich muss eine neue beste Freundin suchen, denn es ist *eindeutig* Tessas Einfluss, der an diesen verräterischen Gedanken Schuld ist.

Aber halte ich ihn auf, als er weiter nach Süden wandert? Nein. Und ich protestiere auch nicht, als er mit seinen Fingerspitzen meinen Eingang streift.

„Scheiße, du bist ja ganz nass." Jedes Wort dringt durch mich hindurch direkt zu meinem Kitzler, was das, was er entdeckt hat, nur noch verschlimmert.

„No-Noble". Eine Warnung? Ein Appell? Ich bin mir selbst nicht sicher.

Alles an mir ist ein riesiger freiliegender Nerv. Mein galoppierendes Herz. Meine verkrampften Lungen. Die Art und Weise, wie meine Haut bei dem Gedanken kribbelt, dass er mich berührt, während ich das Gefühl habe, dass ich platzen werde, wenn er es nicht tut.

„Jasper", befiehlt er.

„W-Was?", keuche ich.

„Mein Name ist Jasper. Sag meinen Namen, Prinzessin." Er beißt in meinen Hals, saugt kräftig und streicht mit seinem Piercing über die Stelle, an der er mir mit Sicherheit gerade ein neues Mal verpasst hat.

Sag seinen Namen, sag seinen Namen. Oh, jetzt zitiere ich schon Destiny's Child.

„Sag es." Er tippt mit dem Finger gegen meinen Eingang.

Ich presse meine Lippen zusammen und weigere mich, ihm zu geben, was er will.

„Sag es, und du bekommst eine Belohnung."

Gott, seine Worte sind wie flüssiger Sex.

Komm schon, Savvy. Wir lieben Geschenke. Sag seinen Namen.

Wie soll ich Worte formulieren, wenn das einzige, worauf ich mich konzentrieren kann, das ständige Klopfen an meiner empfindlichsten Stelle ist?

Er spielt mit mir. Mit seinen Worten. Seiner Berührung. Allein seine Anwesenheit ist ein großer Reiz.

Saaaaaaag eeeeees..

Ich rolle mit den Augen. *Na gut.*

„*Jasper.*"

Ich bekomme kaum die letzte Silbe heraus, bevor sein Finger in mich eindringt, der Winkel, in dem er von hinten kommt, ist so sündhaft wie köstlich.

Was mache ich hier eigentlich?

Ich weiß es nicht, aber ich will nicht, dass es aufhört.

Ich gebe nach.

Schieb alle Zweifel beiseite, die Sorgen, dass dies kategorisch falsch ist, und lass meine Begierde die Kontrolle übernehmen.

Pump.

Pump.

Bei jedem Mal stelle ich mich auf die Zehenspitzen.

„Ah, Prinzessin", lallt er.

Pump.

Pump.

Meine Muschi flattert und tut ihr Bestes, ihn nicht loszulassen.

„Du kannst es leugnen, bis du blau im Gesicht bist." Ein zweiter Finger macht den Spaß mit, ein leichtes Brennen begleitet die Dehnung. „Aber dein Körper will mich."

Ich beiße die Zähne zusammen, mein Kopf schlägt gegen die Wand und mein Haar wird zu einem einzigen Wirrwarr. Ich wünschte, ich könnte behaupten, dass er Unrecht hat. „Halt die Klappe." Das ist schwach, aber alles, wozu ich in der Lage bin.

Er kichert und ein neuer Schwall von Nässe überzieht die Finger in meinem Körper.

Seine Hüften wippen nach vorne und meine wippen instinktiv zurück, um auf seinen Fingern zu reiten.

„So ist es gut, Baby." Ich zucke bei der Anfeuerung zusammen, erschrocken, wie leicht sie ihm über die sündigen Lippen kommt.

Er öffnet die Hand, sein Daumen streckt sich zurück und drückt gegen die Rosette meines Arsches, während einer seiner anderen freien Finger den Stahlstab meines VCH-Piercings streift.

„*Fuuuuuck*. Prinzessin, du bist *gepierct*?" Ich muss grinsen, als ich höre, wie schockiert er klingt.

Der Druck in mir steigt, als er meine letzte Barriere durchbricht. Mir wird zugleich heiß und kalt, ich bin kurz vor dem Platzen, während er mich wie eine Bowlingkugel hält.

Es ist unanständig und schmutzig, aber wenn das falsch ist, will ich nie mehr richtig liegen.

Mehr.

Ich will mehr.

Nein. Ich *brauche* mehr.

„Jasper."

Ich glaube, ich war noch nie in meinem Leben so kurz davor, so schnell zu kommen. Wenn ich dafür einen Orgasmus bekomme, seinen Namen zu sagen, ist das ein Preis, den ich bereit bin zu zahlen.

„Jasper."

Er schnippt das Piercing an der Spitze meiner Klitoris mit seinen Fingern, und das ist alles, was es noch braucht.

Licht explodiert hinter meinen Augenlidern. Mein Blut rast durch meine Adern. Der Sauerstoff hat endgültig meine Lungen verlassen, und ich komme. Das Vergnügen donnert, rollt und baut sich in einer nicht enden wollenden Welle auf.

„Prinzessin."

Ohne den Riemen, der sie sichert, rutschen meine Stilettos von meinen Füßen, als Jasper mich weiter fingert. Es ist heftig und unglaublich schön, und jedes *Klatschen* seiner Hand gegen mich wird von meiner hörbaren Erregung erwidert.

Er lässt meine Handgelenke los und fährt mit den Fingern an meinem Gesicht entlang, bis er mein Kinn erreicht und es nach oben kippt, und ich spiele ein wenig mit ihm, weil ich meine Augen nicht sofort öffne.

„Du bist so *verdammt* schön, wenn du kommst. Wusstest du das?", murmelt er selbstgefällig.

Ich sollte ihm eine verpassen. Meine Hände sind frei. Ich könnte es tun. Aber er hat nicht nur einen Orgasmus ausgelöst, sondern auch den Asthmaanfall, von dem ich nur noch ein paar Atemzüge entfernt war. Er ist jetzt voll ausgebrochen.

„Jas-" Keuchen. „Jasp-" Verschlucken. „Jasper."

Ich muss sofort von hier verschwinden. Wes ist wahrscheinlich schon hier und wartet auf mich. Ihm ist es egal, ob ich zu spät komme, aber wenn ich mit den Symptomen eines Anfalls auftauche, werden er und Carter stinksauer.

Meine Lungen schreien und schwarze Flecken beginnen in meinem Sichtfeld zu tanzen. Der Sauerstoffmangel macht sich bemerkbar.

Endlich …

Endlich!

Jasper lässt mich endlich los und ich kämpfe darum, meine Clutch wiederzufinden, die mir vorhin heruntergefallen ist.

Getrieben von blindem Instinkt und Selbsterhaltungstrieb stolpere ich den Flur hinunter und drücke mit einer Hand auf den Rufknopf für den Aufzug. Mit gefühllosen Fingern fummele ich am Verschluss meiner Tasche herum. Das Klingeln, das die Ankunft des Aufzugs ankündigt, ertönt eine Sekunde, bevor ich es schaffe, die Metallzinken auseinanderzuziehen.

Das glatte Plastik meines Rettungsinhalators trifft auf meine Handfläche und ich schüttle ihn, um das Medikament zu aktivieren, während sich die Aufzugtüren schließen.

KAPITEL 25

Jasper

Meine Hand ist voller Samanthas Lust, mein Schwanz ist so hart, dass er droht, meine Hose zu sprengen, meine Eier sind blauer als ein Schlumpf und schreien nach Befreiung. Ich beobachte verwirrt, wie sie vor mir wegläuft und in einem Aufzug verschwindet.

Ich führe meine Finger zum Mund, lecke sie sauber und genieße den moschusartigen, süßen Geschmack, der Samantha ausmacht. Er wirkt in meinem Körper wie eine Spritze Heroin und ich bin sofort süchtig.

Ich weiß nicht, seit wann ich hier bin, aber ich weiß, dass ich einen kurzen Boxenstopp bei der Gala einlegen muss, bevor ich mich daran machen kann, die Hotelangestellten zu becircen, dass sie mir Zugang zur Penthouse-Residenz der St. James-Familie gewähren.

Ich schlüpfe durch die Servicetür. Glücklicherweise ist meine Abwesenheit unbemerkt geblieben.

Ein kurzer Blick in den Raum zeigt, dass Dad in einer Ecke eine hitzige Diskussion mit dem Coach und mit Gouverneur Delacourte führt und Mom am Rand der Tanzfläche mit Mrs. Delacourte und Mrs. St. James sitzt. Ich muss Mom bitten, mich bei Dad zu entschuldigen, denn ich habe keine Zeit, mich in eine Diskussion über die bevorstehende Eishockeysaison verwickeln zu lassen, die sicher unvermeidlich wäre. Talentscouts sind das Letzte, woran ich im Moment denke, und ich habe keine Lust,

mich mit Dads Missbilligung dieser Tatsache auseinander-
zusetzen.

Es ist keine Überraschung, dass Duke mit den Jungs an der
Bar sitzt. Als ich zu ihnen hinübergehe, fällt sein Blick auf mich.
Er richtet sich auf, stellt sein Glas auf die Theke und entfernt sich
von der Gruppe. „Was geht?"

„Ich haue ab." Ich nicke mit dem Kopf in Richtung Tür.

Duke mustert mich mit seinen blauen Augen, denen nichts
entgeht. Er dreht sich um, so dass wir mit dem Rücken zu den
anderen stehen und unser Gespräch unter vier Augen stattfinden
kann. „Willst du, dass ich dich begleite?"

Ich zögere und überlege, wie ich am besten antworten soll.
Ein Begleiter ist das Letzte, was ich brauche, wenn ich Samantha
wiedertreffe, obwohl es einige Vorteile hätte, Duke mitzunehmen. Zum einen wird er abtauchen, wenn ich ihn darum bitte,
und zum anderen hat er vielleicht mehr Erfolg an der Rezeption
als ich. Er könnte einfach sagen, dass sein Vater bei seinem
Treffen mit Mitchell St. James letzte Woche etwas im Penthouse
vergessen hat und ihn gebeten hat, es zu holen.

„Ja.", nicke ich. „Ist das Gucci?"

„Jawohl." Er dreht sich auf dem Absatz um, um sich wieder
den anderen zuzuwenden und macht ein Friedenszeichen. „Bis
die Tage, Arschlöcher." Er wendet sich ab, als sie sich ebenfalls
verabschieden. „Ich nehme an, wir gehen eine Prinzessin
retten?", fragt er, als wir im Gleichschritt losmarschieren.

Meine Lippen kräuseln sich und ich werfe ihm einen Seitenblick zu. „Du sagst das so, als wären nicht *wir* diejenigen, die sie
bedrohen."

Ein teuflisches Funkeln huscht über sein Gesicht und er reibt
sich die Hände vor Vergnügen. „Fee-fi-fo-fum, jetzt geht's los."

Wir gehen kurz zu unseren Müttern, um uns zu verabschieden, und ein paar Minuten später betreten wir die glänzende
Lobby des St. James Hotels.

„Sieh an, sieh an, sieh an", sinniert Duke und ich merke erst
ein paar Schritte später, dass er stehen geblieben ist.

Ich mache kehrt und begebe mich zu ihm, in die Nähe des Brun-
nens im Herzen der Lobby. Als ich dort ankomme, folge ich seinem
Blick und entdecke keinen Geringeren als Wesley Prince, der an
einer der großen Marmorsäulen im Eingangsbereich postiert ist.

Meine Eifersucht schlägt brutal und schnell zu. Ich kann Samantha immer noch auf meiner Haut riechen, sie auf meiner Zunge schmecken. Will sie wirklich mit diesem Kerl ausgehen, nachdem ich sie zum Orgasmus gebracht habe?

„Liegt es an mir, oder wirkt er … irgendwie neben sich?", fragt Duke.

Ich schüttle die Wut ab, die meine Sinne umnebelt, kneife die Augen zusammen und betrachte den Royal, der im letzten Monat der Grund für meine schlechte Laune war.

Hmm …

Duke könnte Recht haben.

Schon von weitem sehe ich, wie er die Stirn in Falten legt, die Mundwinkeln nach unten zieht, während er mit jemandem telefoniert, und seinen Motorradhelm immer wieder gegen sein Knie stößt. Er scheint auf jeden Fall aufgebracht zu sein. Könnte er bereits wissen, was Samantha und ich gemacht haben? Würde sie es ihm sagen?

Das „*Fuck*" von Prince ist ihm leicht von den Lippen abzulesen. Er stößt sich von der Säule ab, beendet im selben Moment den Anruf und steckt sein Handy ein. Er wirkt konzentriert. Das ist die Version, vor der sich die meisten fürchten, der grimmige Verteidiger und Beschützer der Royals, der sich in Untergrund-Kämpfen einen Namen gemacht hat.

Es gibt nur eine Sache … eine Person, die seine Aufmerksamkeit und sein Verhalten so plötzlich ändern kann … *sie*.

Über die Marmorböden stapft eine Version von Samantha St. James, wie ich sie noch nicht gesehen habe. Vorbei ist es mit dem Schwung, der so typisch für die freche Hitzköpfige ist. Ihre Füße stecken in grauen Uggs, die aussehen, als wären sie aus einem Pullover mit großen runden schwarzen Knöpfen an der Seite gemacht.

Ihre langen Beine stecken in einer dehnbaren schwarzen Leggings, deren Mesh-Einsätze an den Seiten einen Hauch von Haut zeigen, aber der BTU-Hockey-Kapuzenpulli, den sie angezogen hat, hängt ihr bis zu den Knien und hindert mich daran, ihren Hintern so zu bewundern, wie es in einer engen Hose möglich wäre.

Auf der Rückseite des Sweatshirts ist eine Nummer aufgestempelt, aber sowohl die große Kapuze als auch ihr langes Haar verhindern, dass ich erkennen kann, *wessen* Nummer es ist. *Die einzige Nummer, die sie tragen sollte, ist ohnehin meine.*

Ich stolpere zurück. Die Scheiße gerät langsam außer Kontrolle.

Trotzdem …

Ich kann mich nicht erinnern, dass sie in den Gesprächen mit Tinsley, die ich belauschen konnte, jemals erwähnt hat, dass sie Eishockeyfan ist. Es ging meistens um Cheerleading und Football. Könnten wir tatsächlich noch etwas anderes gemeinsam haben? Warum macht mir dieser Gedanke mehr Angst als all meine besitzergreifenden Gedanken vorher?

Wesley zieht Samantha in seine Arme, seine Unterarme legen sich um ihren unteren Rücken und sie vergräbt ihr Gesicht an seiner Brust. Die Umarmung dauert nicht lange, aber die Art und Weise, wie er beide Hände zu ihrem Gesicht führt, lässt mich die Zähne zusammenbeißen. Da ist eine Zuneigung zu spüren, die die Bestie in mir zum Brüllen bringt.

Da er seinen Kopf nach unten geneigt hat, kann ich Prince' Lippen nicht mehr lesen, aber es ist nicht zu übersehen, wie er mit seinen Daumen über Samanthas Wangenknochen streicht.

Lange Minuten vergehen, während die beiden reden und Duke und ich wie gebannt zusehen. Wenn ich denken würde, dass wir damit durchkommen, ohne erwischt zu werden, würde ich versuchen, näher heranzukommen, um sie zu belauschen.

Schließlich schnappt sich Wesley den kleinen Seesack, den Samantha bei sich trägt, legt einen Arm um sie und drückt sie dicht an seine Seite, während sie sich auf den Weg zum Hoteleingang machen.

Duke und ich setzen uns ebenfalls in Bewegung und folgen ihnen wie ein Schattenpaar.

Das mattschwarze Motorrad von Prince glänzt im Scheinwerferlicht, aber sie machen keine Anstalten, in diese Richtung zu gehen. Was ist los?

Das kehlige Dröhnen einer Auspuffanlage hallt laut unter dem verzierten Dach wider, das den Gästen Schutz vor den Elementen bietet, wenn sie aus ihren Fahrzeugen aussteigen, und ein mattschwarzer Dodge Challenger Hellcat kommt direkt vor dem Hotel zum Stehen.

Die Tür wird aufgerissen, die Reifen rollen noch leicht, als Cisco Cruz, ein weiterer Royal, Samantha Wesley aus den Armen reißt und eine ähnliche Inspektion durchführt. In meinem Unterbewusstsein regt sich etwas und flüstert mir zu, dass etwas nicht stimmt.

Die Art und Weise, wie die Royals sich um Samantha kümmern, ist sehr intensiv. Das ist mir schon in der Nacht aufgefallen, als wir auf dem Königsball waren, aber das hier ist noch einmal anders. Warum genau, kann ich nicht genau sagen.

Cisco führt Samantha zu seinem Hellcat, hält ihr die Tür auf und legt ihr die Hand auf den Ellbogen, während sie sich in den Schalensitz fallen lässt. Er geht sogar so weit, dass er sich neben sie hockt und sich über ihren Körper streckt, um den Sicherheitsgurt anzulegen, bevor er sich zurückzieht und einen Finger unter ihr Kinn legt, um ihr Gesicht zu ihm zu drehen.

Ich will wissen, was sie sehen, und ich nicht, und versuche, mich anzunähern, aber Dukes Arm hält mich auf, bevor ich einen Schritt weiterkomme. „Nicht jetzt.“

Ich unterdrücke den Drang, mich mit ihm zu streiten, setze meinen Fuß zurück und schiebe meine Hände in die Taschen meiner Smokinghose. Ich wippe auf meinen Füßen vor und zurück, und wir sehen zu, wie Prince vom Parkplatz rast, dicht gefolgt von Cruz.

„Du verlierst langsam den Verstand, Mann.“ Duke beäugt mich misstrauisch, als ich weiter hinterherstarre, lange nachdem die Rücklichter verschwunden sind.

Wieder möchte ich widersprechen, kann es aber nicht. Ich bin für meine Selbstbeherrschung bekannt und werde dafür verehrt. Deshalb dominiere ich sowohl auf dem Eis als auch in den Hallen der BA. Nichts konnte das ändern. Weder die Forderungen meines Vaters noch die Verkupplungsversuche meiner Mutter oder familiäre Verpflichtungen, die sich anfühlen, als würden sie mir ein Stück meiner schwarzen Seele wegnehmen. *Nichts!*

Bis … Samantha St. James des Weges kam.

KAPITEL 26

Sechsunddreißig weitere Stunden, in denen ich an Samantha denken musste, und ich bin den Antworten keinen Schritt nähergekommen.

Die Spielchen müssen *jetzt* aufhören.

Wir klären die Dinge *heute*.

Ich begehre sie, seit ich sie zum ersten Mal gesehen habe. Ich wusste – auch wenn ich es anfangs nicht wahrhaben wollte – dass sie die Einzige ist, die es wert ist, die Krone mit mir zu teilen, seit sie sich zum ersten Mal weigerte, sich meinen Befehlen zu beugen.

Ich habe sie begehrt und mir zu meinen Fantasien, wie sie sich meiner Kontrolle hingibt, öfter einen runtergeholt, als ich zählen kann. Jetzt, wo ich sie gekostet habe, gesehen habe, wie sie zusammenbricht, gefühlt habe, wie sie in meinen Armen zittert, gehört habe, wie ihr Atem stockt, gesehen habe, wie sie die Augenbrauen zusammenzieht und die Lippen spitzt, wenn sie kommt – jetzt ist es amtlich. Sie gehört mir.

Es ist mir scheißegal, was die Royals dazu sagen.

Das ist eine gewagte Aussage, aber das macht sie nicht weniger wahr.

Die Luft ist kühl, wie man es im Oktober im Nordosten erwarten würde, als ich mich gegen die Steinfassade der BA lehne. Bis zum Mittagessen wird es damit vorbei sein und der Sommer, der sich weiterhin weigert, dem Herbst zu weichen, wird die meisten Leute dazu bringen, ihre Blazer abzulegen.

Der Parkplatz vor der Schule ist nicht übermäßig groß und hauptsächlich für Besucher, die Handvoll Schüler, die nicht hier wohnen, und die Oberstufenschüler, die von den Wohnheimen herüberfahren (hauptsächlich Sportler), reserviert. Ich lasse meinen Blick über die Sammlung an Luxusfahrzeugen schweifen, während ich auf einen mir bekannten silbernen Bentley warte.

Genau fünf Minuten, bevor die Glocke läutet, taucht der Wagen auf, folgt der Einfahrt und hält am Fuß der breiten Steintreppe an. Der Chauffeur von St. James richtet seine Anzugsjacke und geht zur hinteren Beifahrertür, um sie für seinen Schützling zu öffnen.

Ich richte mich auf und trete von einem Fuß auf den anderen, weil ich ungeduldig darauf warte, meinen ersten Blick auf Samantha werfen zu können.

Die Sekunden vergehen und das Wippen des Kopfes des Fahrers während des Gesprächs lässt meine Erregung noch weiter steigen. Ohne Duke, der mich im Zaum hält, bin ich kurz davor, die Treppe hinunterzustürmen um sie eigenhändig aus dem Auto zu zerren, als ein schwarzer Nagellack aufblitzt und Samantha die ausgestreckte Hand ihres Fahrers ergreift.

Wieder tänzle ich ein wenig herum. Die Spitze eines unordentlichen Duttes kommt zuerst, dann setzt sie schwarze Chucks mit hohen Absätzen und schwarzen Socken auf den Asphalt und steigt langsam, fast behutsam, aus, wobei ihre lilafarbene Ray-Ban ihre ähnlich gefärbten Augen abschirmt, sobald sie aufrecht steht.

Sie hält inne und ihre Brust weitet sich, als sie tief Atem holt. Sie scheint … unsicher zu sein? Ihr Fahrer hält immer noch ihre Hand fest und wartet auf ihr Nicken, bevor er sie loslässt. Nach einem weiteren Wortwechsel zieht Samantha scheinbar entschlossen die Schultern zurück und wendet sich direkt der Schule zu.

Sie schafft es genau eine Stufe höher, bevor sie mich entdeckt, das Kinn auf die Brust gesenkt, den Kaffeeträger in der Hand, der bedenklich kippt. Ich schwöre, ich kann von hier aus den Seufzer hören, den sie ausstößt.

Nachdem ich lange genug gewartet habe, schließe ich zu ihr auf und bleibe erst stehen, als ich auf der Treppe eine Stufe über ihr stehe. Ich mache das absichtlich, damit meine ohnehin schon größere Statur sie noch mehr überragt, um meine Dominanz zu demonstrieren. Als sie dieses Mal seufzt, höre ich es, und ich hasse den resignierten Unterton.

Was macht dich so fertig, kleines Mädchen?

„Können wir das jetzt bitte bleiben lassen, Jasper?"

Nun ... Scheiße. Wenn das, was ich in ihrem Seufzer gehört habe, noch nicht gereicht hätte, mich zu beunruhigen, so ist es spätestens jetzt die Tatsache, dass sie mich Jasper genannt hat. Das macht sie *sonst nie*. Ich musste sie so lange antreiben, bis sie kurz vor dem Orgasmus stand, um diese zwei Silben endlich aus ihrem Mund zu hören.

Ich lege einen Finger unter ihr Kinn, bis ich mich in den schwarzen Gläsern ihrer Brille sehen kann. „Was ist los, Prinzessin?"

„Nichts." Sie versucht, meine Hand wegzuschlagen, aber es fehlt ihr an der ansonsten für sie typischen Kraft.

Das alles ergibt keinen Sinn. Erst die seltsame Art, wie die Royals sie im Hotel behandelt haben, und jetzt das. Ich hätte eher gedacht, dass sie ihre Abneigung gegen mich noch verstärken würde. Wo ist ihr Kampf? Ihr Trotz? Ihr ... Funke?

Nein, irgendetwas stimmt ganz sicher nicht.

Ich klemme das Gestell ihrer Sonnenbrille zwischen meine Finger und schiebe es hoch, bis es wie ein Stirnband auf ihrem Kopf sitzt. Dunkle, blaue Kreise zeichnen sich wie Daumenabdrücke unter ihren müden Augen ab.

Als ich mich zurücklehne, bemerke ich, dass sie blass ist, und zwar nicht wie Schneewittchen, sondern wie jemand, der ernsthaft krank unter einem Haufen Decken im Bett liegen sollte. Der Drang, ihr eine Suppe zu kochen, passt so gar nicht zu mir, zumal ich gar nicht kochen kann.

Ich streiche mit einem Fingerknöchel über einen der besagten dunklen Kreise, lasse ihn kurz dort verweilen und umfasse dann ihr Gesicht mit meiner Handfläche. Die Art und Weise, wie sie sich instinktiv in meine Berührung schmiegt, lässt mein Herz höherschlagen.

„Bist du krank? Ist es das?" Ihre Haut fühlt sich nicht heiß oder feucht an, also glaube ich nicht, dass sie Fieber hat.

Sie zuckt zusammen, als würde sie erst jetzt bemerken, dass ich sie berühre, und verliert beinahe das Gleichgewicht. Reflexartig lege ich einen Arm um ihre Mitte und ziehe sie zu mir, bevor sie einen Kopfsprung die Treppe hinunter machen kann, wie es die Kaffees aus dem Träger gerade tun.

Auch hier verzögert sich ihre Reaktion und es vergehen Sekunden, bevor sie ihre Hände an meine Brust legt. Das ist völlig untypisch für sie, zumal sie ihre Hände auf mir lässt, nicht um in der Berührung zu verweilen, sondern als würde sie sich bei mir abstützen. Mir wird ganz seltsam, weil etwas so ganz und gar nicht stimmt.

„Hör zu …" Sie schüttelt den Kopf als versuche sie, ihren Kopf klar zu bekommen, und ihr Blick sucht meinen.

„Prinzessin …" Ich schlucke den Kloß hinunter, der sich so plötzlich und unerwartet in meiner Kehle gebildet hat. „Du machst mir Angst."

„Nur weil ich scheiße aussehe, musst du mich nicht anlügen, Jasper." Da ist er wieder – mein Name. Ich würde mich darin sonnen, aber das Keuchen, mit dem sie ihren Satz beendet, versetzt mir einen weiteren Stich, und ich spüre, wie die Sorge in mir ins Unermessliche wächst.

„Ich lüge nicht", antworte ich.

„Eine Person muss dir etwas bedeuten, um dir wirklich Sorgen um sie machen zu können." Sie stößt ihre Ellbogen zur Seite und befreit sich aus meinem Griff. „Und damit sie einem etwas bedeutet, muss man echte Gefühle haben."

Ich zucke zusammen, und trotz der Schwere in ihren Lidern entgegnet sie meinem Blick. *Gefühle.* Verdammt, das Wort ist wie ein Fluch. Gefühle machen einen schwach und anfällig für äußere Einflüsse.

„Siehst du?" Sie fuchtelt mit der Hand in der Luft herum, als hätte ich ihr gerade bewiesen, dass sie recht hat. Und, verdammt … vielleicht habe ich das auch. Um ehrlich zu sein, ist das alles neu für mich. Ich weiß nicht, ob ich das, was ich fühle, als *Gefühle für sie* bezeichnen kann, aber es ist nichts, was ich jemals vorher erlebt habe.

Duke ist der einzige Mensch – abgesehen von meiner Mutter – dem ich erlaube, dass andere wissen, dass er mir wichtig ist. Aber wenn es hart auf hart kommt, weiß ich, dass sein Vater in der Lage wäre, mit allem und jedem fertig zu werden, der es wagt, sich mit ihm anzulegen.

„Ich bin mir ziemlich sicher, dass ich dir auf der Gala gezeigt habe, was ich für dich empfinde", rufe ich ihr hinterher, als sie sich zurückzieht.

Sie bleibt stehen, und diesmal ist sie diejenige, die auf der höheren Stufe steht, so dass wir fast auf Augenhöhe sind. „Du kannst eine Person dazu bringen, zu kommen, ohne Gefühle für sie zu empfinden." Sie rutscht näher heran, die Spitzen ihrer Turnschuhe hängen jetzt über die Kante der Stufe. Ihre Nase streift die Stoppeln an meinem Kinn und ein Kribbeln läuft mir über den Rücken, als sie mir ins Ohr flüstert: „Ich könnte dich garantiert in weniger als fünf Minuten zum Orgasmus bringen." Sie zieht sich zurück und sieht mir in die Augen. „Und ich mag dich ganz *sicher nicht.*"

Für einen Moment erkenne ich das vertraute Feuer in ihrem Blick, dessen Fehlen mich heute Morgen so aus der Fassung gebracht hat – bis es im nächsten Moment wieder erlischt und ihre Augenlieder sich senken.

„Nochmal, Prinzessin" – ich packe sie im Nacken und halte sie fest, als sie wieder versucht, wegzulaufen – „muss ich dich daran erinnern, dass ich dir am Samstagabend sehr gut *gefallen habe*?" Ich ziehe sie näher zu mir und lege meine Stirn an ihre. „Du hast meine Hand *buchstäblich ertränkt.* Ich konnte dich noch *stundenlang* schmecken, nachdem ich sie sauber geleckt hatte."

Ihr ganzer Körper zittert und eine Hitzewallung bringt endlich etwas Farbe in ihr blasses Gesicht.

„Komm schon", sage ich, als die Glocke läutet, „lass uns gehen, bevor wir zu spät kommen. Ich verschränke meine Finger mit ihren und führe uns zum Eingang der Schule.

Ihre Hand zuckt in meinem Griff und ihre Finger strecken sich, als ob das alles wäre, was ich bräuchte, um sie loszulassen. *Keine Chance.* Ich schaue auf unsere Berührung, die erste reine und unschuldige in all unseren Interaktionen. Und …ich … mag es. *Hm?*

„Was machst du da?" Ihre Stimme ist heiser, als sie eine Frage stellt, auf die ich nicht annähernd eine Antwort habe. Der Klang wäre sexy, wäre da nicht ein Kratzen in der Kehle, das die Anstrengung für jeden deutlich macht, der genau hinhört.

„Jemand muss dafür sorgen, dass du gut in den Unterricht kommst." Ich mustere sie noch einmal kurz. Zum ersten Mal konzentriere ich mich nicht auf das Äußere – die vollen Titten,

die schmale Taille, die ausladenden Hüften, die langen Beine –
und mir gefällt nicht im Geringsten, was ich sehe.

Vom ersten Tag an war Samantha St. James ein Rätsel, das ich
versucht habe, zu lösen. Zuerst war es, um sie fertig zu machen.
Und jetzt … vielleicht … will ich, dass sie mein ist?

Savvy

Ich fühle mich wie ein wandelnder Zombie und atme erleichtert aus, als die letzte Glocke läutet und diese Farce von einem Schultag ein Ende hat. Ich habe es kaum geschafft, bei Bewusstsein zu bleiben, geschweige denn mir irgendetwas von den heutigen Vorlesungen zu merken.

Normalerweise dauert es nur ein, zwei Tage, bis sich mein Körper von einem Asthmaanfall wieder erholt. Dass dieser Anfall so kurz nach dem letzten aufgetreten ist, hat die anhaltende, katerartige Erschöpfung jedoch noch verschlimmert. Dieses Mal werde ich um einen Kontrollbesuch beim Arzt nicht herumkommen. *Oh, wie lustig.*

Tinsley ist den ganzen Tag an meiner Seite geblieben und ich finde es toll, dass mein Instinkt richtig war. Die Kleine ist loyal. Wie eine echte Royal.

Willst du wissen, was mich mehr aus der Bahn wirft als meine angeschlagene Gesundheit?

Jasper Noble.

Echt jetzt? Was soll der Scheiß?

Ich kann mir keinen Reim auf ihn machen. Er schwebt dauernd um mich herum und führt sich auf wie ein Beschützer, so dass mir förmlich der Kopf schwirrt.

Er war auch … süß. Als die zweite Stunde begann, schob er mir einen Becher Kaffee zum Mitnehmen über den Tisch. Als ich ihn fragte, was das sei, zuckte er nur mit den Schultern und murmelte, dass ich meinen schließlich draußen verschüttet hätte.

Ich meine, also ehrlich. Das sieht ihm so *gar nicht* ähnlich. Wer ist dieser Mann und was hat er mit dem Alpha-Loch, das früher Jasper Noble hieß, gemacht?

So ganz ist der Teil aber nicht verschwunden. Er war da als er mich damit aufgezogen hat, wie er mich auf der Gala zum Kommen gebracht und wie sehr er es genossen hat. Oh Mann, … was für eine Erfahrung! Es war verrückt, unerwartet und so untypisch für mich, dass ich Mühe hatte, mich hinterher im Spiegel wiederzuerkennen.

Ich hätte es nicht tun sollen. Ich hätte mich nicht umdrehen sollen, als er meinen Namen rief, hätte weiter zum Aufzug gehen und meinen Abend wie geplant fortsetzen sollen. Stattdessen habe ich mich von ihm reizen lassen und der Versuchung nachgegeben. Jetzt zahle ich den Preis für die Karma Ohrfeige, die mir in Form eines Asthmaanfalls verabreicht wurde.

Zweimal habe ich schon die Anzeichen ignoriert und zugelassen, dass Jasper einen Anfall auslöst, der hätte vermieden werden können, wenn ich auf meinen Körper gehört und die Warnzeichen beachtet hätte. Wenn mir das nicht sagt, dass er schlecht für meine Gesundheit ist – im wahrsten Sinne des Wortes -, dann weiß ich nicht, was sonst noch passieren muss.

Ich habe keiner Menschenseele erzählt, was im Servicekorridor des St. James passiert ist …außer Tessa. Die Schlampe warf einen Blick auf mich, ignorierte meine blasse Haut, den Schweiß auf meiner Stirn und die quälenden Bewegungen meines Brustkorbs, mit denen ich versuchte, meine Atmung unter Kontrolle zu bekommen, und schaffte es irgendwie, unter all dem die postorgasmische Errötung zu erkennen. Ich kann mich nur wiederholen – das Mädchen liest zu viel.

Ich bin mir sicher, dass es dich nicht überrascht, denn es überrascht auch mich nicht, dass ein mattschwarzes Auto vor der BA geparkt ist, als ich nach draußen trete. Ich wusste, dass Carter mich nach der Schule auf keinen Fall zu Natalie gehen lassen würde, aber ich hatte nicht damit gerechnet, dass der GMC Acadia von Lance auf mich warten würde.

Die Haare in meinem Nacken stellen sich auf. Als ich nach rechts schaue, sehe ich Jaspers Augen auf mich gerichtet. Mein Blick hüpft zwischen dem SUV und ihm hin und her und wartet darauf, dass er mir den vertrauten finsteren Blick zuwirft, aber … heute nicht. *Hmm.*

„Willst du mitkommen?", frage ich Tinsley und hake mich bei ihr unter.

Es dauert einen Moment, bis sie antwortet, denn auch ihre Aufmerksamkeit gilt Jasper und seiner Gruppe. Wenigstens bin ich nicht die Einzige, die verwirrt ist, weil die Jungs schon den ganzen Tag fast freundlich zu uns gewesen sind. Sie hat diese winzige Falte zwischen den Augenbrauen, die mir sagt *was ist hier los?* „Sicher?"

Ich kichere darüber, dass es mehr eine Frage als eine Aussage ist, reibe Kreise über mein Brustbein und spüre den Schmerz, den mir die gute Laune beschert.

„Hey Lancelot", rufe ich ins Auto, nachdem ich die hintere Beifahrertür für Tinsley geöffnet habe.

„Hey Savs", erwidert Lance, nur um ein schnelles *„Jesus"* hinterherzuschicken. Im Nu ist er aus dem Auto gestiegen und bei mir. „Willst du, dass ich umgebracht werde oder was?" Seine Hände umschließen meine und hindern mich daran, seine große Tasche aus dem Weg zu schieben.

„Übertreiben wir da nicht ein bisschen?", scherze ich, trete aber bereitwillig zurück.

Lance wirft sie mit einer Hand nach hinten, als ob sie nicht so viel wiegen würde, als hätte er eine Leiche darin versteckt, und schaut mich ungläubig an. „Du magst die Königin unserer Crew sein, aber das wird deinen Bruder nicht davon abhalten, durchzudrehen, wenn er hört, dass ich dich mein Zeug schleppen lasse, während du es eigentlich *ruhig angehen lassen* solltest." Die Betonung der letzten Worte veranlasst mich, meine Arme trotzig vor der Brust zu verschränken.

„Tolle Königin", murmle ich und ziehe die Stirn in Falten. „… die einen Babysitter braucht." Ich lasse meinen Blick an Lance' BTU-Titan-Kapuzenpulli auf- und abwandern und rolle dabei mit den Augen, „Das spricht eindeutig für meine Macht, findest du nicht?"

„Aww, Savs." Er spricht leise, damit die anderen meinen „richtigen" Namen nicht hören, wie Carter es angeordnet hat, und schlingt seine starken Arme um meinen Körper, um mich in eine brüderliche Umarmung zu ziehen und mir einen Kuss auf die Stirn zu geben. „Du bist seine ganze Welt. Sei ihm nicht böse, dass er sich Sorgen um dich macht."

Die Erinnerung reicht aus, um meine Wut abzukühlen. Lance

hat Recht. Carter macht sich Sorgen um mich; das hat er schon immer getan. Ich glaube, meine neue Wohnsituation könnte für ihn schwieriger sein als für mich. Von klein war es für Carter wichtig, Kontrolle zu haben. Nicht im Sinne von *„Lass mich dein Meister sein"* – und wenn er im Schlafzimmer seinen inneren Christian Grey auslebt, muss ich das nicht wissen; es gibt Dinge, die eine Schwester nichts angehen, vielen Dank – sondern im Sinne von *„Ich muss derjenige sein, die das Sagen hat".*

Ähnlich wie ein gewisser Jemand, den ich kenne …

Als Nachkommen einer Gründerfamilie wurden wir immer respektiert und beachtet, was den meisten anderen Kindern in der Stadt nicht vergönnt ist.

Ich war neun Jahre alt, als mein Vater starb und unsere ganze Welt aus den Angeln geriet. Natalie trauerte – und das meine ich im wahrsten Sinne des Wortes – einen ganzen Monat lang, bevor sie sich auf die Suche nach Ehemann Nummer zwei machte.

Als das Geld aus Dads Lebensversicherung weniger wurde, vernachlässigte Natalie uns immer mehr, bis sich die Situation zwei Jahre später so richtig zuspitzte. Der damals sechzehnjährige Carter bekam die wenig dankbare Aufgabe umgehängt, mich zu erziehen, und der Verlauf seines Lebens änderte sich für immer. Natürlich waren da auch noch die Falcos, aber wenn unser Patenonkel, Anthony Falco – Chucks älterer Bruder – darauf bestand, dass wir zu oft bei ihm übernachteten, gab es Probleme mit Natalie.

Meine altbekannten Schuldgefühle lassen mich zittern und Lance sieht mich stirnrunzelnd an. In der Annahme, dass es eine Nebenwirkung meines Anfalls ist, zieht er seinen Kapuzenpullover aus und mir über den Kopf. Die Royals verzichten aus Rücksicht auf mich auf Parfüm, also rieche ich nur den Duft von Ice und frischer Baumwolle, als ich mein Gesicht im Kragen des Sweatshirts vergrabe.

Lance wartet, bis ich mich die Hände in die vorderen Taschen gesteckt habe, bevor er zustimmend nickt. „Komm, Mini Royal", sagt er, legt einen Arm um mich und dreht mich herum, „wir bringen dich jetzt nach Hause."

Als er mich zur Beifahrertür führt, schaue ich über seinen Bizeps und bekomme einen unerwarteten – und eher verwirrenden – Anflug von Schuldgefühlen, als ich sehe, wie Jaspers Blick Lances Griff um mich herum verfolgt.

Tinsley und ich haben uns schon in Sweatshirts und T-Shirts geworfen – sie kurzärmelig, ich langärmelig -, als der Wirbelwind namens Tessa eintrifft.

Ihr Rucksack landet wie eine Tonne Ziegelsteine auf dem Boden, vollgestopft mit mehr Lehrbüchern, als das Gesetz erlaubt. Ihre Schuhe fliegen in alle Richtungen. Nur die Tasche mit ihrem Laptop stellt sie sanft ab, bevor sie sich mit wirbelnden Haaren zu meinen Füßen auf die Couch plumpsen lässt.

„Hurrikan Tessa ist auf Land getroffen", imitiere ich unseren Wettermann, während sie sich ihre wilde rote Mähne aus dem Gesicht streicht und mir einen Vogel zeigt.

„Eh … sie ist im Moment nur eine Kategorie zwei." Wes taucht grinsend auf und nimmt sich einen der übergroßen Ledersessel. „Ich würde mir nicht zu viele Sorgen machen."

„Sehr witzig, Charming", sagt Tessa trocken.

„Gern geschehen." Er verbeugt sich spöttisch, wobei er seinen Oberkörper über seine ausgestreckten Beine legt.

„Wenn deine Witze nur halb so lustig wären wie dein Gesicht."

Wes lehnt sich in seinem Sitz zurück und kreuzt seine Füße. „Deine Beleidigungen entsprechen deinem Alter, Butterblume."

Tessa wirft sich in bester Hollywoodmanier die Haare über die Schulter. „Ich versuche lediglich, mich deinem Niveau anzupassen, Charming." Das übertriebene Lächeln, das sie ihm dabei zuwirft, ist alles andere als süß. Tinsley, Cisco, der irgendwann während ihres Geplänkels dazukam, und ich schauen zwischen ihnen hin und, als würden wir ein Tennismatch beobachten.

Drei Pieptöne an der Tür zur Garage kündigen die Rückkehr meines Bruders an.

„Oh, Mann." Leo Castle, das letzte Mitglied der Royalty Crew, wedelt mit den Armen vor seinem Gesicht herum, als wäre ihm gerade ein unangenehmer Geruch in die Nase gekrochen. „Die Spannung hier drin ist *unerträglich*." Er setzt sich neben mich auf den Arm der Couch und verpasst mir zur Begrüßung einen spielerischen Kinnhaken. „Was haben wir verpasst?"

„Nur das übliche Geplänkel der beiden." Cisco deutet auf Tessa und Wes und trinkt seine Gatorade in drei Schlucken leer.

„Wir sind aber noch nicht bei *„Wie du mir, so ich dir"* angekommen, es ist also noch früh."

„Wie wär's, wenn wir den Teil überspringen?", schlägt Carter vor und fragt dann Wes: „Ist Bennett schon weg?"

„Ja", antworte ich stattdessen. „Er ist auf seinem edlen Ross davongeritten, nachdem er die *holde Maid* befreit hatte." Oh, klang das etwa sarkastisch? Huch.

„Oh" – Tessa täuscht Enttäuschung vor und zwinkert mir zu – „Lancelot ist gegangen, bevor ich ihm einen guten Morgen wünschen konnte? Sie schnippt mit den Fingern. „So ein Mist."

„Ihr zwei seid so dämlich", sagt Carter, aber er kann ein Grinsen nicht ganz verbergen. „Wie geht es dir?" Er geht vor mir in die Hocke, sieht mich prüfend an und sieht wahrscheinlich mehr, als mir lieb ist.

„Okay." Wenn ich will, kann ich lügen, dass sich die Balken biegen.

„Lügnerin", meint er kichernd und tippt auf mein Knie, bevor er sich hochstemmt und den freien Sessel neben Wes nimmt.

Ich würde ihm gerne widersprechen, aber es hat keinen Sinn – er hat ja recht. Ich fühle mich wie der aufgewärmte Tod und würde am liebsten ein Nickerchen machen. Den letzten Teil erwähne ich allerdings lieber nicht. Er würde mich über die Schulter werfen und selbst nach oben tragen und mich mit einem verdammten Stofftier ins Bett stecken, als wäre ich noch immer erst fünf Jahre alt.

„Wie war's in der Schule? Irgendwelche Probleme?"

Ich presse die Lippen zusammen, weil ich weiß, was er *wirklich* wissen will. Ich sollte sauer sein, aber ganz ehrlich? Die Frage macht mich einfach nur traurig. Warum ist *er* derjenige, der sich kümmert? Warum ist es mein *Bruder*, der sich um mein Wohlergehen sorgt? Ich sage ja nicht, dass sich Geschwister nicht um einen kümmern sollten, aber weißt du, was Natalie bei meinem Anblick in der Früh gesagt hat? Es war nicht *„Bist du krank?"* oder gar *„Geht es dir gut?* Nein, sie hat einen Blick auf meine blasse Haut und die dunklen Ringe unter meinen Augen geworfen und mir vorgeschlagen, mehr Concealer aufzutragen, bevor ich in die Schule gehe. Ist sie nicht ein wahrer Schatz?

„Es war nicht das erste Mal, dass ich nach einem Anfall zur Schule gegangen bin, Cart." Ich seufze und lehne mich in die Sofakissen zurück. Die Erschöpfung macht es mir schwer, mich aufrecht hinzusetzen, und ich lehne meinen Kopf an Leos jeans-bekleideten Oberschenkel.

„Das ist mir bewusst, Sav." Sein depressiver Tonfall sagt mir, dass es an der Zeit ist, das Gesprächsthema zu ändern, bevor er sich in Natalies Versagen als Mutter verrennt.

„Ich habe selbst eine Frage." Ich halte einen Finger hoch und lasse ihn in der Luft kreisen. „Was macht ihr eigentlich alle hier? Habt ihr keinen Unterricht oder müsst ihr nicht arbeiten?" Ich klappe meine drei mittleren Finger nach unten und mache mit meinem kleinen Finger und dem Daumen ein Y, mit dem ich gleichzeitig auf Leo und Cisco zeige, der jetzt mit gespreizten Beinen auf der Kante des Couchtisches sitzt. „Oder noch besser …" Ich halte wieder einen Finger hoch, als ob das Zeigen helfen würde, zu unterstreichen, was ich sagen will. „Warum hat Lance mich abgeholt, wenn es für einen von euch doch viel einfacher gewesen wäre" – ich deute auf Carter und Wes – „weil er zum Training musste?"

Alle vier Männer werfen sich einen Blick zu, der mich stutzen lässt. Das war ihr *„Da ist etwas, was wir dir nicht sagen"*-Blick: ein Blick nach links, Augenkontakt vermeiden, die Lippen zwischen den Zähnen rollen, damit Savvy nichts merkt.

Ich hasse es. Vor allem, weil es meine Unsicherheiten bezüglich meiner Stellung innerhalb der Crew verstärkt und weniger, weil sie mir etwas vorenthalten.

„Carter?" Ich ziehe die beiden Silben seines Namens betont in die Länge und warte darauf, dass er mir in die Augen sieht.

Sein linkes Auge zuckt und er senkt den Kopf, bevor er mich mit zusammengekniffenen Augen ansieht. In seinen Augenwinkeln sind winzige Fältchen zu sehen, seine Augenbrauen sind zusammengezogen, seine Lippen zusammengepresst. Das ist sein Carter-King-Gesicht, das Gesicht, das er als Anführer der Royalty Crew aufsetzt. Wann wird er merken, dass es bei mir nicht funktioniert? Ich starre ihn unverwandt an und warte darauf, dass ihm das auch klar wird.

„Wir hatten ein Meeting im Büro des Bürgermeisters. Wir hätten es nicht rechtzeitig zu Schulschluss quer durch die Stadt geschafft." Carters Stimme klingt rau, als würde es ihm schwerfallen, die Worte auszusprechen.

„Und was hatte Chuck E. Cheese an einem normalen Montag im Oktober so Wichtiges zu besprechen?", mischt Tessa sich ein.

„Da kommst auch nur du drauf, T." Sie freut sich und versteht meine Bemerkung als das Kompliment, als das es beabsichtigt war. Chuck mag für Carter und mich eine Art Onkel sein, aber nur sie kann sich erlauben, den Namen einer Riesenmaus als Spitznamen für einen Mann zu verwenden, der den Titel Bürgermeister trägt. Ich richte meine Aufmerksamkeit wieder auf meinen Bruder und warte darauf, dass er meine Frage beantwortet.

„Ich werde darauf antworten. Aber zuerst ..." Er beugt sich vor und spreizt seine Beine. Er verschränkt seine Hände und lässt sie locker zwischen seinen Beinen hängen.

Er versucht, entspannt und unkonfrontativ zu wirken. Ich nehme ihm das nur nicht ab. Ich kann schließlich sehen, dass er seine Schultern bis zu den Ohren hochgezogen hat.

„- warum erzählst du mir nicht zuerst, was auf der Gala passiert ist?"

Verdammt!

Seine Lippen kräuseln sich, und er zieht beide Augenbrauen hoch, als wolle er sagen: *„Hab ich dich!* „Es sei dir verziehen, dass du das am Samstagabend nicht getan hast, weil du einen Anfall hattest" – er runzelt missbilligend die Stirn – „aber es hört sich so an, als ob es ein oder zwei Details gab, die du gestern hättest erzählen sollen."

Er meint doch nicht etwa Jasper und mich ... oder? *Ooh, jetzt gibt es also ein Jasper und Du?* Ich muss alle meine müden Muskeln anstrengen, um bei dieser Frage *nicht* Tessa anzuschauen.

„Was genau willst du wissen?", weiche ich stattdessen aus. „Es war so *opulent,* dass es eher zu einer Hochzeit als zu einer Schulspendenaktion gepasst hätte. Natalie ließ mich hinter sich und Mitchell herlaufen wie ein gut erzogenes Hündchen, während sie ihre Trophäenfrau-Träume auslebte."

Ein vielfach gemurmeltes *„kann ich mir vorstellen"* geht durch den Raum.

Ich fahre fort, die Höhepunkte des Abends – oder besser gesagt, das Fehlen derselben – an meinen Fingern abzuhaken. „Ich war meistens allein, weil Tinsley nicht da war." Ich mache eine Pause. „Das Essen war köstlich. Die Köche im St. James sind wirklich erstklassig." Ich muss es wissen, denn jedes Essen, das ich bei Momster zu mir nehme, wird von einem der Hotelrestaurants geliefert. „Ansonsten habe ich mich nur darüber amüsiert, wie Chuck Natalie auf die Palme gebracht hat."

„Ah, ja." Carter streicht über sein Kinn. „Er hat uns davon erzählt." Das Grinsen auf den Gesichtern der anderen Jungs lässt mich glauben, dass mein Bruder nicht der Einzige war, der die Geschichte gehört hat. „Obwohl ..." *Oh-oh.* Ich bekomme eine Gänsehaut bei dem vielsagenden Glitzern in seinen Augen. Mich überkommt eine Vorahnung. „Das ist nicht das *Einzige*, was er uns erzählt hat."

Mist! Mist! Mist! Mist! Er weiß *genau* über Jasper und mich Bescheid. Oh Gott, wie peinlich. Mein Gesicht wird ganz heiß, während der Rest eiskalt wird. Wenn ich nicht gerade kurz vor einen Nervenzusammenbruch stände, könnte ich – und die Betonung liegt auf *„könnte"* – die Sache mit Humor nehmen. *Fuck!* Peinlich ist gar kein Ausdruck. Ich fühle mich *gedemütigt.*

„Wer hätte gedacht, dass Natalie so ein Fan von Reality-TV ist", sinniert Wes.

Der plötzliche Themenwechsel irritiert nicht nur mich. *Was zum Teufel* steht uns allen auf die Gesichter geschrieben.

„Und ich dachte" – er zuckt mit den Schultern und ignoriert unsere Verwirrung – „sie hätten *The Millionaire Matchmaker* aus dem Programm gestrichen".

„Das haben sie auch", bestätigt Cisco und beweist damit, wie besessen er von Trash-TV ist. Von *„Dance Moms"* bis *„The Kardashians"* gibt es keine Reality-TV-Show, die nicht in seiner Garage laufen würde. „Schon vor Jahren."

„Ähm ..." Tessa hebt die Hand, als wären wir im Unterricht und sie würde darauf warten, aufgerufen zu werden. Sie ist einfach süß. „Kann mir jemand erklären, warum wir auf einmal über uralte Fernsehprogramme reden?"

Ich pruste los, was leider einen Hustenanfall auslöst. *Scheiße.* Ich halte eine Hand, zur Faust geballt, vor den Mund, während die andere zu meiner Brust wandert, um sie zu reiben. Alle Blicke sind auf mich gerichtet und reichen von Besorgnis bis hin zu Panik.

„Mir geht's gut." Ich halte Carter davon ab, meinen Inhalator aus der Tasche zu holen. Es ist kein weiterer Anfall. Meine Lunge ist in den Tagen nach einem Anfall immer etwas empfindlicher, als hätte man sie mit Stahlwolle geschrubbt.

„Blödsinn", kontert er, gibt aber nach. „Es ist mir egal, was du sagst – du gehst morgen zum Arzt und lässt dich durchchecken. Habe ich mich klar ausgedrückt?"

„Aye-aye, Captain." Ich bin zwar diejenige, die spricht, aber es ist Tessa, die ihm den entsprechenden militärischen Gruß zukommen lässt. Ich liebe diese Frau. „Wir kommen vom Thema ab." Ich wende meine Aufmerksamkeit wieder meinem Bruder zu, nachdem ich meiner besten Freundin zugeblinzelt habe. „Was genau hat Chuck dir erzählt?"

Äußerlich bin ich die Ruhe selbst. Und innerlich? Ich flippe fast aus, weil ich mich frage, ob jemand aus der Familie gesehen hat, wie ich von einem Kerl, von dem ich nicht einmal weiß, ob ich ihn mag, gevögelt wurde. Und das dann *postwendend* meinem Bruder erzählt hat. Der Gedanke verursacht mir eine Gänsehaut.

„Dass Natalie dir vorgeschlagen hat, mit dem Sohn des Gouverneurs auszugehen." Seine Augenbrauen wölben sich nach oben, als würde er fragen: *„Ist das wahr?"*

Einen Moment …

Meint er etwa Duke?

Ich brauche kurz, um zu kapieren, dass ich wieder einmal zu schnell auf Jasper geschlossen habe. Warum tue ich das immer wieder? *Weil du dauernd an ihn denkst …* Ich hasse es, wie fröhlich meine innere Stimme klingt.

„Wenn du meinst, ob sie es arrangiert hat, dass die Delacourtes mit uns beim Abendessen sitzen, dann ja." Wenn es überhaupt jemandem darum ging, Duke und mich zu verkuppeln, dann war es *seine* Mutter, nicht meine. Natalie schien zwar nicht unglücklich über Mrs. Delacourtes Vorschlag zu sein, dass wir miteinander tanzen sollten, aber das war es auch schon. Natalies einziger Grund, warum ich beim Abendessen neben Duke sitzen sollte, war, mich von Chuck fernzuhalten.

Obwohl …

Da ist … da regt sich *etwas* in meinem Unterbewusstsein, aber es ist weg, bevor ich es richtig greifen kann.

„Duke?" Tinsleys Stimme macht einen Sprung von zwei Oktaven, so dass ich mir die Ohren zuhalten muss. „Ich dachte, es wäre Jas …" Sie beißt sich auf die Zunge, als mein Kopf zu ihr herumwirbelt, und läuft rot an.

Verdammt!

Ich drücke meine Augen so fest zu, dass bunte Farbschlieren

hinter meinen Lidern tanzen. Mit einem tiefen Atemzug öffne ich ein Augenlid und werfe einen verstohlenen Blick nach rechts.

Carters Augenbrauen sehen aus, als wären sie an seiner Baseballmütze festgeklebt, so hoch hat er sie gezogen, und die Grübchen an seinen Mundwinkeln scheinen zu rufen: *„Du hast mir etwas verheimlicht, Samantha."* Ich *hasse* es, wenn er mich Samantha nennt, selbst wenn es nur durch seinen Gesichtsausdruck ist.

Tinsley wird ganz hippelig. Ich lege ihr eine Hand auf den Oberschenkel und drücke sie beruhigend. Sie hat nichts falsch gemacht; das ist das *Letzte*, was sie denken soll. Es ist sicher nicht ihre Schuld, dass ich einen überfürsorglichen Bruder habe, der immer *alles* wissen muss. Ich konnte ihn an dem Tag, an dem er mich von der Schule abgeholt hat, noch von weiteren Nachfragen abhalten, aber ich bin nicht so dumm zu glauben, dass er irgendetwas davon vergessen hat.

Ich sehe mit Schrecken, wie sich Carter vor meinen Augen verwandelt. Er ist nicht mehr das grüblerische Arschloch, das er neunundneunzig Prozent der Zeit ist, sondern der charmante Frauenheld. Das will keine Schwester sehen. *Igitt.*

Tinsleys Augen weiten sich, ihr fällt das Kinn herunter und ihr Körper wird ganz steif. Sie schwankt ein wenig, als sie tiefer und tiefer in den Bann des Carter-King-Zaubers gerät. Das ist ekelhaft und ich überlege ernsthaft, ob ich mich zwischen die beiden werfen soll, um die Verbindung zu unterbrechen.

Ich weiß, ich klinge wie eine Heuchlerin, wenn man bedenkt, wie oft ich mit Wes flirte, aber … *igitt!*

„Nein!" Ich greife nach Carters Gesicht und drücke das Ende seiner Nase platt. „Das ist *eklig!"* Ich quieke, als er meine Handfläche ableckt und wische seinen Sabber an meinem Pullover ab.

Cisco schaut über seine Schulter und Leo zieht den Kragen seines Hemdes über seine Nase, während beide versuchen, ihr Lachen zu verbergen. Wes und Tessa? Sie lachen laut los.

„Ich will einen Namen, Savvy", fordert Carter.

Ich schaue zur Decke und presse meine Lippen zusammen. Wann merkt er endlich, dass ich es *hasse*, so herumkommandiert zu werden?

„Du kennst seinen Namen", weiche ich aus. „Du hast ihn selbst schon gesagt."

Sowohl Carters Lippen als auch seine Augen verziehen sich. Er ist *nicht* amüsiert.

Gut …

Ich werde es ihm sagen. Ehrlich gesagt bin ich mir nicht ganz sicher, warum ich meinem Bruder Jaspers Namen bisher vorenthalten habe …

Du lügst.

Wenn ich es ihm sage, lässt er es vielleicht darauf beruhen. „Jasper." Wenn Carter seinen Kopf nach links neigt, heißt das: *Sprich weiter!*

„Noble". Eine Erinnerung blitzt in seinem Gesicht auf, aber ich habe keine Ahnung, wie oder woher. Darum geht es auch nicht. Wir kommen vom Thema ab, aber ich habe den leisen Verdacht, dass genau *das* Carters Ziel war.

Frustration und Erschöpfung kämpfen in mir wie bei einem Völkerballspiel. Jedes Mal, wenn mir gesagt wird, dass ich ein vollwertiges Mitglied der Royals bin, kann ich mindestens ein Beispiel nennen, wo sich das definitiv nicht so angefühlt hat.

Ich weiß, dass ich die Jüngste bin und in der Schule war, als dieses Meeting stattfand. Lance hat offensichtlich das meiste, wenn nicht sogar alles, verpasst, da er den Chauffeur spielen musste. Als Sportler der Division 1 hat er Verpflichtungen, die ihn oft von der Teilnahme abhalten, aber er ist über die täglichen Details besser informiert als ich. Ich habe auch keinen Zweifel daran, dass er genau weiß, warum Carter wollte, dass ich an der BA *Samantha St. James* bin.

„Hör zu" – ich fahre mit der Hand durch die Luft – „Noble ist kein Thema …"

„Und ob er das ist", murmelt Wes und ich werfe ihm einen Blick zu.

Ich bekomme Kopfschmerzen und reibe meine Schläfen in kreisenden Bewegungen, um die Spannung zu lindern. Ich kann ihnen ihre Wut nicht verdenken. Wie ich Jasper schon erklärt habe, dulden die Royals kein Mobbing. Dass einer von ihnen so behandelt wird, ist eine Beleidigung ersten Ranges.

„Du hast mir gesagt, dass du mir zutraust, das selbst geregelt zu bekommen." Ich sehe Carter anklagend an. Hat er gelogen, um mich zu beschwichtigen?

„Das ist auch so", sagt er, aber ein Teil von mir glaubt ihm nicht. Ich hasse es. Ich hasse es, wie sich dieser kleine Kern des Zweifels in mir festsetzt.

„Dann lasst es jetzt bitte gut sein." Ich warte, bis alle vier das mit einem Nicken bestätigen. „Jetzt erzähl mir, was bei Chuck passiert ist."

Sie tun es. Und wie heißt es beim Beziehungsstatus auf Facebook? Es ist kompliziert.

KAPITEL 28

Jasper

Ich atme aus und lehne mich gegen einen Spind. Das Metall ist kalt genug, um durch die Baumwolle meiner Schuluniform zu dringen. Meine Jacke habe ich schon vor Stunden abgelegt, denn bei der unruhigen Energie, die unter meiner Haut brodelt, ist selbst der weiche Kaschmir zu viel.

„Jasper." Jemand ruft meinen Namen, aber es klingt, als käme die Stimme aus einem tiefen Tunnel.

Ich stampfe auf, meine Ferse schrammt über den Boden, während ich einen Knöchel vor den anderen schiebe und meine Bücher mit einem hörbaren Aufprall fallen lasse. Mein Stift löst sich von der Stelle, an der er auf meinem Notizbuch befestigt war, und ich schaue geistesabwesend zu, wie er den Flur hinunterrollt, während meine Gedanken zum gefühlt millionsten Mal heute zu Samantha wandern.

Es sah so aus, als ginge es ihr heute etwas besser als gestern. Ihre Gesichtsfarbe hat wieder einen gesünderen Ton angenommen und die dunklen Ringe unter ihren Augen waren weniger auffällig.

Duke hat es zwar geschafft, ihr ein Augenrollen zu entlocken, aber ansonsten fehlt noch immer ihre alte, stolze Haltung. Sie wirkt nach wie vor resigniert. Ich hasse es und ich *hasse es*, dass ich es hasse.

„Jasper." Als mein Name erneut gerufen wird, schaue ich auf und sehe, wie Banks auf mich zukommt.

„Hey, Mann." Ich richte mich auf und reiche ihm die Hand, um sie zu schütteln.

Banks stützt sich mit einer Schulter gegen einen Spind und schaut mich an. „Kommst du nicht zum Mittagessen?" Er deutet mit dem Kinn den Gang hinunter, als hätte ich vergessen, wo die Cafeteria ist.

„Ich warte auf Duke." Ich neige meinen Kopf in die Richtung des Klassenzimmers hinter ihm. Unser Physiklehrer hatte Duke gebeten, nach dem Unterricht zurückzubleiben, und ich dachte, danach hätten wir die Möglichkeit, uns unter vier Augen zu unterhalten. Jetzt, wo Banks da ist, wird das wohl nicht mehr der Fall sein.

„Also …" Banks stellt sich auf Zehenspitzen und konzentriert sich darauf, wie die abgerundete Kante seines Ferragamo-Sneakers auf dem Marmor hin und her wippt. „Dein Mädchen hängt jetzt mit Lance Bennett ab, was?"

Ah, … ich bin nicht der Einzige, dem Samanthas neuester Chauffeur im Kopf herumspukt. Meine Mundwinkel zucken bei der Anspielung *meines Mädchen* nach oben, während sich meine Finger bei der Erinnerung an den Namen eines anderen Mannes verkrampfen.

Darum.

Das hier ist der Grund, warum ich so durcheinander bin. Keine dieser Reaktionen passt zu mir, genauso wenig wie die Erleichterung, als ich herausgefunden habe, *wessen* Kapuzenpulli sie am Samstagabend getragen hat – was nicht heißt, dass es mir *gefällt*.

„Mist." Die Tür knallt gegen die Wand, als Duke das Klassenzimmer verlässt. Das erspart mir die Antwort, die ich für Banks nicht parat habe. „Ich brauche was zu essen, um den Mist runterzuspülen."

„Ich nehme an, es ist nicht gut gelaufen?" Ich zeige auf die wieder geschlossene Tür und hebe meine Bücher vom Boden auf.

„Es ist noch viel zu früh im Schuljahr, um sich über meine Noten Gedanken zu machen", murrt Duke.

„Stimmt", stimmt Banks zu, als wir uns auf den Weg zur Cafeteria machen.

„Müssen wir uns Sorgen um deine Spielberechtigung machen?" So sehr wir auch über die Schule meckern, ein Dreier-Durchschnitt ist eine Voraussetzung, die wir erfüllen müssen, wenn wir nicht auf der Bank sitzen wollen, sobald die Saison im nächsten Monat offiziell beginnt.

„Nein." Duke winkt ab.

„Bist du sicher?"

„Ja." Er fährt sich mit der Hand durch die Haare, die Anspannung löst sich von seinen Schultern, und sein fröhliches Lächeln kehrt zurück. „Ich glaube, es war eher Dad, der gestern Abend mit seinen Anrufen alle aufgeschreckt hat."

Ah, ja. Der elterliche Check-in ist der andere Grund, warum ich eine bestimmte silberhaarige Sirene nicht aus dem Kopf kriege.

Da Duke aufgehalten wurde, sind wir die letzten, die in der Cafeteria ankommen. Die meisten haben bereits Platz genommen.

Wir haben es in Rekordzeit durch die Schlange für das Hähnchenmarsala geschafft und nähern uns unserem üblichen Tisch, als ich beschließe, einen kurzen Umweg zu machen. Sowohl Duke als auch Banks erkennen meine Absicht und folgen mir nach draußen. Banks schnappt sich den Platz am Ende des Tisches, parallel zu Tinsley, und Duke nimmt den Platz gegenüber den beiden Mädchen ein. Samantha verzieht schmollend das Gesicht und sie dreht sich einen Augenblick später auf ihrem Stuhl um, als *wüsste sie,* dass ich nicht weit sein kann.

Ein Funke von etwas Unbekanntem, aber keineswegs Unerwünschtem leuchtet bei dieser Erkenntnis in mir auf. Sie mauert, wehrt sich gegen mich, und doch ist sie auf mich fokussiert. Zum Glück bin ich nicht der Einzige, der mit dieser Anziehungskraft zwischen uns zu kämpfen hat.

Ich platziere mein Tablett neben ihres, verschiebe den anderen Stuhl, bis er ihren berührt, und setze mich, wobei ich meinen nackten Schenkel gegen ihren presse. Gott sei Dank gibt es kurze Uniformröcke.

„Habt ihr euch verlaufen?" Lange silbrige Strähnen fallen Samantha ins Gesicht, während sie ihren Kopf auf ihre Faust stützt und ihren Oberkörper zu mir dreht.

Ohne groß nachzudenken, strecke ich die Hand aus und streiche die Strähne hinter ihr Ohr, wobei meine Fingerspitzen über ihre weiche Haut streichen. Ihre Augen verdunkeln sich zu einem tiefen Pflaumenton, der mich an die Farbe ihres Kleides von der Gala erinnert. Das lässt mich sofort daran denken, wie sich ihr Körper gegen meinen gedrückt hat, als ich sie zu mehreren Orgasmen gefingert habe.

Mein Schwanz wird augenblicklich hart. Ich muss sie wieder kommen lassen. Diesmal muss ich sie aber direkt an der Quelle schmecken. Es ist nicht die Tatsache, dass wir in der Schule sind – auch wenn es so sein sollte -, die mich davon abhält, dem Impuls sofort nachzugeben, sondern ein gewisser „Irgendetwas-ist-falsch"-Instinkt.

Sie kuschelt sich noch einmal kurz in meine Berührung, bevor sie sich ruckartig entfernt und mit ihrer Hand wiederholt über die Stelle streicht.

„Weißt du …" Mein Ellenbogen gleitet über das glatte Glas auf der Tischplatte, während ich ihre Körperhaltung spiegele, denn meine Körpergröße gibt mir auch im Sitzen automatisch die Oberhand. „Du scheinst dir wirklich Sorgen um meine Navigationsfähigkeiten zu machen. Hast du Angst, ich könnte dich nicht finden?"

„Ich träume von dem Tag, an dem das passiert", sagt sie in einem monotonen Ton.

„Ich *wusste*, dass du von mir geträumt hast", zwinkere ich ihr zu.

Sie rollt mit den Augen und klatscht mit der Hand auf den Tisch, während sie sich wegdreht und eine Pommes vom Teller nimmt. „Warum überrascht es mich nicht, dass *das* deine Schlussfolgerung war?"

Ich beobachte gebannt, wie sie die Pommes zum Mund führt und der knusprige, goldene Kartoffelstift wie eine Versuchung zwischen ihre Lippen gleitet, bis ihre geraden, weißen Zähne in ihn eindringen und mein Schwanz bei der Andeutung zusammenzuckt.

Ich bin mehr als am Arsch, wenn es um dieses Mädchen geht, aber nicht auf eine Weise, die mir gefällt.

„Da macht sich aber *wer* ins Hemd", singt Duke und deutet mit der Gabel auf Samantha.

„Kannst du einmal *nicht* an mein Höschen denken?", erwidert sie, während ich mich zu ihr hinüberlehne, meine Lippen die Ohrmuschel streifen lasse und sie grinsend frage: „Und was ist mit dem Fehlen desselben?"

Ein klopfendes Geräusch lenkt meinen Blick auf den Tisch, wo Duke sich zurücklehnt, als ob er in einem Liegestuhl am Pool darauf wartet, dass ein Cabana Boy oder in seinen Gedanken eine spärlich bekleidete Cocktail-Kellnerin ihm ein kühles Getränk bringt. Sein Knie wippt, während sein Fuß weiter den Stakkato-Beat klopft, der meine Aufmerksamkeit erregt hat. Als er mir in die Augen schaut, zwinkert er mir übertrieben zu. Er öffnet den Mund und formt ein schiefes O.

Ich werfe ihm einen giftigen Blick zu, woraufhin er wieder ein typisches, scheißfreches Grinsen aufsetzt.

„Das" – Samantha sticht eine weitere Pommes in Dukes Richtung – „fühlt sich scheiße an".

Duke zuckt mit den Schultern, eindeutig ungerührt. „Aber nur, weil du dich weigerst, unsere Freundin zu sein."

Samantha lacht, muss dann aber direkt husten und schlägt sich zweimal mit der Faust auf die Brust. Tinsley wendet sich ruckartig von ihrem Augenflirt mit Banks ab, und beobachtet Samantha sorgenvoll. Sie greift nach der Tasche, die an der Lehne von Samanthas Stuhl hängt, hält aber inne, als Samantha den Kopf schüttelt. Ich bin mir nicht ganz sicher, was das zu bedeuten hat; ich weiß nur, dass es meine eigene frühere Besorgnis wieder anstachelt.

Samantha braucht drei Versuche, sich zu räuspern und einen kräftigen Schluck Wasser, bevor sie antworten kann. „Warum in aller *Welt* sollte ich mit Leuten befreundet sein wollen, die es sich zur Aufgabe gemacht haben, mich fertigzumachen?"

Die Art und Weise, wie das Wort *fertigmachen* sagt, lässt meinen Schwanz wieder zucken und das Stechen in meinen Eiern erinnert mich schmerzhaft an den Druck, den ich am Samstagabend loswerden musste.

Ich war derjenige, der sie an die Wand gepinnt hat.

Diejenige, der *meine* Finger in *ihrem* Körper hatte.

Ich war derjenige, der für ihr Vergnügen verantwortlich war und sie am Rande der Lust hielt, bis ich bekommen hatte, was *ich* wollte.

Trotzdem …

Als alles vorbei war, hatte ich als Belohnung die Essenz von Samanthas unterer Körperregion.

Aber sie kämpfte damit, meinen Namen zu sagen.

Sie rannte vor mir weg, als ich sie losließ.

Ich bezweifle sehr, dass sie auch nur einen einzigen unterwürfigen Knochen in ihrem großartigen Körper hat. Aber ein Mann darf doch träumen, oder?

Eine Samantha kurz vor dem Kommen war ein toller Anblick. Eine unterwürfige Samantha, der mein Name leicht über die Lippen kommt, die sich um mich herum und unter mir öffnet und zugibt, dass sie mir gehört …

Scheiße!

Es ist der letzte Teil, der mich dazu bringt, mir fast in die Hose zu machen und gleichzeitig fast zu kotzen.

„Es ist schon über eine Woche her, dass wir dich gemobbt haben. Das ist inzwischen Schnee von gestern." Duke sagt das auf eine so sachliche Art und Weise, dass sein Vater, der Politiker, stolz auf ihn wäre. „Außerdem hat dich J. an dem Tag mitgenommen, als du deiner Freundin helfen musstest …" Er verstummt und er stopft sich einen großen Löffel Essen in den Mund.

„Oh ja", stimmt Samantha mit dem trockensten Tonfall zu, den ich je gehört habe, und ich muss mir auf die Lippen beißen, um nicht zu lachen. „Ein einziger freundlicher Akt macht *all* die andere Scheiße wett, die ihr Arschlöcher mir seit dem ersten Tag angetan habt."

„Zwei", murmelt Duke mit vollem Mund und hebt vorsichtshalber zwei Finger zur Verdeutlichung. Zum Glück kaut er erst zu Ende und schluckt, bevor er hinzufügt: „Er hat dir auch einen neuen Kaffee gekauft, als du deinen gestern fallengelassen hattest."

Von der Seite beobachte ich, wie sich ihre Wimpern an den Augenwinkeln zusammenziehen. Das Rosa ihrer Zunge wird sichtbar, als sie mit ihr über ihre Zähne fährt und die Spitze am Mundwinkel innehält, bevor sie ihre Aufmerksamkeit wieder auf mich richtet.

„Wie lange dauert es noch, bis ich mein Mittagessen wieder ohne Vollidioten genießen kann?"

Ich presse meine Lippen zusammen, um ein weiteres Lachen zu unterdrücken. „Ewig." Ich schaue unschuldig und lege einen Arm auf die Rückenlehne ihres Stuhls, um zu betonen, dass ich so schnell nirgendwo hingehen werde. „Außerdem … solltest du diese Woche als Übung betrachten, Prinzessin."

Ihr Blick hüpft einen Moment lang zwischen meinen Augen hin und her. „Übung für was?" In ihren Worten schwingt Unsicherheit mit, und dieses Mal gebe ich dem Drang nach, zu lachen.

„Erinnerst du dich an das Abendessen bei der Gala?" Sie macht eine Pause, als würde sie nachdenken. „Wie grob du zu Duke und mir gewesen bist, als wir versucht haben, dich in ein Gespräch zu verwickeln?"

„War das bevor oder nachdem du versucht hast, mich unter dem Tisch zu befummeln?", erwidert sie mit einer hochgezogenen Augenbraue, während die Erinnerung daran, sie außer Sichtweite berührt zu haben, mein Blut erhitzt.

Da ich mich ablenken muss, bevor die Dinge aus dem Ruder laufen und ich etwas tue, wofür ich mit Sicherheit von der Schule verwiesen werden könnte, strecke ich mich aus und lege meine Hand an ihre Seite, so wie ich es beim Abendessen getan habe. Leider treffe ich dieses Mal nur auf die Seide ihres Uniformhemdes und nicht nackte Haut.

Eine Anspielung liegt mir auf der Zunge. Der Drang, sie daran zu erinnern, wie sehr sie meine Berührungen mag, und sie vor Publikum für mich zu beanspruchen, ist stärker als der Motor in meinem F8.

Ich schlucke ihn hinunter.

Ein gewisses Gefühl der Befriedigung stellt sich ein, weil klar ist, dass ich sie damit überrumpelt habe. Punkt für mich.

Samantha seufzt und ich grinse. Mein Grinsen wird noch breiter, als ihr Blick darauf fällt und auf das Grübchen in meinem Kinn darunter.

„Willst du mir endlich sagen, was ich eigentlich üben soll?"

„Wie man sich höflich mit Gleichaltrigen unterhält." Ich verpasse ihr einen Kinnhaken, nur aus Prinzip.

„Ich bin durchaus in der Lage, mich höflich zu unterhalten. Zum Teufel, Tinsley und ich hatten viel Spaß, bis ihr drei" – sie zeigt mit dem Finger von Banks zu Duke und dann zu mir – „vergessen habt, dass euer Tisch da drinnen ist" – ihre Hand streift mein Gesicht, als sie auf den Hauptteil der Cafeteria zeigt – „und beschlossen habt, uns beim Mittagessen zu stören."

Ich schließe eine Hand um ihr Handgelenk, bevor sie sie zurückziehen kann, und streiche mit dem Daumen über ihren unruhigen Puls. Ich drücke zu. Ihre Zähne beißen auf ihre Unterlippe, während ich mit meinen Augen sage: *Siehst du? Ich habe dir gesagt, dass dein Körper mich nicht anlügen kann.*

„Das mag wohl so sein." Sie versucht, ihre Hand loszureißen, aber ich bleibe standhaft. „Aber es ist nicht Tinsleys Familie, die dieses Wochenende zu einer Dinnerparty bei dir zu Hause ist."

Ich warte darauf, dass der Schock einsetzt, dass ihr die Kinnlade herunterfällt und sich ihre Augen weiten. Aber … er kommt nicht. Ein kleines Fältchen bildet sich zwischen ihren Augenbrauen, aber das war's auch schon.

„Familien?" Da ihre Hand immer noch in meiner gefangen ist, kann sie nicht noch einmal mit dem Finger wackeln. Stattdessen schaut sie erst zu Duke und dann wieder zu mir. „Wie bei *eure beiden*?" Wir nicken. „Na toll." Ihr Ton sagt, dass sie alles andere als begeistert ist.

„Frage." Duke stützt seine Ellbogen auf den Tisch. „Wird deine heiße Freundin auch da sein?"

Banks und ich schauen Tinsley an, während Duke und Samantha entschlossen Blickkontakt halten. Ich bin so sehr in die Szene vertieft, dass Samantha es schafft, ihre Hand zu befreien und Dukes Körperhaltung zu spiegeln: das Kinn auf ihre verschränkten Finger gelegt.

„Ein *klitzekleiner* Teil von mir würde Tessa tatsächlich gerne bitten, mitzukommen, nur damit ich zusehen kann, wie du dir deine Finger an ihr verbrennst, aber" – sie schüttelt den Kopf – „das werde ich meiner besten Freundin sicher nicht antun."

„Wie kommst du darauf, dass ich mir die Finger an ihr verbrenne?" Nichts lässt Dukes Sportler-Arroganz so schnell anspringen, wie ihm zu sagen, dass er bei etwas scheitern wird, *besonders* wenn es um eine Eroberung geht.

Samantha schnaubt und ihr Blick huscht kurz in meine Richtung. „Ich dachte, ich sollte mich in höflicher Konversation üben."

Duke nickt. „Ist es nicht das, was wir tun?"

„Klar doch." Samantha zuckt mit einer Schulter. „Aber wenn wir so weitermachen, werde ich dir erzählen, was zwischen dir und Tess alles *nicht* geht, und" – sie macht eine rollende Bewegung mit den Händen – „dann wird es nur noch schlimmer."

„Woher willst du wissen, dass sie mich nicht mögen wird? Mein bester Freund" – er deutet mit dem Kinn in meine Richtung – „mag vielleiht ein Arschloch sein". Ich grummle ihn an, als er innehält und kichert. „Das heißt aber nicht, dass *ich* nicht *charmant* sein kann."

Das Wort scheint Samantha aus der Fassung zu bringen; ihre Lippen verziehen sich zu einem Schmollmund, während ihr ganzer Körper vor Lachen wippt.

Ich rieche ihren Limettenduft, als sie sich umdreht und ihr Handy aus der Tasche holt. Sie bringt Duke mit einem Finger zum Schweigen, als er versucht, eine weitere Frage zu stellen, und tippt mit einem anderen auf dem Bildschirm herum, bis sie eine Verbindung zu einem FaceTime-Anruf herstellt.

„Bitchy!" Die aufgeregte Stimme passt zu dem breiten Grinsen auf dem Bildschirm, als die hübsche Rothaarige ins Bild kommt. „Hey, Tins", fügt sie mit einem Fingerwinken hinzu, bevor ihre Augen so groß wie Hockey-Pucks werden, als sie mich neben ihrer Freundin sitzen sieht.

„Hey, T", erwidert Samantha mit einem der sanftesten Lächeln, das ich je an ihr gesehen habe.

„Ähm …" Tessas Finger beugt und streckt sich immer wieder in Richtung der Ecke der Kamera, in der ich zu sehen bin, während sie ihre Stimme zu einem Bühnenflüstern senkt. „Du weißt schon, dass Mr. Schwanz statt Hirn direkt neben dir sitzt, oder?"

Ein glockenhelles Lachen ertönt und Samantha legt ihren Kopf auf Tinsleys Schulter. Da ich das schon einmal miterlebt habe, bin ich nicht so sprachlos wie Duke und Banks.

Außerdem: Schwanz statt Hirn? Ernsthaft jetzt?

„Ich liebe dich einfach", sagt Samantha zu ihrer Freundin und wischt sich eine Träne aus dem Auge. Sie legt eine Hand in die Mitte ihrer Brust und atmet tief ein. War das ein Keuchen? Das macht nichts. So gut, so *gesund* hat sie seit zwei Tagen nicht mehr ausgesehen. „Und ja, ich bin mir meiner Pausencrasher *schmerzlich bewusst.* Das ist auch der Grund, warum ich anrufe."

Ohne Scheiß, Tessas dunkelblaue Augen funkeln, als sie sich wie ein Präriehund aufrichtet und mit der Hand, die nicht das Telefon hält, zum Schattenboxen ansetzt. „Soll ich jemanden in den Arsch treten?"

Samantha lacht ein weiteres Mal und es ist wirklich schwierig, diese verspielte Version von ihr mit der knallharten Version, die ich tagtäglich erlebe, in Einklang zu bringen.

„Du verbringst vielleicht deine Nächte damit, Mädchen in die Luft zu werfen, als wäre das keine große Sache, T., aber du bist nicht diejenige, die ich anrufen würde, wenn ich jemanden bräuchte, der meine Kämpfe austrägt."

Es herrscht eine bedrückte Stille, während die beiden eine Art wortlose weibliche Kommunikation führen, die von einem schüchternen Grinsen der Rothaarigen unterbrochen wird. „Ja, ja, ja." Sie schürzt die Lippen und fährt sich mit einer Hand durch die Haare. „Dafür hast du Charming. Ich verstehe schon."

„Siehst du?" schaltet sich Duke ein. „Sie weiß bereits, dass ich charmant bin."

„Sie redet *nicht* über dich", sagt Samantha trocken.

Ich knirsche mit den Zähnen, als mir klar wird, dass es sich um Prince handeln muss, denn er hat einen guten Ruf im Untergrund.

„Ist das der Handlanger von Schwanz statt Hirn?" Tessas Kopf neigt sich zur Seite und ihr Blick wird ernst.

„Ja", antwortet Samantha, als Duke kreischt: *„Handlanger?"* Sie dreht das Telefon um, so dass sowohl die Kamera als auch der Bildschirm auf Duke gerichtet sind. „Tess, das ist Duke. Duke, das ist meine beste Freundin Tessa, die du dir gleich aus dem Kopf schlagen kannst." Stellt Samantha sie einander aus dem Off vor.

„Du sollst wissen, dass ich *kein* Handlanger bin", erklärt Duke schnell.

„Es ist niedlich, dass du denkst, *das sei* der Grund, warum ich dich nicht grinchen werde", antwortet Tessa mit einem Kopfschütteln.

„Alter." Duke schnippt mit seinen Fingern vor meinem Gesicht herum. „Schlag den Scheiß im Urban Dictionary nach. Ich muss wissen, was es bedeutet, jemanden zu grinchen und wie *schmutzig* das ist." Sein Blick ist eiskalt und ernst.

„Das ist kein Sexualakt." Samanthas Tonfall ist trocken und ich merke, dass sie versucht, verärgert zu wirken, aber sie kann ihre Belustigung nicht völlig verbergen.

Duke schmollt, lässt die Schultern hängen und den Kopf in seine Hand sinken und setzt seinen jungenhaften Charme ein. Sein gemurmeltes „Fuck" und sein Vorbeugen, um das Schienbein zu reiben, gegen das ich getreten habe, helfen mir, meine Verärgerung über sein Geflirte zu vertreiben. Ich werfe ihm auch einen warnenden Blick zu, als er mich ansieht.

„Man sollte meinen, dass ihr Jungs mit eurer schicken Ausbildung euch besser mit Weihnachtserzählungen auskennt", stichelt Tessa.

Samantha dreht das Telefon zurück, um ihre Freundin zu sehen. Sie versucht, den ganzen Tisch ins Blickfeld der Kamera zu bekommen, aber es gelingt ihr nicht ganz. Ich lege meine Hand auf ihren Rücken. Ein Funke schießt meinen Arm hinauf und sie wirft mir einen Blick zu. Die Erweiterung ihrer Pupillen verrät mir, dass sie es auch gespürt hat.

Ich gönne mir noch eine Sekunde unserer Verbindung und fahre mit dem Daumen über ihre weiche Haut, bevor ich ihr das Telefon aus der Hand nehme und es in die beste Position bringe. Das dankbare Zucken in ihrer Wange habe ich nicht erwartet, aber ich nehme es hin.

„Tins …" Tessas Mund formt ein O und ihre Augenbrauen zucken, als sie Banks entdeckt. Dem vielsagenden Blick nach zu urteilen, war mein Freund wohl ein Gesprächsthema. Interessant.

Tessa bringt mit einem kurzen Kopfschütteln das Gespräch wieder auf das aktuelle Thema zurück und mustert Duke. „Wie der Erzähler der klassischen Grinch-Geschichte erklärt …"

Samantha stützt beide Ellbogen auf den Tisch, verschränkt ihre Finger miteinander und legt ihr Kinn darauf, als würde sie gleich einen Film anschauen wollen. Ich schwöre, wenn das Küchenpersonal mit Popcorn vorbeikäme, würde sie eine Portion bestellen.

„Ich würde dich nicht mal mit einer neununddreißig Meter langen Kneifzange anfassen."

„Das scheint ein bisschen übertrieben", kommentiert Banks, woraufhin Tinsley antwortet: „Tessa ist in jeder Hinsicht extra." Die angesprochene Person strahlt uns vom kleinen Bildschirm aus an.

Eine Glocke läutet in der Ferne und die Schüler im Hintergrund fangen an, ihre Sachen zusammenzusuchen. „Ups, ich muss los." Das Video wackelt, als Tessa sich ebenfalls auf den Weg macht. „Ich schätze, es wird Sa …" Sie unterbricht sich kurz und sagt dann: „Sammy ein *großes Vergnügen* sein" – die beiden Mädchen grinsen verschwörerisch – „dich über *all die* zusätzlichen Gründe aufzuklären, warum du bei mir *keine* Chance hättest."

Samantha strahlt und klimpert mit den Wimpern, nach dem Motto *„ich habs's dir doch gleich gesagt"*. Ich weiß, dass sie *es* genießt, Recht zu behalten, aber mir macht dieses spielerische Geplänkel trotzdem wirklich Spaß.

„Kommst du heute nach der Schule zur EP?", fragt Tessa und unterbricht sich selbst mit einem Fingerschnippen. „Oh, warte … seine königliche Hoheit begleitet dich ja heute zum Arzt, nicht wahr?"

Ich fahre herum und lasse meinen Blick über Samantha schweifen – zweimal. Ich *wusste* es! Sie war krank. Ich sehe sie ein drittes Mal prüfend an und versuche herauszufinden, was das Problem sein könnte. Eine tiefe Sorge, die mir völlig fremd ist, erfüllt mich. Nicht einmal die Tatsache, dass der Ober-Royal sie abholt, kann mich von meinen Gedanken abbringen. Was ist los? Und warum will sie es mir nicht sagen?

Warum sollte sie?

Ihre vollen Lippen bilden eine flache Linie und sie nickt. „Ich kann ihn bitten, mich nachher dort abzusetzen und wir können abhängen, bis es Zeit ist, zu den Barracks zu gehen, vorausgesetzt, du kannst mich nach Hause fahren."

„Ist das eine Frage?", rollt Tessa mit den Augen. „Wir sehen uns später. Ich liebe dich, Bitchy."

„Ich liebe dich auch, T."

Nachdem Samantha aufgelegt hat, löchert Duke sie mit Fragen, bis die Glocke läutet. Ich sitze still daneben und versuche herauszufinden, was ihr fehlt. Es ist schlimm genug, dass sie einen Arzt braucht, aber nicht so schlimm, dass sie nicht in die Schule gehen könnte. Auf der anderen Seite: Warum kümmert mich das überhaupt?

KAPITEL 29

Savvy

Die Fahrstuhltüren haben sich noch nicht einmal geschlossen, als mein Telefon schon wieder klingelt. Ich schüttle zwar den Kopf, nehme den Anruf aber trotzdem lächelnd entgegen. „Bist du jetzt unter meine Stalker gegangen, T.? Es ist noch nicht mal eine ganze Minute her, seit wir miteinander geredet haben."

„Dreiundfünfzig Sekunden. Ich habe die Wette gewonnen", ruft Kay im Hintergrund.

„Ist es so falsch, dass ich alles über das sich anbahnende Drama wissen will?", fragt Tessa und ignoriert die Stichelei ihrer Schwester völlig.

Ich möchte ihr gerne widersprechen, aber vielleicht hilft es mir, meine Nerven zu etwas beruhigen, wenn ich oben im Penthouse mit ihr telefoniere.

Vor fünf Tagen hätte ich mit absoluter Sicherheit sagen können, dass ich mich vor dem heutigen Abend fürchte.

Aber …

Nun …

Nun ja …

Ich kann zwar nicht behaupten, dass ich mich darauf freue, aber diese beiden schlauen Wichser haben das Unmögliche geschafft und mich dazu gebracht, sie *nicht mehr* zu hassen.

Vier Tage lang haben wir gemeinsam zu Mittag gegessen und es von einem genervten *„was machst du hier?"* tatsächlich zu so etwas wie einer halbwegs zivilisierten Unterhaltung geschafft.

Wir waren fast erschrocken, als wir diesen Meilenstein erreicht hatten.

Ich bin jetzt ... *heilige Scheiße!* Ich glaube ich *genieße* es fast, dass Jasper und ich auf einer tieferen Ebene miteinander reden können. Wer hätte das gedacht? Und nein, das war kein Pferd, das da vor der Apotheke gekotzt hat.

Gut, dass ich die Vorstellung dieses Abends nicht absolut verabscheue, heißt noch lange nicht, dass ich nicht viel lieber etwas anderes täte ... darunter fällt so ziemlich *alles*. Das ist wahrscheinlich der Grund, warum ich viel zu spät dran bin. *Ups.*

Natalie wird meckern – aber das ist ohnehin nichts Neues. Sie war ziemlich sauer, als ich heute Morgen zu Tessas Familie abgehauen bin, aber ich brauchte eine Pause. Die letzten drei Tage hatte ich das Gefühl, als würde ich im Penthouse als Geisel festgehalten werden. Es ging immer nur *darum, wie man sich verhält,* wie man *einen guten Eindruck macht* und wie *man sich kleidet* ... und so weiter und so fort. Ich kam mir vor wie in einer Mischung aus „*Pretty Woman*" und „*The Princess Diaries*", nur dass Natalie mir das Gefühl vermittelte, es ginge eher in Richtung Prostitution.

Zum Glück konnte ich mich aus dem Staub machen, als sie damit beschäftigt war, die Mitarbeiter des Hotels herumzukommandieren, die das Penthouse für diesen Abend umgestalten sollten, und keine Zeit für mich hatte.

So sehr ich mich auch anstrenge, mir will beileibe nicht einfallen, was ihre wahren Beweggründe für die Gästeliste des heutigen Abends sind. Bisher weiß ich nur:

1. Mitchell St. James und Frank Delacourte sind seit ihrer Zeit an der BA befreundet.

2. Mitchell ist seit Jahren der größte Wahlkampfspender des Gouverneurs.

3. Seit er nach New Jersey zurückgekehrt ist und das St. James-Flaggschiff-Hotel zu seinem Hauptquartier gemacht hat, hat Mitchell beschlossen, eine aktivere Rolle in der Landespolitik zu übernehmen.

Letzteres lässt mich vermuten, dass die Nobles und Chuck deshalb heute Abend zum Essen eingeladen sind. Walter Noble ist seit ein paar Jahren der Wahlkampfstratege des Gouverneurs und Chuck ist die lokale politische Verbindung.

Ich konnte nicht glauben, dass Chuck die Einladung zum

Abendessen angenommen hat. Sicher, er ist praktisch mein Onkel, denn sein älterer Bruder ist mein Patenonkel und war mit Dad befreundet, als er noch lebte, aber die King-Falco-Freundschaft hat sich nie auf Chuck und Natalie erstreckt.

Dann war da dieses Abendessen von Carter, den Royals und Chuck. Ich bin immer noch sauer, weil sie mich so offensichtlich von diesem Gespräch ausgeschlossen hatten – es ist nicht dasselbe, wenn man seine Informationen aus zweiter Hand bekommt – und ich habe es genossen, unzählige „*Der Pate*"- und andere GIFs an alle zu schicken, bis sie mir gedroht haben, mich zu blockieren.

„Schalte um in den Videochat", fordert Tessa, als der Aufzug klingelt und seine Ankunft im Penthouse ankündigt.

„Das wird sicher nicht passieren." Gott weiß, dass Duke sich sofort mein Telefon schnappen würde, wenn er wüsste, dass sie am anderen Ende der Leitung ist, geschweige denn im Gebäude.

Das St. James ist nicht nur eines der besten Hotels im Bundesstaat, es ist auch ein offizielles Teamhotel der NFL. Jedes Team, das gegen eines der beiden New Yorker Teams spielt (das Stadion liegt in Jersey), übernachtet hier. Ob Zufall oder nicht, ich bin mehr als dankbar, dass die Baltimore Crabs (Eric Dennings' Team) dieses Wochenende in der Stadt sind. Es ist gut zu wissen, dass es ein paar Stockwerke tiefer Freunde gibt, falls ich welche brauche.

Meine Absätze klappern in einem gleichmäßigen Takt über den Marmorboden im Foyer, und ich kann mir ein weiteres Grinsen nicht verkneifen, als ich auf die klassischen Mary Jane Manolo Blahniks aus Lackleder hinunterblicke. Seit meiner Jugend steckt Natalie ihr ganzes Geld in die Erweiterung meiner Garderobe mit Designerklamotten. Offenbar denkt sie, das hilft mir, die Rolle zu spielen, die sie mir zugedacht hat. Allerdings kann auch nicht sagen, dass ich böse darüber bin.

Stimmen dringen aus dem anderen Zimmer und ich nehme mir einen Moment Zeit, um mich zu sammeln und zu überprüfen, ob ich alles dabeihabe, was ich brauchen könnte.

Ich lasse eine Hand über mein schwarzes schulterfreie Skaterkleid gleiten und bin froh, dass der ausgestellte Rock Taschen für meinen Inhalator hat. Da ich weiß, dass der heutige Abend zu einem emotionaler Drahtseilakt werden könnte, möchte ich nicht das Risiko eines weiteren Anfalls eingehen. Meine Lunge ist immer noch empfindlich und meine Rippen schmerzen gelegentlich, wenn ich mich auf eine bestimmte Weise bewege. Es hilft auch nicht, dass ich die besorgte Stimme meines Arztes im Hinterkopf höre, der mich jedes Mal, wenn ich nicht mehr richtig durchatmen kann, warnt, mehr auf meine Stressauslöser zu achten.

Ich bleibe an der Schwelle stehen, wo der Flur auf das offene Hauptgeschoss des Penthouse trifft, und staune, wie sehr es sich im Vergleich zu vor ein paar Stunden verändert hat.

Anstelle der kleinen Bar im Wohnzimmer wurde eine komplette Bar mit einer Barkeeperin herbeigeschafft. Die bildhübsche afroamerikanische Frau ist bereits fleißig dabei, Drinks zu mixen. Ihre ebenholzfarbene Haut glänzt taufrisch, die dünnen Zöpfe ihres Haares sind zu einem großen Dutt am Schädelansatz zusammengebunden, während sie einen Martini-Shaker in einer Hand schüttelt und einen Spieß mit drei Oliven in die gekühlten Kristallgläser steckt, die darauf warten, für Mrs. Noble und Mrs. Delacourte gefüllt zu werden.

Die größte Veränderung im Raum ist der lange Tisch aus Kirschbaumholz, der unseren bescheideneren Sechser-Tisch ersetzt hat und groß genug ist für ein Dutzend Jeanette-Esszimmerstühle mit schwarzem Samtbezug.

Ehrlich gesagt verstehe ich nicht, warum wir Möbel umstellen mussten, wenn wir diese Mahlzeit problemlos in einem der privaten Speisesäle in einem der beiden erstklassigen Restaurants im Erdgeschoss hätten einnehmen können. Natalie hatte mich für verrückt erklärt, als ich sie genau das fragte, und wies stattdessen das Personal an, die Chromknöpfe im Tuftingstoff und die Nickel-Nagelbesätze zu polieren. Jetzt verstehst du, warum ich vorhin abgehauen bin, oder?

„Ich rufe dich später zurück", sage ich zu Tessa.

„Versprochen?"

„Versprochen." Ich trenne die Verbindung und stecke mein Telefon in die andere Tasche meines Kleides.

Natalie und Mitchell sitzen in der Nähe des beleuchteten Kamins und scheinen ein ernstes Gespräch mit Gouverneur Delacourte, Mr. Noble und Chuck zu führen. Natalies blutrot geschminkte Lippen kräuseln sich, als sie meinen Auftritt bemerkt. Ein eisiger Schauer läuft mir über den Rücken, und ich schlinge meine Arme fest um meinen Brustkorb.

Ich beschließe, einen großen Bogen um sie zu machen, gehe weiter in den Raum hinein und stoße fast mit einem Kellner zusammen, der ein Tablett mit Hors d'oeuvres trägt.

„Vorsichtig, Prinzessin." Jaspers Stimme erfasst meine Sinne genauso wie sein Arm meinen Rücken, als er mich in letzter Sekunde aus dem Weg zieht.

Ich stolpere leicht und muss mich mit meiner Hand an seinem harten Bauch abstützen, um mein Gleichgewicht zu halten.

„Danke." Die Art und Weise, wie sich seine perlmuttfarbenen Augen weiten, zeigt, dass er von meiner Dankbarkeit genauso überrascht ist wie ich selbst – und davon, dass ich mich nicht direkt von ihm zurückziehe.

Meine Finger spreizen sich, was die Muskeln seiner Bauchmuskeln zucken lässt, und mein Blick fällt auf die Stelle, an der wir körperlich verbunden sind.

Oh mein Gott, er trägt eine Weste.

Der schwarze Stoff ist eng geschnürt und betont seine schlanke Taille. Die Zeit verliert an Bedeutung, als ich mit der Hand über die mattschwarzen Knöpfe streiche und die violette Farbe des Nagellacks, für den Natalie mich ausschimpfen wird, den dünnen Nadelstreifen des Gewebes in einer ähnlichen Farbe aufgreift. Das ist meine Farbe. Er trägt meine Lieblingsfarbe.

Ich hebe meinen Blick, bevor ich einen Schritt zurücktrete, und senke ihn dann wieder, um auch den Rest von ihm begutachten zu können.

Verdammt! Diese Version von Jasper Noble, die zu dieser Farce einer Dinnerparty erschienen ist, ist eine Überraschung. Ein kurzer Blick auf Duke bestätigt, was ich erwartet habe: perfekt geschnittener Designeranzug, Windsor-Krawatte, Einstecktuch, glänzende Anzugschuhe.

Jasper? Ja, da ist die ganze Eleganz eines Dreiteilers, aber er trägt keine Krawatte, und der schmale Schnitt seiner Hose wird durch ein frisches Paar schwarz-weiße Chucks abgerundet.

Warum zur Hölle fühlt es sich so an, als würde er kleine Teile von mir übernehmen und sie in sich selbst integrieren?

Noch wichtiger ist, warum es mir so gefällt.

Im Hintergrund höre ich Duke kichern, aber ich bekomme es kaum mit, weil Jasper nun seinen Blick über meinen Körper schweifen lässt.

Er fängt bei meinen frisch gefärbten, silbernen und hochgefönten Haaren an, fährt über mein dezentes, aber makelloses Make-up – beides ein Verdienst von Bette -, hält kurz auf meinen nudefarbenen Lippen inne und gleitet dann hinunter zu dem schwarzen Diamanten, der an meinen Hals hängt.

Ich schlucke, als seine Aufmerksamkeit dort länger verweilt. Das hat nichts mit meiner Genesung zu tun, sondern mit dem, was ich den Jasper-Effekt nennen werde.

Mein Blut erwärmt sich und ich spüre, wie ich erröte, als sein Blick über die Ausbuchtung meiner Schlüsselbeine wandert, die über dem geraden Ausschnitt meines Kleides gut zu sehen sind, weiter geht über die Schwellungen meiner Brüste, bis zu den beiden Streifen aus Netzstoff, die meine Taille umschließen, bevor der Rock fließend über meinen Hüften ausläuft.

Der Saum des Rocks ist kaum kürzer als mein Uniformrock, aber Jasper starrt auf meine Beine, als würde er sie zum ersten Mal überhaupt sehen.

Er mustert mich so intensiv, dass ich ganz hippelig werde. Meine Finger spielen am Saum meines Kleides herum, ich hebe die Fersen an, während ich meine Zehen nach innen drehe. Auch das passt nicht zu mir.

Jetzt bin ich an der Reihe und schaue auf seinen Mund, beobachte, wie er mit der Zunge über die vorderen Zähne fährt und die kaum sichtbare klare Acrylkugel seines Zungenrings das Licht genau richtig einfängt. Man vergisst leicht, dass er ein Piercing hat, weil es nicht das typische silberne Ding aus Stahl ist, und ich erschrecke jedes Mal wenn er es bei mir einsetzt. Ein elektrischer Impuls durchzuckt mich, als ich mich daran erinnere, wie er genau das vor einer Woche zweiundzwanzig Stockwerke tiefer getan hat.

„*Verdammt*, Prinzessin", murmelt Jasper atemlos und sein Adamsapfel wippt im Takt mit seinem kräftigen Schlucken.

Hälse sind nicht besonders sexy – ich stehe eher auf Unterarme, Bauchmuskeln und diese sexy kleinen Hüftbeulen – aber wie alles andere an Jasper Noble scheint es mir auch dieses Körperteil angetan zu haben. Tessa kann es nicht lassen, mir zu sagen, dass ich schwanzverhext bin (ihre Bezeichnung, nicht meine), aber dann habe ich immer das Vergnügen, sie daran zu erinnern, dass sein Schwanz bisher noch nicht ein meine Nähe gekommen ist.

Die Art, wie sich sein Blick verdunkelt und er mir in die Seite kneift, zeigt mir, dass auch ihm gefällt, was er sieht. Wenigstens bin ich nicht allein mit dieser … *Sache*.

„Samantha." Mein Name klingt wie ein Peitschenhieb aus Natalies Mund und lässt die Jasper-Dunstglocke platzen.

Ich beuge mich zur Seite und blicke um Jaspers großen Körper herum, um den – Überraschung, Überraschung – missbilligenden Blick meines Momsters zu sehen. Ich frage mich gar nicht erst, womit ich ihn verdient habe. Meistens reicht es ja schon, einfach nur zu existieren.

KAPITEL 30

Meine Familie ist zwar heute Abend offiziell eingeladen, aber von dem Moment an, als wir aus dem Aufzug stiegen und Mitchell St. James' Hotel betraten, hatte ich den Eindruck, dass seine neue Braut dies nur widerwillig getan hat. Es ist nichts Offensichtliches. Oberflächlich betrachtet ist Natalie St. James die perfekte Gastgeberin, aber ich spüre eine unterschwellige Ablehnung.

Duke und seine Eltern sind vor uns eingetroffen und er war nur allzu froh, als er nach der Begrüßung dem Gespräch mit ihnen und den St. James' entfliehen konnte.

Dad nutzte die Gelegenheit, um mit dem Gouverneur und Samanthas Stiefvater zu sprechen, und ich musste zu meiner Überraschung feststellen, dass der Bürgermeister von Blackwell ebenfalls anwesend war.

Während Mom von Mrs. Delacourte in die Bar entführt wurde, suchte ich den Raum nach Samantha ab, denn ich wollte sie auf keinen Fall aus den Augen lassen, wenn *Mr. Mayor* ebenfalls in der Nähe war. Erst als Duke einen Arm um meine Schultern legte und uns in einen eigenen Raum führte, in dem wir ungestört reden konnten, schaffte ich es, mich zusammenzureißen.

Das Klicken der Absätze ist gar nicht nötig, angesichts der Art und Weise, wie mein Blut summt, wenn Samantha in der Nähe ist. Mein Körper ist vollständig auf sie eingestellt, und bei all der Zeit, die wir in dieser Woche miteinander verbracht haben – ohne ständig zu versuchen, uns gegenseitig umzubringen – ist dieses Gefühl nur noch stärker geworden.

Auf der Gala war sie in ihrem Kleid eine echte Sensation und ich kann es immer noch nicht vergessen – genauso wenig wie die Tatsache, dass sie darunter völlig nackt war – aber die Schlichtheit ihres Looks heute Abend ist atemberaubend.

Verdammt, ich fange an, wie ein Weichei zu klingen.

Das hält mich aber nicht davon ab, ihre entspannte Schönheit zu bewundern und Details ihrer Erscheinung zu bemerken, die mir normalerweise nicht auffallen würden. Ihr Haar hängt locker über ihre Schultern und die Art und Weise, wie das meiste davon auf einer Seite liegt, lässt mich vermuten, dass sie kürzlich, ohne nachzudenken, mit der Hand durch ihr Haar gefahren ist.

Während ihr Make-up mit dem dicken Lidschatten und dem schwarzen Lippenstift, den ich nie verschmieren konnte, sie auf der Gala wie eine knallharte Serene wirken ließ, hat sie heute Abend die Ausstrahlung eines *Mädchens von nebenan*, das ich *niemals* mit Samantha St. James in Verbindung gebracht hätte.

Wie ihr Kleid auf der Gala schmiegt sich auch dieses Kleid an ihre Titten, aber am besten gefällt mir, wie viel von ihren Beinen zu sehen ist. Ich genieße die Art und Weise, wie ihre Absätze ihre Wadenmuskeln dazu bringen, sich beim Gehen anzuspannen. Ich würde gutes Geld darauf wetten, dass ihre durchtrainierten Oberschenkel meine Taille zusammenpressen und sich die Spitzen ihrer Absätze in meinen Rücken graben würden, während ich in sie eindringe.

Mein Schwanz erwacht und ist mit diesem Gedanken mehr als einverstanden.

Früher hat mich ihre Anziehungskraft auf mich genervt, aber jetzt sind es all diese anderen Dinge, die mich verrückt machen.

Zum Beispiel, dass ich nach Anzeichen dafür suche, dass sie immer noch krank ist, oder wie frustriert ich bin, dass ich noch immer nicht weiß, was mit ihr los ist, oder wie ihr Arzttermin Anfang der Woche verlaufen ist.

Wie ich bemerkt habe, dass sie abgelenkt war und fast einen Kellner über den Haufen gerannt hätte, wenn ich nicht dazwischen gegangen wäre.

Das Schlimmste von allem ist, wie mein Blut kocht und mein Körper an jeder Stelle, an der wir uns berühren, lebendig wird. Selbst die vielen Lagen Stoff, die unsere Haut voneinander trennen, nehmen nichts von der Intensität unserer Berührungen weg, genauso wenig wie die Stelle, an der ihre Finger über die hüpfenden Muskeln meiner Bauchmuskeln streichen.

Es ist ein wahres Wunder, was zwischen uns passiert. Ich habe etwas Ähnliches gespürt, als ich sie zur BP gefahren habe und das eine Mal, als ich Midas daran gehindert habe, ihr das Leben schwer zu machen. Aber das hier? Das ist mehr. Es fühlt sich fast so an, als würden wir uns zum ersten Mal sehen ... *wirklich* sehen.

Was zum Teufel ...

„Samantha." Die Enttäuschung in der Stimme ihrer Mutter lässt sie zusammenzucken und unterbricht die Verbindung, die uns umgibt.

Um das unerwartete Thema des Abends fortzusetzen, weicht Samantha nicht von mir zurück, sondern dreht sich nur in Richtung ihrer Mutter. Als sie nichts sagt, drehe auch ich mich um und ... *verdammt.*

Ich gebe zu, dass ich nicht immer das Gefühl habe, ein besonders gutes Verhältnis zu meinen Eltern zu haben, aber *ich spüre* den Schatten, den Natalie St. James auf ihre Tochter wirft, fast körperlich.

Samantha ist so steif und angespannt, wie noch nie in den unzähligen Kämpfen, die wir miteinander hatten. Ich mag oder verstehe den Beschützerinstinkt nicht, der mich bei dieser Erkenntnis überkommt, aber das hält mich nicht davon ab, etwas unternehmen zu wollen... irgendetwas, um dem ein Ende zu setzen.

Ich verlagere mein Gewicht, was das bisschen Abstand zwischen Samantha und mir wieder überwindet, und flüstere ihr ins Ohr: „Ich glaube, sie mag mich nicht besonders."

Ich rieche den vertrauten Duft von Limette und meine Nase zuckt, als mich ein paar verirrte Haare kitzeln, als Samantha ihr Gesicht hebt und ihre Wange an meine drückt. „Nimm es nicht persönlich." Ich zwinge mich, mich auf ihre Worte zu konzentrieren und nicht darauf, wie sehr mir das Gefühl gefällt, dass wir ein Geheimnis teilen. „Ich glaube, sie mag auch *mich* so gut wie nie."

Sie geht um mich herum. Ich drücke ihre Seite und schaue über ihren Kopf hinweg zu Duke.

„Oh, hey Duke." Samantha begrüßt ihn, als ob sie ihn gerade

erst bemerkt hat. Ich will nicht lügen, aber in meiner Brust pocht ein Gefühl von männlichem Stolz, weil sie sich nur auf mich zu fokussieren scheint.

„Hey, Sammy." Duke zwinkert.

Samantha verzieht das Gesicht. „Igitt, nenn mich nicht so." Das breite Grinsen, das sich auf Dukes Gesicht ausbreitet, sagt mir, dass er es nun nur noch mehr tun wird. *Arschloch.*

Ein Räuspern unterbricht unseren kleinen Moment. Ich schaue auf und sehe den *Herrn Bürgermeister*. Ich fahre mir mit der Zunge über die Zähne und zwinge mich, tief durchzuatmen, bevor ich etwas tue, was meine Eltern für unangemessen halten würden.

Dieser Kampf wird gleich unendlich viel schwieriger, als Samantha sich in seine Richtung dreht und die beiden sich umarmen.

Direkt vor mir.

„Hast du einen Moment Zeit?", fragt Bürgermeister Falco.

Zu meiner wachsenden Verärgerung würdigt Samantha mich nicht einmal mehr eines Blickes, sondern sieht nur zu ihrer Mutter hinüber, bevor sie nickt.

Die Lautstärke von *„Was zum Teufel?"* in meinem Kopf steigert sich zu einem ohrenbetäubenden Gebrüll, als ich sehe, wie sie in einem Raum verschwinden, den ich für ein Schlafzimmer halte.

KAPITEL 31

Savvy

Ich beschwere mich zwar oft über das, was ich als Überreaktion und Überfürsorge von denen bezeichne, die mich schon fast mein ganzes Leben lang kennen, aber ich weiß die Pause zu schätzen, die Chucks kleiner Check-in mir gewährt.

Mit dem Handballen drücke ich auf mein Brustbein. Zehn Minuten – ich bin erst seit zehn Minuten wieder unter dem Dach meiner Mutter und die Enge in meiner Brust macht mir schon wieder zu schaffen. Wie soll ich nur den Rest des Abends überstehen, die *Stunden, in* denen Natalie noch wer weiß was aushecken wird?

Die Häufigkeit meiner Anfälle in letzter Zeit hat dazu geführt, dass ich selbst die kleinsten Symptome bewusster wahrnehme, wenn sie sich bemerkbar machen.

Meine Fingerspitzen fangen an zu kribbeln, als sie sich durch den Stoff meines Kleides tasten, und ich weiß, dass ein Schuss von meinem Inhalator die beste Lösung ist. In den Momenten, in denen ich weiß, dass es mir schwerfallen wird, meine Emotionen unter Kontrolle zu halten, ist Vorbeugung das A und O, wenn ich keinen richtigen Anfall bekommen will.

Ich halte das Plastikgerät in der Hand, schüttle es, um es zu aktivieren, und führe es zum Mund, als ich in mein Schlafzimmer trete, Chuck dicht hinter mir.

Ich atme so tief ein, wie ich kann, dann atme ich dreimal kräftig aus, hebe mein Kinn, beiße mit den Zähnen auf den kleinen Hartplastiksteg und drücke den Kolben für zehn Sekunden ein und halte den Atem für weitere zehn Sekunden an, bevor ich wieder ausatme. Die fast sofortige Reaktion auf meine Medizin zeigt mir, dass ich die Symptome schnell genug gestoppt habe, um einen Anfall zu verhindern.

„Alles klar?" Chuck starrt auf den Inhalator in meiner Hand, aber ich schätze seinen ruhigen, gleichmäßigen Ton und nicke.

„Muss ich Carter anrufen?"

Immer noch auf meine Atmung konzentriert, schüttle ich den Kopf. Mein Bruder hat schon ein ungutes Gefühl wegen des heutigen Abends; er muss nicht wissen, wie sehr er mir tatsächlich zu schaffen macht. Nicht, nachdem ich versprochen habe, dass ich damit klarkomme, wenn Natalie mich benutzt, um Mitchells politische Ambitionen zu fördern.

Da er mich lange genug kennt, um die Anzeichen eines bevorstehenden Anfalls zu erkennen, zeichnet sich Besorgnis auf Chucks Gesichtszügen ab.

Ich räuspere mich, stecke meinen Inhalator zurück in die Tasche und sage: „Mir geht es gut. Ehrlich. Das war nur eine Vorsichtsmaßnahme, nicht mehr." Er beäugt mich skeptisch. „Wirklich, Onkel Chuck." Wir lächeln einander an. „Das ist so, als würdest du Advil nehmen, wenn du spürst, dass du Kopfschmerzen bekommst."

Chucks Wangen blähen sich auf, als er ein *„Wenn du meinst"* ausstößt, den Kopf schüttelt und beide Hände in die Hosentaschen steckt.

„Versteh das nicht falsch oder so ..." Ich werfe einen Blick in Richtung meiner Schlafzimmertür und senke meine Stimme, als ich merke, dass er die Tür nicht ganz hinter sich geschlossen hat. „Aber Natalie schien nicht sehr erfreut darüber zu sein, dass du an dem Gespräch teilgenommen hast."

Er quittiert meine Bemerkung mit einem gutmütigen Lachen und zieht mich in eine Umarmung. „Du meinst, sie schien nicht von meiner charmanten Persönlichkeit begeistert zu sein?"

Ich schnaube und schaffe es gerade noch, ein *„Ja, richtig"* herunterzuschlucken, aber ich glaube, die Art und Weise, wie ich meine Augenbrauen hochgezogen habe, spricht für sich.

„Ja, das dachte ich auch nicht", stimmt er zu und lässt mich los. „Es ist komisch ..." Er geht weiter und bleibt an meiner Kommode stehen, wo er sich mit gekreuzten Beinen anlehnt. „Sie versucht, ihren Einfluss in der Stadt deutlich zu machen, aber *nur*, indem sie sich mit mir in Verbindung bringt und nicht ..." Er verstummt und eine Hand wedelt vor mir herum.

Hm? Warum sollte sie das tun?

Das fühlt sich ein bisschen so an, als würde man ohne funktionierendes GPS einen unbekannten Ort aufsuchen wollen.

Ich bin nicht so naiv zu glauben, dass die Art, wie ich aufgewachsen bin, normal ist. Blackwell verehrt die fünf Gründerfamilien auch noch nach Generationen. Natalie hat in eine dieser Familien eingeheiratet. Sie hat zwar nichts mit Royal Enterprises zu tun, aber das Familienunternehmen ist *das* bedeutendste Unternehmen in der Stadt und im ganzen Land. Der Name King bedeutet etwas. Warum also tut sie alles, um sich davon zu distanzieren?

„Sie hat Jeremy King geheiratet – ich habe keine Ahnung, warum sie so tut, als wäre das nie geschehen." Ich fahre mir gedankenverloren mit der Hand durch die Haare.

„Da bin ich überfragt." Chuck legt eine Hand auf seine Brust. „Da weißt du so viel wie ich." Er senkt seine Hand. „Aber ... auf der anderen Seite ..." Er zuckt mit den Schultern. „Wann hat Natalie jemals in der Realität gelebt?"

Mal sehen, Papa starb in ...

„Genau." Chuck zeigt mit dem Finger auf mich, als hätte er meine Gedanken gelesen. In Natalies ... Streben nach mehr sozialem Status hat sie am Ende sogar noch weniger verdient, indem sie in eine Gründerfamilie eingeheiratet hat.

„Das ist der Teil, den ich nur schwer verstehe ..." Ein Geräusch aus dem Flur lässt mich verstummen. Chuck richtet sich auf.

Mit einem spitzen Blick auf die Hand, die ich auf mein nun rasendes Herz gedrückt halte, schließt Chuck zu mir auf. „Wer weiß? Vielleicht ist heute Abend der letzte Abend, an dem ich dich Samantha nennen muss."

„Juchhu", antworte ich trocken. Ob ich nun auf der BA Savvy King sein darf oder nicht, für Momster werde ich immer Samantha bleiben. Mich Savvy zu nennen, wäre ein Eingeständnis ihres Versagens als Mutter.

Mit der gleichen familiären Zuneigung, die ihm den Titel „Onkel Chuck" eingebracht hat, drückt er mir einen Kuss auf die Stirn und geht.

Ich sollte ihm direkt folgen, aber ich muss erst einmal durchatmen – ausnahmsweise nicht wortwörtlich – und mache mich auf den Weg in mein Badezimmer. Ich gehe zum Waschbecken und lasse kaltes Wasser über meine Handgelenke laufen. Ich stütze mich mit den Ellbogen auf dem gesprenkelten Granit der Arbeitsplatte ab und lehne mich nach vorne, bis mein Körper in einem Winkel von fast neunzig Grad gebeugt ist.

Atme, Savvy, muss ich mich selbst erinnern. Es ist etwas so Einfaches, eine biologische Funktion, die fast jeder – mich eingeschlossen – unbewusst ausführt. Die Ohnmacht, die damit einhergeht, dass ich mich daran erinnern muss, etwas so Grundlegendes zu tun, ist genauso lähmend wie ein Asthmaanfall selbst.

Ich lasse den Wasserhahn eine ganze Minute lang laufen, bevor ich ihn abdrehe und meine Hände mit dem Handtuch an der Wand trockne. Gott, was würde ich nicht dafür geben, wieder in den siebten Stock gehen zu können, um mit Tessas Familie abzuhängen, anstatt mit meiner eigenen. Dann würde ich nicht ständig am Rande eines Anfalls stehen, das ist sicher.

Ich drehe mich um und starre auf die geschlossene Badezimmertür, während ich eine weitere Pause einlege, um meine Gefühle zu beruhigen. Meine Augen fallen zu und mein Brustkorb weitet sich, während ich so tief wie möglich einatme, um mich auf die nächsten Stunden vorzubereiten. Ein voller Acht-Zähler vergeht, während der Sauerstoff durch meine Nase ein- und durch meinen Mund wieder ausströmt.

Ich blinzle und warte, bis ich wieder scharf sehe. Trotz der anhaltenden Schwäche in meinen Beinen – eine weitere Nebenwirkung meiner Symptome – fühle ich mich halbwegs erholt.

Zeit für das Abendessen.

Es ist eine Mahlzeit; ich kann damit umgehen.

Nur noch zwei Stunden – höchstens.

 Jasper

Duke schleppt mich zur Bar, während ich versuche, nicht an Samantha und *Chuck zu* denken … *allein.*

Ein paar Minuten vergehen, in denen meine Mutter und Mrs. Delacourte uns in ein Gespräch über … ich kann es gar nicht sagen, weil ich mit meinen Gedanken am anderen Ende des Flurs bin.

Die Barkeeperin schenkt uns so lange nach, bis ich endlich genug habe. Gott sei Dank kann Duke mich auf dem Trockenen genauso gut lesen wie auf dem Eis, denn er lenkt die Erwachsenen ab, damit ich abhauen kann.

Irgendwie schaffe ich es, unbemerkt zu bleiben, und schleiche mich den Flur entlang zu dem Zimmer, in das Samantha und *der Bürgermeister* verschwunden sind.

Ich bin mir nicht sicher, ob ich dankbarer dafür bin, dass die Tür nicht geschlossen ist, weil das bedeutet, dass sie ziemlich sicher *nicht* miteinander ficken, oder weil es mir so möglich ist, Bruchstücke ihrer Unterhaltung mitzubekommen.

Es ist ersteres, aber ich tue so, als wäre es das zweite.

„Das ist der Teil, den ich nur schwer verstehe, …" Samanthas immer noch leicht raue Stimme dringt zu mir durch und bricht abrupt ab, als eine Bodendiele unter mir knarrt und ich zurück-trete, um nicht entdeckt zu werden.

Nach einer kurzen Pause bewege ich mich gerade noch recht-zeitig zurück, um zu sehen, wie Chuck Samanthas Stirn küsst.

Rot.

Ich sehe rot.

Ich balle meine Hände zu Fäusten und bin bereit, für ein Mädchen, auf das ich keinen offiziellen Anspruch habe, zu kämpfen.

Außer …

Als *Chuck* herauskommt, grinst der Wichser, als er mich im Flur stehen sieht, schüttelt den Kopf und geht ohne ein Wort weiter.

Das war … seltsam.

Ich bin bereit, Samantha die Hölle heiß zu machen, aber als ich den Raum betrete, ist er leer.

Wo zum Teufel ist sie hin?

Das Geräusch von fließendem Wasser dringt an meine Ohren und ich warte, bis sie im Bad fertig ist.

Und warte …

Ich habe keine Ahnung, was ich sagen soll oder warum ich überhaupt hier bin, aber das ist auch egal.

Die Tür geht auf, und sobald ich sie sehe, überkommt mich ein animalischer Instinkt.

Sie gehört mir.

Im Nu bin ich bei ihr. Meine Hand umschließt ihre Kehle, ich drehe sie und drücke sie mit dem Rücken gegen die Wand.

Ihre beiden Hände fliegen hoch und umschlingen mein Handgelenk. Ich ignoriere, wie sich ihre Nägel in mein Handgelenk graben, und genieße es, wie sich ihre Augen vor Panik weiten.

Ich lockere meinen Griff. Ich drücke weiter, schneide ihr aber nicht mehr die Luftzufuhr ab. Ich lege meinen Unterarm flach gegen ihre Brust, während mein anderer Arm sie auf der anderen Seite einklemmt.

Sie spitzt ihre Lippen, während sie einen Atemzug nach dem anderen einsaugt. Mein Blick bleibt auf ihrem verführerisch glänzenden Mund haften, und ich atme ihren süßen Limettenduft ein.

Ich halte sie fest, meine Finger zwingen ihr Kinn nach oben, bis ich die ganze Aufmerksamkeit dieser lila Iris dort habe, wo sie hingehört.

„Du …“ Ich drücke weiter zu, „… musst *aufhören*, Spielchen zu spielen“, befehle ich, meine Stimme ist rau wie Kies.

Samantha rollt mit den Augen. „Wer sagt, dass ich Spielchen spiele?“

Ihre Frage klingt unschuldig, aber alles, was ich höre, ist dieser verdammte Trotz, der mich wahnsinnig macht. *Sie* macht mich wahnsinnig.

„Ich meine es verdammt ernst, Samantha."

„Nun, wenn das so ist ..."

Verdammte Scheiße. Ich bin derjenige, der hier die Machtposition innehat. Würde es sie umbringen, mir recht zu geben? Meine Hand ist buchstäblich um ihre Kehle gewickelt. Ich brauche nur zuzudrücken und könnte ihr das Leben aus dem Leib würgen. Wäre ihr das egal? Abgesehen von den sichelförmigen Wunden an meinem Handgelenk würde ich sagen: Nein.

Warum ist es so heiß?

Mein Schwanz ist härter als je zuvor und es ist verdammt noch mal an der Zeit, dass ich etwas dagegen tue – das *sie* etwas dagegen tut.

Ich bringe ihre Beine mit einem meiner Füße auseinander und trete sofort in den kleinen Raum, den ich so geschaffen habe, und bringe unsere Körper von der Brust bis zum Becken zusammen, wobei sich ihre hüpfenden Titten mit jedem angestrengten Atemzug gegen mich pressen.

Ich beuge mein Knie und drücke meinen Schenkel in sie hinein. Die Hitze ihrer Muschi verbrennt mich fast. Meine Lippen verziehen sich zu einem Grinsen. Sie ist nass – für mich, von mir.

Ich ziehe ihr Kinn weiter nach oben, meine Augen sind auf ihre gerichtet, ohne zu blinzeln, während ich sie mit meinem Blick verschlinge. Ich beuge mich herunter, bis meine Lippen ihre berühren. Wir waren schon mehrmals so weit, dass wir uns fast geküsst hätten.

„Ich brenne darauf, dich zu schmecken, Prinzessin."

Sie bewegt sich, die Bewegung ist kaum spürbar, aber sie reicht, dass sich nur noch unsere Mundwinkel berühren. „Und ich werde eher sterben, als das zuzulassen, Noble."

So ein Mist. Immer wieder dieser Noble-Scheiß.

Mein Kiefer streicht an ihrem entlang. „Wollen wir wetten?" Ich streife mit meiner Zunge über die Haut hinter ihrem Ohr und lasse mein Piercing noch eine Sekunde länger verweilen. Ich warte darauf, dass sie widerspricht, aber es kommt nichts. Ich höre nur ein zustimmendes Stöhnen.

Ich drücke meine Lippen auf ihren Hals, beiße in die unregelmäßig pulsierende Ader und küsse sie der gesamten Länge nach.

Ich fahre mit meinen Zähnen über ihr Schlüsselbein und drücke meinen Oberschenkel erneut auf ihre Muschi, gefolgt von einem Hüftschwung, bei dem mein Schwanz durch den Kontakt mit ihrem weichen Bauch in meine Boxershorts tropft.

„No-" Ich erstarre bei dem halb erstickten Wort, bis sie weiterspricht: „-ble".

Meine freie Hand legt sich um ihren Nacken, meine langen Finger verheddern sich in ihrem Haar. Ich richte mich zu meiner vollen Größe auf, greife ihre langen Locken und ziehe so kräftig daran, dass ihr Scheitel gegen die Wand knallt.

„Jasper", befehle ich.

Keine Reaktion. Sie bleibt still. Nur ihre Augenbrauen heben sich, als wolle sie sagen: *Netter Versuch.*"

Sie. macht. mich. wütend.

Mit einem Knurren stoße ich meinen Mund auf ihren und küsse sie so brutal, dass unsere Zähne aufeinanderprallen. Ich lasse ihren Hals los und hake meinen Arm hinter ihrem Rücken ein. Meine andere Hand packt sie direkt unter einer Titte und zieht ihren Körper näher an meinen heran, so dass sie sich auf Zehenspitzen stehen muss.

Sie zischt, weil ich sie an den Haaren ziehe, und ich nutze die Gelegenheit, um meine Zunge in ihren Mund zu stecken.

Ich küsse, beiße, lecke und sauge und ficke ihren Mund mit jedem Teil von mir so gründlich, dass nicht einmal eine Amnesie sie das je vergessen lassen könnte.

Ihre Hände sind zwischen uns eingeklemmt, aber das hält sie nicht davon ab, sie in meinem Hemd zu vergraben, als sie beginnt, auch mich zu küssen.

Da ist sie ja.

Ich lasse ihre Zunge auf meine treffen, rolle sie gegen ihre und lecke hungrig nach der Essenz ihres Geschmacks in ihrem Mund.

Bevor sie die Kontrolle übernehmen kann, breche ich den Kuss ab und lasse sie nach unten sinken, bis ihre Füße wieder fest auf dem Boden stehen.

Ihre Augen öffnen sich langsam. Heiße Lust brennt in ihrem Blick hinter den weiten Pupillen. Ihre Haut ist gerötet und ihr Atem geht schnell. Ihre Lippen, die ich vorher schon verlockend fand, waren nichts im Vergleich zu dem, wie sie jetzt aussehen: geschwollen, nachdem sie von meinen vergewaltigt worden sind.

„Jasper", befehle ich ihr.

„Noble", kontert sie.

Ich fahre mit meiner Zunge über meine Vorderzähne und umfasse beide Seiten ihres Halses, während ich überlege, wie ich sie am besten brechen kann, um zu bekommen, was ich will.

„Gut." Ich streiche mit beiden Daumen über die Mitte ihres Halses und spüre, wie sie schluckt. „Wir machen es auf deine Art."

Ein kleines V bildet sich zwischen ihren Brauen, während sie versucht zu verstehen, was ich meine. Meine Handflächen gleiten über ihre Schulter und ihre Augen springen zwischen meinen hin und her, während ich mir Zeit lasse.

Erst als sich meine Daumen in den Saum ihres Kleides haken, mache ich den ersten Schritt und ziehe es herunter, bis ihre Titten frei liegen. Der zusätzliche Vorteil dabei ist, dass ihre Arme dadurch auf Höhe der Ellbogen an den Körper gefesselt sind.

„Noble", warnt sie.

Tss Tss. „Schon wieder falsch, Prinzessin." Ich umschließe ihre beiden Brüste, betaste ihre Nippel und drehe sie, bis sie scharf einatmet.

Ich drücke und quetsche, bis ich beide in einer Hand halte und jetzt erigierte Knospen zwischen meinen Fingern einklemmen kann.

Ich halte sie fest, gehe einen Schritt zurück und streiche mir über die Hose, während ich sie betrachte und überlege, wie ich sie nehmen will.

Ich gehe in die Knie, lasse eine ihrer Titten frei, so dass die andere meine Handfläche komplett ausfüllt, und halte sie so fest.

Es gibt so viele Möglichkeiten, was ich mit ihr tun könnte. Stunden, die ich damit verbringen könnte, ihr ihre Fehler aufzuzeigen und ihr beizubringen, warum es gut für sie wäre, diese zwei Silben auszusprechen, die ich hören will... Leider ist jetzt nicht die Zeit dafür. Wer weiß, wie viel Zeit ich überhaupt habe, bevor jemand nach uns sucht.

Ich hebe den unteren Teil ihres Rocks an und komme fast auf der Stelle, als ich das winzige lila Höschen sehe, das mich dort begrüßt. Es sitzt tief, die Ausbuchtung beider Hüftknochen ist oberhalb des dünnen Strings zu sehen. Der vordere Teil ist eine

Nuance dunkler als der Rest der Spitze und verrät, wie sehr auch Samantha mich will.

„Sag nein", fordere ich sie auf und drücke einen Finger auf die Vorderseite ihrer Muschi. Ich streiche über das harte Metall des verdammt sexy Piercings, das sie darunter versteckt hat. „Samantha", knurre ich. Ich spiele nicht fair, und das weiß ich auch. Ich verlange ihre Zustimmung, aber ich berühre sie, ohne darauf zu warten. Ich hätte auch ein schlechtes Gewissen, wenn ihre Beine nicht so zittern würden. „Das ist deine einzige Chance." Ich zeichne ein T auf ihre Klitoris, die Mini-Kugeln ihres Piercings verstärken den T-Strich. „Sag. Es."

„No …" Ihre Lippen zucken. „…ble."

Verdammte Scheiße.

Das ist das *letzte Mal*, dass ich akzeptiere, dass sich mich mit meinem Nachnamen anspricht. Ihre Hände greifen in mein Haar, und das reicht mir. Ich hake einen Finger in die Spitze und ziehe sie mit so viel Kraft zur Seite, dass ich eine Naht reißen höre.

Ich schließe meinen Mund über ihr, meine Zunge leckt sie vom Eingang bis zur Spitze ihrer Klitoris, ich beiße und sauge das Piercing zwischen meine Zähne.

„Noble."

Ich verdopple meine Anstrengungen augenblicklich. Sie reißt mich an meinen Haaren, als ich sie mit zwei Fingern aufspieße, um sie zu öffnen und den Schwall der Nässe wie süßen Honig zu trinken. Die Enge, die mich begrüßt, lässt mich die Augen schließen, denn ihre Wände umklammern meine Finger wie eine Faust.

Rein. Raus.

Mit meiner Zunge bearbeite ich sie, während ich sie mit jedem Pumpen meiner Finger weiter dehne.

Sie schwillt an, ihre Wände beginnen zu zittern und ich merke, dass sie fast soweit ist. „Sag meinen Namen", fordere ich erneut.

„No …"

Ich schaue an ihrem Körper hinauf: der Rücken ist gekrümmt, die rosa Nippel stehen stramm, der Kopf ist nach hinten geworfen, während ihr Oberkörper wie eine Welle hin- und her rollt. Ihre Hüften stoßen ihr Zentrum noch fester gegen mich, sie ist Sekunden vor dem Höhepunkt.

„-ble".

Verdammte Scheiße.

Samantha stößt einen Schrei aus, als ich mich losreiße und auf die Füße springe. Ich lege meine Hände um ihre Schultern, drehe sie um und drücke sie mit dem Gesicht zur Wand.

„Ich war kurz davor zu kommen", beschwert sie sich.

Ich bin mir dessen sehr bewusst. Ich drücke eine Hand zwischen ihre Schulterblätter, und ziehe mit der anderen ihren Rock so weit hoch, dass er über der Wölbung ihres Hinterns liegt, bevor ich ihr eine der blassen Pobacken versohle. Ich lehne mich vor, bis mein Kinn auf ihrer Schulter ruht und flüstere ihr ins Ohr: „Du kommst erst, wenn du meinen Namen sagst."

KAPITEL 33

Savvy

Das geht nicht.

Jetzt ist weder die Zeit noch der Ort dafür.

Und *er* ist nicht derjenige, mit dem es passieren sollte.

Ich *sollte* dem ein Ende setzen. Keine Ahnung, ob ich das auch *werde*.

Seit Ende August gehört mein Leben nicht mehr mir, weil immer andere die Entscheidungen für mich treffen – wo ich wohne, wo ich zur Schule gehe, mein Sozialleben.

Ich wäre gar nicht in dieser Situation, wenn nicht Natalie meinen Zeitplan diktiert hätte – mal wieder.

Es ist nicht zu fassen.

Mein Leben gerät so sehr außer Kontrolle, dass ich es fast nicht mehr wiedererkenne. Die Linie, auf der meine Gefühle seit zwei Monaten schwanken, ist messerscharf und mein Asthma ist so schlimm wie seit Jahren nicht mehr.

Es scheint, als ob jeder um mich herum versucht, mir zu sagen, was ich zu tun habe. Natalie, Carter, die anderen Royals und jetzt auch noch Jasper Noble, der meint, er könne mir sagen, wann ich kommen darf und wann nicht.

Ja … Ich wiederhole mich: Es ist nicht zu fassen.

Die Trockenbauwand fühlt sich an meiner Wange glatt an und kühl, als meine Brustwarzen sie bei jedem Atemzug streifen.

Ein zweiter Schlag hallt in der Akustik des Badezimmers

wider und die Wärme, die von der Stelle ausgeht, an der mein Hintern versohlt wurde, steigert meine Erregung in ungeahnte Höhen.

Ich mag Jasper zwar meistens nicht, aber mir ist nicht entgangen, dass Natalie ihn richtiggehend zu verabscheuen scheint. Mit seinen Tattoos, dem Zungenpiercing (auch wenn es kaum zu sehen ist) und seinen Chucks, einem Schuh, den ich bekanntermaßen mag, ist er in ihren Augen nicht würdig.

Von mir aus.

Jasper zu ficken ist wie mein persönliches „Fick Dich" an Natalie. Wenn dieses Arschloch denkt, dass ich mir dabei keinen Orgasmus abhole, hat er den Verstand verloren.

Ich drehe den Kopf und gebe mir alle Mühe, um seinem Blick über meine Schulter hinweg zu begegnen. Dunkle Sturmwolken haben sich über seinen Blick gelegt, sein Haar ist durcheinander und sein Mund glänzt von meinen Säften. Es ist verdammt erotisch und ich spüre ein weiteres Ziehen tief in meinem Inneren. Ich brauche ihn in mir.

„Noble", warne ich. „Fick mich."

Sein Lachen klingt dunkel und voll frecher Versprechen. „Oh …ich werde dich ficken, Prinzessin."

Seine Knie pressen sich in die Rückseite meiner Schenkel und halten mich fest, während er sich aus seiner Anzugsjacke befreit und sie achtlos zu Boden fallen lässt.

Er stößt noch einmal zwischen meine Schulterblätter und fährt mit den Fingerspitzen meine Wirbelsäule entlang, bevor er die Arme ausstreckt und seine Ärmel aufrollt. Seine Tattoos heben sich deutlich von dem weißen Stoff ab.

„Wenn du willst, schlage ich dich durch diese Wand." Seine Hand verschwindet in der Hosentasche und taucht mit einen Folienpaket zwischen den Fingern wieder auf.

Ich schlucke, Lunge und Herz machen Überstunden und mein Adrenalinspiegel ist immer noch hoch, weil ich kurz zuvor meinen Inhalator benutzt habe.

Ich kann nicht hinsehen und schaue weg, nur um meinen Blick kurz darauf doch wieder auf Jasper zu richten, als er mein Haar in die Hand nimmt und meinen Nacken in einem unnatürlichen Winkel krümmt. Mein Blick fällt auf die Goldfolie, die er zwischen seinen Zähnen hält.

Der Stoff meines Kleides schneidet unangenehm in meine Arme, als ich meine Ellbogen so gut es geht anwinkle und meine Handflächen gegen die Wand drücke, um mich ein wenig abzustoßen.

Meine untere Hälfte ist entblößt, das Kleid über meinen Hintern geschoben, der Tanga hängt nur noch an einer Seite und kühle Luft weht über meine feuchte Mitte, während er erst seinen Gürtel und dann seinen Reißverschluss öffnet.

So vorgebeugt und an die Wand gedrückt, wie ich bin, kann ich seinen Schwanz nicht sehen, als er ihn herauszieht. Über die Enttäuschung darüber werde ich mir später Gedanken machen, denn spüren kann ich ihn sehr wohl, als er ihn an der Linie entlangzieht, wo die Kurve meines Arsches auf meinen Oberschenkel trifft, und meine Haut mit seinem klebrigen Sperma beschmiert.

„Aber …" Er reißt das Kondom auf, zieht es über und richtet sich auf meinen Eingang aus. „… erst, wenn du meinen Namen sagst."

Das bisschen Atem, das ich noch in mir hatte, wird mir aus den Lungen gedrückt, als er mit einem brutalen Stoß in mich eindringt, bis seine Eier gegen mich klatschen.

Ich versuche, ein Stöhnen zu unterdrücken, aber es gelingt mir nicht. Meine Hände versuchen, Halt an der Wand zu finden, aber meine Haut ist zu klamm dafür.

Der Gefühlssturm, mein Adrenalinspiegel, ein weiterer drohender Anfall – all das führt dazu, dass ich ein einziges Nervenbündel bin.

Mein Kopf wird weiter nach hinten gezogen und meine Kopfhaut brennt, während sich meine Haarwurzeln tapfer bemühen, nicht ausgerissen zu werden. Ich keuche und schnappe nach Luft, strecke meinen Hals, meine Augen fallen zu, während mein Körper auf Reise geht.

Jasper legt ein unglaubliches Tempo vor und wird erst langsamer, als er spürt, dass ich kurz davor bin zu kommen. In der Millisekunde, in der ich kurz vor der Erlösung stehe, erhöht er das Tempo. Das *Klatschen* von Haut auf Haut ist die Hintergrundmusik für unseren Chor aus animalischem Stöhnen, Ächzen und Fluchen.

„Sag meinen Namen, Samantha."

Dank seines Griffs kann ich nicht viel mehr ausrichten, aber ich schüttle den Kopf, so gut es eben geht. Wenn ich nicht höre, dass er den Namen sagt, den ich hören will, warum sollte es umgekehrt so sein? Und erzähl mir nicht, dass er ihn nicht kennt.

Sein Griff um meine Hüfte schmerzt und ich wette, dass ich die Abdrücke der Finger noch tagelang sehen werde.

Stoß.

Stoß.

Mein Sichtfeld verschwimmt.

Er vergräbt sein Gesicht in der Kurve meines Halses. „Prinzessin", knurrt er gegen meine Haut.

„Noble", spotte ich, weil ich es kann.

Er lässt meine Hüfte los, umklammert meine Brust und zwirbelt meine Brustwarze, bis ich Sterne sehe und eine weitere Welle der Nässe die Leichtigkeit verstärkt, mit der sein Schwanz in mich eindringt. Ich selbst bin mir vielleicht nicht sicher, was ich für Jasper empfinde, aber mein Körper hat keine Zweifel. Außer …

Ich muss kommen – dringend. Verzweifelt. Ich brauche es mehr als meinen nächsten Atemzug, und das will schon was heißen.

Ich stehe in Flammen und brenne von innen heraus.

Er lässt meine Brüste los. Meine Brustwarzen sind jetzt so wund, dass ich bei jedem seiner Hüftschwünge einen köstlichen Schmerz verspüre, wenn sie die Wand berühren.

„Sag. Es." Seine Hand liegt auf meiner Muschi, seine geschickten Finger gleiten zwischen meinen Lippen und meinem Kitzler hindurch und rollen gemächlich zu meinem Piercing, das er mit eisernem Griff festhält.

„N-" Ich schaffe es nicht einmal, die erste Silbe seines Nachnamens vollständig auszusprechen. Für einen Mann, der behauptet, dass er mich erst kommen lässt, wenn ich seinen Namen ausspreche, weiß er verdammt gut, wie er mir klar machen kann, dass das ein Ding der Unmöglichkeit ist.

„Tu es." Er knabbert an meinem Rücken, und ein Schauer durchfährt mich. „Gib mir, was ich *will*." Er zupft wieder an meinem Haar. „Und ich werde dir geben, was du *brauchst*." Die schroffe Art, mit der er das letzte Wort ausspricht, bringt mich fast um den Verstand.

„Ich bezweifle, dass du das kannst", spotte ich und weigere mich weiter, nachzugeben.

Er knurrt und pumpt noch fester. Ich stoße zurück und verdrehe meine Hüften, so gut ich kann, um die richtige Stelle zu finden.

„Verdammte *Scheiße.*" Jasper klammert sich an meinen Hals und ich komme hart und lang. Die Wucht meines Orgasmus ist so groß, dass ich kaum merke, wie sich Jaspers Geschwindigkeit und Kraft verdreifachen. Hätte er nicht meine Haare losgelassen, seinen Arm unter meinen Arm geklemmt und seine Hand gegen mein Brustbein gelegt, hätte er sein Versprechen, mich durch die Wand zu prügeln, vielleicht tatsächlich eingelöst.

Er brüllt seine Erlösung laut hinaus, und legt seine Stirn mitten auf meinen Rücken, als er runterkommt.

Ich bin mir nicht sicher, wie lange wir so verweilen – ich mit meiner oberen Hälfte an die Wand gepresst, den Rücken gekrümmt, den Arsch herausgestreckt, und er mit seinen Armen fest um mich geschlungen, den Kopf auf mir ruhend, sein Atem so rasend wie meiner.

Ich beiße mir auf die Lippe, um einen Schrei zu unterdrücken, als er endlich aus mir herausrutscht.

Auf wackeligen Beinen richte ich mich auf und richte meinen Tanga und mein Kleid, während Jasper das Kondom abnimmt und es in den kleinen Mülleimer in der Ecke wirft.

Keiner von uns sagt etwas – zumindest nicht in Worten. Aber unsere Augen? Sie verschlingen einander, als hätten wir nicht gerade den heißesten Hass-Sex meines Lebens gehabt.

Na gut, … ich formuliere das mal: den heißesten *Sex* meines Lebens, denn ich ficke normalerweise nicht mit Typen, die ich nicht mag. Jasper Noble ist der Einzige, dem diese Ehre zuteil- wird. Ich fühle mich so sehr zu ihm hingezogen, dass ich nicht aufhören kann, ihn zu lieben. Ich weiß – Hand aufs Herz – ich sollte besser nicht darüber nachdenken, was das über mich aussagt.

Ein Blick zu meiner Linken zeigt mir mein zerzaustes Spiegel- bild. Ein Teil von mir möchte diesen Raum verlassen und mit meinen Sexhaaren und dem verschmierten Make-up zu dieser Farce von einem Abendessen zurückkehren. Natalie würde ausrasten. Wäre es das vielleicht wert?

Leider weiß ich, dass ich das nicht durchziehen werde. Die Konsequenzen wären es *nicht* wert. Stattdessen gehe ich zum Waschbecken, nehme das Handtuch, das ich vorhin weggeworfen habe, und wische damit die verschmierte Wimperntusche unter meinen Augen und den verschmierten Lipgloss um meinen Mund herum weg.

Ein warmes Gewicht trifft meinen Rücken und starke Arme umklammern meinen Körper von hinten. Langsam lasse ich das Handtuch sinken, meine Hände streichen über das Waschbecken und mein Kinn fällt auf meine Brust. Keiner von uns beiden sagt ein Wort, ich konzentriere mich nur auf Jaspers Unterarme, die mit schwarzer Tinte gezeichnet sind und auf eine bedrohliche Art schön aussehen. *So wie er.*

„So verdammt stur", murmelt Jasper in mein Haar.

Mein Körper ist völlig aus dem Gleichgewicht, meine Atmung und mein Herzschlag sind unregelmäßig, weil ich zwei Adrenalinschübe habe, einen unfreiwilligen und einen, der versucht, den anderen zu kontrollieren.

Durch wiederholtes Schlucken zwinge ich meinen Speichel, mich von der Trockenheit in meinem Mund zu befreien. Ich greife nach dem Glas auf der Fläche vor mir, aber meine Hand zittert dabei.

„Wir sollten wahrscheinlich zurückgehen."

Ich nicke und bin überrascht, dass Jasper mich nicht noch mehr bedrängt, seinen Namen zu sagen. Ich stelle das Glas wieder hin und konzentriere mich darauf, regelmäßig ein- und auszuatmen.

Es wird schon gut gehen. Ich komme klar. Ich kann den Rest des Abends überstehen, ohne völlig durchzudrehen.

„Da du dich weigerst, meinen Namen zu sagen" – *also doch* – „wirst du als Erstes aufhören, dich von anderen Kerlen anfassen und küssen zu lassen."

Ich schrecke auf und meine Stöckelschuhe klappern.

Ja, wir hatten Sex und ja, ich hatte dabei alle möglichen Gefühle, über die ich mir später klarwerden muss.

Aber …

Er hat mir *nicht zu* sagen, was ich tun soll.

Ich stoße ihn mit dem Ellbogen von mir und stürme aus dem Bad.

„Samantha", ruft Jasper, aber ich ignoriere ihn.

Ich habe es satt, dass alle mir vorschreiben wollen, was ich zu tun habe. Wie kommt er darauf, dass er das könnte? Es ist eine Sache, wenn er es in der Schule versucht. Ich kann es als sein fehlgeleitetes Anspruchsdenken abtun.

Die Muskeln in meinem Rücken verkrampfen sich und das vertraute Band um meine Brust zieht sich zusammen, als die Symptome von vorhin wiederkehren.

„Prinzessin." Das ist mehr eine Warnung als alles andere.

Ich wirble herum und reibe mir das Brustbein. „Wie kommst du darauf, dass *du* mir sagen kannst, was *ich* tun soll?"

Sein Gesichtsausdruck wird wild. Die Augenbrauen sind gesenkt, die Augen verengt und das Grübchen in seinem Kinn ist durch das Zusammenpressen seines Kiefers besonders tief.

„Du gehörst *mir*, verdammt!" Er stolziert zu mir, seine Hände umschließen mein Gesicht und ziehen mich zu sich heran. „Nicht *Chuck*. Nicht Wes. *Mir.*"

Als ich dieses Mal Luft holen will, huste ich und ein Muskelkrampf bildet sich, den ich nicht mehr stoppen kann. Meine Stirn fällt auf Jaspers Brust und ich weiß, dass ich in Schwierigkeiten stecke. Ich werde meinen Inhalator brauchen und wenn ich hier nicht wegkomme, werde ich ihn vor ihm benutzen müssen.

„Ich gehöre ihnen nicht." Ich ziehe die Luft ein, aber sie erreicht nie den Boden meiner Lunge, wie sie sollte. Chuck? Will er mich verarschen? Wes kann ich ja noch verstehen; ich habe ihn oft genug benutzt, um Jasper zu ärgern. Aber Chuck? Was? Echt jetzt?

„Scheiß A."

Das wollte ich eigentlich nicht sagen, aber ein weiterer Hustenanfall kommt dazwischen. „Und *dir* gehöre ich auch nicht."

Daumen schieben sich unter mein Kinn und halten mich fest. Normalerweise würde ich mich auf die Herausforderung einlassen und zurückstarren, aber ich habe meine Schwelle überschritten und muss handeln, bevor es zu spät ist. Ich fummele an meinem Kleid herum und suche nach meinem Inhalator.

Erst als er spürt, dass mein Arm zittert, als ich versuche das Medikament zu aktivieren, tritt er zurück und schaut auf das Plastikgerät in meiner Handfläche.

„Sam ..." Er stockt und beobachtet, wie ich meine Routine

durchführe. Ein Zug reicht nicht aus und ich drücke den Kolben ein zweites Mal herunter und inhaliere einen zweiten Zug.

Ich schließe meine Augen und fühle mich unwohl angesichts der Sorge und Panik, die ich in seinem Blick sehe. Ich habe ihm gerade meine größte Schwachstelle auf einem Silbertablett serviert. Wo ist die Siegesgewissheit in seinen Augen?

KAPITEL 34

Jasper

Sie hat ihn nicht ausgesprochen. Sie hat es geschafft, zu kommen, ohne meinen verdammten Namen zu sagen. Als sie jetzt auch noch so tut, als wäre nichts passiert, verliere ich den letzten Rest an Kontrolle.

Sie zu ficken, war ziemlich daneben … was? Ich schiebe meine Gewissensbisse in den tiefsten Winkel meines Verstandes und werde mich wohl … hmmm, eher nie … darum kümmern.

Wie sie das Kleid richtet, haut mich fast um. Als ihre Finger ihr Haar entwirren, verliere ich fast den Verstand. Und als sie ihr Make-up auffrischt, um den letzten äußeren Beweis für das, was zwischen uns passiert ist, zu beseitigen, verändert sich etwas in mir. Es ist eine elementare, tiefgreifende Veränderung, die dagegen rebelliert, wie ich bisher mein Leben gelebt habe.

Ich habe versucht, es zu ignorieren, habe versucht, jeden Anfall von Besessenheit als Nebensache abzutun, als eine Phase, die vorbeigehen würde.

Nur …

Es lässt nicht nach. Je länger ich Samantha kenne und je mehr Zeit ich in ihrer Gegenwart verbringe, desto häufiger überkommt es mich, desto intensiver werden diese Triebe.

In einem letzten Versuch, meine innere Ausgeglichenheit wiederzuerlangen, hatte ich gedacht, ich könnte sie mir vielleicht aus dem Kopf schlagen. Ich war überzeugt, dass ich sie nur haben wollte, weil ich sie nicht haben konnte, oder weil sie neu und anders war, wie ein glänzendes Spielzeug.

Verdammt, ich habe mich geirrt.

Mein Schwanz ist noch nicht einmal trocken und ich will sie schon wieder – ich *brauche* sie schon wieder.

Zwischen uns liegt ein ganzes Louis Vuitton-Geschäft, das es auszupacken gilt. Wir waren im Grunde genommen Feinde und haben uns für entgegengesetzte Pole entschieden, ganz zu schweigen von ihrer Verbindung zu den Royals. Die meisten würden sagen, dass das die letzte Gruppe von Menschen ist, in deren Fadenkreuz ich geraten möchte.

Vergiss es.

Ich bin Jasper Noble, verdammt.

Ich nehme an ihren Rennen teil, crashe ihre Veranstaltungen, helfe bei der Organisation von Streichen gegen ihre Schule mit und lege mich täglich mit ihrem Lieblingshäschen an. Samantha offiziell zu *stehlen*, würde nur noch mehr beweisen, wie *knallhart* ich bin.

Sie denkt, ich will ihr sagen, was sie tun soll. Klar, ich gebe es zu, das tue ich auch – aber warum sieht sie nicht ein, dass sie *mir* gehört?

Samantha lässt sich von mir in den Arm nehmen und ich streichle ihr Gesicht mit der wahrscheinlich zärtlichsten Geste, die ihr gegenüber je gemacht habe. Eine Sekunde bevor ihre Stirn an meine Brust fällt, sieht sie mich enttäuscht an.

Sie fängt an zu husten und ich werde daran erinnert, wie besorgt ich die ganze Woche über war und wie viele Fragen bezüglich ihres Arzttermins unbeantwortet geblieben sind.

Sie ist so aufgeregt, wie ich es noch nie erlebt habe, so aufgeregt, dass sie nach Luft ringen muss.

„*Dir* gehöre ich auch nicht", würgt sie zwischen Hustenanfällen hervor.

Mit meinen Daumen greife ich unter ihr Kinn und drehe ihr Gesicht zu mir, bereit, all die beängstigenden Dinge auszusprechen, die mich beschäftigen, aber mit dem Ellbogen stößt sie mich weg, während sie mit ihren Händen ihr Kleid abtastet.

Ich habe keine Ahnung, wonach sie suchen könnte und falle vor Schreck fast auf den Hintern, als ich sehe, dass sie einen Inhalator herauszieht.

Sie hat Asthma?

Die Geräusche – das *Zischen* des Inhalators und ihr Keuchen beim Einatmen – werden durch die Panik, die sich in mir breit macht, noch verstärkt.

Warum hat sie mir nicht gesagt, dass sie Asthma hat? *Verdammte Scheiße!* Ist das, was wir im Bad gemacht haben, etwa für das hier verantwortlich?

„Sam …" Sie nimmt einen zweiten Zug aus ihrem Inhalator und schaut mich nicht an, während sie auf und ab geht.

Ich habe mehr Zeit damit zugebracht, Samantha St. James zu beobachten, als ich zugeben möchte, aber das hier ist anders. Ich sehe sie an und suche nach all den Zeichen, die ich bisher übersehen habe, ohne es zu merken.

„Du hast *Asthma*?"

Sie klopft sich auf die Brust, streckt den Rücken durch und wirft mir den tödlichsten aller Blicke zu. Auch wenn das ist in Anbetracht ihres momentanen Zustands völlig falsch wäre, würde ich ihr am liebsten wieder meine Hand um den Hals legen.

„Verdammte Scheiße, Samantha!", rufe ich. „Das sind genau die Dinge, die man einem Menschen nicht vorenthält."

Der Blick wird noch schärfer und ich fühle mich versucht, nachzusehen, ob ich schon blute. „Und *warum*, bitte schön, sollte *ich ausgerechnet dir* erzählen, dass ich eine Krankheit habe, die du gegen mich verwenden kannst?"

Verdammter Blödsinn. Meine Hände verkrampfen sich unter dem Drang, sie zu erwürgen.

„Denkst du wirklich, ich würde so etwas tun?"

Sie lacht – ein hässliches, humorloses, bellendes Geräusch, auf das ein weiterer Hustenanfall folgt. Sie hält eine Hand hoch, um mich aufzuhalten, als ich mich auf sie zubewege. „*Oh bitte.*" Sie rollt mit den Augen. „Ich glaube, du hast mehr als einmal bewiesen, was für ein Arschloch du bist."

„DAS IST ETWAS GANZ ANDERES!"

Sie hebt eine Augenbraue und wirft einen besorgten Blick auf die offene Tür.

So macht man eine Szene, Noble.

„Oh sicher doch …" In ihrem Tonfall schwingt Sarkasmus mit. „Ich wette, du und deine Jungs macht euch *wirklich* Sorgen um die Gesundheit all der Menschen, denen ihr sagt, dass sie vor euch auf die Knie gehen sollen."

Man könnte meinen, ich wäre nicht vor ein paar Minuten bei einem epischen Orgasmus fast in Ohnmacht gefallen, so wie das Blut schon wieder in meinen Schwanz schießt. Wenn das aktuelle Thema nicht so wichtig wäre, würde ich darauf hinweisen, dass ich – und nicht sie – es war, der auf die Knie gegangen ist, aber das würde ihr nur helfen, dem eigentlichen Thema auszuweichen.

„Prinzessin …" Ich versuche es anders, und sie lässt die Schultern sinken, ihre Augen werden weich angesichts meiner sichtbaren Besorgnis, und sie bewegt sich auf mich zu, nur um stehen zu bleiben, als Duke mit einem „Alter Schwede" hereinkommt.

Er bleibt abrupt stehen. „Whoa. Habt ihr zwei endlich gefickt?" Er fuchtelt wild mit den Armen in der Luft herum. Ich beiße mir auf die Zunge, angesichts seiner offensichtlichen Freude angesichts dieser Möglichkeit, und gebe nichts preis. „Hier ist vielleicht eine sexuelle Spannung in der Luft."

„Toll … dein Handlanger ist da." Samantha schiebt ihre Hände in die versteckten Taschen ihres Kleides und ich bemerke, dass sie ihren Inhalator vor ihm verbirgt.

Ich beiße mir auf die Lippen, weil Duke sich so herrlich darüber aufregt, wieder einmal als mein Handlanger bezeichnet worden zu sein.

„Ich werde dir zeigen, wer …" Duke schüttelt den Kopf und richtet seine Aufmerksamkeit wieder mir zu. „Nicht wichtig." Wieder ein Kopfschütteln. „Vielleicht solltet ihr wieder an den Feierlichkeiten beteiligen, bevor ihre" – er zeigt mit dem Daumen auf Samantha – „Mutter endgültig in die Luft geht."

„Als ob das nicht ohnehin jeden Tag passiert", murmelt Samantha, verlässt das Zimmer und lässt uns sprachlos zurück.

Duke neigt den Kopf und antwortet mit einem Achselzucken, bevor er mir folgt.

Ich weiß nicht, ob es daran liegt, dass sie sich langsamer bewegt, nachdem sie ihren Inhalator benutzen musste oder nicht, aber Duke und ich holen Samantha schnell ein und gehen im Gleichschritt neben ihr her, als sie zu den Erwachsenen hinübergeht, die sich unterhalten.

„Samantha." In Natalie St. James' Tonfall schwingt eine gute Portion Tadel und Arroganz mit, und ihr Blick schweift missbilligend über ihre Tochter.

„Du hast geläutet?" Samantha imitiert das Lallen von Lurch

aus der *Addams Family* und ich muss mir einen Knöchel unter der Nase kratzen, um meine Belustigung zu verbergen. Ich komme nicht oft dazu, mich über sie zu amüsieren, weil ihr Spott meistens gegen mich gerichtet ist, aber sie hat wohl den schwärzesten Sinn für Humor von allen, die ich kenne.

„Wirklich, Samantha." Natalie stößt einen verärgerten Seufzer aus, behält aber das bei, was Duke und ich gerne als politische Gelassenheit bezeichnen. Du weißt schon, wenn dein Mund lächelt, damit die Zuschauer denken, dass alles perfekt ist, während Dolche aus deinen Augen schießen und unterschwellige Vorwürfe im Tonfall mitschwingen.

Dank Dads Job habe ich genug Veranstaltungen besucht, um diesen Ausdruck zu kennen, aber ich bin überrascht, als Samantha ihn annimmt. Sie ist die am wenigsten verlogene Person, die ich je getroffen habe. Ausgerechnet sie in dieser Rolle zu sehen, ist schockierend und ich hasse es.

Natalie richtet sich beim Anblick von Duke neben ihrer Tochter auf. Ihre Mundwinkel allerdings neigen sich um einen winzigen Millimeter nach unten, als sie bemerkt, dass ich auf der anderen Seite stehe.

Ja, ich weiß, du magst mich nicht. Frag mich, ob es mich interessiert.

„Hillary, Frank, erinnert ihr euch an meine Tochter Samantha?", stellt Mitchell sie vor, und es ist nicht das erste Mal, dass er sie erwähnt, ohne das Wort „Stief-" davorzusetzen.

Die drei nicken, während Mrs. Delacourte Samantha mit Herzchen in den Augen anschaut. Ich sehe, wie Duke und ich dasselbe denken, da wir beide den Gesichtsausdruck seiner Mutter mehr als gut kennen. Meine ist zwar auch nicht viel besser, aber normalerweise amüsiere ich mich köstlich darüber, dass Duke die Verkupplungsversuche seiner Mutter ertragen muss. Dieses Mal allerdings nicht. Samantha ist nicht zu haben.

Samantha streckt sich und reibt sich mit einer Hand über die Brust. Das ist etwas, das sie in letzter Zeit häufiger macht, genauso wie das Husten und ständige Räuspern. Jetzt weiß ich auch, warum.

Wie aus dem Nichts taucht ein Glas Wasser auf und meine Wut regt sich, als ich sehe, dass es sich in der Hand des Bürgermeisters befindet. Ich werde noch wütender, als Samantha krächzt: „Danke, Chuck E."

Zu meiner weiteren Verärgerung antwortet er nicht sofort, sondern sieht sie genauso prüfend an, wie ich die ganze Woche. Ich hasse ihn noch ein bisschen mehr dafür, dass er offensichtlich schon ewig über ihr Asthma Bescheid weiß, während ich gerade erst davon erfahren habe.

„Ich *liebe es*, wenn du diesen Spitznamen für mich benutzt, Sav …" Samantha schaut so hektisch auf, dass das Wasser im Glas auf ihre Hand spritzt. „Sam", sagt er schließlich.

Es ist nicht das erste Mal und er ist nicht die einzige Person, die ich dabei erwische, wie sie sich bei der Nennung von Samanthas Namen unterbrechen. Das ist seltsam, oder?

„Mit einem mörderischen Kinderspielzeug gleichgesetzt zu werden, wird mir bei den Wahlen sehr helfen", fügt er trocken hinzu. Der Blick der beiden bringt mich dazu, meine Hände auszuschütteln, um den Drang loszuwerden, dem Kerl eine reinzuhauen.

„Du meinst Chucky mit einem Y. Was ich sage, ist Chuck mit einem E. für einen zweiten Vornamen."

Chuck *E. fällt die* Kinnlade herunter und ich möchte ihm am liebsten meine Faust in den offenen Mund rammen. „Wie die *Maus?*"

Wie sie die Augenbrauen hebt und ihre Lippen zusammenpresst, um ihre Belustigung zu verbergen, kenne ich so gut. Ich würde es ihr gegenüber nie zugeben, aber ich fange an, diesen Gesichtsausdruck über alles zu lieben. Ich will nicht, dass sie ihn bei jemand anderem einsetzt. Er gehört mir.

„So *gerne* ich auch die Lorbeeren dafür einheimsen würde, dieses ganz besondere Schmuckstück stammt von Tess."

„Das überrascht mich nicht im Geringsten." Sie lachen gemeinsam und Samantha wirft Duke ein „das wird nie passieren" zu, als er sich über ihre Freundin lustig macht.

Chuck runzelt die Stirn und Samantha schüttelt den Kopf, bevor er sich wieder beruhigt und fragt: „Geht es dir gut?"

Wieder sehe ich Samantha prüfend an. Ich schwöre, ich werde sie fesseln und sie zwingen, mir genau zu sagen, wie schlimm ihr Asthma wirklich ist. Ihre blasierte Haltung bringt mich langsam um den Verstand.

„Natürlich geht es ihr gut, *Charles.*" Natalie schafft es, sowohl beleidigt zu klingen, dass er ihrer Tochter eine solche Frage stellt, als auch verärgert darüber. Ihr Seufzer klingt so hochmütig, dass es dem Bürgermeister und mir die den Atem verschlägt.

Anderen fällt es vielleicht nicht auf, aber da ich mich in Samanthas Nähe aufhalte, merke ich, dass sie sich bewegt, dass sie ihr Gewicht so verlagert, bis ihr Rücken meinen Arm streift, als würde sie … Trost suchen? Ich weiß es nicht, und es ist mir auch egal. Instinktiv reagiere ich darauf, indem ich mich drehe und meine flache Hand an ihren Rücken lege.

Ich spüre einen Stoß und dieses Mal bin ich mir sicher, dass es keine unbewusste Bewegung war; Samantha sucht aktiv nach mir und will, dass ich sie berühre.

Ich spreize meine Finger, um so viel wie möglich von ihrem Rücken zu bedecken. Wir waren von Anfang an Gegner, Feinde. Und jetzt? Und hier? Ich stelle unsere gegenseitige Anziehungskraft nicht in Frage, dieses Verlangen, in diesem verwirrenden Moment eins zu sein.

Natalies Blick trifft auf meinen. Das Eis in ihnen hat nichts mit dem blauen Farbton zu tun, sondern mit der nackten Verachtung, die sie für Chuck und mich übrighat. Hätte ich nicht den Verdacht, dass sie Augenrollen für unter ihrer Würde hält, hätte ich sicher auch das zu sehen bekommen, bevor sie sich Duke zuwendet und sich ihr ganzes Verhalten ändert.

Ein bösartiger Ausdruck liegt in ihren Augen und der strenge Zug um ihren Mund ist noch unheimlicher als die blutrote Farbe, mit der ihre Lippen bemalt sind.

„Ich hoffe wirklich, dass du sie nicht so verhätschelst wie die anderen Männer, wenn ihr beide erst einmal verheiratet seid", sagt Natalie beiläufig zu Duke. Mein Gehirn bleibt stehen, wie eine Schallplatte, die mitten im Lied unterbrochen wird.

Was hat sie gerade gesagt?

Sie hat nicht gesagt, was ich denke …

Oder?

Hat sie?

Ich erstarre. Samanthas Körper verkrampft sich unter meiner Berührung, dann ist ein Zittern spürbar, eine Anspannung, als sie scharf einatmet und ihr der Atem stockt.

„Schätzchen." In Mitchells Tonfall liegt ein leichter Tadel. „So wollten wir das Thema eigentlich nicht ansprechen."

Natalie verwandelt sich direkt vor meinen Augen. Ihre Augen werden groß, und eine Hand bedeckt ihren Mund mit den

Fingerspitzen, während die andere Mitchells Arm festhält. „Oh mein Gott." Sie dreht sich um und sieht die Delacourtes mit einem „Bitte verzeiht mir"-Blick an. „Es ist mir einfach so rausgerutscht."

„Es ist auch irgendwie aufregend. Ich kann das so gut verstehen." Mrs. Delacourte stimmt zu, indem sie eine Hand auf ihr Herz legt kleine Herzchen in den Augen hat.

„Und wie." Ich traue dem süßen, liebevollen Lächeln, das Natalie ihr schenkt, keine Sekunde lang. „Aber noch einmal, es tut mir leid."

Der süße Moment zwischen den beiden Matriarchen wird von Samantha unterbrochen. „Was zum Teufel hast du gerade gesagt, Natalie?" Die Ungläubigkeit in ihrem Tonfall entspricht meiner eigenen. Wir müssen uns verhört haben. Aber ... wir beide? Ist das möglich?

„*Sprache*, Samantha." Ihr Blick wandert nervös zu den Delacourtes.

„Hör auf mit dem Scheiß, Natalie." Samantha stellt ihr Glas ab und schüttelt ihre Hände aus, als ob sie nass wären. Es ist auch das zweite Mal, dass sie ihre Mutter beim Vornamen nennt, und der missbilligende Schmollmund und die fehlende Korrektur vermitteln mir den Eindruck, dass sie das schon häufiger getan hat.

„Ich werde deine Unverschämtheit nicht dulden, junge Dame."

„*Unverschämtheit?*" Die letzte Silbe bricht am Ende ab, als Samantha nach Luft schnappt. Das Klatschen, mit der ihre Hand auf ihre Brust schlägt, ertönt laut in dem sonst so stillen Raum. „Wiederhole das." Sie holt tief Luft. „Was du gesagt hast."

Natalie sieht die Delacourtes fragend an. Dukes Vater beobachtet die Szene mit berechnender Intensität, und während man meinen könnte, seine Mutter würde woanders hinschauen, weil sie unangenehme Situationen generell meidet – nicht unbedingt die beste Eigenschaft für die Ehefrau eines Politikers -, strahlt sie Duke mit mütterlichem Stolz an.

„Ich wollte dem jungen Mr. Delacourte nur sagen, dass er sich eine dicke Haut zulegen sollte, wenn es um eure Ehe geht." Natalie beugt ihre linke Hand nach unten und bewundert, wie das Licht von dem riesigen Stein an ihrem Finger reflektiert wird.

„Falls er dich so verwöhnen will, wie dein *Bruder* und seine *Freunde* es tun ..."

Sie wirft Chuck einen Blick zu, und mir geht durch den Kopf, dass Samantha einen Bruder hat, von dem ich nichts wusste. Ist er älter? Jünger? Ich nehme an, dass er älter ist, da Natalie angedeutet hat, dass er sie verwöhnt, aber wo ist er? Vielleicht ist er auf einem College außerhalb des Staates? Fragen über Fragen, aber ich schiebe sie fürs erste beiseite, damit ich nichts von dem verpasse, was hier gerade abgeht.

„- dann wird die Beziehung einseitig. Bei einem Kind wäre das ja in Ordnung, aber bei einem Ehepartner ..." Sie schüttelt den Kopf. „Das ist einer der sichersten Wege, eine Ehe scheitern zu lassen."

Da ist wieder das E-Wort. Sie hat ganz eindeutig Ehe gesagt. Warum zum Teufel spricht sie mit ihrer Teenager-Tochter so etwas an?

„Warum gibst *ausgerechnet* du Ratschläge für eine gute Ehe?" Samantha schlägt eine Hand in die Luft.

Wieder schüttelt sie ihre Hand aus und führt die Spitzen ihrer vier Finger zum Daumen, als ob sie Krallen hätte. Ist das ein Anzeichen für einen weiteren Asthma-Anfall?

„Nein." Schütteln. „Warte." Hände zu Kralle formen. „Das heißt..." Ein Schlag gegen ihre Brust. „Warum fällt mein Name" – hust – „wenn" – hust – „es um das Thema Ehe geht?"

Natalie stößt einen weiteren schweren Seufzer aus. „Du musst wirklich lernen, besser zuzuhören, Samantha." Sie tauscht einen verschwörerischen Blick mit Mom und Mrs. Delacourte aus. „Teenager."

Ich gleite mit meinem Fuß über den Boden, bis die Vorderseite meines Beins gegen Samanthas Rückseite gepresst wird.

„Mama?" Selbst Duke klingt unsicher, als er zum ersten Mal das Wort ergreift.

„Duke ...Liebling." Sie streckt eine Hand nach seiner aus. Sie blickt ihren Mann an und wartet auf sein Nicken, bevor sie fortfährt. „Dein Vater hat beschlossen, bei den Wahlen in ein paar Jahren für das Weiße Haus zu kandidieren."

Duke nickt und ich ertappe mich dabei, wie ich ebenfalls nicke. Das sind keine weltbewegenden Neuigkeiten. Gouverneur Delacourte ist seit Jahren ein Favorit seiner Partei, und einer der Gründe, warum er meinen Vater als Wahlkampfstrategen angeheuert hat, war, dieses Ziel zu unterstützen. Es wäre schockierender, wenn er nicht vorhätte, sich um die Präsidentschaft zu bewerben, und das sagt Duke auch.

„Was ich nicht verstehe, ist, was das ganze Gerede über Ehe soll?"

Natalie schaltet sich ein, bevor Mrs. Delacourte antworten kann. „Nach langer Diskussion haben wir beschlossen, dass es für alle Beteiligten von Vorteil ist, wenn du meine Tochter heiratest."

Ruthless Noble - Skrupellos- Book 2

Gehörst du zu den coolen Leuten, die Rezensionen schreiben? Savage Queen – Wilde Königin gibt es auf Goodreads, BookBub, und Amazon.